Elias Haller

Jemand

EDITION M

Das Buch

Er tötet Frauen und entstellt ihre Körper. Die Presse nennt ihn den Fotografen. Seit neun Jahren jagen ihn die Ermittler des BKA. Jedes Jahr ein Opfer, von dem er stets nur ein einziges Foto macht und an den Meistbietenden verkauft. Das ist seine Art von Kunst, die niemand begreifen kann. Er ist ein Phantom und will es bleiben, bis seine Mission erfüllt ist. Sein diesjähriges Fotomotiv hat er längst gewählt, in irgendeiner Stadt in Deutschland. Alles ist präzise vorbereitet. Nichts kann ihn davon abhalten, seinen Plan auszuführen – bis auf die kleine Maria vielleicht. Die Siebenjährige ist spurlos verschwunden. Und er hat sie als Letzter gesehen …

Der Autor

Elias Haller, geboren 1977, ist leidenschaftlicher Schriftsteller, aber vor allem ist er seit über zwanzig Jahren Polizeibeamter. Er lebt und arbeitet in Chemnitz, der Stadt, in der auch seine erfolgreiche Reihe um Kriminalhauptkommissar Erik Donner spielt.

JEMAND

THRILLER

ELIAS HALLER

EDITION M

Deutsche Erstveröffentlichung bei
Edition M, Amazon Media EU S.à r.l.
38, avenue John F. Kennedy, L-1855 Luxembourg
Dezember 2022

Umschlaggestaltung: Brian Barth, Berlin
Umschlagmotiv: © 168 STUDIO/Shutterstock; © irin-k/Shutterstock
Lektorat und Korrektorat: VLG Verlag & Agentur, Haar bei München,
www.vlg.de
Gedruckt durch:
Amazon Distribution GmbH, Amazonstraße 1, 04347 Leipzig /
Canon Deutschland Business Services GmbH, Ferdinand-Jühlke-Str. 7,
99095 Erfurt /
CPI books GmbH, Birkstraße 10, 25917 Leck

ISBN: 978-2-49671-091-5

www.edition-m-verlag.de

Für Kerstin

Vier Dinge sind es, die eine Art von Verklärung verleihen:
Die Liebe, die Kunst, der Ruhm und der Tod.
Johann Jakob Mohr (1824–1886)

Prolog

Mach dir keine Sorgen, hörst du? Es pikst nur ein bisschen. Ehrlich, ich kann das Skalpell inzwischen so sicher führen wie einen Bleistift. Es ist ein unglaublich erlösendes Gefühl, wenn die Klinge die Haut zerteilt. Vertrau mir! Natürlich ist es eine große Sauerei, das viele Blut, meine ich. Aber das kriegen wir schon wieder weg.

Warum ich das tue, fragst du dich jetzt bestimmt … Falls es da oben einen Gott gibt, hat er hoffentlich eine gute Antwort parat. Hier unten ist die Hölle. Ich muss es wissen, wären sonst all die Monster in meinem Kopf? Dieser beschissene Hampelmann mit der Maske verfolgt mich … Ich erwarte nicht, dass du es verstehst. Ich … Ich denke, es sind Marienkäfer, keine Knöpfe …

ERSTER TEIL – DER TOD

Kapitel 1

Der Jäger

Für jemanden, der Gefallen an Maden fand, wimmelte es hier vor Schönheit. Kriminalhauptkommissar Simon van den Heuvel empfand dagegen nur Abscheu. Vor ihm wanden sich Tausende Fliegenlarven auf einem Frauenkörper, saugten ihn aus, fielen vollgefressen zu Boden, krochen über Heuvels Schuhe und hinterließen auf dem Leder Schleimspuren.

»Warum macht er das?«, fragte Hannes Wenzel, ein Kommissar frisch von der Akademie, der nie zuvor einen solch abartigen Tatort betreten hatte.

»Warum er sein Opfer entkleidet und so zurichtet?«, fragte der erfahrene Heuvel. »Ich wünschte, ich könnte es dir erklären. Ich weiß nur, dass die hier noch relativ *human* aussieht. In der Vergangenheit haben wir schon ganz andere Schauplätze erlebt! Eine Leiche schwamm regelrecht in ihrem eigenen Saft. Eine weitere Tote haben wir erst ein halbes Jahr nach dem Mord gefunden, eingewickelt in durchsichtige Folie. Bei einem dritten Opfer hat der Täter sich wirklich Zeit gelassen, da hat er die komplette Haut so eingeschnitten, dass ihr Körper aussah wie das Schuppenmuster eines Karpfens. Verstehst du? Er hat aus ihr eine verdammte Fischfrau gemacht.«

»Scheiße«, nuschelte Wenzel.

Sofort packte Heuvel ihn fest an der Schulter und bekreuzigte sich selbst.

»Fluche nie wieder in einer Kirche.« Heuvel flüsterte bloß und betrachtete beim Reden die kaputte Decke, den abgeplatzten Putz der Wände und die brüchige Holzverkleidung der Empore. »Selbst an einem solch gottverlassenen Ort wie diesem.«

Die einstige Anstaltskirche im Schlosspark Sonnenstein verrottete schon seit Jahrzehnten. Nur eine millionenschwere Finanzspritze hätte sie vor adrenalinsüchtigen Abenteurern und dem endgültigen Verfall retten können.

Aber das Bundeskriminalamt hatte Heuvel nicht in die Nähe von Dresden geschickt, damit er sich um ein altes Gotteshaus kümmerte, sondern damit er eine abartige Mordserie aufklärte.

»Warum Pirna? Warum ausgerechnet in dieser Stadt?« Heuvel fiel es schwer, sich zu konzentrieren. Staub infiltrierte seine Lungenflügel und er bildete sich ein, dass noch jede Menge Geister in den dunklen Ecken spukten. Einst hatten die Nationalsozialisten auf dem Gelände eine Tötungsanstalt betrieben. Doch wegen dieses dunklen Stücks Geschichte hatte der Serienkiller, den man den »Fotografen« nannte, die Kirche garantiert nicht ausgewählt. Einen religiösen Hintergrund hatte das BKA bisher ebenfalls nicht ausmachen können.

»Oder irren wir uns?«

»Wie bitte?«, fragte Wenzel.

Heuvel schüttelte den Kopf, als könnte er den ausgesprochenen Gedanken rückgängig machen. Der Fotograf hatte auch in einem verlassenen Vergnügungspark, einer Fabrik und einem Kunstmuseum gemordet. Er tötete überall, wenn die Kulisse nur spektakulär genug war. Selbst auf einem Kutter bei Flensburg.

Die Fischfrau in einem Netz vor vier Jahren. Immer hinterließ er abartige Kunstwerke aus toten menschlichen Körpern.

Falls sich der Fotograf für einen Künstler hielt, ordnete er sein Tun irgendeiner Maxime unter. Heuvel musste endlich die Botschaft des Serienmörders entschlüsseln. Dafür brauchte er zuallererst mehr Licht.

»Scheinwerfer!«

Trotz meterhoher Fenster reichte die Helligkeit des Tages nicht aus, um genügend zu erkennen. Dabei kam es darauf an, kein noch so winziges Detail zu übersehen. Er wunderte sich, wie es der herbeieilende Kriminaltechniker bei dieser Düsternis überhaupt schaffte, so geschickt zu hantieren.

»Gleich wird es hell«, sagte der Kollege.

Er positionierte zwei Strahler direkt vor der Orgel. Dann öffnete er die Verschlüsse an seinem blauen Hartschalenkoffer, um seine kriminaltechnischen Instrumente und Utensilien für die Tatortarbeit zu sortieren. Am Rand des Kofferdeckels klebte ein rosafarbener Elefant.

Rosarote Elefanten, dachte Heuvel jedes Mal, wenn er mit dem Kriminaltechniker zusammenarbeitete.

»In dieser Welt gibt es zu viele rosa Elefanten«, sprach er laut aus, was er mit dem Aufkleber assoziierte.

»Geht es dir auch so?«, kam es neugierig von Wenzel.

»Was?«

»Ich meine, ich finde es auf erschreckende Weise faszinierend, wie er die Frau präsentiert hat. Allein ihre Hände, die auf den Tasten liegen, sie sehen aus, als wäre noch Leben darin. Selbst ihr Kopf ist aufrecht …«

»Ich verstehe, was du meinst, es sieht aus wie bei einem Zaubertrick. Aber glaub mir, wo der Fotograf auftaucht, hinterlässt er nur den Tod. Nein, er ist wahrlich kein Magier und schon gar kein Gott. Er benutzt robusten biegsamen Stahl. Er bohrt seinen Opfern die Drähte unter die Haut und bewegt und fixiert die einzelnen Körperglieder, bis er die richtige Haltung für seine Motive gefunden hat.« In diesem Fall hatte er die Tote auf eine Holzbank vor der halb zerstörten Orgel der Anstaltskirche gesetzt. »Wenn du genau hinschaust, kannst du den Stahldraht unter ihrem Kinn sehen. Für die Hände hat er vermutlich das gleiche Silikon benutzt wie bei früheren Taten. Letztes Jahr in Stuttgart, davor in Hannover und Berlin.«

»Ob er das Foto seines Opfers auch diesmal ins Internet stellt?«

»Ihr habt den Fall im Studium behandelt, merke ich.« Heuvel kratzte sich seine lange Narbe am Hals, die ihm einst eine geisteskranke Frau mit einem Messer zugefügt hatte. Beim Blick in den Spiegel erinnerte sie ihn jedes Mal daran, dass er damals sechzehn Stunden in der Notaufnahme zwischen Leben und Tod geschwebt hatte. »Falls wir ihn nicht rechtzeitig stoppen, wird er das Bild veröffentlichen. Zweifellos. Schließlich geht es dem Bastard um jede Menge verfickte Aufmerksamkeit.«

»Du hast geflucht.«

»Ach, Scheiße, ist doch wahr!«

»Apfelreste«, sagte der Kriminaltechniker, der sich mit einer Taschenlampe und einem sterilen Stäbchen über die Tote beugte und zwischen ihren blutleeren Lippen herumstocherte. »Die gesamte Mundhöhle ist voll davon.«

»Hat sie etwa den ganzen Apfel im Mund?«

Nirgendwo im Saal lag angebissenes Obst. Dennoch bemühte sich der Kriminaltechniker um eine korrekte Antwort.

»Schwer zu sagen, ich erkenne Schale, Fruchtfleisch und Körner. Wenn der Täter bei seinem bisherigen Modus Operandi geblieben ist, war die Frau schon tot, als er sie hier inszeniert hat. Demnach kann sie nicht Teile ihres Essens hinuntergeschluckt haben.«

»Gut, warten wir, bis der Arzt für die Leichenschau eintrifft.«

Der Kriminaltechniker stimmte zu, trat dann von der Toten weg und ging zu seinem blauen Koffer. »Vorher mache ich Bilder und nehme ein paar Körperproben, wenn das okay ist.«

Heuvel nickte stumm und bekreuzigte sich abermals. Derweil trampelten durch seinen Kopf lauter rosa Elefanten.

Kapitel 2

Der Fotograf

Ein Jahr später

Vor fünf Minuten habe ich an der Bar einen Kaffee getrunken. Jetzt stehe ich in dem Hotelzimmer und rieche an der Unterwäsche der Frau, die eben Arm in Arm mit dem grauhaarigen Mann durch die Lobby geschlendert ist. Ich frage mich, ob sie unter ihrem Rock ein anderes Höschen oder nur halterlose Strümpfe trägt. Beim Hinterherschauen vorhin habe ich eine Laufmasche an ihrer rechten Wade entdeckt. Vermutlich hat das Nylongewebe an dieser Stelle beim Liebesspiel nachgegeben. Der Geruch vom Sex schwebt noch allgegenwärtig im Raum. Schweiß und Parfüm haften in dem Bettlaken, das ich mit einer UV-Lampe Zentimeter für Zentimeter ableuchte. Seine Spermaflecken haften sogar auf dem Kissenbezug. Er ist zum Höhepunkt gekommen. Mindestens zwei Mal. Im Abfalleimer im Bad liegt ein benutztes Kondom. Für einen Einundsechzigjährigen ist jeder Schuss wie ein Sieg. Jede Wette, die Dame hat alles aus ihm herausgeholt. Ihr Slip besteht aus edlem Stoff, so fühlt er sich an, obwohl ich kein Fachmann für Dessous bin.

Ihr Blick ist feurig, ihre Lippen sehen saftig aus. Aber vor allem ist sie jung. Zwanzig. Wenn sie lächelt oder schmollt, kann ihr kein Mann widerstehen. Mit ihren kurzen schwarzen Haaren ähnelt sie meiner Tochter Vanessa. Sogar die Laufmasche, dieser winzige Makel, erinnert mich an meine Tochter, denn ihre Strumpfhosen sind auch ständig kaputt. Aber ich verdränge den Gedanken, dass sie es irgendwann ebenso mit älteren Männern treiben könnte. Stattdessen denke ich an ihren anstehenden Geburtstag. Bald ist sie achtzehn und für sich selbst verantwortlich. Wie schnell die Zeit vergeht, denke ich und schmunzle traurig, weil ich weiß, dass sie bald ausziehen und ihren eigenen Weg gehen wird. Hoffentlich hat sie einen Plan!

Mein Vater hat mir oft von seinen vier Plänen erzählt.

Junge, zuallererst brauchst du einen Plan fürs Leben, höre ich ihn reden. Sogar seinen tabakgeschwängerten Atem kann ich riechen. Anders als er habe ich nie mit dem Rauchen angefangen. Seinen Rat befolge ich trotzdem: Ich habe einen Plan fürs Leben.

Ich gehe am Fenster vorbei und riskiere einen Blick in den Himmel. Er ist so finster wie der Kaffee, den ich noch schwach auf meiner Zunge schmecke und der mich an ein weit entferntes Land am Äquator denken lässt. Das Aroma wirkt fremd in dieser Stadt, deren Architektur der Spagat zwischen Jugendstil, Industrialisierung und neumodischen Betonbauten gelingt. Bei Nacht täuschen die Lichter der Straßenlaternen und der Reklametafeln über den provinziellen Ruf der Stadt hinweg. Ich mag die Provinz nicht. Vier Tage reichen mir, danach werde ich hoffentlich nie wieder herkommen. Heute ist Tag zwei. Unter meiner Ausrüstung befindet sich ein Stadtführer, aber alles, was ich wissen muss, steckt in meinem Gedächtnis. Ohne Vorbereitung töte ich nicht.

Ich konzentriere mich wieder ganz auf das Zimmer, suche jeden Winkel ab. Auf dem Boden liegt die heutige Ausgabe der *Freien Presse*. Die Seiten sind zerknittert. Eine Todesanzeige sticht mir ins Auge. Schwer vorstellbar, dass die Frau die Zeitung gelesen hat. Sie ist ein Flittchen und eine Illusion für Männer. Schön, aber treulos. An eine Familie, ein eigenes Haus oder eigene Kinder verschwendet sie keinen Gedanken. Sie wohnt in ständig wechselnden Betten, ihr sicherer Hafen ist ihr Körper. Ich weiß Bescheid über die Frau, ebenso über den Mann, mit dem sie sich die ganze Nacht vergnügen wird. Ich verurteile die beiden nicht dafür, dass sie es miteinander treiben. Affären sind jedoch für mich tabu. Selbst unter den Handschuhen trage ich meinen Ehering. Ich würde meine Frau nie betrügen, so wie der Mann hier, dessen Ehefrau zu Hause wartet und deren Foto wie ein Lesezeichen halb aus einem Skript ragt. Daneben auf dem Tisch stehen eine geöffnete Weinflasche und zwei verschlossene Marx Städter Pils. Sorgfältig inspiziere ich die benutzten Gläser, rühre sie aber nicht an. Lippenstift klebt an einem der Ränder.

Ich schaue auf die Uhr, schalte den Fernseher ein. Zu meiner Überraschung berichtet der Lokalsender über Johannes Wailand. Wailand klingt wie Heiland. Der deutschlandweit bekannte Fernsehprediger wird übermorgen in der Stadthalle auftreten. Ein schelmisch blickender Mann mit leicht grau meliertem Haar lächelt in die Kamera. Er soll ein Typ wie Richard Gere sein, so beschreibt man ihn. Allerdings kann sein Name nicht mit dem des amerikanischen Schauspielers konkurrieren. Außerdem kennen die wenigsten Leute Wailands tatsächliches Alter. Vielleicht hat er auch das mit Richard Gere gemeinsam. Allerdings habe ich noch nie einen Spot gesehen, in dem Gere für Energydrinks wirbt. Wailand dagegen promotet seit zwei Monaten auf allen Kanälen sein neustes Dosengetränk. Nach »Spring« also »Tears«. Tears beinhaltet rechtsdrehendes Wasser. Angeblich habe dies eine belebende Wirkung. Ich werde das Zeug niemals probieren, weiß aber, dass es etwas mit Umkehrosmose und der Änderung der Drehrichtung der Elektrospins von Wasserstoffatomen zu tun hat. Was auch immer an der Story dran ist, ich glaube dem Guru kein Wort.

Während der Fernseher läuft, verhalte ich mich ganz still. Ich rede allgemein nicht viel. Wenn doch, errät man aufgrund meines Dialekts leicht den Berliner. Die meisten halten mich für einen Angestellten, der sich auf Weiterbildung befindet. Wenn es notwendig ist, trage ich über der Brust einen Anstecker mit wechselndem Unternehmensnamen. Das lenkt ab. Wer mich sieht, wird mich bald vergessen haben, denn ich bin bei meiner Schönheitspflege nicht eitel, dafür umso stolzer auf mein Allerweltsgesicht. In Erinnerung wird den Leuten höchstens der Anstecker mit dem Unternehmensnamen bleiben.

Zehn Minuten sind verstrichen. Meine Zeit ist um. Kurz denke ich darüber nach, mich im Bad oder im Schrank zu verstecken. Mit der Klinge in meinem Koffer kann ich blitzschnell töten. Weder die Frau noch der Mann kämen dazu, um Hilfe zu schreien. Ich bin effektiv und gewissenhaft. Aber dieses Szenario gehört nicht zu meinem Plan. Ich bin kein Tier, das impulsiv tötet. Ich bin der Fotograf. Niemand kennt mich. In dieser Stadt bin ich jemand – weder gut noch böse. Genau wie diese Stadt weder gut noch böse ist, auch wenn man noch immer vereinzelt T-Shirts mit dem Statement »#wirsindmehr« sieht, weil vor ein paar Jahren unweit von diesem Hotel Hetzjagden auf Menschen stattgefunden haben.

Ich bin nicht auf der Jagd, also lege ich mich nicht auf die Lauer. Für heute habe ich alles, was ich wollte. Sorgfältig packe ich das benutzte Kondom und den Slip ein. Den Fernseher werde ich eingeschaltet lassen. Wenn die beiden zurückkehren, werden sie sich darüber wundern. Sicherlich wird sie auch ihren Slip vermissen. Wenn sie nicht zu betrunken sind, wird ihnen der Gedanke kommen, dass während ihrer Abwesenheit jemand hier drin war. Sie werden keine Anzeige erstatten, davon bin ich überzeugt.

Bevor ich das Licht lösche und gehe, öffne ich die mitgebrachte Schachtel in meiner Hand und lasse drei Marienkäfer frei.

Kapitel 3

Der Kurier

»Wo ist euer Geld?«

Auf die stets gleiche Frage des Maskierten konnte Eduard Schmidt seine Antwort nur wiederholen. »Es ist kein Bargeld im Haus, glauben Sie u…«

Ein Schlag mit der flachen Hand riss Eddi den Kopf zur Seite. Leicht benommen taumelte er gegen die Wand, wo seine Frau schon minutenlang gefesselt und geknebelt kauerte.

»Willst du mich verarschen, Fettwanst? Da draußen stehen zwei nagelneue Audi und du willst mir einreden, ihr hättet keine Kohle gebunkert?«

»Die Fahrzeuge gehören der Bank«, verteidigte Eddi sich. Schützend hielt er die Hände vors Gesicht, weil er mit einem erneuten Schlag rechnete. Durch die Spalten zwischen seinen Fingern musterte er den Unbekannten, um ihn später eventuell identifizieren zu können. Bis auf die Armeehose und den verwaschenen sächsischen Dialekt konnte er sich jedoch keine besonderen Merkmale einprägen. Vom Alter her schätzte Eddi ihn auf Mitte zwanzig, aber da konnte er sich auch täuschen.

»Du bist doch ein verdammter Anlageberater«, sagte der Fremde. »Du bekommst doch fette Pro...provosion oder wie der Dreck heißt.«

»Die Provision reicht gerade mal, um unsere laufenden Kosten zu decken. Ich bin Invalide, ich mache das mit der Anlageberatung nebenbei.«

»Was denn für ein Invalide?«

»Kriege das Knie nicht mehr krumm.«

Für einen Augenblick wirkte der Fremde irritiert. Anscheinend hatte er noch nicht mitbekommen, dass Eddi humpelte, weil eine Beinprothese seine Gehbewegung einschränkte. Wegen seines fehlenden rechten Beins nannte man ihn auch Holzbein-Eddi.

»Ist das ein verdammtes Holzbein?«, fragte der Fremde. »Versteckst du da drin dein Geld?«

»Was?«

»Piratenfilme, du Blödmann! Ich weiß, wie das läuft. Los, zeig es mir, ich will es sehen!«

Vorsichtig zupfte Eddi an seinem Hosenbein, woraufhin die Prothese ein Stück zum Vorschein kam. »Metall und Kunststoff, heutzutage benutzt man Holz höchstens für den Schaft.«

Unvermittelt folgte der nächste Schlag.

»Denkst du, ich bin dämlich, du stinkreicher Anlageberater?«

»Nein.«

»Also schieb dir dein Holzbein in den Arsch und mach mich reich!«

»Du hast vollkommen recht, ich mache andere reich. Aber bitte, Junge, schau dich doch mal um! Sieht die Bude aus, als würden wir im Luxus schwimmen?«

»Nenn mich noch einmal Junge und ich schlag dir deine Fresse ein!«

Statt die Faust zu ballen, hielt der Eindringling nach dieser Drohung inne. In den Schlitzen der schwarzen Sturmhaube huschten die Pupillen hin und her. Sein fiebriger Blick irrte im Wohnzimmer umher. Wahrscheinlich suchte er Gegenstände von Wert. Eddi bezweifelte, dass der Mann überhaupt einen Picasso von einer Kinderkritzelei unterscheiden konnte. Aber die Bilder, die im Wohnzimmer und im Korridor hingen, stammten nicht aus Galerien oder aus einer vermögenden Erbschaft. Eddi war weder Kunstkenner noch Kunstliebhaber, das meiste Vermögen häufte er bei Banken an.

Wütend ergriff der Maskierte die zuvor geleerte Brieftasche vom Stubentisch und knallte sie Eddi gegen den Oberkörper. »Zweihundertneunzig läppische Euro! Das soll alles sein? Wenn du mir nicht sofort mehr gibst, schlitze ich zuerst deine Frau auf und dann dich. Hörst du? Ich mache es ganz langsam. Ich bin geübt darin, Penner wie euch aufzuschlitzen. Deshalb nennt man mich ja Schlitzer. Kapiert ihr? Schlitzer, merkt euch den Namen!«

Neben ihm hockte still und geknebelt seine Frau. Eddi drehte sich zu ihr und Katalena blickte zurück. In ihrer Mimik konnte er lesen, dass er dem Einbrecher endlich etwas geben sollte, damit der Albtraum aufhörte. Aber Eddi hoffte nur, sie würde einfach die Nerven behalten, bis alles überstanden war. Bevor er auch nur einen Bruchteil von seinem Goldvorrat hergab, hätte er sich lieber auch das zweite Bein abschneiden lassen. Zum Glück wusste seine Frau nichts von dem Versteck im Schuppen. Dort lagerten der richtig gute Schnaps und einiges an Edelmetall. Jede gute Ehe brauchte ihre Geheimnisse.

Besonders ängstlich war Eddi nie gewesen, aber die Klinge des Messers, mit dem der Fremde pausenlos vor ihm herumfuchtelte, beunruhigte ihn trotzdem. Hauptsache, der Typ verlor nicht die Kontrolle über seine Hände. Während Eddi die Situation still für sich bewertete, ärgerte er sich über seine eigene Unachtsamkeit. Kurz zuvor war er noch einmal zu den Kaninchenkäfigen gegangen. Eines seiner Tiere hatte seit zwei Tagen nicht richtig gefressen. Aus Sorge um sein Kaninchen hatte er sogar den Skatabend im Wirtshaus Zum Fuchs sausen lassen. Beim Hinausgehen hatte er die Haustür nur angelehnt. So hatte der Maskierte eindringen können und zuerst Katalena und dann Eddi überwältigt.

»Was ist da unten?«, fragte der Mann und zeigte zur Kellertreppe.

»Nur der Keller.«

»Nur der Keller«, äffte der Fremde Eddi nach. »Gut, schauen wir beide nach, ob sich da nicht was Wertvolles versteckt.«

»Ich kann nicht.«

»Was ist los?«

Demonstrativ klopfte Eddi sich gegen die Prothese. »Ich vermeide Treppen.«

»Willst du mich verarschen?«

»Durch die Prothese hat sich der Gesundheitszustand meines linken Knies verschlechtert. Ich kann es kaum noch einknicken.«

Der Maskierte schaute auf Katalena. Dann stellte er sich breitbeinig vor sie hin, als wollte er sie anpinkeln. »Gut, dann übernimmt das deine Alte.«

»Lena, nicht!«, erhob Eddi die Stimme, wodurch sogar der Fremde leicht zusammenzuckte.

Anders als Eddi konnte Katalena mit Leichtigkeit die Treppe hinabsteigen. Mit ihren dreiundsechzig war sie immer noch rüstig. Das lag an den Genen. Als Vierjährige war sie mit ihren Eltern aus der damaligen Sowjetunion gekommen. Russen waren unverwüstlich wie eine Kalaschnikow.

Gewöhnlich tat sie immer das, was Eddi von ihr verlangte. Leider verhielt sich Katalena mitunter ein bisschen dämlich, so wie jetzt. Bereitwillig redete sie los, nachdem der Maskierte ihr aufgeholfen und den Knebel aus dem Mund gerissen hatte.

»Sie können unsere Handys haben«, sagte sie wie mechanisch. »Und ich habe ein bisschen Schmuck.«

»Scheiße, ich brauche aber dringend Bargeld. Versteht ihr? Nur Bares ist Wahres.«

»Er will unsere Handys nicht«, sagte Eddi. »Also setz dich wieder hin!«

»Los, zeig mir schon die Scheißhandys«, forderte der Maskierte von Katalena und stieß sie vor sich her. Sie nickte stumm und schaute dabei auf die schweren Lederstiefel des Fremden. Vom Regen hatte er lauter Nässe ins Haus geschleppt. Bis spätabends hatte sie gesaugt und gewischt. Allerdings war der Schmutz momentan ihr kleinstes Problem.

»Lena, ich warne dich!«, mahnte Eddi, als sie bereits die Schränke öffnete.

Mit voller Wucht trat ihm der Maskierte gegen die Prothese. Zusätzlich packte er Eddi bei den Haaren und stieß seinen Kopf aus kurzer Distanz gegen die Wand. Dann hielt er Eddi die Messerspitze mit leichtem Druck an den Hals.

»Hast du nicht gehört, was ich gesagt habe, Fettwanst? Man nennt mich Schlitzer! Muss ich es dir erst buchstabieren? Halt lieber deine Fresse, sonst massakriere ich deine Alte vor deinen Augen mit der Klinge hier.«

Jetzt bekam Eddi doch leichte Panik vor dem Messer. Der Typ stand anscheinend bis unter die Schädeldecke unter Drogen. In seinen Augen lag ein Wahnsinn, den sonst nur synthetisches Rauschgift anrichtete. Wie so ein Techno-Zombie aus den Neunzigern nach einer durchzechten Nacht stierte er Eddi an.

»Was haben wir denn da Hübsches?«

Zuerst begriff Eddi nicht, was sein Peiniger meinte. Als der jedoch die Finger seiner freien Hand ausstreckte, bemerkte Eddi, dass seine Kette mit dem vaterländischen Verdienstabzeichen über sein Hemd gerutscht war.

»Bitte nicht, das ist nur ein wertloses Andenken!«

»Ist mir scheißegal, ich nehm's mir trotzdem.«

Damit riss ihm der Unbekannte das Schmuckstück vom Hals.

Kapitel 4

Der Fotograf

Der Hotelflur ist menschenleer. Lediglich eine flackernde Wandlampe stört die Harmonie. Ich schließe die Zimmertür hinter mir. Der Riegel schnappt sanft ins Schloss. Aus unerklärlichen Gründen kommt mir die Todesanzeige aus der Zeitung in den Sinn. Angehörige haben sich mit liebevollen Zeilen von einem Gunter Lutz Müller verabschiedet. Für jemanden war er jemand gewesen, für mich ist der Name bedeutungslos. Allerdings erinnert mich sein Alter an meinen zweiten Mord. Ich war einundzwanzig und Student und mein Opfer ein dreiundneunzigjähriger Rentner, der mit mir im selben Haus gewohnt hat. Ein Altnazi, der ständig die Ausländer beschimpft hat. Seine politische Haltung ist mir egal gewesen, aber die tägliche Ruhestörung durch seinen Fernseher hat bei mir zu permanenten Kopfschmerzen geführt. Irgendwann habe ich bei ihm geklingelt, mich für den späten Besuch entschuldigt und ihm freundlich mitgeteilt, dass ich für eine Prüfung lernen musste. Er hat mir den Mittelfinger entgegengestreckt und mich als Parasiten bezeichnet.

Seine Reaktion hat bei mir einen Schalter umgelegt. Ich habe den schmächtigen Kerl in seine Wohnung gedrängt und ihm so lange ein Kissen auf das Gesicht gedrückt, bis er nicht mehr gezuckt hat. Anschließend habe ich den Fernseher nur eine Winzigkeit leiser gestellt, bin zurück in meine Wohnung gegangen und habe versucht zu lernen, was mir danach nicht mehr richtig gelingen wollte. Andauernd musste ich an die coole Science-Fiction-Serie denken, die zur gleichen Zeit bei meinem toten Nachbarn im TV lief.

Auf der Treppe streife ich mir die Lederhandschuhe ab und schmunzle über diese Erinnerungen. Während ich die Stufen bis ganz hinab in den Keller nehme, denke ich darüber nach, demnächst mal wieder ein paar Folgen von »Doctor Who« anzuschauen.

Aber jetzt muss ich das Hotel möglichst unauffällig verlassen. Dafür nehme ich nicht den Haupteingang, sondern den Personaleingang, der direkt zur Tiefgarage führt. Ich kenne den Gebäudegrundriss wie meine Westentasche. Ich weiß alles über das Collect. Den Hotelbetreiber kannte ich bereits von der Homepage. Er heißt Viktor Kupke. Bei meiner Ankunft habe ich ihn im Gespräch mit einem Gast gesehen. Rein äußerlich ist er eine imposante Person. Ein Mann mit einem Stiernacken, der alles um sich herum zu beobachten scheint. Möglich, dass er mich beim Vorbeigehen registriert hat. Seine Angestellten fasst er nicht mit Samthandschuhen an, dafür bezahlt er angeblich übertariflich. Genau dieser Viktor Kupke ist plötzlich ganz in meiner Nähe. Ich sehe ihn nicht, aber als ich seine Stimme auf dem Gang höre, bleibe ich stehen und wundere mich, was er um diese Uhrzeit noch im Hotel will. Wenn er mir jetzt begegnet, wird er mich zur Rede stellen, wissen wollen, wohin ich möchte. Wie es sich anhört, scheint Kupke mit jemandem zu telefonieren. Er klingt gereizt und er nähert sich mir. Das Gespräch lenkt ihn ab, also beschließe ich, einfach weiterzugehen. Sogleich wird Kupkes Stimme leiser. Ich habe genügend Vorsprung.

Der Schichtwechsel im Collect ist vorbei. Den restlichen Weg zur Tiefgarage treffe ich keine Menschenseele. Noch eine Tür, dann bin ich verschwunden. Zerkratzte schwarze Druckbuchstaben zeigen mir den Ausgang. Innen an der Tür befindet sich eine Klinke, außen nur ein Knauf mit einem Codeschloss. Es ist immer wieder aufregend, nicht zu wissen, was hinter der nächsten Tür passiert. Man hat zwar ein Szenario im Kopf, aber vor Überraschungen ist niemand gefeit. So auch diesmal. Als ich die Klinke nach unten drücke und die Tür aufstoße, erwarte ich eine leere Tiefgarage. Stattdessen begegnet mir auf der anderen Seite ein älterer Herr mit einem grauen Fedora auf dem Kopf. Wir erblicken uns und er macht kehrt.

»Entschuldige, Opa hat sein Telefon im Auto vergessen.«

Der Mann redet nicht mit mir, sondern mit dem Kind an seiner Hand. »Wir wollten doch Mama Gute Nacht wünschen«, höre ich ihn sagen, ehe die beiden einen weinroten Range Rover erreichen.

Ich wollte schon grüßen, aber kein Wort kommt über meine Lippen. Für den Bruchteil einer Sekunde halte ich die Tür fest, blicke hinter mich, ob der Hotelbetreiber mir folgt. Schließlich gehe ich weiter, schaue nach allen Seiten. Die Situation bringt mich kurz aus dem Konzept. Etwas scheint nicht zu stimmen, ich kann nicht einordnen, was. Bis auf den älteren Herren und das Kind kann ich zwischen den parkenden Autos niemanden ausmachen. Allein meine eigenen Schritte hallen von den Betonwänden. Trotz der inneren Getriebenheit gehe ich bedächtig zur Ausfahrt. Mein Wagen parkt in der Theaterstraße zwischen anderen Fahrzeugen. Keine drei Minuten Gehzeit.

Unauffällig schaue ich hinüber zum Range Rover. Die linke Hintertür steht offen. Der Opa steht mit dem Rücken zu mir. Auch wenn ich sein Gesicht nicht richtig erkannt habe, denke ich unweigerlich an den toten Altnazi. Das Kind dreht seinen Kopf. Es ist ein rothaariges Mädchen von höchstens sieben Jahren. Im Tiefgaragenlicht schimmern seine Haare wie Rost. Es schaut mich direkt an. Ich kann seinen Blick schwer deuten. Ein Ausdruck von unendlicher Müdigkeit kommt mir in den Sinn. Kein Wunder, es ist viel zu spät für ein kleines Mädchen. Aber es ist Wochenende, sage ich mir und bemerke nebenbei, wie das Kind ein Kaugummipapier fallen lässt. Als der Großvater behutsam seinen Arm um die Schultern des Mädchens legt und das Wort »Mama« in sein Handy spricht, scheint die Welt in Ordnung. Ich konzentriere mich wieder auf meine eigenen Angelegenheiten. Ich lasse die Schranke an der Ausfahrt nicht mehr aus dem Visier. Eine Autotür knallt. Am Ende der Tiefgarage drehe ich mich noch einmal um. Von dem Mann und dem Kind ist nichts mehr zu sehen. Die Personaleingangstür fällt zu. Dann herrscht in der Tiefgarage absolute Stille.

Es läuft alles reibungslos. Bald sitze ich in meinem Wagen. Wenn ich nicht in eine Polizeikontrolle schlittere, sollte es zu dieser Nachtzeit keine Verzögerungen geben. Abzüglich Fahrt bleiben mir mindestens fünf Stunden Schlaf. Das sollte reichen, um neue Kraft zu tanken. Es muss reichen. Morgen muss ich mich kurz auf der Arbeit blicken lassen, mich in meinen Rechner einloggen.

Auf der Autobahn überlege ich, ob ich die Nummer meiner Frau wählen sollte. Ich zögere und lasse es schlussendlich bleiben. Im Autoradio läuft ein Schlagersender. Es ist eine eigene heile Welt, während um mich herum alles im Chaos versinkt. Gedanklich gehe ich immer wieder meinen Plan durch. Die Personen, denen ich heute begegnet bin, ziehen in meinen Gedanken vorüber. Der Hotelgast, die junge Frau, der Hotelbetreiber, der Barkeeper, der alte Mann, das Mädchen …

Ohne dass ich gemerkt habe, wie ich hergekommen bin, stehe ich plötzlich bei mir vor dem Haus. Drinnen schaue ich kurz in Vanessas Zimmer, ob alles in Ordnung ist.

»Ich hab dich lieb«, wispere ich, dann gehe ich mich lange und ausgiebig duschen.

Bevor ich ins Bett husche, höre ich meine Mailbox ab. Sonja hat mir eine Nachricht hinterlassen. Das Handy in Reichweite versinkt mein Kopf im Kissen. Bald träume ich von dem diabolischen Hampelmann, der mich nachts verfolgt.

Kapitel 5

Das Luder

Angetrunken und total bettreif drehte Josephine Sperling den Schlüssel im Schloss herum. Als sie die Zweiraumwohnung betrat, stieg ihr sofort ein säuerlicher Geruch entgegen. Zuerst dachte sie, ihr komplett zugedröhnter Bruder habe wieder auf seine Matratze genässt, aber als ein weißes Kaninchen ihren Weg kreuzte, befand sie sich plötzlich in der bizarren Welt von »Alice im Wunderland«. Weggeblasen die elektronischen Beats aus ihrem Kopf, dafür summte jetzt Jefferson Airplane in ihr Ohr.

»*White Rabbit*«.

»Verfluchte Scheiße, Daniel! Was macht das Kaninchen in unserer Bude?«

Aus der Richtung der Matratze, wo er schlief, kam nur ein Grunzen. Immerhin lebte Daniel noch. Sein ungewaschener Fuß kam unter der Decke zum Vorschein.

»Daniel, du Schlafmütze, steh auf!« Jo ging zum Fenster und riss den Vorhang beiseite. Augenblicklich flutete Tageslicht das Zimmer. In einer Ecke entdeckte sie ein weiteres Tier, ein braunes, das an der Tapete und der Bodenleiste knabberte. »Was zum Teufel …? Es sind sogar zwei!«

Sie rieb sich die Augen, weil sie diesem surrealen Traum entfliehen wollte. Doch sobald sie die Augen schloss, huschten nur noch mehr weiße Kaninchen vorbei.

»White Rabbit«.

Mit zwei Schritten war sie bei Daniels Schlafplatz. Sie riss die Bettdecke zur Seite und trat zusätzlich gegen die Matratze. Vor Schreck stoben die beiden Tiere davon und suchten Schutz unter der Couch und in der Küche. Dafür rührte Daniel sich nicht, sondern schnarchte weiter.

»Wach auf, sonst prügle ich dich raus!«

Ein erneuter Tritt, diesmal gegen sein Schienbein. Das führte zu einer Reaktion seinerseits. Er knurrte und redete wie im Fieberwahn.

»Ich schwör, ich hab ihre Titten nicht angefasst.«

»Was erzählst du da für einen Schwachsinn?«

»Sie hat wirklich monströse Titten …«

Jo reichte es. Sie kniete sich nieder, griff ihrem Bruder in die Haare und zerrte ihn vom Kissen auf das Laminat. Er schrie, aber davon ließ sie sich nicht abhalten.

»Du bist ja völlig stoned.«

Obwohl sie selbst ziemlich im Eimer war, sah sie nicht halb so fertig aus wie ihr Bruder. Seine tiefdunklen Augenringe, die glasigen Pupillen und sein übler Atem gaben ihr eine Ahnung, was er letzte Nacht für Zeug konsumiert hatte. Meth reichte ihm nicht mehr. Kürzlich hatte sie ihn erwischt, wie er Feuerzeugbenzin aus einer Plastiktüte geschnüffelt hatte. Im Gegensatz zu ihm war Jo schlau genug, um zu wissen, dass es gesünder war, Drogen zu verticken, als sie zu konsumieren. Was sie nicht wusste, war, wie ihr dämlicher Bruder fünftausend Euro auftreiben sollte. Noch dazu in diesem Zustand.

Sie klatschte ihm ein paarmal ins Gesicht, bis er halbwegs zur Besinnung kam.

»Verpiss dich, du Hexe«, kreischte er wie ein Schulkind. Kaum zu glauben, dass er dreiundzwanzig war.

»Sag mir endlich, was die beiden Kaninchen hier zu suchen haben.«

»Ich war bei dem Typen in Adelsberg«, kam es verwaschen aus seinem Mund.

Jo brauchte einen Moment, um zu begreifen.

»Halt, halt, halt! Willst du mir sagen, du bist bei dem Ehepaar Schmidt eingebrochen?«

»Hab sie überfallen.« Er richtete sich sitzend auf, lehnte seinen nackten, ausgemergelten Oberkörper gegen die Wand und lächelte wie ein Fixer, der sich eben einen Schuss in die Vene gespritzt hatte. »Dem fetten Anlageberater und seiner Alten hab ich es richtig gegeben.«

Sekundenlang schloss Jo die Augen. Wieder tauchten die Hasen auf und es summte in ihrem Kopf die psychedelische Gitarrenmelodie.

Düm, düm, düm, düm … White Rabbit.

»Hab die Schlitzer-Nummer abgezogen«, sagte er und kicherte.

Jo schlug ihm auf die Stirn, wodurch er kurz die Augen verdrehte. »Wie dämlich kann man sein? Den Anlageberater wollte ich klarmachen. Ich wollte die passende Gelegenheit abwarten und mir dann die Kohle holen. Du hast alles vermasselt, denn du weißt gar nichts über das Ehepaar, du Schwachkopf! Ich war vorbereitet. Otto hat mir alles über den Typ erzählt.«

Mit Otto und einigen anderen älteren Typen war Jo die ganze Nacht durch die Clubs gestreift. Wobei man die Anzahl der wirklich aufregenden Clubs in dieser Stadt an einer Hand abzählen konnte. Der Rest bestand aus abgefuckten Schuppen, wo sich teilweise echt kranke Typen trafen. In der Regel mied

Jo solche Orte. Nur wenn es Kohle zu holen gab, war sie nicht wählerisch. Leider hatte ihre nächtliche Diebestour diesmal nichts eingebracht außer Zerstreuung und Kopfschmerzen.

Und jetzt auch noch diesen Ärger!

»Scheiße, ich reiß mir hier den Arsch für deine Schulden auf und du baust eine Katastrophe nach der anderen!«

»Was heißt denn Katastrophe? Zweihundertneunzig Euro hab ich dem Dicken abgenommen.«

»Zweihundertneunzig Euro?« Jo sprang auf, drehte sich im Kreis und verlor fast den Verstand, weil sie es nicht fassen konnte. »Der Mann schwimmt im Geld und du tauchst mit ein paar lächerlichen Piepen auf.«

Kraftlos schleppte Daniel sich aus seinem Bett und kroch über den Boden zu seinem Rucksack. Er kramte eine Weile darin herum, dann präsentierte er stolz zwei Smartphones, ein Paar Silberohrringe und eine Kette mit einem Anhänger, auf dem sie das DDR-Emblem erkannte. Jo warf nur einen flüchtigen Blick auf seine Ausbeute.

»Das ist wertloser Kram! Du machst alles falsch. Wir haben uns darauf geeinigt, dass wir nur Bargeld mitgehen lassen. Warum begreifst du das nicht? Bargeld kann man nicht zurückverfolgen.« Ihr Blick fiel auf das braune Kaninchen, das einen kranken Eindruck machte. »Und was soll das überhaupt mit den Kaninchen?«

»Ich dachte, wir brauchen mal wieder was Anständiges zu futtern.«

»Was Anständiges zu futtern?« Sie zeigte ihm einen Vogel. »Das sind Zwergkaninchen! Die kann man nicht essen.«

»Wieso nicht? Kaninchen ist Kaninchen.«

»Arrrr!« Jo raufte sich ihre strohigen Haare. Sie brauchte jetzt eine Dusche, eine Kopfschmerztablette und absolute Ruhe. »Du machst sofort die Scheiße und die Pisse von den

Viechern weg und dann kümmerst du dich darum, dass sie verschwinden.«

»Aber, Jo, ich …«

»Nichts aber Jo! Fünftausend Euro! Du schuldest Henning fünftausend Euro. Rechne mal nach! Abzüglich der zweihundertneunzig bleiben viertausendsiebenhundertzehn Euro übrig. Ich würde sagen, du bist am Arsch. Henning macht dich fertig. Der macht dich so fertig, wie man einen Menschen nur fertigmachen kann.«

Daniel sah sie an wie ein Schwachsinniger. Spucke lief ihm aus dem Mund. Er schlürfte sie zurück in den Rachen. »Aber du hilfst mir doch, oder?«

Ihrem Bruder war nur noch zu helfen, indem jemand ihm den Schädel einschlug. Doch stattdessen passte sie auf ihn auf, weil er sonst niemanden hatte, der sich um ihn kümmerte. Obwohl sie noch nicht volljährig war, musste sie für zwei denken. Ihr Plan mit dem verheirateten Typen war in die Hose gegangen. Anfangs klang die Sache so lächerlich einfach: Verführe einen zweiundvierzigjährigen Bankangestellten und erpresse ihn anschließend. Leider hatte sich der Blödmann vehement geweigert, das Geld für Jos Stillschweigen über die Affäre zu bezahlen. Dabei hatte sie nur einen Tausender gefordert. Wenigstens hatte er jetzt eine Anzeige wegen Vergewaltigung am Hals. Natürlich war die Geschichte erstunken und erlogen, aber für sein Imageproblem interessierte Jo sich nun nicht mehr.

Selbst schuld, warum betrog er auch seine Frau? Wenn er es sich von einer Siebzehnjährigen besorgen ließ, schreckte er auch nicht vor anderen Seitensprüngen zurück. So spitz wie der war, verging er sich vielleicht sogar an einer seiner Töchter. Oder an beiden. Jo hatte die Mädchen einmal flüchtig gesehen, als sie in seinem Auto mitfuhr. Für Pädophile hatten die Kleinen genau das richtige Alter. Jo wusste, wovon sie sprach. In ihren

Albträumen kam ihr Stiefvater noch immer nachts zu ihr und kroch schwitzend und mit Alkoholfahne unter ihre Bettdecke.

Ihrem Stiefvater hatte sie die Nase gebrochen. Wäre Daniel nicht dazwischengegangen, hätte er sie dafür totgeprügelt. Da war sie dreizehn gewesen. Seitdem lebte sie mehr oder weniger auf der Straße. Hin und wieder kümmerten sich die Tanten vom Kinder- und Jugendnotdienst um sie.

»Ich hab die Schnauze voll von deinen Reinfällen«, sagte sie und griff in ihre Hosentasche nach ihrem Schlüsselbund. »Ich penne woanders, weil ich dich nicht länger ertrage. Wenn ich wiederkomme, sind die Kaninchen verschwunden.«

»Aber Jo …«

Sie öffnete die Wohnungstür, hielt jedoch noch einmal inne und hob den Zeigefinger.

»Und gnade dir Gott, wenn der Typ oder seine Frau dich erkannt haben.«

Kapitel 6

Der Fotograf

Der Samstagmorgen riecht leicht nach angebranntem Toast. Auf dem Herd köchelt das Wasser mit den Eiern. Unterdessen starre ich zum Fenster hinaus. Außen an der Scheibe kleben Marienkäfer. Der ganze Vorgarten ist übersät mit ihnen. Wenn das so weitergeht, wird man noch vor dem Herbst von einer Epidemie sprechen. Ähnlich wie vor fünf Jahren, als ich der Frau die halbe Nacht mit dem Skalpell ein Schuppenmuster in die Haut geschnitten habe. Oben im Norden gab es zu der Zeit kaum Marienkäfer, aber ich habe sie im Auto, in meiner Kleidung und meiner Tasche zum Hafen nach Flensburg mitgeschleppt. Während ich die Tote die meiste Zeit wie eine Geliebte im Arm gehalten habe, sind die gepunkteten Insekten über sie gekrabbelt. Über ihre Füße, ihren Schambereich und über ihre Augenlider. Zumindest so lange, bis ich beide Lider entfernt hatte. Danach sah sie endgültig aus wie eine gefangene Fischfrau in einem Netz. Ihr Foto hat einen Höchstpreis erzielt …

»Wartest du schon wieder auf einen Anruf von Mama?«

Obwohl ich sie nicht geweckt habe, betritt Vanessa auch heute pünktlich zum Frühstück die Küche.

»Was?«, frage ich und blinzle die Gedanken an die Fischfrau weg.

»Deine Fingerknöchel sind ganz weiß. Das passiert dir andauernd, wenn du an Mama denkst.«

Erst da bemerke ich, dass ich mein Smartphone derart fest umklammere, als wäre es mein einziges verbliebenes Kommunikationsmittel, während Sonja sich auf Reise befindet.

»Entschuldige.« Ich lege das Handy beiseite, lockere den Ehering, weil das Metall in meine Haut geschnitten hat. Ich greife zur Fernbedienung. In letzter Zeit lassen wir den Fernseher nebenher laufen, damit das zunehmende Schweigen zwischen uns weniger belastend ist. »Ja, ich wollte Mama noch einmal hören, bevor ich auf Arbeit gehe.«

Meine Tochter schüttelt den Kopf und verdreht die Augen. Wie ein typischer Teenager verliert sie keine Worte darüber, dass ich den Esstisch fein hergerichtet habe. Überhaupt ist der Aufenthalt im Haus für sie inzwischen zur Selbstverständlichkeit geworden. Das ist okay für mich, denn mein Kind macht mir sonst keine Schwierigkeiten. Sie behandelt ihre Mitschüler und Mitmenschen respektvoll, hat sich immer selbstständig Ferienjobs gesucht, wird das Abi mit Bestnote abschließen und hat einen konkreten Plan für danach. Sie will nicht studieren, sondern direkt eine Ausbildung zur Steuerfachangestellten beginnen. Was für die meisten nach einem staubtrockenen Beruf klingt, ist für sie Erfüllung. Mit siebzehn weiß sie bereits, dass Geld im Leben nicht alles ist, aber doch eine Variable, die das Leben extrem angenehm machen kann. Also will sie ihr eigenes Geld verdienen.

»Hast du es dir mit der Fahrschule noch einmal überlegt?«, frage ich, als wir uns an den Tisch setzen und zeitgleich nach unseren Messern greifen.

Sie schüttelt den Kopf und taucht die Messerspitze in die Butter. Anschließend kratzt die Klinge über die Toastbrotscheibe. »Nein, will ich nicht. Wenn ich die Fahrerlaubnis besitze, komme ich nur in Versuchung, mir ein Auto zu kaufen.«

»Aber vielleicht bist du irgendwann mal auf ein Auto angewiesen.«

»Wir wohnen in Berlin. Hier braucht kein Mensch ein Auto. Wenn ich was zu sagen hätte, würde ich Autos in Großstädten verbieten.«

Ich vertrete eine andere Meinung, bin aber stolz auf ihre Einstellung zum Umweltschutz. Solange sie sich nicht zur Öko-Fanatikerin wandelt, gehe ich nicht auf Konfrontation. Am Esstisch will ich das Thema nicht vertiefen. Im Fernsehen ist der Werbeblock vorbei und die Nachrichtenmelodie ertönt.

»Papa, es ist wieder hart«, sagt sie und hält mir ihr angebissenes Ei hin. Das Eigelb ist leicht bläulich.

»Prima, man muss hart sein im Leben«, erwidere ich und denke unwillkürlich an meine Mutter. Sie war die härteste Person, die ich kannte. Meine Tochter hat ihre Großmutter nie kennengelernt. »Okay, versprochen, morgen gebe ich mir beim Eierkochen mehr Mühe.«

»Morgen früh werde ich nicht da sein.«

Es verschlägt mir die Sprache. Ich sehe sie an und warte auf eine Erklärung.

»Ich treffe mich mit Amir. Seine Eltern haben nichts dagegen, wenn ich länger bleibe. Also warte nicht auf mich. Okay?«

Selbst nach einem halben Jahr weiß ich nicht, was ich von Amir halten soll. Seine Eltern sind in Ordnung, soweit ich das einschätzen kann. Noch ist Vanessa siebzehn. Wenige Tage trage ich noch die volle Verantwortung für sie. Ich habe mit ihr nie über Geschlechtsverkehr und Verhütung gesprochen. Ihre Mutter sollte das machen. Wahrscheinlich hatte Vanessa schon Sex mit einem Jungen, ich spioniere ihr da nicht nach. Zum

Glück nimmt sie die Pille, aber was heißt das schon bei einem Teenager, wenn die Hormone verrücktspielen?

»Ja, kein Problem«, antworte ich so entspannt wie möglich und schlucke einen schweren Bissen Toastbrot hinunter. »Bei mir wird es wahrscheinlich auch später. Du weißt ja, das ganz …«

»Das ganz geheime Projekt«, vervollständigt sie und zeichnet Gänsefüßchen in der Luft.

Wir lachen.

Als in den Nachrichten von einem Vermisstenfall gesprochen wird, vergeht mir schlagartig die Heiterkeit. Meine Tochter bemerkt es und denkt, sie sei der Grund.

»Was ist?«

Ich brauche ein paar Sekunden, ehe ich mich gefangen habe.

»Das ist schlimm«, antworte ich und kann den Blick nicht mehr vom Bildschirm lösen.

Das Bild eines Mädchens wurde eingeblendet. Eine siebenjährige Maria. Maria hat rötliche lockige Haare und eine knuffige Nase. Zuerst glaube ich an eine zufällige äußerliche Übereinstimmung, aber als der Name der Stadt wiederholt wird, in der man das Kind mit Hochdruck sucht, bin ich mir sicher, dass ich Maria gestern Nacht in der Tiefgarage gesehen habe.

> »*… wurde Großfahndung ausgelöst*«, höre ich die Nachrichtensprecherin reden. »*Hinweise aus der Bevölkerung nimmt jede Polizeidienststelle entgegen.*«

»Hoffentlich finden sie das Mädchen«, flüstert Vanessa.

»Ja, hoffentlich.«

Maria lächelt mich an. Ich kneife die Augen zu, weil ich mir einbilde, sie habe mir eben zugezwinkert. Sogleich ist der Spuk vorbei. Politik ist wichtiger als das Schicksal einer Siebenjährigen.

Die Nachrichtensprecherin impft den Zuschauern ein, wie skandalös der Machtkampf innerhalb der CDU geführt wird, nachdem ein Spitzenpolitiker bei einem öffentlichen Auftritt einen vermeintlich belanglosen Satz fallen gelassen hat.

Krümel stecken mir im Hals, und in meinem Magen wird der letzte Bissen zu einem Wackerstein. Ich huste, stiere danach lange auf meinen Teller, drehe das Brotmesser in meiner Hand, betrachte mich selbst in der Klinge. Ich wünsche mir, ich hätte mich getäuscht, aber die Gewissheit schnürt mir brachial die Kehle zu. Meine innere Stimme meldet sich und teilt mir mit, dass ich gehörig in der Zwickmühle sitze. Natürlich kann ich so tun, als wäre nichts gewesen, aber dann könnte ich mir im Spiegel nie wieder in die Augen sehen. Meine Frau und meine Tochter würden mich hassen, wenn sie davon erfahren würden. Ich müsse es der Polizei melden, würden sie verlangen. Aber genau das ist mein Problem. Ich kann mich nicht einfach als Zeuge zur Verfügung stellen. Minutenlang denke ich darüber nach, was ich tun kann. Vanessa beißt vom Toast ab, ihr Messer klirrt im Marmeladenglas. All diese Nebengeräusche sind nichts gegen Marias Wimmern, das sich in meinem Kopf ausbreitet. Maria weiß, dass ich gut darin bin, Leute zu finden, Leute zu beobachten, Leute zu eliminieren. Maria weiß aber auch, dass ich anderweitig verabredet bin. Maria will eine Entscheidung.

Ich rechne nach, wie viel Zeit mir bis zu meinem Termin bleibt. Ich komme zu der Überzeugung: zu wenig. Langsam erhebe ich mich vom Stuhl. »Ich muss los.«

»Was denn, jetzt schon?«

»Kannst du bitte abräumen?«

Meine Tochter besitzt meinen Scharfsinn, deshalb ignoriert sie meine Frage. »Was ist denn auf einmal los?«

Ich umrunde den Tisch, nehme ihren Kopf ganz zärtlich und drücke ihr einen Kuss auf die Stirn.

»Viel Spaß bei Amir.«

Kapitel 7

Der Bulle

Lange würde Kriminalhauptkommissar Lothar Kellmann sich das mit den Rufbereitschaften nicht mehr gefallen lassen. Irgendwann würde er seinem Chef sagen müssen, wie sehr ihn die Wochenenddienste belasteten. Von den Nachtschichten ganz zu schweigen. Im Kommissariat wussten inzwischen alle, dass seine Frau schwer erkrankt war, aber wie elend es wirklich um sie stand, ahnte niemand.

»Ich hasse meinen Job«, maulte Lothar.

Er schob sich eine Zigarette zwischen die Lippen. Seine junge Kollegin Emma Thomas stibitzte sie ihm, bevor er auch nur das Feuerzeug entflammte.

»Nicht in meinem Auto.«

Das Seitenfenster surrte und die Kippe landete auf dem Asphalt. Grimmig schaute Lothar durch die Heckscheibe, wie der Nachfolgeverkehr dem Glimmstängel den Rest gab.

»Dich hasse ich auch.«

»Du hasst mich nicht«, erwiderte Emma. »Du liebst mich, weil ich die Einzige bin, die deine Launen erträgt. Und du liebst deinen Job.«

Er rieb sich den Frust der letzten Wochen aus dem Gesicht. »Es geht um ein Kind. Kinder machen nur Ärger.«

»Woher willst du das wissen? Du hast doch selbst keine.«

»Du glaubst gar nicht, wie unendlich froh ich darüber bin.«

Eine glatte Lüge. Er und seine Frau hätten gern Kinder gehabt. Früher einmal, mit zwanzig oder seinetwegen auch mit Ende dreißig. Mittlerweile ging seine Welt zugrunde und er versuchte nur noch, halbwegs unbeschadet die Pensionsgrenze zu erreichen.

»Die Kleine ist jetzt seit fast vier Stunden verschwunden«, sagte Emma, als sie sich dem Haus der Mutter näherten, wo bereits die Streifenbeamten und der Außendienstleiter auf das Eintreffen der Kollegen vom K11 warteten.

»Hab den Einsatzbericht aus dem Lagezentrum gelesen. Mit den paar Informationen kann man sich höchstens den Arsch abwischen. Kannst du mir erklären, warum das nicht das K43 oder zumindest der Dauerdienst macht?«

»Das Mädchen ist erst sieben, da geht niemand ein Risiko ein.«

»Ach, und da ruft man ausgerechnet mich an?«

»Der Polizeiführer hat sofort eine bundesweite Fahndung gesteuert. Außerdem hat die Pressestelle Marias Bild an sämtliche Medienstellen rausgegeben. Inzwischen dürfte ganz Deutschland um das Kind bangen. Du hast die meiste Erfahrung von uns. Also mach den Leuten da drin Mut, dass wir die Kleine finden werden.«

»Sehe ich aus wie Nostradamus?«

»Um ehrlich zu sein, siehst du heute beschissen aus, aber ein bisschen Hoffnung könnte den Tag retten.«

»Danke, du mich auch.«

Emma stoppte den Wagen abrupt und schaute ihn mit Sorgenfalten an. »Wirst du da drin klarkommen?«

»Warum fragst du das?«

»Die Gegend!« Sie nickte nach draußen. »Wir sind hier auf dem Sonnenberg und die Mutter lebt von Sozialhilfe. Ihr neuer Freund ist auch kein unbeschriebenes Blatt, wie du weißt.«

»Komm zur Sache.«

»Damit will ich lediglich ausdrücken, dass du dir nicht voreilig ein Urteil über diese Leute bilden solltest.«

Mit einem Schnauben stieß er die Beifahrertür auf. »Kennt man einen, kennt man alle.«

Kopfschüttelnd stieg auch Emma aus. Während sie sich beim Außendienstleiter und den Revierbeamten über die bisher getroffenen Suchmaßnahmen informierte, stapfte Lothar grußlos an den Kollegen vorbei. Nur eine Minute später betrat er eine Wohnung, die man bestenfalls als Refugium aus dem Reich der Finsternis bezeichnen konnte. Wandbilder hingen schief, Tapetenstücke fehlten. Es stank nach Katzenpisse und Böden und Möbel hatten seit Ewigkeiten keinen Staubsauger oder auch nur ein feuchtes Tuch gesehen. Dafür trug Janett Möller frische Schminke und die Alkoholfahne ihres Lebensgefährten Frank Könnecke wehte Lothar meilenweit entgegen. Kaum zu glauben, dass der Produktionshelfer gegen 5.30 Uhr von der Nachtschicht gekommen war und das Verschwinden von Maria bemerkt hatte.

»Kellmann, Kripo«, stellte Lothar sich vor. Dabei schenkte er es sich, den beiden die Hand zu reichen. »Ich übernehme ab sofort.«

»Maria ist ein liebes Mädchen«, plapperte die Mutter mit dem Charme einer Computerstimme los. »Sie ist schlafwandelnd, stand schon mal nachts an meinem Bett. Wie so ein Geist, verstehen Sie? Mit ihrer Puppe Betty. Aber so schlimm war es noch nie. Also, dass sie einfach weggelaufen ist. Sie hat Betty zurückgelassen.«

»Ja, Maria schlafwandelt«, stimmte ihr Partner ein. »Aber wir dachten nicht, dass sie einfach die Tür öffnet.«

Lothar hörte zu und schaute sich beiläufig um. Er zählte vier Katzen. Emma hatte recht gehabt, Lothar bildete sich schnell eine Meinung über Menschen. Janett Möller war tierlieb, aber wahrscheinlich mit der Erziehung eines Kindes überfordert. Und dieser Könnecke war ihr sicherlich keine große Hilfe.

»Sie sagten Kripo«, redete Frank Könnecke auch sogleich drauflos. »Von welcher Abteilung kommen Sie genau?«

»Mordkommission.«

»Mordkommission?« Könnecke blickte seine Partnerin schief an, als hätte sie das K11 gerufen. Möller schüttelte jedoch nur den Kopf, weil sie vermutlich selbst nicht verstand, was hier los war. Könnecke führte die Unterhaltung stellvertretend für sie weiter. »Wieso taucht denn die Mordkommission bei uns auf?«

Lothar zuckte mit den Schultern. »Keine Ahnung, warum ich hier bin. Verraten Sie es mir.«

»Ist es wegen meiner kriminellen Vergangenheit?«, wurde Könnecke laut. »Scheiße, ich lass mir nichts andichten. Meine Vorstrafen sind fast verjährt. Ich wandere nicht mehr in den Bau. Hey, ich liebe Maria wie meine eigene …«

»Was sollte ich denn über Ihre Vergangenheit wissen?«, ließ Lothar ihn nicht ausreden.

Könneckes Mund blieb offen stehen. Alle drei schwiegen. Eine Katze schlängelte sich um Lothars Beine und miaute. Trotz Beleuchtung ging es im Korridor ziemlich düster zu. Dennoch bemerkte Lothar die bläulich verfärbten Hautstellen an Möllers Schlüsselbein, als sie sich am Hals kratzte und der Kragen ihres T-Shirts ein wenig verrutschte.

»Wollen Sie sich setzen?«, fragte sie unvermittelt. »Oder einen Kaffee?«

Da Lothar bereits die fleckigen Sitzpolster begutachtet hatte, hielt er es für besser, zu stehen. Und eine Tasse würde er in dieser Wohnung allerhöchstens mit Latex-Handschuhen anrühren. »Kann ich Marias Zimmer sehen?«

»Ihr Zimmer?«

»Ich nehme an, sie hat ein eigenes Zimmer.«

»Sicher, es muss demnächst renoviert werden.«

Davon war Lothar überzeugt. Beim Blick in Marias Zimmer war er allerdings positiv überrascht. Er hatte es schlimmer erwartet. Die Möbel wirkten zwar abgenutzt und das Fensterbrett zierte wie überall eine dicke Staubschicht, insgesamt war der Raum aber hübsch eingerichtet und mit allerlei Spielsachen ausgestattet. Für seine eigene Tochter hätte Lothar vermutlich sogar die gleiche pinkfarbene Schirmlampe mit den Buntspechten ausgewählt.

»Hallo, Betty«, begrüßte er die schwarzhaarige Puppe, die auf dem Boden lag und der ein Auge fehlte.

»Wir haben nichts angerührt«, versicherte die Mutter.

»Gibt es Probleme in Marias Klasse?«, fragte Lothar und inspizierte unterdessen den Schrank, die Regale und das Bettchen.

»Nein, sie ist ja gerade erst eingeschult worden.«

»Sie ist sieben«, wusste Lothar zu sagen. »Müsste sie nicht in die zweite Klasse gehen?«

»Maria wurde ein Jahr zurückgestellt.«

»Verstehe.«

»Was verstehen Sie?«, kam es von Könnecke, der wie ein Aufpasser mit verschränkten Armen am Türrahmen lehnte.

»Ist das Marias Nachthemd?«, ging Lothar nicht darauf ein, sondern machte mit der Befragung der Mutter weiter.

»Was?«

Wortlos nickte Lothar zum Stuhl, wo ein Kinderschlafanzug für Mädchen wie hastig hingeworfen lag.

»Also, ich weiß nicht …«

»Was wissen Sie nicht?«

»Ja, der Schlafanzug gehört Maria, aber ich bin mir nicht sicher, ob sie ihn gestern angezogen hat.«

»Sie wissen nicht, was Ihr Kind anhatte, als Sie es gestern zu Bett gebracht haben?«

»Mir ging es nicht gut. Ich …«

»Hören Sie«, mischte sich ihr Freund abermals ein. »Meine Frau ist mit den Nerven am Ende. Eigentlich gehört sie in ein Krankenhaus.«

»Frank, bitte!«

»Ihre Frau?«, fragte Lothar.

»Was?«, kam es jetzt von Könnecke.

Lothar zeigte zwischen dem Pärchen hin und her. »Ich wusste nicht, dass Sie beide schon verheiratet sind.«

»Klugscheißer.«

»Wie bitte?«

»Entschuldigung«, machte Könnecke auf kleinlaut, um sofort wieder den Hausherrn rauszukehren. »Die Situation ist ziemlich schwierig für uns alle. Ich reiß mir den Arsch für meine Familie auf und dann kommt man von der Arbeit nach Hause und die Wohnungstür und das Kinderzimmer stehen offen. Wir wollen doch nur unser Kind zurück! Stattdessen tauchen Sie hier auf und stellen lauter dämliche Fragen.«

»Was für Fragen sollte ich denn Ihrer Meinung nach stellen?«

»Woher soll ich das wissen, Sie sind doch der Bulle.«

Lothar nickte. Wieder entstand eine unangenehme Stille. Bis Emma das Zimmer betrat.

»Die Kriminaltechniker sind da.«

»Gut, sie sollen hier alles auf den Kopf stellen. Ich will, dass sämtliche Türschlösser ausgebaut werden.«

»Was denn …?«, fragte Könnecke, aber Lothar eilte an ihm vorbei.

»Und, Emma«, rief er noch einmal in die Wohnung. »Fang die Katzen ein, bevor die hier alle Spuren vernichten.«

Kapitel 8

Der Kurier

Eddi und seine Frau schwiegen den Küchentisch an. Es roch nach Lebkuchen, dabei war noch nicht einmal Winter. Keine Ahnung, warum seine Frau dauernd backen musste. Sie kannte tausend russische Rezepte. Eddi verspürte im Moment keinen Hunger. Fortwährend musste er die Stelle am Hals betasten, wo die Messerspitze ihn verwundet hatte. Das Blut war längst getrocknet und äußerlich würde kein Makel zurückbleiben. Aber tief in sich drin fühlte er sich enorm verletzt.

Selbst Katalenas Kaffee schmeckte wie bitteres Abwaschwasser. Vermutlich lag das an seinem Zorn, der sich sogar auf seine Geschmacksnerven legte. Sonst kochte sie vorzüglichen Kaffee und einige andere Dinge vollbrachte sie auch wie keine Zweite. Leider war sie nach der Wende irgendwie in der Zeit stehen geblieben. Dementsprechend weltfremd ging sie durchs Leben. Früher hatte sie etwas zu sagen gehabt, jetzt ging sie stundenweise putzen und kümmerte sich nur noch um den Dreck anderer Leute. Wenigstens gehorchte sie Eddi noch. Meistens jedenfalls. Wann immer sich die Gelegenheit bot, ging er ihr aus dem Weg. Eddi hatte seine Kaninchen, und Katalena …

Wenn er es recht betrachtete, konnte er nicht einmal sagen, wofür sich seine Frau eigentlich interessierte. Sex war es jedenfalls nicht. Wenn überhaupt, besorgte sie es Eddi abends mit der Hand. Richtig Spaß kam dabei auch bei ihm nicht mehr auf.

»Was ist?«, fragte sie unvermittelt.

»Nichts.« Eddi senkte den Blick und kommunizierte gedanklich mit seiner Tasse. Er musste an seine Kaninchen denken. Gestern hatte er sogar geweint, als er die offenen Käfige bemerkt hatte.

»Du solltest endlich die Polizei anrufen.« Sie wusste, was ihn bewegte. »Die Nummer vom Revier Südwest ist im Telefon eingespeichert.«

Eddi ließ die Faust auf die Tischplatte krachen, dabei schwappte Kaffee über den Rand. »Du willst es nicht kapieren, oder? Den Bullen kann man heutzutage nicht trauen. Das Revier würde eine Anzeige aufnehmen, dazu einen mickrigen Bericht tippen und die Akte zu den ungeklärten Fällen legen. So läuft das heutzutage, aber davon hast du natürlich keine Ahnung. Wenn du die Teilzeitstelle nicht hättest, würdest du gar nicht unter Leute kommen. Für Geselligkeit müsstest du ja deine Kittelschürze ablegen und dich hübsch ankleiden. Die Haare müsstest du dir auch machen.«

»Rede bitte nicht so mit mir.«

»Entschuldige, ich bin nur wütend auf diesen maskierten Penner. Zu DDR-Zeiten wäre die Polizei der Anzeige freilich nachgegangen. Da wurde nicht lange gefackelt. Die hätten den Kerl ratzfatz eingebuchtet. Ich wette, der Typ geht nicht einmal einer geregelten Arbeit nach. ›Asoziales Verhalten‹, so stand es damals im Strafgesetzbuch der DDR unter Paragraf 249! Arbeitserziehung hätte es gegeben, kapierst du? Aber jetzt …

dieser verweichlichte Staat hofiert inzwischen Anarchisten, Schmarotzer und Migranten.«

»Dann sprich doch wenigstens einmal mit Lothar Kellmann. Unserem Nachbarn kannst du ja wohl vertrauen.«

»Ausgerechnet dem Kellmann!«

Direkt nebenan wohnte der Kriminalhauptkommissar. Selbst in den eigenen Reihen der Polizei genoss der Neunundfünfzigjährige keinen besonders guten Ruf. Dickköpfig und zynisch sei er, so hieß es. Die *Morgenpost* und die *Freie Presse* hatten mehrfach über den Rüpelkommissar berichtet. Die charakterlichen Defizite beiseitegeschoben, konnte Kellmann auf eine Reihe beachtlicher Ermittlungserfolge zurückblicken, was sich nicht nur im Stadtteil Adelsberg herumgesprochen hatte.

»Nein, den Kellmann will ich damit nicht belästigen.« Eddi bildete eine Faust und betrachtete, wie sich die Knöchel weiß färbten. »Ich muss die Angelegenheit selbst in die Hand nehmen.«

»Was willst du denn machen, Eddi? Ich meine, wir hatten Glück. Uns ist nichts passiert und die Handys kann man ersetzen.«

»Und meine Hasen?«

»Es sind doch nur Hasen.«

»War ja klar, dass du das sagst.«

Auch wenn Katalena den Haushalt besser als jede andere in Schuss hielt, trauerte er oft der Zeit nach, als er die Chance gehabt hatte, sie vor die Tür zu setzen und sich eine Hübschere zu suchen. Kurz nach der Wende hätte er mit dieser Tina durchbrennen sollen. Auf einem Versicherungslehrgang hatte er die kleine Spitzmaus kennengelernt. In einem billigen Münchner Hotel hatte er sie sogar befummeln dürfen. Aber irgendwie hatte er da immerzu an die fetten Titten seiner Ehefrau denken müssen. Bald war Tina Geschichte gewesen und auch der Lehrgang hatte ihm nichts gebracht außer Spesen. Drei Jahre war er für die Firma von Tür zu Tür getingelt, um an einem Dienstag im November die Kündigung im Briefkasten vorzufinden. Er sei zu wenig kommunikativ, so die Begründung der Firma. In Wahrheit wollte er den Leuten einfach keine minderwertigen Produkte andrehen.

Anschließend hatte er sich als Fahrlehrer versucht, schließlich war er zu DDR-Zeiten Kurier gewesen. Vielleicht hätte Eddi bis zur Rente als Fahrlehrer gearbeitet, aber dann war das mit seinem Bein passiert …

»Ich werde mit Viktor und Hans sprechen.«

»Wieso denn Viktor und Hans?« Bis hierhin hatte Katalena phlegmatisch gewirkt, jetzt riss sie die Augen so weit auf, als hätte sie einen Cocktail voller Aufputschmittel genommen.

»Warum nicht Viktor und Hans?«

»Ihr habt doch schon jahrelang nichts mehr miteinander zu tun gehabt.«

»Na und? Die beiden schulden mir noch einen Gefallen.«

»Ich habe kein gutes Gefühl dabei.«

»Weil du glaubst, dass Viktor dir beim Putzen dauernd auf den Arsch glotzt?«

»Nein, weil die beiden dich schon einmal fast umgebracht hätten.«

Der Sekundenzeiger der Wanduhr verursachte nun das lauteste Geräusch in der Küche. Eddi bildete sich ein, sein Oberschenkel jucke an der Stelle, wo man ihn amputiert hatte. Aber da gab es keine Nervenbahnen mehr. Vielleicht sollte das Signal eine Warnung seines Körpers sein. Katalena lächelte sonst nie. Zumindest konnte Eddi sich nicht erinnern, sie in den letzten Jahren lächeln gesehen zu haben. Jetzt tat sie es auf erschreckend betörende Weise. Was für große, gerade Zähne sie doch hatte …

Als er ihrem fordernden Blick nicht mehr standhielt, erhob er sich. Katalena fragte nicht, wohin er wollte. Bestimmt konnte sie es sich denken.

»Vielleicht hast du recht, Lena.« Eddi humpelte zur Tür. Dort blieb er noch einmal stehen. »Lass mich wenigstens mit den beiden telefonieren. Die werden mich schon zur Vernunft bringen.«

In Wahrheit wollte Eddi demjenigen, der seine Kaninchen geklaut hatte, ins Gesicht spucken und ihm jeden einzelnen Knochen zertrümmern. Mit diesem Vorsatz suchte er das »Büro der Leitung« auf. Dort nahm er den Hörer des roten Telefons in die Hand und drehte die Wählscheibe von der Null aus an. Ohne vorherige zweimalige Wahl der Null kam keine Verbindung nach draußen zustande. Es knackte im Hörer. Bald ertönte ein Rufzeichen. Am anderen Ende wurde abgehoben.

»Hier ist Hegel, ich rufe an wegen Ihrer Einberufungsunterlagen.«

Kapitel 9

Rückblick

Vanessas siebzehnter Geburtstag

Aus der Ferne betrachtet, sieht sie schlanker aus als noch vor einer Woche. Ihre Wangenknochen treten regelrecht spitz hervor. Dafür glänzen ihre Haare wunderschön in der abendlichen Sonne. Spielerisch bewegen sich die Strähnen im Wind. Wie angekündigt, hat sie ein gelbes Tuch um den Hals und eine Jeansjacke und Sneaker von Nike an. Extra für das Treffen hat sie die Schuhe geputzt, so scheint es. Nur der Rucksack, den sie trägt, war von mir nicht eingeplant. Sie weiß nicht, dass ich ihr seit Monaten nachspioniere. Sie denkt, wir würden uns heute zum ersten Mal begegnen. Auch jetzt beobachte ich sie. Ich warte, lasse die Zeit verstreichen. In diesem Stadium bin ich nie pünktlich, weil ich es nicht eilig habe. Unauffällig erkunde ich die Gegend und tue dabei so, als wäre ich mit meinem Smartphone beschäftigt. Passanten queren den Markt. Ein Radfahrer verschafft sich mithilfe seiner Klingel freie Bahn. Das Canalettohaus ist der Blickfang der Stadt. Der berühmte venezianische Maler hat hier nie gewohnt, jedoch das Gebäude auf einem Gemälde verewigt. Ich bin auch ein Künstler, allerdings auf anderem Gebiet.

Mit den Händen in den Hosentaschen schlendere ich den Gehweg entlang. Sie schaut einem Taxi nach. Ich nähere mich ihr von hinten. Sie schwingt herum und augenblicklich weiß sie, dass ich es bin. Als ich schon fast an ihr vorbeilaufen will, spricht sie mich an.

»Kein Wort zu jemand.«

Der Satz ist nur gehaucht, aber die Worte sind mir vertraut. Sofort bleibe ich stehen, reiche ihr die Hand und erwidere die Parole.

»Ich bin jemand und du musst Nadja sein.«

»Ja, Nadja, hallo!«

Sie ist wirklich extrem abgemagert. Ihre Lippen sind spröde. Als sie die Hand zurückzieht, fallen mir die frisch lackierten Fingernägel auf. Karminrot. Die Farbe ergibt einen starken Kontrast zu ihrer hellen Haut. Sie hat weiche, glatte Haut. Perfekt!

»Lass uns ein bisschen Zeit verbringen«, sage ich das, was ich allen sage.

Wie alle anderen geht sie darauf ein. Sie steigt in mein Auto. Zögert dabei nicht einmal. Alles läuft wie abgesprochen. Obwohl sie Journalistin ist, plappert sie nicht los, sondern betrachtet schüchtern den Innenraum.

»Es ist alles gut«, beruhige ich sie, weil sie den Gurt nicht loslassen will.

Sie nickt und lächelt. Es ist kein gezwungenes Lächeln, sondern ein ehrliches. Dadurch weiß ich, sie fühlt sich sicher bei mir. Allmählich beginnt sie, sich zu öffnen. Bald erzählt sie wie im Rausch, was irgendwie sympathisch wirkt, daher unterbreche ich sie nicht. Soll sie sich ruhig alles von der Seele reden. Den überwiegenden Teil der Fahrt spricht sie über ihre

Schwester Annabell. Erst als ich meinen Wagen vor der ehemaligen Anstaltskirche parke, stellt sie mir eine Frage.

»Diesen Ort willst du mir zeigen?«

»Kannst du Orgel spielen?«, stelle ich eine Gegenfrage.

Sie schüttelt den Kopf, betrachtet fasziniert und mit ein bisschen Abscheu das zerfallene Gelände.

»Warte, bis du die Orgel siehst.«

Langsam wird es dunkel. Es ist ein warmer Sommertag. Mücken und Käfer werden vom Scheinwerferlicht magisch angezogen.

»Wegen meiner Schwester ...«

»Ja?«, frage ich, weil sie nicht weiterspricht.

Hektisch greift sie in den Rucksack. Ich bin wachsam, falls sie ein Pfefferspray oder ein Springmesser zückt. Nichts von beiden. Stattdessen hält sie mir einen grünen Hefter hin.

»Da steht alles drin, was ich herausgefunden habe. Bitte nimm die Unterlagen!«

Keine Ahnung, was ich damit anstellen soll, aber ich tue ihr den Gefallen und greife danach. Bevor ich ihn wegziehen kann, hält sie ihn noch einmal ganz fest.

»Versprichst du es, dass du dich darum kümmern wirst?«

Es ist ihr letzter Wunsch, den darf ich ihr nicht abschlagen. Aber ich kann lügen. Also lüge ich und gebe ihr mein Versprechen.

»Wollen wir?«

Sie fällt mir um den Hals, schluchzt. Mit einer Hand umarme ich sie, mit der anderen prüfe ich die Betäubungsspritze in meinem Jackett. Endlich löst sie sich und tastet nach dem Türgriff. Wir steigen gemeinsam aus. Der Abend kann beginnen.

Kapitel 10

Der Fotograf

Abgestandene Luft weht mir entgegen, als ich meine Bürotür öffne. Bevor ich eintrete, schaue ich links und rechts den Gang entlang. Ein Arbeitskollege taucht auf, kommt auf mich zu. Ich warte, er bleibt stehen, blättert in irgendwelchen Unterlagen, schaut mich nur beiläufig an.

»Na, hast wohl auch keine Wohnung?«, fragt er.

»Steht heute irgendwas Besonderes an?«, entgegne ich.

»Was meinst du?«

»Es ist so ruhig.«

Er zuckt die Schultern und lässt mich stehen. »Es ist Samstag, was erwartest du?«

Ich schaue ihm nach und nicke, als verstünde ich. Selbst für einen Samstag empfinde ich die Stille als ungewöhnlich. Mein Arbeitgeber beschäftigt sechstausend Leute an drei Standorten. Sieben Tage die Woche ruft das Geschäft, aber ich begegne kaum einer Handvoll Leute. Ich betrete mein Büro, schließe hinter mir die Tür und drücke den Startknopf am Computer.

Der Lüfter surrt mit der Kraft einer Flugzeugturbine. Weil ich frische Luft brauche, reiße ich ein Fenster auf. Im Hof fährt ein Bagger vor und zurück. Bauarbeiter rufen sich auf Polnisch Kommandos zu. Man lässt neue Parkplätze bauen. Als ich mein E-Mail-Postfach anklicke, startet draußen jemand einen Presslufthammer. Seit Wochen geht das schon so. Krachend drücke ich das Fenster wieder zu. Kopfschmerzen sind das Letzte, was ich jetzt brauche.

Fünfzehn neue E-Mails. Rückfragen, Anträge auf Analysen und eine Warnmeldung der IT-Sicherheit. Keine der Nachrichten erklärt, was hier gerade abgeht. Es macht mich stutzig, aber wahrscheinlich genießen alle ihr Wochenende und erst am Montag gibt es ein Update. Ich lehne mich im Stuhl zurück, reibe mir das stachelige Kinn. Selbst meinem Rasierer habe ich eine Pause gegönnt.

Wenn man schon sang- und klanglos untergeht, dann bitte mit einer ordentlichen Rasur, merk dir das, Junge.

Die Stimme meines Vaters ist allgegenwärtig, während ich von meiner Mutter immer nur das schweigende Gesicht vor mir sehe. Die Tage, nachdem mein Vater verschwunden war, hat sie nur dagesessen und gewartet. Warten bringt mich nicht weiter. Weil ich weiß, dass jeder Schritt am Computer nachverfolgt werden kann, begnüge ich mich mit ein paar unverfänglichen Suchanfragen. Schließlich öffne ich meinen Koffer, stelle die Behälter mit dem Kondom und dem Slip neben meine Tastatur. Ich habe meinen privaten Laptop mitgebracht. Als Hintergrundbild habe ich einen Hampelmann hochgeladen. Es ist ein Harlekin mit einer venezianischen Maske. Jeder Mensch hat zwei Gesichter. Der Harlekin soll mich an meine Mission erinnern.

Mit dem Rechner tauche ich kurz darauf in den verborgenen Teil des Internets ein. In meinem Koffer liegt ein grüner Hefter mit Gummibändern. Die Ränder sind bereits geknickt und eingerissen. Darin befinden sich siebenundvierzig bedruckte Blätter sowie etliche Fotos. Auf dem Deckel steht in einer sauber geschwungenen Handschrift der Name Annabell. Annabell war sechs, als sie verschwand.

Statt nach dem Hefter zu greifen, zögere ich. Eigentlich wollte ich ihn letztes Jahr verbrennen, denn genau genommen ist Annabell nicht meine Angelegenheit. Die Suche nach ihr ist allein Nadja Böhmes Herausforderung gewesen. Der Hefter war der Reiseführer für ihre eigene Mission. Sie hat ihre Schwester nie wiedergesehen und ist daran zerbrochen. Also warum sollte es mir besser ergehen, frage ich mich. Ich kenne die Antwort. Am Frühstückstisch ist sie mir klar geworden. Sie ist über den Fernsehschirm geflimmert. Nach Annabell jetzt also Maria.

Während die Verbindung ins Darknet steht, schlage ich den Hefter auf. Vor mir offenbart sich die Nemesis der blutjungen Journalistin. Emotional betrachtet konnten die Aufzeichnungen und die Bilder einem Menschen den Verstand rauben. Ich studiere die Unterlagen jedoch nüchtern und aus einer völlig neuen Perspektive. Nadja ist psychisch extrem labil gewesen, aber gründlich in ihrer Arbeit, das erkenne ich auf jeder Seite. Ich blättere und überfliege ein paar Chatzeilen.

[chestnut230534]: Ich habe meinen Freund Tom mit der Nachbarin im Bett erwischt. Ausgerechnet das fette Ungeheuer. Ich meine, was findet er an ihr? Ich bin schlanker und hübscher.

[JEMAND]: Das bist du.

[chestnut230534]: Fünf Jahre haben meine Mutter und ich auf eine Lösegeldforderung oder einen Drohbrief gehofft. Doch die Wartezeit glich einem zugefrorenen See. Alles erstarrt. Manchmal knackt das Eis, dann glaubt man an ein Lebenszeichen, bis man merkt, die Laute sind nur Einbildung. Danach habe ich nur noch auf die erlösende Nachricht von ihrem Tod gehofft.

[JEMAND]: Ich weiß nicht, was ich darauf antworten soll.

[chestnut230534]: Du musst nicht antworten. Es ist schön, wenn mir jemand zuhört. Alle halten mich für verrückt. Ich habe meine Arbeitsstelle verloren. Kein Wunder, wenn man wie ich bei jedem Postboten an eine Lieferung von Leichenteilen oder luftdicht verpackten Hautstücken denkt, die sich irgendein kranker Typ als Souvenir ins Wohnzimmer hängt. Findest du meine Vorstellungen nicht auch abartig?

[JEMAND]: Nein.

[chestnut230534]: Ich habe meine Schwester gefunden. Bitte hilf mir!

[JEMAND]: Das werde ich.

Vorsichtig greife ich nach einem der Fotos. Es zeigt die kleine Annabell. Annabel ist nackt und ihr Gesicht gezeichnet von ihren Tränen. Mein Blick geht zum Laptop. Aus Nadjas Unterlagen geht hervor, dass das Bild aus dem Darknet stammt. Nadja hat es gefunden, zu einem Zeitpunkt, als Annabell bereits zwanzig gewesen wäre. Ich drehe das Foto herum und lege es zurück in den Hefter. Obwohl ich meine Gefühle gut ausblenden kann, merke ich, wie diesmal Wut in mir aufsteigt. Ständig frage ich mich, wie das mit dem Töten bei mir angefangen hat. Dabei kenne ich die Antwort. Es steckt einfach in mir drin. Nichts ist so faszinierend wie der Tod. Ich liebe den Nervenkitzel, das Verbotene. Sobald man einmal mit dem Verbotenen angefangen hat, gibt es kein Zurück mehr. Dann kann man nicht mehr aufhören, denn ab dem Zeitpunkt weiß man, wie leicht es ist. Natürlich gehört Inspiration dazu, ein winziger Anstoß, um die Grenze zu übertreten. Ich bin mir nicht sicher, wer mich mehr inspiriert hat: meine Mutter oder mein Vater. Meine Mutter, sie hat mich und meine drei Schwestern durchgebracht. Sie war der Kompass in unserem Leben. Mein Vater war nur ein Künstler. Ständig auf irgendwelchen Vernissagen, ständig blank, ständig über alle Zweifel erhaben. Er war ein Exzentriker, ein Weiberheld und zeigte mehr Interesse an seinen Kunstwerken als an seiner Familie. Wenn er Zeit für mich hatte, brillierte er mit schlauen Sprüchen. Seine Sprüche sind bei mir geblieben, aber er war eines Tages einfach verschwunden. Verschwunden wie Annabell und Maria. Annabell ist im Wald verloren gegangen, so hat es ihre Schwester einmal beschrieben.

Schon jetzt merke ich, wie ich mein eigentliches Ziel aus den Augen verliere. Dafür tauchen vor meinem geistigen Auge immer wieder Gesichter von Kindern auf. Durch das geschlossene Fenster kommen gedämpft die Hammerschläge der Baustelle. Das rüttelt mich wach. Ich schiebe ein Blatt beiseite und finde in den Notizen der Journalistin die Informationen, die ich brauche. Es sind bloß zwei Stichpunkte: »Zimmer 9A« und »Dark Angel«.

Mein Laptop erwacht. Auf dem Bildschirm bewegt sich etwas. Buchstaben und Zeilen entstehen aus dem Nichts. Ich habe Kontakt mit ihr.

[butterfly1708] 09:17 Uhr: Ich habe über deine Worte nachgedacht.

Mein Puls verlangsamt sich. Der Fokus kehrt zurück. Meine Fingerspitzen berühren die Tasten.

[JEMAND] 09:18 Uhr: Und?

[butterfly1708] 09:18 Uhr: Keine Zweifel mehr. Ich freue mich auf den Tag, an dem wir uns begegnen.

Zwei Tage bleiben mir. Es sei denn … Ich schüttle den Kopf, denke nicht daran, das Treffen auf das nächste Jahr zu verschieben. Monate der Vorbereitung liegen hinter mir. *Unzuverlässigkeit ist der Tod jedes Protagonisten,* hat mein Vater gesagt. Meine Kunden erwarten ein Foto von mir. Also werde ich meinen Job durchziehen. Ich antworte, klappe den Laptop zu und verstaue den Hefter. Keine halbe Stunde später befinde ich mich wieder auf der Autobahn Richtung Süden.

Kapitel 11

Der Bulle

Lothar Kellmann rauchte. Drei Zigaretten hintereinander. Als er zum vierten Mal zur Schachtel griff, klingelte sein Handy. Die Befürchtung, ein Vorgesetzter wolle auf den neusten Stand gebracht werden, zerschlug sich. Gott sei Dank! Dorit rief an. Für seine Frau nahm Lothar sich immer Zeit, selbst wenn er so wie heute unter erheblicher Anspannung stand.

»Hallo, Schatz«, wisperte er ins Telefon. »Was ist los?«

Dorit wollte seine Stimme hören. Außerdem erkundigte sie sich, ob es bei ihm heute spät werden würde. Das Reden fiel ihr schwer.

»Bin etwas angespannt«, sagte er. »Es geht um ein kleines Mädchen. Wir kommen nicht weiter.«

Dorit hatte davon im Radio gehört. Sogar im Fernsehen brachten sie die Meldung. Sie wünschte ihm viel Glück.

»Ist alles in Ordnung?«, wollte er wissen.

Der Pflegedienst war da gewesen. Sie hatte ihre Tabletten eingenommen. Es war alles gut, so versicherte sie ihm. Wirklich? Ja, wirklich. Ein Rollstuhl veränderte ein Leben schlagartig.

Körperlicher Zerfall macht hilflos. Aber Depressionen sind die Krone der Zerstörung.

»Ich beeile mich«, versprach Lothar und schniefte.

Er verstaute das Handy und wischte sich mit dem Ärmel die Nase. Über eine Stunde standen sich die Einsatzkräfte schon die Beine in den Bauch. Ein vermisstes Kind ließ selbst die hartgesottensten Polizisten nicht kalt. Das Kriseninterventionsteam kümmerte sich um die Mutter. Ständig tauchten neue Streifenwagen auf. Dauernd wollte jemand wissen, ob es neue Informationen gab. Sogar die Rettungshundestaffel war eingetroffen. Alle warteten auf eine zündende Idee des leitenden Ermittlers. Aber bis auf das Durchstöbern sämtlicher leer stehender Gebäude im Umkreis wollte ihm nichts einfallen. Die Befragung von Anwohnern lief auf Hochtouren. Bisher mit mäßigem Erfolg. Am Ende machten sich alle Sorgen, aber niemand hielt vorher die Augen offen.

Mochte es sein, dass es in dem Stadtteil auch schöne Ecken gab, Lothar hasste die Gegend trotzdem. Allein der Lärm in der Nachbarschaft strapazierte seine Nerven. Warum konnte nicht mal ein Verbrechen in Klaffenbach oder Einsiedel passieren? Gefühlt hatte er die meiste Zeit seines Berufslebens auf dem Sonnenberg zugebracht. Messerstechereien, Drogen, Raubdelikte, Diebstähle. Permanenter Brennpunkt. Wenn man als Polizist Action brauchte, kam man in diesem Viertel auf seine Kosten. Lothar war zu alt für diesen Scheiß.

»Fünf Stunden«, murmelte er vor sich hin und ging ein paar Meter die Straße entlang.

Vielleicht war Maria Möller sogar schon länger verschwunden. Niemand hatte sie gesehen oder wusste etwas. Selbst die Betreiber der nahen Trinkerstuben, in denen bis in die Morgenstunden gelärmt wurde, schüttelten nur die Köpfe. Man konnte den Eindruck gewinnen, es habe Maria nie gegeben. Dabei war Lothar sich sicher, dass sie den gleichen Weg gegangen sein musste, den er in diesem Moment ablief. Er zählte Schritte, ging den Rinnstein ab, inspizierte den Inhalt von Mülltonnen, bückte sich nach frischen Zigarettenstummeln, betrachtete die Häuserfronten. Mehrere Anwohner beobachteten seine Umtriebigkeit. Er rauchte und dachte nach. Weit kam er nicht. Weder was die Meter anging, noch in seinen Überlegungen. Er kehrte zur Wohnung zurück. Emma lehnte an einem Verkehrszeichen mit den Händen in den Hosentaschen. Auf ihrem Sweatshirt stand Los Angeles. Lothar kannte Los Angeles nur aus den Nachrichten. In Amerika passierten dauernd menschliche Tragödien. Auch das gehörte zu den unbegrenzten Möglichkeiten des Landes. Lothar wollte solche Zustände nicht in seiner Stadt. Er wollte Maria finden und sie in eine glückliche Familie geben. Aber fünf Stunden waren eine viel zu lange Zeit …

»Janett Möller ist mit den Nerven am Ende«, sagte Emma.

»Wer wäre das nicht?«

»Wir mussten die Vernehmung abbrechen. Viel an Informationen ist nicht zusammengekommen.« Sie klang deprimiert, was sonst nicht ihre Art war. »Der Notarzt macht die Papiere zur Einweisung fertig. Sie war schon mehrfach in psychiatrischer Behandlung.«

Lothar spähte hinüber zu den Schaulustigen auf der anderen Straßenseite. »Täte einigen gut.«

»Stationär meine ich.«

Schweigend nahm er es zur Kenntnis. Der Gesundheitszustand der Mutter verwunderte ihn nicht. Er hatte mehrere Arztrezepte und Überweisungsscheine in der Wohnung gesehen. Hinzu kam ein Berg an Tablettenpackungen. Janett Möller schluckte mehr Medizin als Lothars schwerkranke Frau.

»Was hältst du von der Geschichte?«, fragte Emma.

»Wir sollten überprüfen, was die Mutter die letzten Tage gemacht hat. Mit wem sie Umgang hatte, mit wem sie telefoniert hat, wo sie Einkaufen war, was sie im Internet bestellt hat, was bei ihr im Fernseher lief, mit wem und wie lange sie es getrieben hat. Eine lückenlose Aufstellung ihrer Aktivitäten. Ich will all die schmutzigen Details wissen.«

»Sollen wir ihren Computer beschlagnahmen?«

Kurz dachte Lothar nach. »Mit welcher Begründung?«

»Ich meine ja nur. Was ist mit ihrem Freund?«

»Den soll der KDD auf der Dienststelle in die Mangel nehmen. Die sollen den richtig schwitzen lassen. Wenn Könnecke heute vor mir nach Hause entlassen wird, werde ich ungemütlich.«

»Die Kollegen werden begeistert sein. Immerhin haben wir nichts, was wir ihm vorwerfen können.«

Emma wollte noch etwas sagen, aber das Klingeln von Lothars Handy unterbrach das Gespräch. Jemand rief mit unterdrückter Nummer an. Lothar zauderte, dann hob er ab.

»Hallo, Lothar, hier spricht Henning.«

Henning Paul.

»Ich stecke knietief in Arbeit«, sagte Lothar ruppig. »Also was willst du?«

Er presste das Handy fest an sein Ohr und entfernte sich von seiner Kollegin.

»Aber, aber, Lothar! Begrüßt man so einen alten Geschäftspartner?«

Lothar konnte sich nicht erinnern, wann sie zuletzt miteinander gesprochen hatten. Inzwischen hatte er Henning gedanklich aus seinem Leben gestrichen. Aber wie Unkraut kamen auch alte Sünden immer wieder zum Vorschein.

»Komm zur Sache.«

»Ich will meine Drogen wiederhaben«, sagte Henning in beherrschtem Ton, meinte es jedoch als Befehl. »Du wirst sie mir besorgen.«

»Das ist unmöglich. Deine Drogen sind derzeit der heißeste Scheiß der Stadt. Kam überall in den Nachrichten. Ist nicht mein Problem, wenn du Ärger mit deinem Lieferanten hast. Deine Drogen sind jedenfalls so was von konfisziert, die siehst du im Leben nicht wieder.«

»Deshalb sollst du mir Ersatz beschaffen. Bei euch verstaubt das Zeug in der Asservatenkammer. Keiner merkt es, wenn du davon was mitgehen lässt.«

»Ja, klar, als ob das Zeug da kiloweise herumliegt. Denkst du, ich kann da einfach mit meinem Einkaufswagen hineinmarschieren und mich bedienen?«

»Um ehrlich zu sein, glaube ich genau das.«

Seit über einem Jahr genehmigte das Gericht keine Telefonüberwachung mehr für Paul, weshalb er so sorglos und offen redete. Umso mehr schaute Lothar sich um, ob jemand das Telefonat belauschte. Vor allem Emma würde sein Verhalten für sich interpretieren. Wenn er geheimnisvoll tat, konnte sie ziemlich penetrant nachbohren.

Lothar wechselte das Handy ans andere Ohr. Er gab sich Mühe, nicht auszurasten. »Wenn das rauskommt, bin ich meinen Job los. Und es wird rauskommen, jede Wette. Solche Sachen kommen immer raus.«

»Vergiss nicht, wem du deinen Aufstieg bei der Polizei zu verdanken hast.«

»Ja, meinem schlauen Köpfchen.«

»Ich habe mich immer für dich eingesetzt, das weißt du. Also mach dir keine Sorgen, wenn was schiefgeht. Ich kümmere mich um meine Leute, vorausgesetzt, sie werden nicht undankbar.«

Lothar wollte etwas erwidern, aber Henning ließ ihn nicht aussprechen.

»Grüß mir deine Frau, hab gehört, ihr geht es nicht so gut. Also wenn ich was für euch tun kann, ruf mich jederzeit an.«

Die Unterhaltung war beendet. Fassungslos stierte Lothar das Mobiltelefon an. Er bildete sich ein, Hennings diabolisches Lachen aus dem Gerät heraus zu hören. Vor Jahren war er einen Pakt mit dem Teufel eingegangen. Und wie in Goethes »Faust« forderte Mephistopheles jetzt seine Seele ein.

Kapitel 12

Das Luder

Als Jo zurückkehrte, musste es fast Mittag sein. Sie wusste nie, wie spät es war. Uhren waren sowieso out, dafür gab es schließlich Handys. Das Nickerchen bei einer Freundin war kurz und unruhig gewesen. Moni hatte Jo geweckt und gesagt, Jo müsse jetzt gehen. Ein Kunde wartete vor der Tür. Moni brauchte das Bett. Also hatte Jo kaltes Wasser auf ihre Augenringe gerieben, sich ihren Rucksack geschnappt und sich verabschiedet. Wegen ihres knurrenden Magens hatte Moni ihr noch einen Müsliriegel zugesteckt. Geschmack Cranberrys. Jo mochte keine Cranberrys, davon bekam sie Durchfall. Also hatte sie den Riegel in der nächsten Abfalltonne entsorgt.

Zu Hause warteten gesüßte Cornflakes und Schokojoghurt auf sie. Jeder wusste, wie viel Zucker in Fertiglebensmitteln steckte, trotzdem war die Verlockung danach groß. Von Woche zu Woche merkte Jo, wie ihre Hosen enger wurden. Sie musste höllisch auf ihr Gewicht aufpassen. Ihr Verstand und ihr Körper waren ihr einziges Kapital. Aber so wie sie mal hier, mal da nächtigte, so unstet gestaltete sich auch ihr restlicher Lebenswandel. Sie ließ sich treiben, kannte kein wirkliches Ziel. Schließlich war sie jung, lebte von einem Tag zum anderen und das mit möglichst viel Kawumm. Später blieb noch genügend Zeit für Vernunft. Andererseits hieß Vernunft bei den Erwachsenen, in die Matrix zu springen. Ein Hamsterrad für die Sklaven der Überflussgesellschaft.

»*White Rabbit*«.

Sie bekam den Titel einfach nicht mehr aus dem Kopf. Hoffentlich hatte Daniel die Kaninchen entsorgt, damit der Spuk ein Ende hatte. Zum zweiten Mal an diesem Tag schloss sie die Tür auf. In der Wohnung duftete es diesmal nach frischem Kaffee. Dieses spezielle Aroma von Urwald hatte nur ihr Bruder drauf. Bis heute kannte sie nicht das Spezialrezept, wie er den Kaffee zubereitete. Jeder lobte seinen Kaffee. Kaffeebrühen war das Einzige, was Daniel auf die Reihe bekam.

»Jo, hau ab!«, kam es aus der Küche.

Zu spät, um jetzt noch zu fliehen. Sie hatte längst den anderen Geruch, der sich unter den Kaffeeduft mischte, wahrgenommen. Ein scharfes Männerparfüm. Sie erkannte es sofort: No Limits von Philipp Plein. Sie wusste auch, wer es an sich trug.

Henning Paul befand sich bei Daniel in der Wohnung. Wie alte Freunde saßen die beiden am Küchentisch. Am Fenster lehnte Chung. Hennings Bodyguard, wenn man ihn so bezeichnen konnte. Ein drahtiger Asiate. Ein Kung-Fu-Typ, so erzählte man sich. Rein äußerlich unterschätzte man Chung leicht.

»Josephine!«, säuselte Henning. »Komm, setz dich zu uns!«

Eigentlich war da kein Platz, denn die drei Männer füllten den winzigen Raum bereits aus. Der Asiate schob ihr den dritten, noch freien Stuhl hin. Henning verpasste Daniel einen Schlag auf den Hinterkopf, was ihn aufheulen ließ.

»Und du schenk deiner Schwester gefälligst einen Kaffee ein.«

Daniel schleppte sich vom Stuhl und holte eine Tasse aus dem Schrank. Beim Befüllen verschüttete er die Hälfte, so sehr zitterte er.

»Dein Bruder macht den besten Kaffee der Stadt«, sagte Henning und nahm einen Schluck. Dabei grinste er über den Tassenrand hinweg.

Das war nicht gut, dachte sie, als sie sich setzte. Ganz und gar nicht gut. Henning hatte sie noch nie zu Hause besucht. Wenn er hier auftauchte, war die Gnadenfrist abgelaufen.

»Daniel besorgt dir dein Geld«, ging Jo in die Offensive.

»Oh, davon bin ich überzeugt«, antwortete Henning.

Daniel stellte Jos Tasse mit einem heftigen Poltern ab. Erneut schwappte Flüssigkeit über. Dann nahm er Platz und biss die Zähne aufeinander.

»Ich kann schwer einschätzen, was mit deinem Bruder los ist«, redete Henning weiter. »Ich meine, ich gebe ihm eine Chance, er sollte mir zeigen, wie geschickt er als Bote ist. Sein erster Auftrag, und er vermasselt ihn. Wie würde ich jetzt dastehen, wenn er die übliche Menge über die Grenze hätte bringen sollen? Er kann von Glück reden, dass es nur ein Probelauf war. Jetzt fordert er plötzlich mehr Zeit, um seine Schulden zu begleichen. Verstehst du, was mit ihm los ist?«

Henning Paul war das Abbild von Les Grossman – der Filmfigur, die Tom Cruise so außergewöhnlich in »Tropic Thunder« verkörpert hatte. Henning hatte die gleiche Halbglatze und die gleiche behaarte Brust wie Les Grossman. Sogar das gleiche Brillengestell rückte er sich auf seiner Nase zurecht. Auf seinem Schoß hockte das braune Zwergkaninchen. Mit seinen fleischigen Fingern kraulte er es im Nacken. Jo stellte sich vor, sie würde dort sitzen. Zu Tode erstarrt.

»Du bekommst dein Geld«, wiederholte sie.

»Ja, das sagtest du eben schon. Und dir glaube ich aufs Wort, Jo. Du bist zuverlässig. Du hättest meine Drogen garantiert nicht verloren. Aber ich lasse keine Minderjährigen für mich arbeiten. Sobald du achtzehn bist und einen Job brauchst, melde dich bei mir. Du kannst mich jederzeit anrufen. Ich rate dir aber dringend, endlich eine Ausbildung anzufangen. Du bist ein kluges Mädchen. Gib deine Bewerbung am besten beim Finanzamt ab. Dort werden kluge Leute gebraucht.«

Jo blickte Daniel an. Ihr Bruder saß mit gesenktem Kopf da. Er hatte in der Vergangenheit viel Mist gebaut. Die Sache mit den Drogen hätte jedem passieren können. Nach der tschechischen Grenze hatte der Bus eine Reifenpanne gehabt. Zufällig war eine Polizeistreife vorbeigekommen. Daniel hatte irgendwie die Nerven verloren. Daraufhin hatten die Beamten ihn an Ort und Stelle kontrolliert. Festgeklebt an seinem Körper hatte man die Tütchen mit dem Crystal Meth gefunden. Als Ersttäter hatte man ihn jedoch nicht sofort in den Knast gesteckt.

»Das ist wirklich ein erstaunlich guter Kaffee«, redete Henning wieder.

Seine Zunge fuhr über die Tasse. Nachdem er getrunken hatte, holte er eine Zigarre aus seiner Jackettinnentasche, Feuerzeug und einen Zigarrencutter. Kunstvoll gravierte Bronze mit einem Edelstahlblatt. Die Gegenstände legte er neben seine Tasse, dann beugte er sich zu Daniel und fasste ihn am Nacken. Grober als zuvor das Kaninchen.

»Was mache ich nur mit dir, Daniel?« Er klang wie ein Vater, der mit seinem unbelehrbaren Sohn nicht mehr weiterwusste. »Es sind doch nur fünftausend Euro. Fünftausend Euro! Wohlgemerkt handelt es sich dabei um den Einkaufspreis. Auf der Straße ist das Zeug deutlich mehr wert. Aber ich will nicht ungerecht sein, also reden wir über fünftausend Euro.«

»Wir hatten bei der Geldbeschaffung Probleme«, mischte Jo sich abermals ein.

»Halt die Klappe!« Nicht nur Jo, auch das Kaninchen zuckte zusammen. »Wenn du etwas beisteuern willst, dann schlag deinem dämlichen Bruder jeden Morgen, gleich nach dem Zähneputzen, eine in die Fresse.«

Verdient hätte es ihr Bruder gehabt, aber Jo musste einen anderen Weg finden, um ihm zu helfen.

Schnipp! Wieder erschrak Jo. Diesmal hatte Henning seine Zigarre mit dem Abschneider gestutzt. Er zündete sie an und stieß schwere Qualmwolken aus. Daniel musste husten. Selbst da wirkte er schwach.

»Weißt du, Daniel, ich denke, du gibst dir einfach nicht genug Mühe.«

»Doch! Ich verspreche, spätestens Montag haben Sie Ihr Geld.«

»Gute Einstellung, aber ich will es morgen. Und damit du es nicht vergisst …« Henning nahm den Cutter auf. »Gib mir mal deine Hand und streck die Finger.«

»Was?«, wimmerte Daniel. »Nein, nein!«

»Nein, bitte nicht!«, protestierte auch Jo, aber der Asiate schlug Daniel blitzschnell die Faust ins Gesicht und presste die linke Hand ihres Bruders auf die Tischplatte.

»Ich denke, für den Anfang reicht der kleinste«, sagte Henning und schob das Klingenloch über Daniels Finger.

»Sie bekommen mehr Geld!«, versuchte Jo, die Situation zu retten. »Er braucht seine Finger.«

Auf einmal hielt Henning inne. Unverrichteter Dinge zog er den Cutter ab und lehnte sich zurück. Mehrfach ließ er die Cutterklinge Luft schneiden. Dabei streichelte er das Kaninchen.

»Es bleibt bei fünftausend.«

Ruckartig packte er das Kaninchen an den Ohren, knallte es auf den Tisch und schnappte sich einen Vorderlauf. Jo kreischte und auch Daniel schrie vor Entsetzen. Sie mussten mit ansehen, wie Henning dem Tier eine Pfote abschnitt. Das schwer verwundete Tier quiekte, humpelte panikartig über den Tisch und stürzte schließlich zu Boden, wo es noch einmal kurz zuckte und dann reglos liegen blieb. Überall verteilte sich Blut. Henning stand auf, als wäre nichts gewesen.

»Es sah sowieso irgendwie krank aus.«

Bevor er die Wohnung verließ, lief ihm das weiße Kaninchen vor die Füße. Er kniete sich nieder und griff ins Fell. Jo befürchtete eine weitere Verstümmelung.

»Bitte nicht!«

»Den kleinen Kerl nehme ich mit«, sagte Henning stattdessen. »Meine Tochter wird sich unglaublich freuen.«

Kapitel 13

Der Fotograf

Ob Tag oder Nacht, das spielt für die Tiefgarage des Hotels keine Rolle. Hier unten herrscht immer ein und dieselbe Atmosphäre. Dieselbe Temperatur, dasselbe Licht, dieselben Geräusche. Meine Schritte gellen innerhalb der Betonhülle mit der stets gleichen Intonation. Es spukt. Wie am gestrigen Abend bin ich für die Kamera an der Einfahrt ein Geist. Ihr Auge kann mich nicht erfassen, denn ich bin unsichtbar. Für den Moment herrsche ich allein über die Katakombe. Ich bin ein verfluchter Kerkermeister, der durch sein Verlies zieht, um die Monster zu füttern. Tiefgaragen üben eine eigenartige Faszination auf mich aus. Es sind verruchte Orte. Es kribbelt in meinen Eingeweiden. So habe ich es früher schon empfunden. In Berlin ist alles größer, nur in den Tiefgaragen geht es erstickend eng zu. Weder bin ich ängstlich, noch leide ich an Klaustrophobie, aber sobald mir jemand in einer Tiefgarage begegnet, stelle ich mir unweigerlich vor, der andere könnte ein Serienkiller sein.

Darüber muss ich schmunzeln. Es ist eine von mehreren Widersprüchlichkeiten in meinem Leben.

Nicht nur im Bereich der Kamera achte ich auf jeden meiner Schritte, auch im Parkdeck bewege ich mich vorsichtig. Im Gehen scanne ich jeden Winkel. Als ich das Zentrum erreiche, bleibe ich stehen und schaue nach der Uhrzeit. Fast Mittag. Etliche Parkplätze sind leer. Erst gegen Abend werden sich die Lücken füllen. Unweit von hier stand der weinrote Rover – an einer Stelle, die mit breiten weißen Linien schraffiert war. Sperrfläche. Gestern ist mir das nicht aufgefallen, jetzt fügt sich das Bild nahtlos in die Reihe an Unstimmigkeiten ein. Ich bin von mir selbst enttäuscht. Beinahe fühlt es sich an, als hätte ich ein Kind im Großstadtdschungel im Stich gelassen.

Während der Autobahnfahrt vorhin lief das Radio. Stündlich haben sie über die verschwundene Siebenjährige berichtet. Die Polizei scheint ratlos. Inzwischen geht man von einem Verbrechen aus.

»Wie recht sie haben«, wispere ich und rufe mir die gestrige Szene noch einmal in Erinnerung.

Sosehr ich mich auf den Mann mit dem Fedora konzentriere, seine Visage bleibt unscharf. Beim Alter kann ich mich leicht verschätzen, aber die Siebzig hat er noch nicht erreicht. Ich erinnere mich an den beigen Hut und den dunkelbraunen Herrenmantel. Bei den Schuhen bin ich mir unsicher. Ich schließe die Augen. Schwarz, denke ich. Sie waren schwarz und aus Leder. Viel ist das wahrlich nicht. Gut möglich, dass ich den Mann erkenne, wenn er mir begegnet. Eines ist mir jedoch bewusst: Es war nicht Marias Großvater, sondern ein Monster, wie sie Verliesen entspringen.

Ich drehe mich zur Ausfahrt, denke über die Kamera nach. Was ihr Auge in den letzten vierundzwanzig Stunden gesehen hat, könnte wichtig sein. In dem kleinen Technikraum neben der Rezeption befindet sich der Datenträger mit den Aufzeichnungen. Bestimmt gibt es eine Möglichkeit, an die Daten heranzukommen. Ein Autokennzeichen wäre hilfreich.

Ich setze mich in Bewegung, gehe auf die Feuerschutztür zu, durch die ich das Hotel gestern Abend verlassen habe. »Kein Zutritt« steht außen dran. Ich betrachte den abgenutzten Knauf, dann schweift mein Blick zum Eingabefeld neben der Tür. Erst jetzt streife ich mir Handschuhe über.

1-9-9-7.

Das ist der Zugangscode. 1997 wurde das Collect gebaut. Seitdem hat niemand den Code geändert. Also tippe ich die vier Zahlen ein. Nichts passiert. Kein leises Summen, keine winzige Bewegung. Die Tür scheint wie vernagelt, als ich am Knauf ziehe. Der Code wurde geändert. Demzufolge scheint mein gestriger Besuch nicht unbemerkt geblieben zu sein.

Mir wird klar, wie lausig ich vorbereitet bin. Mein Vater hätte sich für mich geschämt. Ich habe seine zweite Regel vergessen: *Hab einen Plan für deine Mission.*

Aus allen Ecken höre ich den alten Sack flüstern. Er ermahnt mich zur Achtsamkeit. *Junge, du weißt, wie das enden kann.* Meine eigentliche Mission rückt mehr und mehr in den Hintergrund. Aber ich beherzige Vaters dritte Regel: *Hab immer einen Plan B für deine Mission.* Zeit für Plan B. Das Risiko steigt, aber das nehme ich in Kauf. Maria ist schutzlos im Dschungel. Es gibt andere Wege, um in das Hotel zu gelangen. Mittags ist dafür ohnehin nicht die beste Zeit, rede ich mir ein. Ich atme das Scheitern weg, verfalle nicht in Kopflosigkeit.

Ich entferne mich von der Tür. Meine Aufmerksamkeit wandert zum Boden. Aus dem Gedächtnis spule ich den Laufweg des Mannes ab, als er Maria an der Hand zu seinem Wagen geführt hat. Wie ein Spürhund folge ich seiner Fährte. Schuhabdrücke suche ich vergeblich. Aber ich finde Marias Kaugummipapier. Es liegt zerknittert neben einer Betonsäule. Ich bücke mich und schon da fällt mir mein Irrtum auf. Es ist kein Kaugummipapier, sondern eine Visitenkarte. Scheckkartengroß drehe ich sie zwischen meinen Fingern, betrachte die Druckschrift.

Ich blinzle, muss es mehrfach lesen. Eine Adresse und eine Telefonnummer stehen dabei.

»Clevere kleine Maria«, rede ich vor mich hin.

Sie hat mir etwas mitteilen wollen. Nun liegt ihr Schicksal endgültig in meinen Händen. Ich überlege, wie die Visitenkarte ins Bild passt. Bei meiner gedanklichen Rekonstruktion hat das Mädchen die Visitenkarte im Rover gefunden und heimlich eingesteckt.

Meine Überlegungen werden von Motorgeräuschen an der Ausfahrt unterbrochen. Scheinwerfer erhellen die Wände. Die Visitenkarte wandert in eine Plastiktüte und anschließend in meine Jackentasche. Ein Auto fährt ein, ich tauche ab in den Schatten. Wie ein Geist bin ich hergekommen, wie ein Geist verlasse ich die Tiefgarage. Nie zuvor habe ich eine Wahrsagerin aufgesucht.

Kapitel 14

Der Kurier

Obwohl es im Büro der Leitung keine Fenster gab, zog der Bratengeruch in den Raum. Der Lüftungsschacht in der Wand war schuld. Und natürlich Katalena, die auf dem Herd in einem gusseisernen Kessel das Mittagessen kochte. Im ganzen Haus roch es bereits nach Golubtsy. Russische Kohlroulade. Gewöhnlich konnte Eddi es bei diesem Gericht nicht erwarten, den Esstisch zu erreichen, heute verspürte er jedoch keinen Hunger. Er musste mit den beiden anderen Männern über sein düsteres Vorhaben reden. Deshalb saßen sie zu dritt in dem ehemaligen Schuppen. Hier drin waren sie ungestört. Der Keller gehörte Katalena, der Anbau Eddi, den Rest des Hauses teilten sie sich.

»Ich will meine Hasen wiederhaben«, stellte Eddi klar.

»Komm schon, Eddi, das ist nicht dein Ernst«, entgegnete Viktor Kupke, der Mann, der nach der Wende alles richtig gemacht hatte, mehrere Immobilien besaß und ein gut laufendes Hotel führte. »Das ist lächerlich, dafür brauchst du uns nicht.«

Hans Stolpe sagte nichts, pulte lieber mit den Fingernägeln in seinen Zahnzwischenräumen. Hans war stolz auf sein strahlendes Gebiss, deshalb reinigte er es, auch wenn dort keinerlei Essensreste hingen. Im Laufe der Jahre war dieses Verhalten zu einer Art Zwangsstörung geworden. Außerdem redete er nur das Nötigste, was ihn in den Augen Außenstehender teilnahmslos erscheinen ließ. Aber genau das Gegenteil war der Fall. Wie ein Diktafon nahm er alles um sich herum auf. Dazu stierte er mit seinen freundlichen braunen Augen umher, als wären in seinem Kopf Kameras eingebaut. Er hatte ein fotografisches Gedächtnis. Eddi hätte schwören können, Hans noch nie blinzeln gesehen zu haben. Wahrscheinlich war er der einzige Mensch auf Erden, der einfach nie blinzelte.

»Ich will meine Hasen zurück«, bekräftigte Eddi. »Und ich will, dass ihr mir dabei helft.«

»Hättest du mir gleich gesagt, worum es geht, wäre ich gar nicht erst aufgekreuzt«, sagte Viktor und deutete auf das rote Telefon mit der Wählscheibe. »Wenn du mich das nächste Mal anrufst und die Hegel-Nummer abziehst, lege ich sofort auf.«

Hegel – so hatte früher Eddis Deckname als inoffizieller Mitarbeiter gelautet. In den Achtzigern hatte er sich vom kleinen Kurier der SED-Kreisleitung bis zur MfS-Zentrale in Berlin-Lichtenberg hochgearbeitet. Kurz vor dem Mauerfall hatte er sogar Zutritt zu den Konferenzräumen erhalten. Die Rückschau zu diesem außergewöhnlichen Moment machte ihn jedes Mal sentimental. Aber das war Vergangenheit und so schaute er Viktor und Hans ernst an. In der Stasi-Zentrale hatte er die beiden kennengelernt.

»Ihr schuldet mir eure Treue. Der Wichser hat mir finanziell nicht geschadet, aber hier geht es um meine Ehre. Ich will diesen Hosenscheißer hier vor mir auf dem Stuhl sitzen sehen – ohne Maske und mit gefesselten Händen, so wie ich vor ihm saß.«

»Wenn es dir so wichtig ist, dann mach es allein«, blieb Viktor desinteressiert. »Ich bin schon lange raus aus solchen Nummern.«

Das bezweifelte Eddi, aber Belege dafür, dass Viktor ihn anlog, besaß er nicht. Seit Jahren hatten sie keine krummen Dinger mehr als Dreierteam gedreht. Alles, was er anbringen konnte, waren die alten Geschichten. »Und den Überfall auf die Sparkasse hast du wohl schon vergessen? Für euch bin ich in diesen verdammten Baustellenschacht gesprungen.«

»Das hast du nicht für uns getan, Eddi, sondern um deine eigene Haut zu retten.«

»Ach, wirklich? Ich habe mein Bein verloren, weil ihr zu früh mit dem Fluchtauto abgehauen seid. Siebzehn Stunden habe ich mit der beschissenen Kohle in dem Loch gelegen. Mein Bein war von drei Metallspießen durchbohrt worden, ich habe geblutet wie ein Schwein, aber ich habe keinen Mucks von mir gegeben. Weder, als ich die Sirene der Bullen gehört habe, noch, als die Suchhunde über mir gebellt haben. Ich habe mir vor Angst in die Hose geschissen und bin vor Schmerzen halb ohnmächtig geworden. Euch zuliebe habe ich die Schnauze gehalten. Euch zuliebe habe ich ein Bein verloren. Ohne mich hättet ihr bei dem Banküberfall nicht einen Pfennig gekriegt.«

»Als Entschädigung hast du am Ende auch den größten Anteil bekommen.«

»Scheiß auf meinen damaligen Anteil!« Eddi sprang von seinem Bürostuhl auf und donnerte beide Fäuste auf den Schreibtisch. »Wer war es, der beim Sturm auf die Normannenstraße eure Akten verschwinden lassen hat, na? Ohne mich wären eure beiden Karrieren garantiert nicht so vorteilhaft verlaufen. Ihr schuldet mir was!«

Im Anbau konnte Eddi so laut schreien, wie er wollte. Nichts drang nach außen. Dafür sorgten die schalldichten Wände und die gepanzerte Tür. Im Falle einer Vernehmung konnte er sicher sein, dass jedes gesprochene Wort hier drin blieb. Trotz der Behinderung hatte Eddi jede Schraube in diesem Zimmer eigenhändig verbaut. Die Einrichtung hatte er fast eins zu eins Erich Mielkes Büro nachempfunden. Neben dem Fischgrätparkett war er besonders auf die blau gepolsterten Stühle stolz. Obwohl es keine Fenster gab, hingen auf einer Wandseite Gardinen samt braunen Vorhängen. Rein aus Dekorationszwecken.

»Wenn es ihm so wichtig ist, helfen wir ihm halt.«

Es war Hans, der nun einlenkte. Wenigstens einer von ihnen kam zur Vernunft.

»Hast du ihm nicht zugehört?«, fuhr Viktor ihn an. »Der Kerl mit der Skimaske hat überhaupt nichts von Wert erbeutet. Das war ein Spinner, der sich mit zwei alten Handys und billigen Ohrringen hat abspeisen lassen.«

»Ach, ja?«, ging Eddi dazwischen. »Und was ist mit meinen Hasen? Die haben für mich einen hohen ideellen Wert. Genau wie der vaterländische Verdienstorden, den mir Mielke persönlich überreicht hat.«

»Meine Güte, Eddi, dauernd kommst du uns mit diesem Märchen! Ich wette, du hast dem Stasi-Chef noch nicht einmal die Hand geschüttelt.«

»Wir sollten uns nicht streiten«, vermittelte Hans und lächelte. Er lächelte wie ein gestörter Zahnarzt, der einem ohne Betäubung eine Wurzel zog und der dafür auch noch ein Dankeschön erwartete.

Eddi hatte sich an das Lächeln gewöhnt, genau wie an Viktors cholerische Ausbrüche. Viktors Charakter schwankte zwischen eiskalter Berechnung und totaler Entgleisung. Acht Genickschüsse gingen auf sein Konto. Acht, von denen Eddi wusste. Als Liquidator hatte er für den DDR-Geheimdienst gearbeitet.

»Ich bin jedenfalls dabei«, sagte Hans.

Hans war wichtig für Eddi, aber Viktor war weitaus wichtiger. Viktor war gewissenlos und wenn nötig radikal. Eddi ließ sich zurück in den Stuhl fallen.

»Was ist mit dir, Viktor?«, fragte er. »Bereit für ein letztes Abenteuer?«

Viktor rieb sich übers Gesicht und fuhr durch sein frisiertes glänzendes Haar. Bei diesem riesigen Mann sah die Geste irgendwie ungeschickt aus. Schließlich beugte er sich nach vorn, wodurch seine ohnehin gewaltige Stirn noch größer wirkte. Viktors Stirn glich einer Abrissbirne. Mit einem einzigen Kopfstoß konnte er womöglich Eddis massiven Schreibtisch in zwei Teile zertrümmern. Doch statt auszuticken, entspannten sich seine Gesichtszüge. Schlagartig wirkte er wie ausgewechselt.

»Meinetwegen, ich kann mich ja mal umhören. Der Typ wird die Telefone und den Schmuck sicher zu Geld machen wollen.«

Hans rieb sich die Hände.

»Also bist du dabei?«, forderte Eddi eine konkrete Zusage.

Viktor grinste. »Wollte dich nur testen, Eddi. Natürlich bin ich dabei. Und ich denke, wir werden jede Menge Spaß haben.«

Kapitel 15

Der Fotograf

Mein Timing ist lausig. Mutter Mowa hat heute keinen freien Termin mehr. Um sechzehn Uhr hält sie ihre letzte spirituelle Sitzung ab. Die Dauer sei so individuell, wie Menschen verschieden sind, meint sie. Außerdem könne sie unmöglich abschätzen, wie lange ihre Konzentration ausreiche. Zwar sei sie routiniert, aber Pausen seien wichtig. Kartenlegen sei kein Gesellschaftsspiel. Wahrsagen koste Kraft. Das alles erzählt sie mir am Telefon. Sie fragt noch einmal nach meinem Namen.

»Johannes Täufler«, sage ich. »Meine Eltern waren strenggläubig.«

Weder der Name noch das mit der Religion stimmt. Mein Vater hat ständig über die Kirche geschimpft, meine Mutter hat sich als Jugendliche für die Partei engagiert. Ohne Gewissensbisse stricke ich meine Lügengeschichte weiter. Ich sage, ich sei auf Dienstreise und befinde mich in einer Lebenskrise. Ich habe meine Frau bei einem Verkehrsunfall verloren. Jemand habe mir Mutter Mowas Visitenkarte gegeben.

»Verstehe«, bekräftigt Mutter Mowa.

Ihre Stimme klingt fürsorglich. Ohne dass ich es erwähne, nimmt sie an, dass sie es mit einem Einsteiger zu tun hat. Bei mir brauche sie mehr Zeit, um mich in die Wahrsagung einzuführen. Massenabfertigung gebe es bei ihr nicht. Sie müsse erst herausfinden, wie sie mich unterstützen könne. Ihr fällt mein Dialekt auf. Ich wiederhole mich, spreche erneut die Dienstreise an.

»Können Sie nicht eine Ausnahme machen?«, frage ich.

Für heute bleibt Mutter Mowa bei ihrem Nein, aber sie macht mir Hoffnung. Sie ist oft Wochen im Voraus ausgebucht. Weil ich auf Dienstreise bin, will sie eine Ausnahme machen. Morgen könne sie mir einen Blick in die Zukunft gewähren. Aber sonntags koste es mehr. Ich frage nicht, warum.

»Ich überlege es mir«, sage ich, dabei habe ich das längst entschieden.

Ich beende das Gespräch. Ein zweites Mal werde ich die Frau nicht anrufen. Ich kenne ihren richtigen Namen, weiß, wo sie wohnt. Es war kein Zufall, dass Maria ausgerechnet ihre Visitenkarte bei sich hatte. Mutter Mowa ist keine Unbekannte. Sie taucht in den Aufzeichnungen von Nadja Böhme auf. Als bloße Randnotiz. Erst beim nochmaligen Durchblättern ist mir der Name aufgefallen. So was passiert mir häufiger.

Als Kind bin ich oft krank gewesen, musste die zweite und die dritte Klasse wiederholen. Ich war ein Spätzünder, auch was Mädchen anging. Wäre es nach meinem Vater gegangen, hätte meine Familie mich abgeschrieben. Es war meine Mutter, die mich nicht aufgegeben hat. Sie hat sich Zeit für mich genommen, an meinem Krankenbettchen ausgeharrt, mit mir Schulaufgaben gelöst. Immer und immer wieder. In den ersten Schuljahren waren meine Noten schlecht, später mittelmäßig und am Ende überragend. Mein Abidurchschnitt war besser als der meiner Schwestern. Wir waren eine typische Durchschnittsfamilie, was unseren Bildungsstand anging. Keiner von uns war ein Überflieger, auch wenn mein Vater so getan hat, als sei er eine Ausnahme. Er war ein leidlich talentierter Maler und ein Egozentriker. Ich bin klüger als neunzig Prozent der Menschen, mein IQ liegt bei 119. Angeblich hatte John F. Kennedy ebenfalls 119. Bis heute weiß ich nicht, ob es stimmt und was das über mich aussagt. Im Vergleich mit amerikanischen Präsidenten liege ich damit auf jeden Fall hinter Barack Obama und sogar noch weit hinter Donald Trump. Was die Psychopathenskala angeht, würde ich sie vermutlich alle schlagen. Um einen Menschen umbringen zu können, muss man zwangsläufig psychopathische Eigenschaften besitzen.

Im Radio beginnt »Verdammt, ich lieb dich« von Matthias Reim. Das Lied zählt eigentlich zum Poprock, inzwischen ist es ein Schlager.

Matthias, so hieß auch mein erstes Opfer. Der Stalker meiner allerersten Freundin. Ich hatte mich am Waldrand mit Matthias aussprechen wollen. Er hat mich nicht ernst genommen. Wieso hätte er das auch tun sollen? Matthias ist einen Kopf größer als ich gewesen und hat Hanteln gestemmt. Abgesehen von meiner Freundin standen alle Mädchen auf ihn. Matthias hat mir mit seinem Mittelfinger permanent gegen mein Ohrläppchen geschnippt und mich Zahnspange genannt. Minutenlang ist das so gegangen, ich habe versucht, vernünftig mit ihm zu reden. Als das nichts brachte und er sagte, meine Freundin gehöre ihm, habe ich einen Stein genommen und ihm das Nasenbein zertrümmert. Er stürzte in eine Schlucht, wo er sich das Genick brach. Zwei Tage später hat ein Landwirt die Leiche unter Tannenzweigen entdeckt. Wochenlang hatte ich Schiss, die Polizei werde bei uns klingeln. Vierzehn Kilo habe ich in der Zeit abgenommen. Bis auf meine Mutter hat niemand die Veränderung an mir bemerkt. Es kam auch nie zu einer Vorladung bei der Kripo. Damals gab es noch keine Smartphones, keine seitenlangen Chats, die man nachverfolgen konnte. Die Verabredung war unter vier Augen geschehen.

Absolut niemand in meinem Umfeld ahnte etwas. Bis heute ist Matthias' Tod ungeklärt. Der einzige Zeuge war ich.

»Verdammt, ich lieb dich«, flüstere ich und denke an meine damalige Freundin.

1990 stand der Titel wochenlang auf Platz 1. Bis in den September hinein. Ich erinnere mich ganz genau. Ich bin am vierten September geboren, im Spätsommer. Sternzeichen Jungfrau. Damit bin ich Perfektionist, Analytiker und Realist.

Während Reims Lied verklingt, fahre ich durch den Stadtteil Sonnenberg. Ein ehemaliges Arbeiterviertel. Im Zuge der Industrialisierung des 19. Jahrhunderts wurden massenhaft Mietskasernen hochgezogen. Man sieht es noch heute. Beim Durchfahren der Straßen empfinde ich etwas Trostloses. Vermutlich liegt das am Wohnungsleerstand. In etlichen Fenstern hängen Werbetafeln.

Günstige Dreiraumwohnung!

55 m² nur 150 Euro Kaltmiete!

ZU VERKAUFEN! (Das ganze Haus.)

Alles wirkt ein bisschen wie Endzeit.

Passend dazu klammern sich Insekten von außen an der Frontscheibe fest. Als es zu viele werden, betätige ich einen Hebel. Aus den Düsen treten Wasserfontänen, die Wischerblätter quietschen. Danach sehe ich klarer. Ich nähere mich dem Haus, in dem Maria wohnt.

Wie jedes Jahr habe ich mich über die Stadt erkundigt. Laut Kriminalstatistik werden auf dem Sonnenberg die meisten Straftaten verübt. Körperverletzung, Sachbeschädigung, Eigentumsdelikte. Auf dem Gehweg sehe ich ein Holzkreuz und Kerzen. »Übergriff auf eine Prostituierte« titelte kürzlich die hiesige Tageszeitung. Es vergeht kaum ein Tag, an dem die Polizei nicht hierher ausrücken muss, um Streit zu schlichten, so der Tenor in den sozialen Netzwerken.

Von Krawallen kann ich bisher nichts feststellen. Keine brennenden Blechtonnen, keine Schlägereien. Lediglich ein paar Graffiti, wie sie in jeder Großstadt vorkommen. Dafür sehe ich mehr Menschen unterschiedlicher Hautfarbe als in anderen Stadtteilen. Ein farbenfroher Haufen. Am Straßenrand winkt ein Kind mit einer Zuckertüte. Es erinnert mich an die Einschulung meiner eigenen Tochter. Vor knapp zwölf Jahren haben wir die Feier für sie im Garten meines Onkels ausgerichtet. Es gab ein Feuerwerk und eine Ziege zum Streicheln.

Polizeikontrolle!

Ich trete auf die Bremse, lasse das Seitenfenster hinuntergleiten. Ein Uniformierter mit schwarzer Schussweste hat die Hand gehoben. Sein argwöhnischer Blick wandert zu meinem Kennzeichen.

»Sie können hier nicht einfahren.«

Vier Beamte umringen den Wagen. Ich wäre lebensmüde, würde ich Gas geben oder auch nur nach dem Grund fragen.

»Tut mir leid, mein Fehler, ich fahre nach Navi«, gebe ich mich unterwürfig. »Ich finde einen anderen Weg.«

Zufrieden nickt der Polizist und wünscht mir noch einen schönen Tag. Zwei seiner Kollegen lotsen mich aus der Straße. Beim Rückwärtsfahren überblicke ich die Szene. Ein älterer Mann mit dem Gesicht einer Dogge und einer Kippe zwischen den Zähnen sieht argwöhnisch in meine Richtung. Typisch Kriminalbeamter, schießt es mir durch den Kopf und ich muss an den letzten Fernsehkrimi denken. Bestimmt der leitende Ermittler. Ihm entgeht nichts. Mir fällt auch etwas auf. Marias Mutter wird von Sanitätern aus dem Haus geführt. Ich beschließe, in einer Seitenstraße zu warten, bis sich der Rettungswagen in Bewegung setzt.

Kapitel 16

Der Bulle

Im Moment war für Lothar Kellmann das Büro der einzige Zufluchtsort. Nicht nur die Pressestelle und der KPI-Leiter saßen ihm im Nacken, sondern jetzt auch noch der übelste Kriminelle der Stadt. Henning Paul kontrollierte den kompletten Drogenhandel in der Stadt bis hin zur tschechischen Grenze. Staatsanwaltschaft, Polizei und Journalisten wussten von seinen Machenschaften. Allerdings fehlten bisher hieb- und stichfeste Beweise für eine Anklage. Deshalb fühlte Henning sich unantastbar. Vielleicht war er das auch. In seinem undurchdringlichen Kartell thronte höchstens der Teufel über ihm.

Unruhig saß Lothar an seinem Schreibtisch. Andauernd bildete er sich ein, sein Handy würde klingeln, so nervös war er. Wenn Henning etwas wollte, bekam er es auch. Notfalls mit Gewalt. Beruflich und privat schob Lothar jede Menge Frust und entsprechend resignierte er oft, aber an seinem Leben hing er trotzdem irgendwie. Sehenden Auges in den eigenen Untergang gehen? Niemals, dafür war er ein viel zu großes Weichei. Ganz anders Dorit. Seine Frau sehnte sich nach dem Tod. In den ganz schlimmen Phasen sprach sie häufig davon, er solle sie endlich von ihrer Krankheit erlösen. Kurz und schmerzlos solle es sein. Selbst in seinen dunkelsten Vorstellungen brachte er das niemals übers Herz.

»Was für ein verdammtes Karussell!«, fluchte er, weil sich alles um ihn drehte. Jeder verlangte irgendetwas von ihm: Beende mein Leiden! Finde das Kind! Bring mir die Drogen! »Als wäre ich ein Tausendsassa!«

Wie er Hennings Bitte auffassen sollte, stand außer Frage: Es war eine unverhohlene Drohung. Statt sich auf das vermisste Mädchen zu konzentrieren, überlegte er krampfhaft, wie er in die Asservatenkammer gelangen sollte. Am Wochenende befand sich die einzige Zugangskarte beim Kriminaldauerdienst. Auf Zuruf hätte die Diensthabende sie ihm niemals ausgehändigt. Er brauchte einen triftigen Grund.

»Reiß dich zusammen«, redete er mit sich selbst, während er nebenher Frank Könneckes Namen durch den Computer jagte und bereits den fünften Zigarettenstummel im Aschenbecher zählte. »Dir muss etwas einfallen.«

Lothar konnte nicht einmal mehr sagen, wie Henning und er sich kennengelernt hatten. Er wusste nur noch, dass Henning ihm damals einen heißen Tipp gegeben hatte. Zu der Zeit war Lothar noch Kriminalkommissar gewesen. Im K22 hatte er Rauschgiftdelikte bearbeitet. Henning seinerseits war ein aufstrebender Dealer gewesen, den die Kripo beinahe selbst am Haken gehabt hätte. Aber Lothar hatte ihm die Sache mit der Telefonüberwachung gesteckt, im Gegenzug hatte Henning ein paar seiner damaligen Partner verpfiffen. In den Medien hatte man später über die Festnahmen berichtet. Ein empfindlicher Schlag gegen den Drogenhandel, so die prestigeträchtige Titelzeile. Die Aufklärung war Lothars erstes großes Ding gewesen und die Empfehlung für höhere Aufgaben. Seit dem Karrierepush erkundigte Henning sich in unregelmäßigen Abständen, wie es Lothar und seiner Frau ging. Irgendwoher wusste er auch von Dorits Krankheit. Daraufhin hatte er Dorit einen luxuriösen Rollstuhl geschenkt. Voll elektronisch und unerschwinglich für ein Beamtengehalt. Auf der Lieferung war kein Absender vermerkt gewesen, aber Lothar hatte gewusst, woher sie stammte. Schon damals hatte Lothar geahnt, dass derartige Gefälligkeiten nie ohne Folgen blieben. Aber er war jung und ehrgeizig gewesen. Weder von seiner Jugendlichkeit noch von seinem Ehrgeiz war viel übrig geblieben. Und zusätzlich steckte er jetzt knietief in der Scheiße.

»Leck mich doch!«, platzte es aus ihm heraus, als er plötzlich in Könneckes Strafregister auf einen interessanten Eintrag stieß.

Minutenlang las er sich die Berichte durch, vergaß dabei sogar seine brennende Zigarette. Schließlich startete er den Drucker, schnappte sich das ausgedruckte Papier und eilte zum Kriminaldauerdienst. Dort unterhielt man sich schon über eine Stunde mit Könnecke. Die Vernehmung verlief chaotisch, weil Könnecke sich als Opfer von Polizeiwillkür sah. Streng genommen lag auch nichts gegen ihn vor. Entsprechend genervt waren beide Seiten.

»Können wir ihn endlich gehen lassen?«, wollte die Diensthabende von Lothar wissen.

»Nee.«

»Ich brauche meine Leute für wichtigere Dinge!«

»Und ich brauche die Chipkarte für die Asservatenkammer.« Damit knallte er seiner Kollegin den Ausdruck hin. »Frank Könnecke ist ein verurteilter Sexualstraftäter. In einem Fall wurde sogar eine mobile Festplatte mit kinderpornografischem Material bei ihm sichergestellt.«

»Davon weiß ich nichts.« Sie überflog die Zeilen, schüttelte den Kopf und gab das Blatt zurück. »Das Verfahren ist uralt und längst abgeschlossen.«

»Hieraus geht aber nicht hervor, was mit dem Beweismittel geschehen ist. Also muss ich annehmen, dass der Datenträger in der Asservatenkammer verstaubt.«

»Kann sein, aber wozu brauchst du das Material?«

Lothar blickte zum Flur und brummte. Zwei Räume weiter saß Könnecke, ein Mann, dessen Vorstrafenliste beinahe das polizeiliche Auskunftssystem sprengte. »Wir suchen ein siebenjähriges Kind.«

»Natürlich, entschuldige, wir sind hier alle ziemlich angespannt.«

Keiner fragte, wie es Lothar ging. »Es wird nicht lange dauern. Wir gehen gemeinsam runter, ich schnappe mir den Datenträger und dann bist du gleich wieder an deinem Platz.«

Sie schaute zu ihrer vollen Kaffeetasse, aus der es nur noch schwach dampfte. Auf ihrem Schreibtisch lagen mehr als ein Dutzend Online-Anzeigen, die noch in saubere Akten verwandelt werden mussten. Zusätzlich bimmelte schon minutenlang das Telefon. Mit einem Unmutslaut stand sie auf und öffnete den Schlüsselkasten an der Wand.

»Meinetwegen, aber du trägst dich ins Asservatenbuch mit Datum und Uhrzeit ein. Falls du den Datenträger findest, quittierst du mir die Entnahme.«

»Willst du nicht mitkommen?«

Sie hielt ihm die Karte hin und legte den Kopf schief. »Schaffst du es auch allein?«

Mit der Zugangskarte in der Tasche schlenderte Lothar in den Keller. Leichter als erwartet. Wenn alles glattlief, bekam Henning bald Ersatz für seine verlorengegangenen Drogen. Zumindest einen Teil davon. Sollte er an dem Zeug verrecken. Tatsächlich hatte Lothar mehr als einmal daran gedacht, den Schwerkriminellen loszuwerden. Aber ein Mann wie Henning hätte sich im erbarmungslosen Umfeld der Organisierten Kriminalität nicht über einen so langen Zeitraum halten können, wenn er seine Feinde nicht in Schach zu halten gewusst hätte.

Sich selbst verachtend, presste Lothar die Karte gegen das Chiplesegerät. Ordnungsgemäß machte er einen Eintrag in das Asservatenbuch. Selbst wenn es irgendwann Nachfragen gäbe, konnte er alles bestreiten. Er war allein hier unten im Keller. Niemand konnte ihm etwas nachweisen. Der Datenträger interessierte ihn nicht. An Hennings beschlagnahmte Drogen kam er nicht heran. Die lagerten im Panzerschrank. Dafür wusste Lothar, dass seine alte Abteilung immer ein paar Päckchen sichergestellten Stoff in einem separaten Regal vorrätig hielt, falls spontan ein Scheinkauf notwendig wurde.

»Scheiße.«

Vor ihm lag weniger Stoff als erhofft. Dennoch musste das für Henning reichen. Als seine Finger die Plastikfolie berührten, fragte er sich, wie tief er eigentlich gesunken war.

»Was machst du da?«

Erschrocken fuhr Lothar herum. »Emma! Mein Gott, musst du dich so anschleichen?«

»Ich habe dich beim KDD gesucht. Dort sagte man mir, du wärst hier unten.«

»Wie du siehst, bin ich das auch.«

Skeptisch neigte Emma ihren Kopf zur Seite. Er rückte Zentimeter zur Seite, um ihre Sicht auf das Regal zu versperren. Vergeblich.

»Wolltest du eben Drogen klauen?«

»Was, ich?« Er merkte, wie er stotterte. Bestimmt verfärbte er sich im Gesicht puterrot, aber das musste sie bei der schlechten Beleuchtung nicht unbedingt bemerken. »Bist du verrückt? Ich habe was gesucht und mich dabei an meine Zeit beim Rauschgiftkommissariat zurückerinnert. Das ist doch nicht verboten, oder?«

Sie zögerte mit einer Antwort. »Mach bloß keinen Scheiß! Hörst du?«

Vor Scham pinkelte er sich fast ein. Schließlich kehrte er wieder den desillusionierten Hauptkommissar heraus. »Kümmere dich um deine eigenen Angelegenheiten. Was suchst du überhaupt hier unten?«

»Der KPI-Leiter will dich sehen.«

»Jetzt?«

Emma nickte. »Unsere Vorgesetzten verlieren die Nerven. Die lassen Könnecke gehen.«

Kapitel 17

Der Fotograf

Jemand legt den Finger auf seine Lippen. Maria soll die Augen schließen und keinen Ton von sich geben. Sie spielen jetzt ein Spiel. Das Spiel heißt Verstecken. Sie spielen es draußen, deshalb hat sie keinen Schlafanzug an, sondern eine rote Strickjacke. Aber nicht Maria wird jemanden suchen, sondern alle anderen nach ihr.

So oder so ähnlich muss es abgelaufen sein. Das ist meine Vorstellung von einem Verbrechen. In den zurückliegenden Stunden hatte ich viel Zeit, darüber nachzudenken. Ich habe Nadja Böhmes Aufzeichnungen durchgeblättert und bin dabei auf ein Muster gestoßen. Ein Muster, das mir heute, morgen und übermorgen den Schlaf rauben wird. Schlafmangel ist für meine Mission pures Gift. Aber darüber zerbreche ich mir später den Kopf. Ich bin dem Rettungswagen bis in die Psychiatrie gefolgt. Das Gelände befindet sich im Zeisigwald, der größten zusammenhängenden Waldfläche der Stadt. In Sichtweite des Gebäudes, in das die Sanitäter Janett Möller begleitet haben, warte ich. Notarzt und Rettungswagen sind längst wieder abgefahren. Die Mutter befindet sich nicht auf der geschlossenen

Station, dafür gibt es keinen Anlass. Janett Möller ist nicht verrückt, sondern hilfsbedürftig.

Meine Geduld zahlt sich bald aus. Marias Mutter verlässt das Gebäude. Ohne Begleitung und ohne ihre Handtasche. Jeder würde jetzt spazieren gehen, um den Kopf freizubekommen. Sie läuft Richtung Süden, ich folge ihr. Anscheinend kennt sie sich auf dem Klinikgelände aus. Sie wandert zum Blaubornteich. Dort setzt sie sich auf eine Bank und weint. Ich stehe direkt hinter ihr. Sie bemerkt mich erst, als ich sie anspreche.

»Hallo«, erwidert sie stockend meine Begrüßung.

Möller wischt sich die verheulte Visage ab, zieht den Inhalt ihrer Nase geräuschvoll in den Rachen. Ich halte ihr ein Papiertaschentuch hin. Sie greift danach wie ein Ertrinkender nach einem Stock.

»Darf ich mich zu Ihnen setzen?«

Sie mustert mich, denkt vermutlich, ich sei Reporter irgendeiner Zeitung.

»Kennen wir uns?«, kommt es dünn aus ihrer Kehle.

»Ich bin übers Wochenende in der Klinik untergebracht«, gaukle ich ihr vor und zeichne wie ein Irrer mit dem Finger Kreise an meiner Schläfe. »Die behaupten, meine Nerven wären falsch gepolt.«

Ohne dass sie es mir gestattet, setze ich mich neben sie. Für ein paar Wimpernschläge beobachten wir gemeinsam die Teichoberfläche. Vögel zwitschern in den Baumkronen, ansonsten ist alles vollkommen still.

Ihr fällt die grüne Mappe auf, die unter meinem Arm klemmt.

»Was haben Sie da?«

»Das ist eine Patientenakte.«

»Ist das Ihre?«

Ich kichere, gehe nicht näher auf den Inhalt ein. Noch nicht.

»In den Nachrichten erzählen sie eine Geschichte von einem verschwundenen Mädchen.«

Wie beabsichtigt, reißt sie die Augen weit auf und stiert mich entgeistert an. Zuerst bleibt ihr der Mund offen stehen, dann plappert sie los, versucht, sich zu rechtfertigen. »Ich habe kürzlich meinen Wohnungsschlüssel verloren.«

Möglicherweise stimmt das sogar. Sie sagt danach viele Dinge, die ich bezweifle. Mehrmals verwendet sie den Namen ihrer Tochter, schluchzt dabei jedes Mal. Mein Taschentuch ist inzwischen klitschnass. Ich will es nicht zurück, Janett Möller wohl aber ihre Maria. Als sie mit ihrer Version der vergangenen Nacht fertig ist, greife ich in die Mappe und lege ihr ein Foto auf den Schoß. Sie hebt es vorsichtig an, als könnte sie sich an dem Rand die Haut aufschneiden.

»Wer ist das?«

»Sie heißt Annabell.« Ich lege ein weiteres Foto darüber. Es zeigt ein anderes Mädchen. »Und das ist Klara.«

Es folgen vier weitere Porträts von Kindern, vier weitere Namen. Allesamt Fahndungsfotos der Polizei. Ich bin noch nicht fertig, die grüne Mappe enthält Dutzende Beweise. Die nächsten drei Ablichtungen wurden nie veröffentlicht. Annabell ist darauf kaum wiederzuerkennen. Ihr kleiner nackter Leib ist gefesselt. Janett Möller ist zu Recht entsetzt. Sie hält sich eine Hand vor den Mund, quiekt und jammert. Wahrscheinlich stellt sie sich gerade vor, wie ihre Tochter in ähnlicher Situation leidet. Die Fotos stammen aus einer Tauschbörse im Darknet. Ich kenne das Darknet, verstehe mich sogar als ein Teil davon, als eine Art Robin Hood. Um pädophile Treffpunkte mache ich jedoch einen weiten Bogen. Bis heute frage ich mich, wie Nadja Böhme an die Fotos gekommen ist. Es schmerzt, diesen Dreck anzusehen. Ich kann nur erahnen, wie sehr die Darstellungen Nadja Böhmes Seele verwundet haben müssen. Die Fotos zeigen Annabells Schicksal in ihrer extremsten Abartigkeit.

»Annabell ist angeblich beim Spielen im Wald verschwunden«, erzähle ich die Geschichte des kleinen Mädchens. »Da war sie sechs. Während ihre Mutter nicht lange nach ihrer Tochter gesucht hat, wollte Annabells ältere Schwester die Wahrheit erfahren. Es hat mehr als vierzehn Jahre gedauert, bis es so weit war. Das Ergebnis halten Sie in Ihren Händen.«

»Nein, hören Sie auf damit«, kommt es erstickt von Möller und sie wirft mir die Fotos zu. Einige flattern zu Boden. Ich sammle sie auf, puste den Schmutz weg. »Warum quälen Sie mich? Warum tun Sie mir das an?«

»Annabells Mutter war psychisch labil und mit der Kindererziehung überfordert. Ich denke, nein, ich weiß, dass Sie genauso schwach sind. Schwach, erbärmlich und feige. Sie haben Ihr Kind verkauft.«

»Ich weiß nicht, wovon Sie reden, Sie Wichser! Verschwinden Sie, sonst schreie ich um Hilfe.«

»Sie werden weder schreien noch die Polizei rufen, das wissen wir beide. Sagt Ihnen Dark Angel etwas?«

Kurzzeitig sieht es so aus, als wollte sie von der Bank flüchten, aber dann bleibt sie sitzen. Wie paralysiert schüttelt sie den Kopf. Hilfe suchend schaut sie sich um. Sie würgt ihren eigenen Ekel hoch, umklammert ihren Oberkörper, als müsse sie ihn festhalten.

»Dark Angel, noch nie gehört?«, mache ich mit der Befragung weiter, bekomme aber keine Antworten. »Und Mutter Mowa?«

Etwas blitzt in ihren Augen auf.

»Waren Sie jemals bei Mutter Mowa?«

»Nein!«

Sie lügt. Sie lügt in allen Punkten. Ich kann es nicht nur in ihrer Mimik lesen, ihr gesamter Körper ist plötzlich ein Geständnis. Schnell überdenke ich meine Theorie. Maria hat die Visitenkarte nicht in dem Rover gefunden, sondern von zu Hause mitgenommen.

»Wie viel Geld haben Sie für Maria bekommen?«

Möller schließt die Augen, bricht erneut in Tränen aus. Sie hat verloren. Sie schämt sich, aber das ist nicht genug für ihre Schandtat. Am liebsten würde ich ihr eine Ohrfeige geben. Aber auch das wäre eine viel zu harmlose Strafe.

»Wer hat sie abgeholt?«

»Ich weiß es nicht.«

»Ich will einen Namen!«

»Bitte …«

Atemnot. Ihre Stimme ist nur noch ein Krächzen. Sie ist am Ende ihrer Kräfte. Mir geht es ähnlich. Die Unterhaltung ist damit vorbei. Vielleicht ist sie wirklich so unbeschreiblich dumm.

»Annabell ist tatsächlich im Wald verschwunden«, beende ich leise die Geschichte. Aber nicht, weil sie dort gespielt hat, sondern weil ihre Mutter sie dahin gebracht und den Wölfen überlassen hat. Mein Vater sagte einst:

Manche Kunstwerke sind von Anfang an verdorben und hätten nie erschaffen werden dürfen.

Bedächtig greife ich in mein Jackett, hole eine schmale Schachtel hervor und drücke Janett Möller kurz darauf ein Skalpell in die zitternden Hände.

»Wissen Sie, was mit Annabells Schwester passiert ist, nachdem ihre Suche beendet war? Ich habe sie getötet. Ihnen lasse ich die Wahl, sich selbst umzubringen. Andernfalls wird jemand es tun.«

Kapitel 18

Der Kurier

Was Viktors Plan anging, machte er es verdammt spannend. Eddi sollte ins Hotel kommen und am Telefon keine Fragen stellen. Also schwang Eddi sein Holzbein in seinen Audi und fuhr zum Collect.

»Ich finde den Weg in Viktors Büro allein«, bekundete er beim Durchschreiten des Foyers. »Er erwartet mich.«

»Warten Sie!«

Anscheinend arbeitete die Angestellte noch nicht sehr lange an der Rezeption. Sie wollte unbedingt Eddis Namen wissen und bestand zudem darauf, Herrn Kupke telefonisch zu verständigen.

»Wenn Sie das müssen, nur zu«, tat Eddi gelassen, obwohl ihn die Ungeduld umtrieb.

Weniger als eine halbe Minute musste er warten, was ihm trotzdem zu lange dauerte.

»Entschuldigen Sie die Unannehmlichkeit, Sie dürfen jetzt zu ihm gehen.«

Eddi bedankte sich und kam nicht umhin, der jungen Dame auf die Bluse zu starren. Darunter wölbten sich sinnliche

Brüste. Perfekt für Männerhände. Wie gern hätte er seine Frau gegen die Kleine eingetauscht. Wenigstens für eine Nacht.

Als er in den Fahrstuhl stieg und an Katalena dachte, ließ der Druck in seiner Hose spürbar nach. Seine Gattin arbeitete ebenfalls im Collect, wenn auch nur für ein paar Stunden in der Woche. Zu Hause schimpfte sie immer auf die Gäste und vor allem über ihren Chef. Sobald Eddi ihr aber zur Kündigung riet, sträubte sie sich vehement dagegen. Verständlich. Im Vergleich zu den üblichen Löhnen in der Hotelbranche zahlte Viktor gut. Für wen seine Frau putzte, war Eddi egal. Hauptsache, sie brachte überhaupt Geld mit nach Hause.

Gemessen am Umsatz des Hotels war Viktors Büro nahezu winzig. In den Neunzigern hatte man noch nicht so verschwenderisch groß gebaut wie heutzutage. Wegen der kleinen Fenster wirkte der Raum dunkel. Die neue Tapete setzte zwar einen Farbakzent, änderte an der düsteren Atmosphäre aber insgesamt wenig. Abgesehen von der Tapete zeigte sich die Einrichtung nahezu unverändert. Der gleiche Schreibtisch, die gleichen Wandbilder, sogar den Standlüfter kannte Eddi noch. Alles wirkte wie in der Zeit stehen geblieben. Lediglich Viktors Anzüge gingen mit der Mode. Eddi wusste nicht, wann er das Büro letztmals betreten hatte. Wahrscheinlich bei Katalenas Gehaltsverhandlungen. Schließlich hatte Eddi ihr den Job bei Viktor vermittelt.

»Eddi, setz dich«, begrüßte Viktor ihn und goss eine kristallklare Flüssigkeit in ein Glas.

Insgeheim hatte Eddi auf eine Kostprobe von Viktors berühmtem Wodka gehofft. Der Geschmack erinnerte ihn immer an die guten alten Zeiten der Sowjetunion – mit einer Note Kalter Krieg. Wie es aussah, stand Wodka heute nicht auf der Getränkekarte. Seit Neustem bevorzugte Viktor Gin. Auch so ein Modegetränk, dachte Eddi und trank.

Wie der russische Zar persönlich thronte Viktor in seinem breiten Lederstuhl. Seine Ellenbogen ruhten auf den Armlehnen und er tippte die Fingerspitzen ununterbrochen gegeneinander. Er wartete, bis Eddi sein Glas geleert hatte.

»Scheiße, schmeckt der verboten gut«, lobte Eddi den Gin, obwohl er nicht einmal genau sagen konnte, was ihm daran mundete.

»Einhundertneunzehn Euro die Flasche.«

»Viktor, du bist ein wahrer Freund.«

Hans saß mit übereinandergeschlagenen Beinen da und fuhr sich mit der Zunge über die Schneidezähne. »Können wir dann?«

Eddi stellte das Glas ab. Keiner seiner Freunde trank vom Alkohol. Vor den Gästen machte es keinen guten Eindruck, wenn der Hotelbetreiber mit einer Fahne aufkreuzte. Hans dagegen hatte einmal im Vollrausch die Beherrschung verloren. Seitdem war er trocken.

»Wir haben die Telefonnummer von diesem kleinen Scheißer.«

Viktor sagte es, als wäre es das Einfachste der Welt gewesen. Eddi schaute zu Hans, ob sie ihn veralbern wollten. Hans nickte zustimmend.

»Wie seid ihr in so kurzer Zeit an die Telefonnummer gekommen?«

»eBay.«

»Was?«

»eBay-Kleinanzeigen. Wie es aussieht, hat der Typ deinen Verdienstorden inseriert.«

»Und meine Hasen?«

Viktor blickte Hans an. Vermutlich fragte er sich, ob Eddi das ernst meinte. Hans zuckte mit den Schultern. Schließlich verzog Viktor sichtlich genervt die Mundwinkel.

»Nur deine Kette und die Ohrringe.«

»Scheiße!« Am Ende stellte sich vielleicht heraus, dass der Kerl die Kaninchen verspeist hatte. In dem Fall würde Eddi ihm dafür die Eier abreißen. »Schenk noch mal ein!«

Viktor schraubte die Flasche auf und füllte das Glas. Eddi spülte die Blockade im Hals mit Gin hinunter.

»Der Typ ist so dumm und gibt seine Handynummer an? Habt ihr etwa auch seinen Namen?«

»Edeltraut7777«, nannte Hans den eBay-Namen. Es sollte wohl scherzhaft klingen, aber Eddi konnte darüber nicht lachen.

»Und wie geht es jetzt weiter?«

Viktor nahm sein Handy auf, das die ganze Zeit vor ihm lag, und reichte es an Hans weiter. »Jetzt rufen wir ihn an.«

Anscheinend hatten sich die beiden bereits abgesprochen. Wie selbstverständlich wählte Hans die Nummer. Eddi griff nun selbst zur Flasche, um sich ein drittes Glas einzugießen. Der Alkohol entspannte ihn nur unwesentlich.

»Guten Tag, hier ist Heinze«, säuselte Hans in das Handy.

Früher hatte er unter diversen Namen operiert. Laut der MfS-Akte, die Eddi hatte verschwinden lassen, war sein Deckname Lagos gewesen. Unter Lagos hatte er als sogenannter Romeo-Agent ausländische Sekretärinnen, Geschäftsfrauen und Politikerinnen um den Finger gewickelt und ausspioniert. Eddi kannte Schwarz-Weiß-Fotos, die Hans als jungen, attraktiven Offizier zeigten. Jetzt im Alter konnte er die Leute immer noch mit seinem Charme einwickeln – und zusätzlich mit seiner Stimme, die etwas Großväterliches verbreitete.

»Ich rufe an wegen des Ordens. Ich bin Sammler und würde die Kette gern kaufen.« Beim Telefonat lächelte Hans pausenlos. »Ah, verstehe. Und die Ohrringe? Sie müssen wissen, meine Frau … Auch verkauft …«

Als Eddi das letzte Wort vernahm, hielt es ihn nicht länger auf dem Stuhl. Vom eigenen Schwung fand seine Beinprothese keinen richtigen Halt. Mit der Hüfte krachte er gegen die

Tischkante. Das Glas kippte und zersplitterte auf dem Boden. Er ignorierte den Schmerz und die Scherben, stürzte auf das Handy zu, um es Hans zu entreißen. »Du verdammter Hurensohn! Wo sind meine Hasen?«

Die Äußerungen bekam der Unbekannte nicht mehr mit, denn Hans hatte die Verbindung rechtzeitig gekappt.

»Bist du verrückt, Eddi?«, zürnte Viktor. »Jetzt ist er gewarnt.«

»Dann weiß der Wichser wenigstens, dass er sich mit dem Falschen angelegt hat. Er hat meine Sachen verramscht!«

»Das ist reine Spekulation.«

Eddi deutete auf Hans, der seelenruhig sitzen blieb. »Er hat es doch eben gesagt, verfluchte Scheiße!«

»Es war ein junger Mann«, gab Hans seine Einschätzung ab. »Aus der hiesigen Region. Sein Wortschatz ist eingeschränkt. Falls er das Zeug wirklich losbekommen hat, dann für ein paar lächerliche Euro.«

»Und das soll mich beruhigen?«

»Eddi, verdammt!« Viktor beugte sich über den Tisch und schnaubte. »Beruhige dich endlich. Was Hans damit sagen will, der Typ ist nicht der Hellste. Wir finden einen Weg, um an ihn heranzukommen.«

»Ach, wie denn?«

Hans pulte sich zwischen den Zähnen. »Oh, ganz bestimmt finden wir einen anderen Weg. Das Kerlchen hält das Versteckspiel nicht ewig durch.«

Kapitel 19

Rückblick

Vanessas sechzehnter Geburtstag

Ihr Name ist Jana Feldmann. Als sie den Stich spürt, ist es bereits um sie geschehen. Ich lasse die Betäubungsspritze wirken, ehe ich mit der intravenösen Verabreichung von Botulinumtoxin fortfahre. Früher habe ich Rizin benutzt, aber dieses Gift ist nicht so effektiv wie Botox. Mit jedem Mord habe ich dazugelernt.

Janas Tod tritt nicht sofort ein. Zuerst werden die Nerven geschädigt, dann setzt die Lähmung der Muskulatur ein. Es kommt zu Ateminsuffizienz. Irgendwann wird ihr Gehirn von der Blutzufuhr getrennt. Sie bekommt von all dem nichts mit. Sie stirbt sanft in meinen Armen.

Ich weiß nicht, wann sie zuletzt in den Armen eines Mannes eingeschlafen ist. Ich weiß nur, dass ihr Mann sie betrogen hat. Bereits ein Jahr nach der Hochzeit. Jana hat mir davon erzählt, von ihren Ängsten, von ihrer Hoffnung, von ihrer Wut. Ich war ein aufmerksamer Zuhörer. Jana konnte nicht mehr länger ertragen, wie ihr Mann eine Fremde nach der anderen fickte.

Sie hatte endlich begriffen, dass ihre Ehe gescheitert war. Heute ist der Tag, an dem sie ihren Mann betrogen hat.

Sie hat sich mit mir verabredet. Obwohl wir uns nie zuvor begegnet sind, ist sie in meinen Wagen gestiegen. Ich habe ihr das Kunstmuseum gezeigt und ihr Komplimente gemacht. Ich habe gefragt, ob sie mit mir einen Kaffee trinken möchte, aber darüber hat sie sich nur amüsiert. Sie fand es unpassend.

Jetzt trinke ich Wasser aus der Flasche, die ich mitgebracht habe. Anders als im letzten Jahr habe ich keine Tasche dabei. Alles, was ich brauche, trage ich in meiner Bekleidung. Spritzen, Handschuhe, Draht, Silikon, Bindfaden, Nadel, Skalpell, die Tüte mit den Perlen und wie immer die kleine braune Schachtel. Natürlich habe ich meine Kamera dabei. Eine Hasselblad. Sie war der Kassiererin im Museum aufgefallen, weil man die Ausstellungsstücke nicht fotografieren darf. Das hätte ich nicht gewusst, habe ich behauptet und versprochen, keine Fotos zu machen. Es war gelogen. Ich bin der Fotograf. Auch dieses Jahr erwartet man ein Foto von mir.

Bis es so weit ist, streichle ich Janas kalte Haut, wickle eine ihrer Haarsträhnen um meinen Finger, zähle die Leberflecke an ihrem Hals. Ich flüstere ihr wunderschöne Worte zu, stelle mir vor, meine Frau könnte sie jetzt hören. Gemeinsam warten wir auf die Nacht. Meine Erinnerungen drehen sich um meinen Vater, der meine Mutter betrogen hat. Ich sehe ihn vor einer unfertigen Leinwand. Sein letztes Gemälde könnte eine Vulva sein. Ich erfahre es nie. Mein Vater hat den weiblichen Schambereich geliebt. Für Sekundenbruchteile werden meine Gedanken schwarz. Ein Cut, wie bei einer Filmrolle, von einer scharfen Klinge durchtrennt. Das Bild wechselt abrupt. Am Küchentisch sitzt meine Mutter, in ihrer Schürze steckt das Küchenmesser, mit dem sie sonst immer die Kartoffeln schält. Seit vierundzwanzig Stunden hat sie nicht mit uns Kindern gesprochen. Mein Vater ist verschwunden. Er hat seinen Reisekoffer und ein paar seiner persönlichen Sachen mitgenommen. Natürlich auch das gesamte Geld. Auf dem Tisch liegt der Kontoauszug. Unterm Strich ein dickes Minus. Meine Schwestern und ich, wir denken, unsere Mutter sei verzweifelt, aber das stimmt nicht. Sie war nur diszipliniert und hat gewartet, so wie ich jetzt.

Als die Nacht hereinbricht, stoße ich den Leichnam von mir. Ich packe die Tote an den Haaren und schleife sie an die Stelle, die ich für mein Kunstwerk vorgesehen habe. Im Mondlicht verwandele ich mich in einen Werwolf, werfe meine Kleidung ab. Ich bin im Rausch, tobe mich an Jana aus. Es dauert weniger als eine halbe Stunde, dann drücke ich den Auslöser der Kamera. Kein Testbild, kein Nachjustieren. Ich bin ein Künstler. Künstler haben keinen zweiten Versuch. Das eine Foto ist vollkommen, wie es ist. Es ist ein Unikat. Später werde ich es weder beschneiden noch nachbearbeiten. Ich werde es im Darknet zum Kauf anbieten und an den Höchstbietenden veräußern. Vorher muss ich von hier verschwinden. Und zwar schleunigst.

Nackt, wie ich bin, schlüpfe ich in einen dünnen Folienanzug, der anliegt wie eine zweite Haut. Über diesen ziehe ich wieder meine Kleidung an. Durch die Kunststofffolie kann das an meinem bloßen Körper haftende fremde Blut meine Kleider nicht durchnässen. Wenige Augenblicke später sehe ich wieder so schick aus wie bei meiner Ankunft. Bevor ich den Alarm auslöse, hole ich das Schächtelchen aus meiner Hosentasche. Sekunden später schwirren drei Marienkäfer durch die Luft. Sobald ich draußen bin, ist meine Mission beendet. Ich überlege, was für ein Geburtstagsgeschenk Vanessa gefallen könnte. Ein neues Smartphone vielleicht. Das wünscht sie sich schon lange. Oder eine richtig teure

Kamera. Aber eigentlich kann ich mir kaum vorstellen, dass sie die gleiche Leidenschaft für Fotografien entwickelt wie ich. Dann doch lieber ein paar Schnappschüsse mit dem Handy.

Noch zwei Jahre! In zwei Jahren werde ich es beenden. Dann werde ich ein letztes Mal töten.

Kapitel 20

Der Fotograf

Meine Finger bohren sich in den Umschlag. Am liebsten würde ich Janett Möller die grüne Mappe ins Gesicht knallen. Stattdessen erhebe ich mich wortlos von der Bank. Ich wage es nicht, diese Horrormutter erneut anzublicken. Sie ist ausweglos schuldig und ihrer eigenen Verkommenheit ausgeliefert. Diesen oder den nächsten Tag wird sie nicht überleben. Dessen bin ich mir gewiss. Womit ich nicht gerechnet habe, ist der Mann, der plötzlich auftaucht.

»Was ist hier los?«

»Frank«, schluchzt Janett Möller.

So sieht also Frank Könnecke in natura aus. Bisher kannte ich nur seinen Namen und ein paar Eckdaten von ihm.

»Belästigt dich der Typ?«, fragt Könnecke seine Lebensgefährtin.

»Nein, ich …«

»Belästigst du meine Frau?«, fährt Könnecke ihr über den Mund und redet stattdessen mit mir.

Weder sein Ton noch seine Anredeform gefallen mir. Bisher war Könnecke nur eine Randfigur, nicht viel mehr als eine Notiz in einem Drehbuch. Jetzt drängt er auf die Bühne. Ein Rattengesicht mit schlechtem Atem. Er trägt die Markenklamotten eines namhaften Sportartikelherstellers. Enges T-Shirt, weite Jogginghosen, Sneakers. Schlüsselbund, Portemonnaie und Handy beulen seine Hosentaschen aus. Er reibt sich Spucke aus den Mundwinkeln, knetet danach seine Hände. Seine kräftigen Unterarme sind mit Tattoos übersät. Ich erkenne einen Anker und zwei Comicfiguren. Tim und Struppi. Nach Kunstwerken suche ich auf seiner Haut vergeblich. Mein Vater hätte ihn verachtet. Den Tätowierer ebenso.

»Hey, ich rede mit dir«, lässt Könnecke nicht locker. »Hast du meine Frau angemacht?«

»Wir haben uns bloß unterhalten«, antworte ich.

Ich will vorbeitreten, aber Könnecke versperrt mir den Weg.

»Ach, ja, unterhalten? Und warum heult sie dann?«

»Ihre Tochter wird vermisst.«

Könneckes Nasenflügel ziehen sich zusammen. Sein Unterkiefer mahlt. Er steht so dicht vor mir, dass ich hören kann, wie seine Zähne aufeinander schleifen. »Bist wohl ein ganz Schlauer, was?«

»Ich bin nur jemand, der zufällig vorbeigekommen ist. Wenn Sie mich jetzt entschuldigen würden.«

»Was machst du hier?«, stammelt Möller einen belanglosen Satz.

»Die Bullen haben mich gehen lassen«, zischt Könnecke, fixiert mich ununterbrochen mit seinen finsteren Augen.

Er will mich nicht passieren lassen. Konfrontation spricht aus jeder seiner Poren. Ich kenne solche Leute, kenne diesen Blick. Ohne, dass ich es will, begegnet mir dieser Blick häufig. Blanker Zorn schlägt mir entgegen. Ich reagiere auf Zorn, wie ich es immer tue. Ich rede langsam und eindringlich.

»Sie sollten sich um sie kümmern.«

»Sag mir nicht, was ich tun oder lassen soll, klar? Ich will wissen, was hier los ist.«

»Frank, bitte!«

»Du hältst die Schnauze, wenn ich mich mit Mister Piekfein unterhalte!« Er schnippt mit den Fingern gegen meine Anzugjacke, mustert meine glänzenden Herrenschuhe und schaute mir dann wieder ins Gesicht. »Mir passen nämlich deine Klamotten nicht. Niemand, der so aussieht wie du, unterhält sich mit Janett. Es sei denn, er ist Gerichtsvollzieher oder ein Arschloch vom Jugendamt. Also, wer hat dich geschickt?«

»Sie steigern sich da in etwas hinein.«

»Sie steigern sich da in etwas hinein«, äfft er mich nach und reckt das Kinn, weil er etwas kleiner ist als ich. »Bist du mein Psychologe?«

Er schüttet Testosteron wie ein Stier aus. Fehlen nur noch die Hörner. Wahrscheinlich hält er sich für einen Stier und mich für ein rotes Tuch. Alles, was ich vor mir sehe, ist eine übergroße Ratte. Wie eine Ratte stinkt er auch. Weil es vollkommen sinnlos ist, sich weiter mit Könnecke zu unterhalten, mache ich einen Schritt zur Seite und lasse ihn stehen.

Könnecke brüllt mich an. Ich soll ihm ja nicht den Rücken zuwenden. Die Warnung kommt zu spät, ich habe es längst getan. Ich drehe mich nicht einmal um. Könnecke wird immer zorniger.

»Ey, Sackgesicht!«

Seine Partnerin kreischt und jammert. Es kommt zum Streit zwischen ihnen. Während er noch nicht fertig ist mit mir, rennt sie weg, vorbei am Teich, Richtung Wald. Ihr Wehklagen wird immer leiser.

»Das ist deine Schuld!«, ruft Könnecke mir nach.

Ist es nicht, denke ich. Jeder ist für sich selbst verantwortlich. Jemand muss ihm das erklären. Dieser Jemand will ich aber ungern sein. Ich will nur noch in meinen Wagen steigen.

Mein Transporter parkt abseits zwischen Gebüschen. Weit und breit ist niemand zu sehen. Das Klinikgelände wirkt wie ausgestorben. Aber es ist nur eine Frage der Zeit, bis jemand auf Könneckes Lärm aufmerksam wird. Statt sich um seine Freundin zu kümmern, läuft er mir nach.

»Ich rede mit dir!«

Kaum entriegle ich den Wagen und lege die Mappe auf den Fahrersitz, packt mich seine Hand von hinten an der Schulter. Widerstandslos lasse ich mich herumwirbeln. Ich gebe ihm das Gefühl, er habe gewonnen. Mehr kann ich zur Entschärfung der Situation nicht beitragen. Worte können ihn nicht beruhigen.

»Hörst du mir zu, du Penner? Ich will wissen, wer du bist.«

Ich werde gegen das Blech der Karosse gestoßen. Vermutlich ist mein Anzug jetzt am Rücken beschmutzt.

»Hören Sie, das bringt doch nichts.«

»Was bringt nichts?«

Immer wieder stellt er rhetorische Fragen. Das nervt. Weitaus mehr stört mich, dass er mich permanent schubst. Es erinnert mich an Matthias, mein allererstes Opfer. Matthias hat mich ebenfalls herumgeschubst. Fehlt nur noch, dass er mir gegen das Ohrläppchen schnippt.

»Ich mag es nicht, wenn irgendein Typ meine Frau anmacht.«

»Sollten Sie sich nicht viel mehr Sorgen um Maria machen?«

Ich sehe den Schlag ins Gesicht kommen. Ich rechne ganz fest damit, dass er austickt und mir die Fresse poliert. Nichts dergleichen geschieht. Stattdessen bleibt ihm der Mund offen stehen. Ich habe ihn aus dem Konzept gebracht.

»Was hast du da eben gesagt?«, fängt er sich.

Spätestens nach dieser Frage weiß ich, dass mein Plan alles andere als optimal läuft. Wieder fängt er an, mich zu schubsen. Ich hebe die Hände, signalisiere ihm, dass ich keinen Ärger will.

Den Ärger hätte ich bereits, gibt er von sich. Er schnauft wie ein Kessel kurz vor der Explosion.

»Also schön, ich entschuldige mich«, sage ich und greife in meine linke Hosentasche. »Ich hoffe, ich kann es damit wiedergutmachen …«

Er blinzelt mehrmals, als ich ihm einen Fünfziger vor die Nase halte. Gier blitzt in seinen Augen auf. Kurz bevor er nach dem Geldschein greifen kann, schnellt meine rechte Hand nach oben. Ich ramme ihm mein Messer durch Unterkiefer und Zunge bis tief in den Rachen. Gier weicht Hilflosigkeit. Sein Blick wird chaotisch. Er zappelt, röchelt und stirbt schließlich. Verdammt, jetzt habe ich doch unvorbereitet getötet.

Könneckes Leiche verfrachte ich auf die Ladefläche. Ein Problem habe ich gelöst, aber jetzt ist einer meiner Ärmel mit Blut besudelt. Außerdem muss ich mich um die Entsorgung kümmern. Es ist wie immer, meine Arbeit beginnt mit dem Tod.

ZWEITER TEIL – DER RUHM

Kapitel 21

Das Luder

»Bleib jetzt bloß cool, Jo«, redete Josephine mit sich selbst. »Otto hat gesagt, eine Wahrsagerin zieht einem die Scheine schneller aus der Tasche als die Zigeuner an der Zenti. Vertrau mir, die Alte besitzt schweineviel Kohle.«

»Schweineviel Kohle«, so sein exakter Wortlaut, bevor er ihr die Adresse von Petra Zinnow gesteckt hatte. Weil Jo ihm tatsächlich geglaubt hatte, hatte sie Otto als Gegenleistung für den Tipp einen geblasen.

»Scheiße, der Penner hat dich echt gefickt.« Das wurde ihr bewusst, als sie aus sicherer Entfernung den Wohnblock betrachtete. Niemand, der Vermögen besaß, wohnte in einer Gegend, wo Zeitungen als Gardinen vor den Fenstern herhalten mussten. Beim nächsten Mal würde sie Otto in den Schwanz beißen. Vorerst musste sie jedoch irgendwie fünftausend Euro auftreiben. Also blieb ihr keine Wahl.

»Das hier ist besser als nichts«, sprach sie sich Mut zu, zog sich das Basecap tiefer ins Gesicht, wickelte ihren bunten Sommerschal straff um ihr Kinn, schob ihre Hände in die Taschen ihres Kapuzenpullovers und marschierte zur Haustür.

Bei der Gelegenheit konnte sie sich auch gleich die Zukunft lesen lassen. Vielleicht stand ja ein baldiger Millionengewinn ins Haus. Jo schmunzelte, als sie wahllos bei einer der oberen Etagen klingelte. Sie hatte gar kein richtiges Zuhause und streng genommen besaß sie nicht mal eigene Schuhe. Die Sneaker, die sie trug, waren auch bloß geklaut.

»Wer ist da?«, drang eine zittrige Männerstimme aus der Wechselsprechanlage.

»Paket für Mutter Mowa«, bemühte Jo sich im gebrochenen Deutsch zu reden. »Klingel kaputt.«

Ohne weitere Nachfrage summte die Türverriegelung, sie huschte ins Treppenhaus. Die Wahrsagerin wohnte Parterre. Das vereinfachte das Vorhaben.

Jo klingelte erneut, senkte den Kopf. Die Wohnungstür ging auf und Jos flache Hand schoss nach vorn. Ihr Handballen traf die Alte direkt unterhalb der Nase. Die Schlagtechnik hatte Jo sich von einem Bekannten beim Training in einem Fightclub abgeschaut. An das hässliche Knacken würde Jo sich wohl nie gewöhnen.

Während die Wahrsagerin rückwärts durch den Flur taumelte, stolperte Jo über eine grau getigerte Katze.

»Fuck!«

Die Katze miaute und huschte ins Treppenhaus. Jo warf hinter sich die Tür zu und setzte nach. Bevor Petra Zinnow das Blut registrierte, das aus ihrer gebrochenen Nase strömte, oder überhaupt zur Verteidigung ansetzen konnte, packte Jo sie an der Strickjacke und hämmerte die Frau mit dem Rücken gegen die Wand. Ein Bilderrahmen fiel zu Boden. Das Glas splitterte. Ein Foto mit zwei Personen rutschte aus dem Rahmen.

»Kohle her!«, forderte Jo.

Es war so einfach, die Frau zu bedrohen, weil sie kaum fünfzig Kilo wog. Trotzdem wollte Jo kein Risiko eingehen, deshalb ließ sie ihr Einhandmesser aufschnappen. Nie zuvor hatte sie damit einen Menschen verletzen müssen. Heute sollte keinesfalls die Premiere stattfinden.

»Bitte, ich bin achtundsechzig.«

Fast hätte Jo aufgelacht. Schrumpelig, wie ihre Haut war, ging sie locker als Sechsundachtzigjährige durch. Ihr Blut, das über Lippen und Kinn floss, war auch beinahe so schwarz wie von einem Zombie. Jo musste höllisch aufpassen, um sich nicht zu infizieren.

»Tot bist du gleich, wenn du mir nicht augenblicklich dein Geld gibst.«

»Hinter dir, im Schuhschrank. Ganz unten. Die beigen Ballerinas.«

Nach kurzem Zögern schaute Jo im Schrank nach. Dabei zupfte sie immer wieder ihren Schal im Gesicht zurecht und hielt die Messerspitze drohend erhoben. Die Alte bewegte sich nicht vom Fleck, deutete nur vorsichtig mit der Hand auf ein Schuhpaar. Tatsächlich steckten in einem linken beigen Schuh zusammengefaltete Euroscheine. Knapp dreihundert Euro.

»Ist das alles?«

»Mehr habe ich nicht.«

»Wo ist dein Portemonnaie?«

»In der Küche.«

»Wird's bald?«

Rücksichtslos drängte Jo die Wohnungsinhaberin in den entsprechenden Raum. Neben der Brotschneidemaschine lag eine mit Strasssteinchen besetzte Geldbörse.

»Nehmen Sie meinetwegen auch die EC-Karte mit, nur gehen Sie, bitte.«

Jo brauchte nur das Bargeld. Sie wusste, dass etliche Kumpels von den Bullen geschnappt worden waren, weil sie sich mit gestohlenen Karten an Geldautomaten bedient hatten. Selbst Schmuck barg Risiken. Deshalb hielt sie sich stets an ihre eigene Regel: Nur Bares ist Wahres. Hastig durchwühlte sie die Brieftasche. Weitere fünfzig Euro wanderten in ihre Hosentasche.

»Bist du 'ne echte Hexe?«

»Was?«

»Eine Wahrsagerin, verdammt!« Jo drohte mit der Faust und machte einen Schritt nach vorn. »Kannst du meine Zukunft sehen?«

»In bestimmten Situationen gelingt mir ein intuitiver Zugang zu meinen Klienten ...«

»Hör auf mit dem blöden Gequatsche! Bist du eine Betrügerin?«

»Nein, ich bin Mutter Mowa, eine anerkannte Spiritualistin.«

»Na gut, Mutter Mowa, beweise es! Gib mir die Lottozahlen!«

»Was?«

»Die Scheißlottozahlen, spuck sie aus, oder du bist eine Betrügerin.«

»7...«

»Ja, klar, sieben! Willst du mich verarschen?«

»7-8-18-36-45-46«, nannte Mutter Mowa hastig eine vollständige Zahlenreihe.

Obwohl Jo oft die Schule geschwänzt hatte, konnte sie sich extrem gut Zahlen merken. Mühelos speicherte sie die Ziffernfolge im Gedächtnis ab. An den Hokuspokus der Alten glaubte sie dennoch nicht. »Behalt deine blöde Superzahl, ist sowieso Kacke, was du da von dir gibst.«

Auf der Suche nach Geld fand sie eine Box mit Papiertaschentüchern. Sie schnappte sich mehrere davon und hielt sie der Frau hin.

»Hier, stopf dir die in die Nasenlöcher.«

Schließlich fand Jo auch das Handy der Wahrsagerin. Statt umständlich die SIM-Karte auszubauen oder es als Bonus einzustecken, warf sie den alten Knochen auf den Fußboden und trat zusätzlich auf das Gehäuse. Es folgte eine letzte Warnung, die Bullen aus dem Spiel zu lassen, dann rannte sie aus der Wohnung. Noch bevor sie die unterste Treppenstufe erreichte, hasste Jo sich selbst dafür, was sie der alten Dame angetan hatte. Letztlich machte sie das aber nur aus der Not heraus, damit nicht ihr Bruder demnächst Blut spucken musste.

Sie riss die Haustür auf und schaute kurz über ihre Schulter, ob sie verfolgt wurde. Beim Raustreten stieß sie mit einem Mann zusammen.

Kapitel 22

Der Fotograf

Ich will gerade bei Mutter Mowa klingeln, da wird die Haustür bereits aufgerissen. Bevor ich beiseitetreten kann, prallt eine junge Frau frontal gegen mich. Von der Größe her reicht sie mir kaum bis zum Kinn. Ihr Basecap segelt vom Kopf. Sie taumelt zurück. Ich dagegen stehe wie eine Wand.

»Scheiße!«, flucht sie und bückt sich nach ihrer Kopfbedeckung. Ihre Fingernägel sind Waffen, das erkenne ich noch, bevor ihr Mundwerk losfeuert. »Blöder Wichser, pass doch auf!«

Keine Frau mit Anstand, bloß eine trotzige Jugendliche. Eben war ihr Haar noch unter der Mütze versteckt. Jetzt trägt sie es lang. Schmutzig goldene Strähnen. Ihr hübsches Gesicht wird von einer Narbe über dem Jochbein verunstaltet.

Während ich ihr die Tür halte, sagt sie Ausdrücke, die meine Tochter hoffentlich niemals benutzt. Mit dem Ellenbogen versetzt sie mir einen Stoß, dann rennt sie davon. Erleichtert darüber, dass sie nicht ihre Krallen eingesetzt hat, realisiere ich, dass etwas nicht stimmt. Die offen stehende Tür im Erdgeschoss war von mir nicht vorgesehen. Aus der Wohnung höre ich eine

Frau schmerzvoll stöhnen. Am Geländer streift eine getigerte Hauskatze entlang. Dem Tier fehlt ein halbes Ohr. Es senkt den Kopf, bereit zur Flucht.

»Nicht gut«, flüstere ich, weil ich weiß, dass sich das Risiko soeben erhöht hat. Immer, wenn etwas Unvorhergesehenes geschieht, muss ich abwägen, wie weit ich bereit bin, für den Nervenkitzel zu gehen. Nervenkitzel ist der Stiefbruder des Leichtsinns. Leichtsinn kennt Geschichten über tote Narren.

Binnen Sekunden treffe ich eine Entscheidung. Ich stelle meinen Koffer mitten auf der Treppe ab. Mit beiden Händen will ich die Katze packen. Sie faucht und ist mir im nächsten Moment in den Keller entwischt. Wenn meine Mutter mich beobachtet hätte, sie hätte den Kopf geschüttelt. Sie hätte das Tier locker mit ihrer Schürze gefangen. Meine Mutter fand für alles eine Lösung.

Mit der Schuhspitze schiebe ich die Wohnungstür auf und trete ein.

»Frau Zinnow«, spreche ich in den Korridor hinein.

Aus einem der Räume höre ich Mutter Mowa. Sie weint wie ein Baby. Ihre Stimmbänder sind schwach. Keiner der Bewohner wird sie hören, selbst wenn sie aus voller Kehle um Hilfe schreit.

»Keine Angst, ich bin es, Herr Täufler, ich hatte angerufen.«

»Ach, Herr Täufler, ja, ja, ich erinnere mich«, kommt es kraftlos. »Ich hatte Ihnen am Telefon gesagt, heute geht es nicht. Gehen Sie wieder, bitte!«

Das werde ich nicht tun. Stattdessen nehme ich ein Tuch, drücke die Tür von innen zu und schließe leise ab. Den Schlüsselbund stecke ich ein. Bevor ich nach der Frau sehe, ziehe ich den Stecker des Festnetztelefons. Um ihr Handy brauche ich mich nicht zu kümmern. Es liegt zertrümmert auf dem gefliesten Küchenboden. Ebenfalls auf dem Boden kniet Mutter Mowa. Sie lehnt mit dem Kopf an einem Schrank. Ein Abdruck von Blut haftet an der Oberfläche. Der Stoff ihrer Strickjacke und die Hosenbeine sind von roten Flecken versaut. Sie presst sich ein Taschentuch ins Gesicht. Nicht, um Tränen zu trocknen, sondern um die Blutung zu stillen. Das Taschentuch ist vollständig durchtränkt. Ich knie mich vor sie hin, stelle den Koffer neben mich und halte ihr ein sauberes Tuch wie eine Belohnung hin. Sie greift danach, bedankt sich leise, schaut mir nur einmal kurz ins Gesicht. Sie weicht meinem Blick aus. Vielleicht ahnt sie, dass ich nicht ihr Retter bin. Vielleicht kann sie meine Aura spüren.

»War es das Mädchen mit dem Basecap?«, frage ich.

Zögerlich bejaht sie. Petra Zinnow ist achtundsechzig, sie sieht älter aus. Das ist nicht bloß ein falscher Eindruck wegen des Angriffs des Mädchens. Ihre Augen wirken regelrecht leblos. Ihre Haut ist dünn, wodurch die Adern darunter wie bei einem Vampir sichtbar sind. Teile ihres Haars sind ausgefallen. Vielleicht Anzeichen einer Krankheit. Aber die Frau ist zäh. Sie hört auf zu jammern.

Ich erhebe mich, verlasse die Küche. Eine gemütliche Mietwohnung, finde ich. Groß genug für eine allein lebende Person mit ihrer Katze. Beim Betreten des Wohnzimmers lasse ich die Atmosphäre auf mich wirken. Hier hält Mutter Mowa ihre Sitzungen ab. Umgeben von schwarzer Tapete. Zu meiner eigenen Überraschung gefällt mir die Farbe. Sie schimmert samtig und schafft eine mystische Umgebung. Farbige Seidentücher und LED-Lichter machen die Stube kitschig. Kerzen dürfen nicht fehlen. Mehr als zwei Dutzend Ständer zähle ich. Natürlich liegen Tarot-Karten bereit. Nach einer Glaskugel suche ich dagegen vergeblich. Auch keine Spur von künstlichem Nebel. Der Fernseher stört das Konzept. Er flimmert tonlos in den Raum hinein. Mitteldeutscher Rundfunk.

»Kommen Sie«, rufe ich und ziehe am Fenster die Vorhänge zu. »Lassen Sie uns reden.«

Aus der Küche dringt ein Stöhnen. Wenig später taucht Zinnow im Türrahmen auf. Ich habe ihren Ohrensessel ein Stück in die Mitte gerückt und klopfe gegen das Polster. Ihre Mimik wirkt angestrengt. Sie fürchtet sich vor mir. Ist da bereits Kapitulation in ihrem Blick oder einfach nur Angst?

»Sie sind nicht wegen eines Lehrgangs in der Stadt gekommen«, errät sie und schleppt sich zum Sessel. »Vermutlich heißen Sie nicht einmal Johannes Täufler.«

Als Nächstes wird sie meinen richtigen Namen wissen wollen, aber sie setzt sich nur müde hin und atmet schwer. Ich verweile hinter dem Sessel. Ich könnte meinen Arm um ihren Hals legen und zudrücken. Ich könnte mein Messer ziehen, von dessen Klinge ich vor zwei Stunden Frank Könneckes Blut abgewischt habe. Ich könnte sie töten und müsste ihr nicht einmal in die Augen sehen. In ihre Augen, die mich an Moorleichen erinnern. Ich lasse das Messer stecken. Meine Hände bleiben an meiner Hosennaht.

»Können Sie den Tod vorhersehen?«

»Ich sage nie den Tod vorher. Weder meinen noch den von anderen. Das ist eine meiner Grundregeln.«

Ich umrunde den Sessel und mache es mir auf der Couch bequem. Wir sitzen uns schräg gegenüber. Zinnow blickt stur Richtung Flur, als erwarte sie einen weiteren Gast. Schwer einzuschätzen, was sie denkt. An Flucht gewiss nicht. Andernfalls hätte sie es längst versucht.

»Was sagen Sie dann voraus?«, frage ich neugierig.

»Im Jahr 1998 habe ich den Wiederaufstieg des CFC in die Zweite Bundesliga vorhergesehen.«

Eine ziemlich kuriose Antwort, deshalb dauert es einen Moment, ehe ich etwas Passendes erwidere. »Gratulation, das konnte sonst wirklich niemand vorhersehen! Aber sicherlich ist das nicht alles, was Sie draufhaben.«

»Ich habe vor sechs Jahren den Anschlag auf den damaligen Innenminister vorausgesagt.«

Darüber muss ich kurz nachdenken. Anscheinend redet sie von dem sächsischen Politiker, den Unbekannte in dessen eigener Sauna erschossen haben.

»Wenn Sie den Anschlag vorausgesagt haben, wieso ist er gestorben?«

»Man hat mir nicht geglaubt.«

Ich verstehe. Manchmal will niemand die Wahrheit hören.

»Eben haben Sie behauptet, Sie sagen niemals den Tod voraus.«

»Ich sagte nicht, dass er sterben würde.«

Richtig, es ging um einen Anschlag! Anerkennend hebe ich den Zeigefinger. Die folgenden Sekunden vergehen mit Schweigen. Ich betrachte die Linien meiner linken Handfläche und überlege, ob ich etwas über meine Zukunft wissen möchte. Ein winziger Blick hinter den Vorhang ist verlockend. Ich lasse den Vorhang unangetastet und balle die Faust. Mit der eigenen Zukunft sollte man nicht spielen. Zinnows Zukunft liegt dagegen in meiner Hand.

»Ich bin auch so eine Art Wahrsager«, sage ich und beuge mich vor. Jetzt gilt mir ihre volle Aufmerksamkeit, denn sie sieht mich an. »Ich bin mir nämlich ziemlich sicher, dass Sie mir bei einer Sache helfen können.«

»Was wollen Sie von mir wissen?«

»Führen Sie Buch über Ihre Kunden?«

Kapitel 23

Der Kurier

»Dieses kleine Arschloch«, konnte Eddi sich auch zweiundzwanzig Stunden nach dem Überfall nicht abregen.

Während Katalena im Keller irgendwas an der Ölheizung wegen des Warmwassers kontrollierte, ging er auf den Hof spazieren. Der Wind pfiff scharf über die Dachziegel. Am Schuppen klapperte eine Schelle der Dachrinne. Womöglich zog über Nacht ein Sturm auf. Gewöhnlich verfolgte Eddi um diese Zeit die Nachrichten und den anschließenden Wetterbericht. An diesem Abend blieb der Fernseher aus. Stattdessen schaute er in den Himmel, wo finstere Wolken ins Gefecht zogen. Aus der Hosentasche zog er seine Zigarettenschachtel. Der Filter der Kippe schmeckte heute besonders bitter. Als wollte sein Unglück nicht enden, brauchte er mehrere Versuche, um das Feuerzeug zu entzünden. Der Wind schien sich einen Spaß daraus zu machen, die Flamme ständig auszupusten.

»Verdammtes kleines Arschloch.«

Ununterbrochen stellte er sich vor, wie er den Einbrecher foltern würde, wenn er ihn nur endlich in die Finger bekam.

Er würde den Pisser leiden lassen. Erst recht, wenn Eddis Kaninchen etwas zugestoßen war.

Mit der Zigarette zwischen den Lippen trottete er zu den Käfigen. Rein aus Gewohnheit öffnete er sie und warf frisches Heu hinein.

»Keine Sorge, das Wetter wird nicht so schlimm«, redete er mit seinen imaginären Haustieren.

Allein die Vorstellung, dass seine Kaninchen sich in einer fremden Umgebung befanden, ließ ihn erschaudern. Gleichzeitig machte es ihn wütend. Viktor und Hans hatten auf ihn eingeredet, er solle sich entspannen. Sie würden eine Lösung finden.

»Euch hat man ja auch nicht bestohlen.«

Bisher waren seine alten Freunde keine große Hilfe. Die beiden wurden alt und faul. Außerdem nahmen sie die Sache nicht ernst. Beim Wiedersehen hatte Eddi bereits gemerkt, dass sie sich verändert hatten. Seit dem Banküberfall hatte sich ihr Verhältnis zu ihm verschlechtert. Sie mieden Eddi, machten stattdessen ihr eigenes Ding. Aber jetzt brauchte er die beiden Ex-Agenten. Trotz ihres Alters besaßen Viktor und Hans Fähigkeiten, auf die Eddi nicht verzichten konnte. Skrupellosigkeit war eine davon. Eddi hatte die Schwarz-Weiß-Aufnahmen von einigen von Viktors Opfern gesehen. Allesamt Kopfschuss. Mehrere Deutsche, ein Spanier, ein Russe, ein Bulgare und sogar ein Afrikaner. In Schwarz und Weiß sahen alle Menschen gleich und der Tod besonders deprimierend aus. Herkunft und Hautfarbe hatten Viktor nicht interessiert, sondern nur der Befehl. Bei dem Russen hatte es natürlich einige politische Unannehmlichkeiten gegeben. Das ging aus seiner MfS-Akte hervor, die Eddi, anders als er immer behauptete, niemals vernichtet hatte. Auch die Akte von Hans lag sicher versteckt im Schuppen hinter den Hasenställen. Hans hatte, soweit Eddi das wusste, nur einen einzigen Menschen umgebracht

– eine achtzehnjährige Kassiererin. Am Tag der Republik war eine Betriebsfeier feuchtfröhlich verlaufen. Hans befand sich als Spitzel auf der Gästeliste, hatte jedoch dem Branntwein nicht widerstehen können. Ebenso der frisch verheirateten Frau. Allerdings hatte die jeden seiner Annäherungsversuche abgeblockt, was Hans missfallen hatte. Spät in der Nacht hatte er die Kassiererin im angrenzenden Wald vom Fahrrad gezerrt und sie mit einem Stein erschlagen. Eddi hatte den Bericht gelesen, kannte die widerwärtigen Details. Hans war angeblich volltrunken gewesen. Er hatte die Frau nicht einfach bloß erschlagen, er hatte ihr jeden verdammten Knochen gebrochen. Nur anhand der Bekleidung hatte man die Tote identifizieren können.

»Schlechte Menschen tun schlechte Dinge«, murmelte Eddi und verriegelte die verwaisten Käfige.

Hoffentlich würden Viktor und Hans ihren Mann stehen, wenn sie den Kaninchendieb endlich fanden. Im Gegensatz zu seinen Kumpels war Eddi zu DDR-Zeiten nur ein einfacher Kurier gewesen, der nicht mal in die Nähe von Erich Mielke gekommen war. Die Geschichte mit dem vaterländischen Verdienstorden war frei erfunden. Er hatte die Auszeichnung auf einem Trödelmarkt für ein paar Mark erstanden und sie wie einen Anhänger mit einer Kette versehen.

Ein Fahrzeug bog in die Straße ein. Eddi schnippte seine Zigarette in ein Beet, ging an der Mauer vorbei und spähte über das Zauntor. Scheinwerfer erhellten den Asphalt. Bereits am Motorenklang erkannte er den BMW des Nachbarn. Tatsächlich steuerte Lothar Kellmann einen Augenblick später seine Einfahrt an.

Eddi erinnerte sich an Katalenas Ratschlag. Er sollte sich doch mal mit dem Kellmann unterhalten. Während sein Nachbar einparkte, humpelte Eddi über den Hof. Sein Haus war auf drei Seiten von Mauern umgeben, nur an der Westgrenze standen Kellmanns Koniferen. An einer Stelle der Hecke war vergangenes Jahr eine Pflanze eingegangen. Seitdem gab es dort eine Lücke zum Nachbargrundstück.

»Hallo, Lothar«, rief Eddi, als der aus seinem Wagen stieg, die Tür zuknallte und den gepflasterten Weg entlangkam.

Zur Begrüßung brummte Lothar.

»Langer Tag, was?«

»Reden wir nicht drüber.«

»Sucht ihr immer noch nach dem Mädchen?«

Der Kommissar winkte ab und wollte vorbeigehen. Durch die Hecke hindurch hielt Eddi ihm die Zigarettenschachtel hin.

»Mh«, blieb Lothar einsilbig.

Immerhin konnte er der angebotenen Zigarette nicht widerstehen, was Eddi innerlich genoss.

»Hab die Pressekonferenz verfolgt. Die Eltern sollen arme Schlucker sein, heißt es. Eine Lösegeldforderung ist damit wohl hinfällig.«

»Wir leben ja nicht in Hollywood.«

»Gibt es denn überhaupt schon Hinweise?«

Lothar schüttelte den Kopf und rauchte. Bei jedem Zug atmete er schwer wie ein Lungenkranker. Seine ganze Haltung spiegelte Erschöpfung wider. Selten redete er über seine Tätigkeit bei der Mordkommission. Vielleicht war das Mädchen schon tot und er durfte nichts sagen. Im Grunde hatte Eddi keine Ahnung von Polizeiarbeit. Alles, was er darüber wusste, kannte er aus dem Fernsehen.

»Du solltest zu deiner Frau reingehen und abschalten«, riet Eddi ihm. »Gleich läuft ein Bozen-Krimi. Kann man ja immer noch was lernen.«

»Ich hasse Fernsehkrimis. Mir reichen die Schauspieler auf Arbeit. Besten Dank für die Zigarette.«

»Warte mal, Lothar!« Eddi griff in seine Hosentasche. »Wir bekommen da immer diese seltsamen Anrufe?«

»Unseriöse Firmen, nehme ich an.«

»Scheint eine Betrugsmasche zu sein. Ich mache mir Sorgen.«

»Einfach ignorieren.«

»Könntest du bei Gelegenheit mal die Telefonnummer überprüfen?«

Lothar hörte auf zu rauchen, stierte stumm auf die Glut. Bestimmt bereute er es, die Zigarette angenommen zu haben.

»Ich meine, für euch als Polizisten ist das doch unkompliziert möglich«, redete Eddi weiter, kramte den Zettel mit der Handynummer hervor und reichte ihn hinüber. »Katalena wird schon halb wahnsinnig, wenn es klingelt. Dauernd kommt der Anrufer bei ihr raus, als wüsste er, wann ich nicht da bin.«

Lothar warf nicht einmal einen Blick auf den Zettel, sondern reichte ihn zurück. »Tut mir leid, ich muss mich an Recht und Gesetz halten.«

Enttäuscht nickte Eddi. »Ja, wahrscheinlich hast du recht. Ich will dich nicht in Schwierigkeiten bringen. Grüß Dorit von mir! Wenn was sein sollte, kannst du jederzeit gern bei uns klingeln.«

Als Eddi schon nach dem Zettel greifen wollte, zog Lothar die Hand zurück. »Wenn es um Betrug geht, kann ich vielleicht doch was machen.«

»Danke, vielmals danke! Es wäre schön, wenn es nicht so lange dauert.« Eddi nickte zum Haus. »Wegen Katalena, du weißt schon …«

Kapitel 24

Der Fotograf

»Es gibt nur meinen Terminkalender«, versichert mir Petra Zinnow und deutet zum Tisch.

Neben der Tageszeitung und der Fernbedienung liegt ein schwarzes Lederbüchlein. Mehrere farbige Notizzettel und Post-its ragen heraus. Ich lasse meinen Koffer los und greife nach dem Terminplaner. Meine Aufmerksamkeit wird von einer Werbeanzeige in der Zeitung abgelenkt. Mutter Mowa hat annonciert. Schlagartig muss ich an Sonja denken und ihren Besuch bei einer Esoterikerin in Berlin. Für derartigen Spiritualismus bin ich nicht empfänglich. Ich bin Realist. Ich weiß, dass man nur einmal lebt. Ich weiß es durch meinen Vater, der gegangen und nie wiedergekommen ist. Ich weiß es, weil meine Mutter an einer Lungeninfektion starb. Pneumonie. Die dritthäufigste Todesursache weltweit. Bei meiner Mutter hatten die Ärzte alles richtig gemacht und trotzdem war alles schiefgegangen. Im Gegensatz zu ihrem Willen war ihr Immunsystem schwach gewesen. Noch während der Untersuchungshaft hat ihr Herz aufgehört zu schlagen.

Ich blättere durch die Seiten des Kalenders, zuerst wahllos, dann gezielt. Ich finde etliche Namen darin. Mutter Mowa scheint äußerst hilfsbereit zu sein.

»Suchen Sie etwas Bestimmtes?«, traut sich Zinnow zu fragen.

»Ich suche jemanden.«

Irgendwann bleibt mein Zeigefinger auf einer Zeile stehen. 2. Mai. Achtzehn Uhr. Janett Möller. Statt weiterzusuchen, drehe ich das Büchlein herum und schiebe es Zinnow hin, damit sie den Namen lesen kann. Sie reißt sich vom tonlosen Fernsehbild los und liest ihre eigene Handschrift. Sie sagt nichts dazu.

»Maria Möller ist verschwunden«, sage ich.

»Ich weiß.«

Ich erwarte, dass sie weiterspricht, aber da kommt nichts mehr. Also klappe ich den Terminplaner zu und schlage auf den Umschlag, woraufhin sie zusammenzuckt.

»Was ist mit den Büchern davor?«, will ich wissen. »Haben Sie die aufgehoben?«

Wie erwartet, schüttelt sie den Kopf. Ich betrachte die Schränke. Wenn man die Wohnung durchsucht, wird man eventuell auf die anderen Planer stoßen. Aber so viel Zeit habe ich nicht.

»Kennen Sie eine Jutta Schneider?«

»Nein.«

»Daniela Heumann?«

»Auch nicht.«

»Was ist mit Anja Reichel?«

Insgesamt zähle ich sieben Frauennamen auf. Bei keinem bejaht Zinnow. Bis auf Janett Möller sind ihr alle fremd.

»Das sind Mütter, deren Kinder verschwunden sind. Kinder im Alter von fünf bis neun Jahre. Eine Klara, eine Juliane, eine Sophia, eine Anastasia …«

»Ich kenne weder diese Frauen noch diese Mädchen«, unterbricht sie mich.

Ich nicke, weil ich es kapiert habe, und öffne den Koffer. Die grüne Mappe liegt obenauf, aber ich rühre sie diesmal nicht an.

»Sie haben früher in einem Kinderheim gearbeitet.«

Mit ihrer Vergangenheit konfrontiert, schleicht sich Erstaunen in ihre Miene. Sie schweigt jedoch. Immerhin weiß sie jetzt, dass ich mich über sie erkundigt habe. Damals gab es noch kein Internet, aber das Internet ist ein Daten sammelnder Krake. Im Netz häufen sich uralte analoge Fotografien plötzlich in digitaler Form an. Eines dieser Relikte befindet sich in meinem Koffer. Den Ausdruck lege ich ihr hin. Das Foto ist in Schwarz-Weiß. Es zeigt sechs Frauen und drei Männer. Es handelt sich um ein Gruppenfoto der Belegschaft. Im Hintergrund steht der Name des Kinderheims: »Roter Hammer«. Kinder sucht man auf dem Bild vergeblich.

»Ja, das bin ich«, gibt Zinnow zu, beachtet das Foto aber nicht weiter.

Sie meint die zweite Person von links. Neben ihr andere Erzieher. Nach der Wende stand Roter Hammer scharf in der Kritik.

»Es gibt zahlreiche Berichte über Misshandlungen in dem Kinderheim«, sage ich.

»Es war eine andere Zeit. Vieles, was man heutzutage über die Heimerziehung in der DDR liest, ist schlichtweg falsch.«

»Sie lieben Kinder?«

»Ich habe einen Sohn, aber wir reden schon seit Jahren nicht mehr miteinander.«

Auf dem Flurboden habe ich beiläufig einen gebrochenen Rahmen und daneben ein altes Foto gesehen. Darauf war Zinnow Arm in Arm mit einem Jungen von vielleicht sechzehn Jahren zu sehen.

»Das ist bedauerlich.«

Ich will mit der Befragung weitermachen, als der Sender Werbung für Johannes Wailands Getränk Tears einblendet. Anscheinend bemerkt Zinnow, dass ich wie gebannt auf den Fernseher schaue.

»Der Mann tritt morgen Abend in der Stadthalle auf«, sagt sie, als wäre ich hier zu einem Plausch. »Ich habe schon überlegt, ob ich mir eine Karte hole. Der Eintritt kostet knapp hundert Euro.«

»Rausgeschmissenes Geld«, sage ich, schnappe mir die Fernbedienung und schalte Wailand aus.

»Ich finde ihn unterhaltsam.«

»Ich kenne ein Spiel, das unterhaltsamer ist.«

Damit lege ich eine Rolle Gewebeklebeband auf den Tisch. Ein kaum wahrnehmbarer Laut verlässt ihre Kehle. Die Zeit der Lügen ist vorbei, das wird ihr nun bewusst.

»Was haben Sie vor?«, will sie wissen.

»Wir spielen ein Spiel. Ein Spiel, das damit endet, dass man mich erwischt oder ich für immer entkomme.« Mit kontrollierter Wut erhebe ich mich von der Couch. »Es ist so eine Art ›Scotland Yard‹ für Erwachsene. Sind Sie dabei?«

Warum sie sich widerstandslos Hand- und Fußgelenke fesseln lässt, bleibt ihr Geheimnis. Nachdem ich das Klebeband eingesetzt habe, hängt sie unbequem im Sessel.

»Wissen Sie, was die Bibel über Wahrsager und Hellseher sagt?«

»Nicht wortwörtlich, aber mein Berufsstand kommt in der Bibel nicht besonders gut weg.«

Ich nicke und zur Verdeutlichung entnehme ich dem Koffer einen faustgroßen Stein. Weiterhin befinden sich darin Spritzen mit Betäubungsmittel und Gift. Das Toxin werde ich nicht verschwenden, beim Narkotikum bin ich mir noch unsicher. Meine Fotoausrüstung habe ich im Auto gelassen. Wenn ich aus dieser Wohnung gehe, werde ich kein neues Foto dabeihaben. Aber ich werde mehr wissen als vorher.

»Hat Janett Möller ihr Kind verkauft?«

Zuerst tut Zinnow so, als wüsste sie nicht, wovon ich spreche, dann beginnt sie wiederholt zu lügen.

Mit einem Satz bin ich bei ihr. Ich presse ihr eine Hand fest auf den Mund und zertrümmere ihr mit dem Stein das linke Knie. Sie schreit, aber unter meinem Handschuh klingt es nur wie ein verkrampftes Zischeln.

»Hat Janett Möller ihr Kind verkauft?«

Diesmal nickt sie heftig. Endlich! Ich komme voran, aber das reicht mir nicht als Antwort.

»An wen?«

Zinnow schüttelt den Kopf und der Stein bricht ihr auch die andere Kniescheibe.

»Sind Sie Dark Angel?«, frage ich nach dem Kryptonym, das in der grünen Mappe in mehreren Chats auftaucht. »Ist das Ihr Deckname im Darknet?«

Wieder schüttelt sie den Kopf und ich glaube, das Wort »bitte« herausgehört zu haben. Als Zinnow sich ein wenig beruhigt hat, ziehe ich die Hand von ihrem Mund. Statt zu schreien, jammert sie und krümmt sich vor Schmerzen im Sessel.

»Mein Laptop«, krächzt sie. »Ich habe mit ihm geschrieben.«

»Dark Angel, meinen Sie?«

Sie nickt und dann bricht es aus ihr heraus. »Ich kenne seine Identität nicht. Ich habe lediglich den Kontakt zu den Müttern hergestellt. Ich wollte doch den Frauen helfen. Verzweifelten Frauen wie Janett! Sie war vollkommen fertig mit den Nerven. Ich habe nur eine Möglichkeit gesehen …«

Was ich in den folgenden Minuten über den Handel mit Kindern erfahre, treibt mir die Magensäure in die Speiseröhre.

Am liebsten würde ich ausspeien, aber stattdessen bleibe ich ungerührt stehen.

»Was passiert mit den Kindern?«, frage ich schließlich.

»Ich weiß es nicht«, sagte Zinnow und sie heult jetzt wie eine Büßerin. »Ich weiß es wirklich nicht.«

Mehrfach hat sie mich belogen, also hinterfrage ich besser jedes ihrer Worte. Wieder presse ich ihr den Mund zu. Wieder prallt der Stein auf Haut und Knochen. Plötzlich kann sie sich wieder an die Namen der aufgezählten Mütter erinnern. Am Ende verrät sie mir alles, was sie weiß. Einschließlich des Passworts für ihren Laptop.

Kapitel 25

Das Luder

In seinem Anzug sah der Typ echt schick aus. Dazu roch sein Parfüm nach jeder Menge Geld. Insgesamt schien er gepflegt, was Jo trotzdem nicht dazu verleiten würde, es ohne Kondom zu treiben. Nur über den Ort mussten sie sich noch einig werden. Am liebsten wäre es ihr gleich hier im Club, auf der Herrentoilette gewesen. So hätte sie es schnell hinter sich gehabt. Aber Tino war garantiert keiner, der auf Sex in öffentlichen Lokalen stand. Der brauchte es eher kuschlig. Am besten in Missionarsstellung.

Jo rückte näher und kaute auf dem Strohhalm ihres Mixgetränks. »Hast du 'ne Frau?«

»Ja, schon.«

»Verheiratet?«

»Nee, nix Festes.«

Längst hatte Jo den Streifen am Ringfinger seiner rechten Hand bemerkt. Warum so umständlich? Als hätte eine Ehefrau Jo von ihrem Vorhaben abhalten können. Wie die meisten Männer war Tino leicht durchschaubar. Sie suchte gezielt nach verheirateten Opfern. Einerseits sank dadurch das Risiko, an einen komplett durchgeknallten Psychopathen zu geraten, andererseits waren Männer mit Eheringen oftmals erpressbar. Vor allem, sobald man ihre Telefonnummer und ein gemeinsames Foto besaß. Zuvor hatte Jo sich einfach an seine Schulter gelehnt, das Smartphone hochgehalten und ein Selfie gespeichert. Auf dem Schnappschuss lächelte Tino ein bisschen dämlich. Hauptsache, er hatte sie umarmt und sein Glas ins Bild gehalten. Mit ihrer Schulmädchenmasche konnte sie hormongesteuerte Geschäftsmänner wie Tino spielend einfach um den Finger wickeln. Rauschende Beats, Alkohol, ein knapper Rock und ein T-Shirt, das straff über ihren Brüsten saß, halfen erheblich. Schon waren die Männer in sie verschossen. Dann störte sich keiner ihrer flüchtigen Liebhaber an der Narbe seitlich unter ihrem Auge. Ihr Stiefvater hatte ihr das Andenken mit einer Glasscherbe verpasst.

»Was arbeitest du denn so?«, fragte sie.

»Investmentbranche. Ich will nicht näher darauf eingehen, das würde dich nur langweilen.«

Bestimmt war er ein einfacher Bankangestellter.

»Hoffentlich wird der Job gut bezahlt.«

»Oh ja, ich bin bereits Juniorpartner in der Firma.«

Das konnte auch ein Filialmitarbeiter einer Sparkasse in der Pampa sein, der zeitweise seinen Chef vertrat. Eine etwas gehobenere Stellung billigte sie Tino jedoch zu. Er war zwar höchstens dreißig, aber allein der Stoff seiner Kleidung duftete nach einer Weltfirma. Oder zumindest nach einem Unternehmen mit mehr als zwei Beschäftigten.

»Und du?«, fragte er. »Was machst du so?«

»Ach, ich bin in einem Callcenter angestellt. Telefoniere mit Leuten und so.«

Er rümpfte die Nase, dann bekam er offenbar Skrupel. »Wie alt bist du eigentlich?«

Kein Wunder, dass er sich danach erkundigte. Sie sah auch aus wie eine Lolita. Schließlich zielte sie bei Männern wie Tino auf einen Lolitakomplex ab.

»Hey, es ist uncool, eine Dame nach ihrem Alter zu fragen.«

»Entschuldige, ich bin nur …«

Ihre Hand wanderte von seinem Oberschenkel in seinen Schritt. »Nervös?«

»Fuck!« Er kicherte und ließ sich die kleine Massage gefallen.

»Weißt du, worauf ich jetzt tierisch Bock habe?«

»Ich kann es mir denken.«

Sie drückte ihm einen Kuss auf die Lippen und dachte an seine dicke Brieftasche. Beim Bezahlen der Getränke hatte sie darin die Geldscheine gesehen. Morgen war Deadline. Mit dem Geld der Wahrsagerin, der Beute aus einem Taschendiebstahl und der Leihgabe von Otto hatte sie schon über eintausend Euro zusammen. Meilenweit weg von dem, was Daniel Henning schuldete.

»Wo wollen wir hingehen?«, hauchte sie ihm ins Ohr.

»Mein Hotel ist gleich an der Oper.«

»Nur damit du es weißt, ich bin kein billiges Flittchen.«

»Klar, versteht sich.«

Er hechelte nur und die Beule in seiner Hose wuchs gigantisch.

»Bad Guy« von Billie Eilish ertönte.

Trotz der lauten Musik des DJs hörte sie den Klingelton ihres Handys heraus. Wenn Billie Eilish spielte, war es Daniel. Und wenn Daniel um diese Uhrzeit anrief, steckte er in der Klemme.

»Idiot!«

»Hab ich was Falsches gesagt?«, fragte Tino.

»Nicht du.« Sie hob ab, konnte ihren Bruder aber wegen des Lärms um sie herum kaum verstehen. Daher vertröstete sie Tino. »Bin gleich wieder da.«

Er breitete verwundert die Arme aus. Sie warf ihm einen Handkuss zu. Dann suchte sie sich eine ruhige Ecke, wo sie mit Tino Blickkontakt halten konnte. Eben lief es traumhaft, jetzt versaute ihr Bruder alles.

»Was zum Teufel ist los mit dir?«

»Ich weiß, wie ich die fehlende Kohle auftreiben kann.«

»Bist du betrunken?«

»Nein, nein.«

Natürlich war er betrunken. Er lallte und kicherte kindisch. Darunter mischten sich Störgeräusche. Entweder kamen sie durch die zahlreichen Mobilgeräte der Clubgäste oder Daniel wanderte durch ein Funkloch.

»Wo bist du?«

»Unterwegs.«

»Geht es ein bisschen genauer?«

»Ich habe einen verdammt guten Plan. Ich beschaffe Henning seine Drogen. Versprochen!«

Jo ließ sich gegen die Wand fallen. Von Daniel bekam sie inzwischen immer häufiger Kopfschmerzen. Sie hätte sich besaufen müssen, um seine Kapriolen ertragen zu können.

»Egal, was du vorhast, lass es. Ich habe dein Geld fast zusammen.«

»Meine liebe kleine Schwester.« Er schluchzte. »Mach dir keine Sorgen, ich werde dich diesmal nicht enttäuschen.«

»Henning wird dich kaltmachen«, bellte sie in ihr Telefon. »Hörst du? Er wird dich …«

Aufgelegt.

White Rabbit.

Jo musste an Jefferson Airplane denken und an die Zwergkaninchen. Mit Ansage schlitterte Daniel in ein Fiasko. Garantiert. Henning Paul würde ihm alle zehn Finger abschneiden, so wie dem braunen Kaninchen die Pfote.

»Ist alles okay?«

Wie benebelt registrierte sie Tino neben sich. Er streichelte plötzlich ihren Arm. Ihr fehlten die Worte. Sie fühlte sich wie unter dem Einfluss von Drogen.

»Eine Pille macht dich größer, eine Pille macht dich kleiner«, murmelte sie die deutsche Übersetzung des Liedes von Jefferson Airplane.

»Wie bitte?«, kam es von Tino.

»Frag nicht so blöd.«

»Was ist denn auf einmal los mit dir?« Er drängte sie gegen die Wand, kam mit seinen Lippen dicht an ihr Gesicht.

»Fass mich nicht an, du Wichser!«

»Also jetzt hab dich ni…«

Bevor er den Satz beenden konnte, rammte sie ihm ihr Smartphone in die Hoden. Er krümmte sich vor Schmerzen. Jo rannte aus dem Club. Vorbei an den Rauchern, unmittelbar vor einer Straßenbahn über den Asphalt. Sie rannte die Stufen hinab zum Theaterplatz. Dort schrie sie ihren Frust in die Nacht. Als sie sich beruhigt hatte, ging sie ihre Kontaktliste im Handy durch. Sie schrieb mehrere Nachrichten, fragte, ob jemand wusste, wo Daniel war. Aber Otto und die anderen konnten ihr nicht helfen. Blieb also nur noch einer. Derjenige, der in ihrem Telefon unter dem Namen Herr Kellmann stand.

Kapitel 26

Der Fotograf

Ruhm ist vergänglich, hat mein Vater immer behauptet. Auf ihn traf das zu, sein Ruhm ist erkaltet wie Asche im Ofen. Auf dem Dachboden steht ein Gemälde von ihm. »Nackte Schönheit in zerrissener Seide«, so der Titel am Rahmen. Die Leinwand setzt mehr und mehr Staub an.

»Es ist Blut«, sage ich, während aus der Dusche ein warmer Schwall meinen zitternden Körper einhüllt.

Immerzu muss ich an die drei roten Punkte auf dem Tuch denken. Ich kann mich einfach nicht von diesem Bild trennen, dabei ist es nicht einmal Vaters bestes Werk. Alle anderen Gemälde befinden sich im Besitz meiner Schwestern oder sind verschwunden. Er hat Hunderte fremde Frauen porträtiert, aber kein einziges Mal Mutter. Dieser kleine Ruhm ist ihr nicht vergönnt gewesen.

Ruhm ist flüchtig, so beschreibe ich es. Man muss ihm täglich hinterherlaufen, sonst verschwindet er in einem Mauseloch. Solange man in Bewegung bleibt, halten die Leute einen für verrückt, aber wenn man nur lange genug läuft, können einen die Leute einfach nicht mehr ignorieren. So wird es dem Fotografen einmal gehen. Seine Bilder werden ewigen Ruhm erlangen. Anfangs bin ich überrascht gewesen, wie viel Geld jemand für eines meiner Fotos zahlen wollte.

Ruhm ist illusorisch, auch das ist meine Überzeugung. Mutters Ruhm war trügerisch. Vierzehn Jahre nach Vaters Verschwinden hat die Polizei bei uns geklingelt. Sonja hatte die Tür geöffnet und mich gerufen. Man habe meine Mutter verhaftet, wegen Totschlags, ich müsse eine Aussage machen. Reine Formalie. Sie habe bereits gestanden. Auf der Dienststelle habe ich dann erfahren, was mit meinem Vater passiert war. Er war nie in die Welt gereist oder durchgebrannt, wie wir all die Jahre geglaubt hatten. Man hatte Leichenreste in einem Waldstück im Naturpark Barnim gefunden. Am Hinterkopf war sein Schädel mittig gebrochen. Von einem Spatenblatt, so hieß es im Geständnis. Mutter hatte das Tatwerkzeug entsorgt. Genau wie Vaters Koffer, den sie rein zur Inszenierung selbst gepackt hatte. Bei ihrem Haftantritt ist Vanessa ein Jahr alt gewesen. Beruflich hat die Enthüllung für mich und Sonja einige Schwierigkeiten mit sich gebracht. Es gab etliche Nachfragen von Vorgesetzten, teilweise sogar Überprüfungen unserer Lebensläufe. Auch die Suche nach einem Kindergartenplatz hat sich verkompliziert. Eine Mörderin in der Familie spricht sich schnell herum.

Heute redet niemand mehr über meine Mutter. Im Bekanntenkreis ist das Thema tabu. Hin und wieder besuche ich ihr Grab. Wenn ich davorstehe, schweige ich die ganze Zeit. Es gibt nichts, was ich meiner Mutter noch sagen müsste. Ich habe verstanden, warum sie es getan hat. Vater war ein Hurenbock. Meine gesamte Familie ist verdammt, einschließlich mir. Ich hoffe bloß, Vanessa macht später alles richtig.

»Nein, niemand macht alles richtig«, rede ich vor mich hin und drehe die Dusche ab.

Heute habe ich improvisiert. Improvisation verleitet zu Fehlern. Auf das morgige Treffen bin ich schlecht vorbereitet.

Nina hat mir geschrieben. Bisher konnte ich noch nicht antworten. Das ist in dieser Phase kritisch. Ihr Vertrauen schwindet mit jeder Minute, die ich nicht antworte. Wenn sie kein Vertrauen zu mir hat, wird sie einen Rückzieher machen.

Nur mit einem Handtuch bekleidet setze ich mich vor meinen Laptop. Ich lausche in den Flur hinein. Vanessa schläft. Sonja ist nicht zu Hause. Ihre Stimme kommt nur von meiner Mailbox. Bald ist ihre Reise beendet. Ich kann es kaum erwarten.

> **[butterfly1708] 17:22 Uhr:** Ich habe die Eintrittskarte. Reihe 12, Platz 34. Wo finde ich dich?

Erleichtert betrachte ich den Bildschirm. Wie es aussieht, macht Nina keinen Rückzieher. Nina ist verzweifelt und sucht Trost bei jemandem. Sie hatte zwei Fehlgeburten. Inzwischen ist sie berufsunfähig, zuvor hat sie in einer Bäckerei gearbeitet. Die Arbeit war oft schwer, hat sie mir geschrieben. Sie kann nicht mehr. Freunde und Verwandte haben sich abgewandt. Auch ihre Beziehung ist in die Brüche gegangen. Sie ist wütend. Zu Recht. Auch mich macht es wütend, wenn Mütter wie Janett Möller Kinder bekommen und sie an dubiose Leute verkaufen. Für siebentausend Euro. Das ist die Summe, die Marias Mutter in bar bekommen hat. Dafür hat sie nur ihr Kind nach draußen schicken und auf das Klappern des Briefkastens hören müssen. Das Ganze, während ihr ahnungsloser Lebensgefährte auf Spätschicht war. Die Wahrsagerin hat mir alles über den Deal erzählt. Ob die Mütter wüssten, wer ihre Kinder bekommt, habe ich sie gefragt. Mutter Mowa hat den Kopf geschüttelt und dann etwas angefügt. Den Müttern sei natürlich klar, dass da draußen nicht die Heilsarmee wartet, hat sie gesagt. Da draußen! Wer auch immer da draußen ist, fühlt sich unangreifbar.

[JEMAND] 23:47 Uhr: Ich werde ein weißes Hemd und einen dunklen Anzug tragen. Keine Krawatte, keine Fliege, dafür ein lilafarbenes Einstecktuch in der Brusttasche. Meine Uhr befindet sich am rechten Handgelenk. Schau dich nicht nach mir um, warte einfach, bis ich dich anspreche.

Nina ist online. Sie hat also auf meine Nachricht gewartet. Meine Zeilen klingen zu sachlich, also füge ich etwas Persönliches an.

[JEMAND] 23:48 Uhr: Ich kann unser Treffen kaum noch erwarten. Es wird aufregend mit dir.

Ich lehne mich zurück. Die Unterhaltung mit der Wahrsagerin geht mir nicht mehr aus dem Kopf. Die Mütter hätten keine Wahl. Früher oder später würde das Jugendamt einschreiten, bevor den Kindern etwas Schlimmes zustoße.

»Was kann schlimmer sein, als sie unbekannten Bestien zu überlassen?«

Diese Frage habe ich Petra Zinnow gestellt. Darauf hat sie nicht geantwortet, sondern sich gerechtfertigt. Vom Wahrsagen allein könne sie nicht leben, sie habe es schon im Internet probiert. Im Internet ist sie schließlich auch auf Dark Angel gestoßen.

[butterfly1708] 23:50 Uhr: Es fühlt sich gut an, wenn du mir schreibst. Wirklich, ich mag dich sehr. Als wären wir uns schon ewig vertraut. Leider habe ich Angst, wieder enttäuscht zu werden. Bitte, spiel nicht mit mir.

Ich schaue auf die Uhr. Gleich Mitternacht.

[JEMAND] 23:51 Uhr: Wir sollten schlafen gehen, morgen wird ein wunderschöner Tag für uns.

Inzwischen hege ich kaum noch Hoffnung für das Mädchen. Trotzdem will ich Maria finden. Gleichzeitig weiß ich, dass sie nur ein Kind von vielen ist. Es wird andere treffen. Daher frage ich mich, wie man es beenden kann. Alles im Leben verfolgt einen Zweck, so ungefähr lautet einer dieser unzähligen Kalendersprüche, die bei uns in der Küche hängen. Im Gegensatz zu Sonja lechze ich nicht nach solchen Groschen-Philosophien. Aber vielleicht ist die grüne Mappe der Zweck meines Lebens. Ich weiß es nicht, ich will es nicht wissen. Ich verfluche Nadja Böhme, weil sie mir die Mappe gegeben hat.

Lauter als beabsichtigt klappe ich den Laptop zu. Es fällt mir schwer, die Wut abzuschütteln. Die Glocken der Königin-Luise-Gedächtniskirche läuten. Mitternacht. Wie ein verfluchter Vampir dürstet es mich nach Blut. Aber ich bin am Tag aktiv. Mit dem neuen Tag kommen neue Probleme auf mich zu. Auf dem Weg ins Bett frage ich mich, welche Leiche man wohl zuerst finden wird.

Kapitel 27

Der Bulle

Sonntagmorgen bekam man wenigstens einen Parkplatz vor der Kriminalpolizeiinspektion. Damit erschöpften sich für Lothar aber auch schon die positiven Dinge. Schlafmangel machte ihm zu schaffen. Weit schlimmer ging es Dorit mit ihrer Krankheit. Mit den spastischen Lähmungen und der Atemnot hatten sie sich arrangiert. Jetzt zeigten sich erste Anzeichen von Sprachstörung, bedingt durch den Muskelabbau. Er konnte nur erahnen, was sie durchmachte. Permanent war ihr übel, weshalb sie es letzte Nacht im Bett nicht ausgehalten hatte. Jedes Mal hatte er ihr in den Rollstuhl und auf Toilette geholfen, ihr den Speichel vom Mund abgewischt. Einmal hatte sie gebrochen. Stündlich hatte er auf sein Handy geschaut, auf die Meldung gehofft, man habe das Mädchen gefunden. Vergeblich. Nicht mal eine Textnachricht. Sein Handy schien wie kaputt. Absolute Funkstille. Vielleicht war das die Ruhe vor dem Sturm. Den letzten Anruf hatte er gestern Abend kurz vor dreiundzwanzig Uhr erhalten. Josephine Sperling hatte sich nach langer Zeit wieder bei ihm gemeldet. Ihr Bruder steckte in Schwierigkeiten. Wie so oft. Sie wisse nicht, an wen sie sich wenden sollte. Sie brauchte dringend Geld. Insgesamt fünftausend Euro! Lothar hatte behauptet, er stecke selbst in den Miesen. Selbst wenn er sein gesamtes Gehalt nicht für die Pflege von Dorit gebraucht hätte – der kleinen Herumtreiberin hätte er garantiert nicht so viel Geld hinterhergeschmissen.

»Ach, Scheiße!«, schimpfte Lothar, als er in seine fast leere Zigarettenschachtel schaute. Zu allem Überfluss gingen ihm auch noch die Kippen aus.

Bevor er sich an den Polizeirechner setzte, wollte er die wenigen verbleibenden Minuten rauchend in seinem Wagen verbringen. Er verfluchte den Tag, als Josephine und Daniel in sein Leben getreten waren. Außerdem verfluchte er Henning Paul, der sich jeden Moment melden und nach seinen Drogen verlangen konnte. Ein prüfender Blick auf sein Smartphone, dann entzündete Lothar das Feuerzeug. Bevor er es auch nur in die Nähe des Tabaks brachte, ging die Beifahrertür auf und ein Windstoß löschte die Flamme.

»Was zum Teufel machst du hier?«, fluchte er, als Josephine sich in den Beifahrersitz fallen ließ und die Tür zuknallte.

»Auf dich warten. Gestern Abend hast du mich am Telefon abgewürgt.«

Er schaute sie nur flüchtig an. Bestimmt war sie die ganze Nacht durch die Stadt gegeistert, so gespenstisch wie ihre Augenringe aussahen. Aber seinen Augen ging es auch nicht besser. Sie waren gerötet und brannten. Dazu kamen Magenschmerzen. Vor der Fahrt zur Dienststelle hatte er schon zwei Tabletten gegen Sodbrennen geschluckt.

»Ich habe keine Zeit für dich«, brummte er und zündete sich endlich die Zigarette an. »Also steig aus.«

»Du hast damals versprochen, mir und meinem Bruder zu helfen.«

»Ich sagte, ich würde *dir* helfen. Und das war gelogen.«

»Und warum hast du dann letztens die Sache geregelt, als man mich in der Tankstelle beim Klauen erwischt hat?«

»Tja, keine Ahnung! Vielleicht weil ich ein beschissen großes Herz für Schmarotzer habe.«

»Arschloch.«

»Hey, Jo, nicht in dem Ton, klar? Was glaubst du, warum ich am Wochenende vor dem Polizeigebäude parke? Garantiert nicht, weil mir langweilig ist. Da draußen schwebt irgendwo ein siebenjähriges Mädchen in Lebensgefahr. Also nimm es mir nicht übel, wenn mir die Probleme deines bekifften Bruders herzlich egal sind. Und du bist keine dreizehn mehr, also benimm dich auch so.«

Josephine presste die Hände in ihren Schoß und verzog die Lippen zu einem Schmollmund. Das machte sie immer, wenn sie sich in die Enge gedrängt und ungerecht behandelt fühlte. So war es schon damals gewesen, als Lothar sie aus ihrem Elternhaus geholt und ihren Vater verhaftet hatte. Weil dessen Knastaufenthalt nicht ewig dauerte, war Lothar sogar bis weit über die geregelte Dienstzeit hinaus Jugendamt, Vormundschaftsgericht und Staatsanwaltschaft auf die Nerven gegangen, damit man der Jugendlichen endlich aus ihrer elterlichen Hölle half. Wenn er sich etwas in den Kopf gesetzt hatte, konnte er ziemlich eklig werden. Letztlich war Josephine aber nur auf der Straße und damit in einer anderen Hölle gelandet. Aber das war eben nicht seine Hölle.

»Scheiße, ich bin nicht euer Heiland!«

Ein stechender Schmerz durchfuhr seinen Magen. Der Stress brachte seinen Körper an die Leistungsgrenze. Um Druck abzubauen, schlug er auf sein Lenkrad. Asche von der Zigarette verteilte sich auf seinem Hemd und der Hose.

»Soll ich das wegmachen?«

Bevor er verstand, bürstete sie mit der flachen Hand über seinen Schoß. Als sie anfing, sein Glied zu massieren, stieß er sie weg.

»Lass das gefälligst!«

»Lieber mit dem Mund?«

»Spinnst du jetzt vollkommen?«

»Ich dachte, ich sollte mich altersentsprechend verhalten.«

Lothar ertappte sich, wie er von ihrem Schmollmund auf ihre Brüste stierte. Jeder Junge in ihrem Alter und garantiert auch etliche ältere Männer hätten sich auf diese weiblichen Rundungen gestürzt. Wie ein kleines Luder provozierte sie ihn. Sie schob sich den Daumen in den Mund und saugte geräuschvoll daran. Gleichzeitig streckte sie den Rücken durch, wodurch ihre Brustwarzen unter ihrem Shirt deutlich zum Vorschein kamen.

»Kannst sie ruhig anfassen.«

Er schüttelte sich und verdrängte das Bedürfnis, endlich wieder mit einer Frau intim zu werden. »Selbst wenn du achtzehn wärst, würde ich dich nicht anfassen.«

»Komm schon, ich verpass dir einen Blowjob, da wird dir Hören und Sehen vergehen. Ich bin wirklich gut. Für tausend Euro kannst du mich jederzeit anrufen. Ich besorge es dir wann und wo du willst. Ich weiß doch, dass deine Alte es nicht mehr draufhat.«

Lothars Arm schoss nach vorn. Seine flache Hand explodierte mitten auf ihrer Wange. Ihr Gesicht flog zur Seite, Haare bedeckten kurzzeitig ihren Blick. Was folgte, war ein wütendes »Rrrr«.

»Das … Ich wollte nicht …«, stotterte er, dann fing er sich. »Steig endlich aus und verschwinde!«

»Ich erreiche Daniel nicht mehr, verdammt!«, brüllte sie ihn an.

»Aber das ist nicht mein Problem!«

Sie senkte Kopf und Stimme. »Kannst du ihn bitte orten lassen?«

»Sehe ich so aus?«

»Warum denn nicht? Er steckt in Schwierigkeiten.«

»Ja, das sagtest du gestern bereits.« Er erinnerte sich nicht nur an das Gespräch mit ihr, sondern auch daran, dass er seinem Nachbarn heute die Nutzerdaten zu der ominösen Handynummer geben wollte. Allein das war schon hochgradig illegal. »Anscheinend steckt hier jeder außer mir in Schwierigkeiten.«

»Bitte!« Sie hauchte das Wort bloß.

»Wenn sein Handy aus ist, kann man es nicht orten. Wenn du einen Rat willst, mach was aus deinem Leben und meide diesen Penner. Der zieht dich nur runter.«

»Du bist ein Scheißkerl und ein Lügner!«, fuhr sie auf, dann schlug sie nach ihm.

Der gesamte Wagen wackelte. Lothar wehrte ihre Schläge ab und versuchte, sie zu beruhigen. Plötzlich klopfte es von außen gegen die Scheibe. Josephine erstarrte. Er richtete sich die Kleidung und öffnete die Fahrertür.

»Störe ich?«

Es war Emma, die wie bei einer Verkehrskontrolle einen skeptischen Blick ins Innere warf.

»Was willst du?«, blaffte er seine Kollegin an.

Sie deutete zum Inspektionsgebäude. »Ich habe im Büro auf dich gewartet und vom Fenster aus deinen Wagen gesehen. Und weil du nicht aufgetaucht bist, bin ich runter…«

»Kann man hier nicht mal in Ruhe rauchen?«

Wieder schielte Emma zum Beifahrersitz, wo Josephine sich ins Polster drückte, als wollte sie unsichtbar werden.

»Janett Möller ist abgehauen.«

»Aus der Psychiatrie?«

Emma nickte. »Und ihr Freund ist auch spurlos verschwunden.«

Kapitel 28

Der Kurier

»Dann ziehe ich das eben allein durch«, hatte Eddi vor einer halben Stunde am Telefon gedroht.

Eigentlich enthielt der Satz keine richtige Drohung, aber er hatte seine Wirkung nicht verfehlt. Viktor und Hans waren aufgekreuzt. Als Dreierteam standen sie jetzt auf der Salzstraße und schauten zum Eingang des Pflegeheims.

»Hier versteckt sich also dein Gesuchter?«, fragte Viktor hörbar provokant.

»Sehr witzig«, erwiderte Eddi. »Ich breche der Alten sämtliche Knochen, wenn sie mir nicht verrät, wer ihr Handy benutzt.«

Bevor er übereilt hineinstürmen konnte, legte Viktor ihm die Hand auf die Schulter.

»Das wirst du nicht tun. Hans wird mit ihr reden. Du bist furchtbar angespannt.«

In der Tat verkrampften sich Eddis Finger beim kleinsten Gedanken an seine Kaninchen. Selbstverständlich regelte Hans Konflikte mit weitaus mehr Erfolg. Mit seiner honigzarten

Stimme und manchen scharfsinnigen Worten konnte er beruhigend auf Leute einwirken wie kein Zweiter.

»Aber ich gehe mit rein«, stellte Eddi klar.

»Meinetwegen«, sagte Viktor. »Schließlich ist es dein Verdienst, dass wir hier stehen.«

Kellmann hatte Wort gehalten und Eddi die Nutzerdaten zur Handynummer von dem eBay-Verkäufer besorgt. Eddi war es gleichgültig, unter welchen Schwierigkeiten der Kommissar an die Daten gelangt war oder ob es da ein Nachspiel geben würde. Eddi hatte die Auskunft, die er brauchte. Gleichzeitig wunderte er sich noch immer über das Ergebnis. Berta Schüssler, so der Name der Vertragsinhaberin. Beim Provider war noch eine Adresse im Stadtteil Morgenleite hinterlegt. Aber dort gab es nicht mal mehr ein Klingelschild mit dem Nachnamen Schüssler. Von einem Hausbewohner hatte Eddi erfahren, dass Schüssler schon seit über zwei Jahren in einem Altersheim lebte.

»Also, wie stellen wir das jetzt an?«, wollte er wissen.

Viktor, der immer die klügsten Einfälle hatte, gab die Sprecherrolle mit einem dezenten Nicken an Hans ab. Der fuhr sich mit der Zunge über die Schneidezähne, ehe er loslegte.

»Wir beide gehen da jetzt rein und erkundigen uns ein bisschen. Und das in aller Höflichkeit.«

Eddi hatte einen ausgefeilteren Plan erwartet, aber stattdessen richtete Hans sich bloß den Hut und lächelte.

»Was denn, das ist alles?« Eddi zeigte auf Viktor. »Und was ist seine Rolle?«

Viktor stand mit den Händen in den Hosentaschen da und schien die parkenden Autos am Straßenrand zu zählen. »Was sollte ich denn deiner Meinung nach für eine Rolle spielen?«

»Keine Ahnung, du bist doch sonst nicht so zurückhaltend.«

»Schau uns doch mal an, Eddi, wir stehen wie die Olsenbande vor einem Altenheim, um eine Seniorin zur Staatsfeindin zu erklären. Das klingt doch total bescheuert. Um ehrlich zu sein, bin ich nur hergekommen, um dir zu zeigen, dass ich dich respektiere. Wegen deines Beins und wegen allem, was wir gemeinsam durchgemacht haben.«

Um Furcht einflößender zu wirken, trug Eddi trotz sommerlicher Temperatur seinen alten schwarzen Ledermantel. Nun schwitzte er darunter exakt so wie die Stasileute früher. Viktor und Hans fiel es garantiert auf, aber sie äußerten sich nicht zu seiner Maskerade. Sie waren einfach nicht mit vollem Engagement dabei.

»Um Respekt geht es dir also«, knurrte Eddi. »Schön, verschaffen wir uns Respekt.«

Damit überquerte er die Straße und Hans eilte ihm nach. Im Gebäude saßen etliche Senioren noch beim Frühstück mit Kaffee und Tee. An einigen Tischen wurde bereits das Geschirr abgeräumt. Kein schlechter Zeitpunkt, meinte Hans. Wenn das Personal beschäftigt war, achtete es weniger auf Besucher. Viktor hatte Berta Schüsslers Zimmernummer erfahren. Eddi hatte nicht gefragt, wie er es angestellt hatte. Vermutlich mit einem Anruf.

»Wir hätten einen Blumenstrauß mitbringen sollen«, flüsterte Eddi, als sie am Fahrstuhl vorbei zum Treppenaufgang gingen.

»Wir brauchen keinen Blumenstrauß«, antwortete Hans. »Wir sind in amtlichem Auftrag hier.«

Eddi stutzte, unterließ aber eine Nachfrage, was damit gemeint war, zumal eine Angestellte sie aufhielt. Sie trug einen Stapel Bettwäsche. Auf ihrer schneeweißen Bluse hing leicht schief ein messingfarbenes Brustschild mit dem Aufdruck »Schwester Simone«.

»Zu wem möchten Sie denn?«

Bevor Eddi auch nur eine Begrüßung herausbrachte, zückte Hans einen einlaminierten Ausweis.

»Wir kommen vom Ordnungsamt und möchten uns kurz mit Frau Berta Schüssler unterhalten.« Er deutete mit dem Daumen hinter sich und kratzte sich anschließend an der Stirn. »Ich kann mich nicht mehr an den Namen Ihrer Kollegin erinnern, aber sie meinte, Frau Schüssler wäre auf ihrem Zimmer. Zweihundertneunzehn, nicht wahr? Wir könnten ruhig zu ihr gehen.«

»Ich betreue Frau Schüssler«, gab sich die junge Pflegerin nicht damit zufrieden und schaute skeptisch. Statt für den Ausweis schien sie sich mehr über Eddis hinkenden Gang zu wundern. »Um was geht es denn?«

»Um Frau Schüsslers Kleingarten«, sagte Hans.

»Frau Schüsslers Kleingarten? Davon weiß ich nichts. Frau Schüssler erzählt mir sonst alles.«

»Ja, ja, wir können uns auch schwer vorstellen, dass Ihre Bewohnerin noch die Energie für einen Garten aufbringt, aber uns liegt trotzdem eine Anzeige vor. Ein Nachbar hat sich über den Einsatz von verbotenen Pflanzengiften beschwert. Sie können sich vorstellen, wie nervig solche Streitereien für uns als Ordnungsamt sind. Aber wir müssen der Sache wohl oder übel nachgehen. Sogar am Wochenende, wie Sie sehen können.«

»Okay, ähm, wenn es so dringend ist … ich bringe Sie zu ihr.«

»Oh, Sie sind wirklich reizend, Schwester Simone.« Hans zwinkerte der Angestellten zu. »Aber machen Sie sich keine Mühe. Wir werden nicht lange bleiben. Uns ist der Besuch selbst unangenehm. Sehen Sie es als reine Formalie. Wir möchten die Frau keinesfalls beunruhigen. Sie ist ja auch schon fast neunzig.«

Selbst Eddi war von dem Schauspiel überzeugt.

»Scheiße, das Ordnungsamt!«, flüsterte er, als sie wieder allein im Treppenhaus waren. »Auf so was muss man erst mal kommen.«

»Kleinigkeit.«

»Woher hast du denn den Ausweis?«

Der Ausweis sah tatsächlich wie ein echter aus, nur dass neben Hans' Lichtbild ein fremder Name stand. Eine Erklärung blieb Hans ihm schuldig. Stattdessen blieb er abrupt vor einer Zimmertür stehen.

»Zweihundertneunzehn.« Er klopfte und trat ein. »Hallo, Frau Schüssler!« Hans nahm seinen Hut ab, schritt zu ihrem Sessel und reichte ihr die Hand. »Wir kommen im Auftrag der Heimleitung.«

Eddi folgte ihm und begrüßte sie ebenfalls. Schüssler lächelte ihn glücklich an und drehte das Kofferradio neben sich leiser. Auch bot sie ihnen aus einer Dose Kekse an, aber Hans wiegelte ab. Körperlich wirkte sie zwar etwas klapprig, aber ihre Gesamterscheinung entsprach einer warmherzigen Großmutter aus dem Bilderbuch. Sie erinnerte Eddi an seine Großeltern, zu denen er immer eine besonders liebevolle Verbindung gehabt hatte. Auf einmal fand er seinen Mantel unpassend. Einem Typen im Mafiaoutfit zu begegnen, hatte die Frau nicht verdient.

»Frau Schüssler, in letzter Zeit gab es einige besorgniserregende Vorfälle«, übernahm Hans wieder souverän. »Es geht um Diebstähle im Heim.«

»Bei mir?«

»Hoffentlich nicht. Haben Sie bemerkt, dass Ihnen etwas fehlt? Geld, Schmuck … Ihr Mobiltelefon vielleicht?«

»Nein, ich habe … Oh, doch warten Sie!« Ihr spindeldürrer Zeigefinger schoss in die Höhe. »Seit einiger Zeit vermisse ich mein Handy.«

Eddi schaute zu Hans, aber der schenkte seine volle Aufmerksamkeit der Alten.

»Sie wollen uns damit sagen, dass Ihr Handy verschwunden ist?«

»Ich dachte, ich hätte es verlegt. Wissen Sie, ich benutze es kaum. Ich habe keine Kinder. Und in der Verwandtschaft sind alle tot.«

»Frau Schüssler, haben Sie einen Verdacht, wer Ihr Telefon gestohlen haben könnte?«

»Ja, jetzt wo Sie mich direkt darauf ansprechen …« Sie hörte nicht nur gut, anscheinend war sie noch weitestgehend klar bei Verstand. »Da gab es diese Praktikantin! Alle nannten sie Jo.«

»Jo und weiter?«

»Oh, ich habe den richtigen Namen vergessen. Jo … Ah, Josephine!« Schüssler lachte und betonte das i besonders. »Ja, Josephine! Die war immer so nett, wissen Sie?«

»Wir suchen keine Täterin, sondern einen Täter«, konnte Eddi sich nicht zurückhalten.

»Das Mädchen war es auch nicht. Jo war wirklich in Ordnung, ich vermisse sie. Aber ihr Bruder … Ich glaube, das war ihr Bruder.« Sie steckte sich den Finger zwischen die Lippen und überlegte. »Oder war das ihr Freund?«

»Hat Jo ihn beim Namen genannt?«, fragte Hans.

»Bestimmt, aber ich kann mich nicht erinnern, tut mir leid. Soweit ich weiß, war der auf Probe da. Ich erinnere mich, wie er in Armeeklamotten vor mir stand, dort, wo Sie jetzt stehen. Der hatte so kaputte Zähne und war ungepflegt. Seine Schwester hat ihn mitgebracht. Der hat es nur einen Tag ausgehalten. Tja, und dann war das Mädchen auch bald verschwunden. Wirklich schade um die Kleine.«

»Sie sind sehr aufmerksam, Frau Schüssler. Kennen Sie zufällig Josephines Nachnamen?«

Sie verneinte, wunderte sich aber sogleich, dass die Heimleitung das nicht selbst wusste. Weil die restliche Unterhaltung keine neuen Hinweise erbrachte, verabschiedeten sich Eddi und Hans bald.

»Was machen wir jetzt?«, fragte Eddi, als sie das Zimmer verlassen hatten.

»Wir erkundigen uns einfach bei Schwester Simone nach Josephine.«

Kapitel 29

Rückblick

Vanessas vierzehnter Geburtstag

Es ist ein Heimspiel. Für uns beide. Für Johannes Wailand und mich. Wenn der prominente Persönlichkeitstrainer und Motivator schon mal in unserer Heimatstadt Berlin auftritt, kann ich mir seine Show wenigstens einmal live ansehen. Etliche vergleichen ihn mit dem US-Amerikaner Tony Robbins, dem Bestsellerautor und NLP-Trainer. So weit geht meine Einschätzung nicht. Wailands Darbietungen sind gewiss grandios, auch er scheint jedem treffsicher in die Seele blicken zu können. Anders als Robbins bringt aber niemand Wailand mit neurolinguistischem Programmieren in Verbindung. Allerdings weiß er eindeutig, wie man jemanden gezielt psychologisch beeinflusst. Ich bin gespannt, wie seine Show auf mich wirkt. Ein Buch hat er bisher nicht herausgebracht, dafür ein eigenes Getränk: Spring. Draußen am Ausschank bieten sie es für vier Euro neunundneunzig an. Die neongrünen Dosen sind der Hit. Wie alles, was Wailand präsentiert. Er ist für unzählige

Menschen eine Offenbarung. Wenn es nach der Werbung geht, macht er uns alle lebendiger und erfolgreicher.

Auch für mich ist er eine Inspiration – und zugleich eine Nemesis. Ich mag weder Clowns noch Hampelmänner. Wailand tritt nie ohne sein Kinderspielzeug auf, ein rot-weiß karierter Holzharlekin, der eine venezianische Maske trägt und Arme und Beine bewegt, sobald der Puppenspieler am Faden zieht. Aus irgendeinem Grund hoffe ich ständig, der Faden werde reißen. Dann würde der ganze Hokuspokus auffliegen. Die Maske des Harlekins würde fallen. Aber das wird nicht passieren. Wailands Management und seine Agentur setzen alles daran, dass die Zuschauer bekommen, wofür sie bezahlt haben. Also nehme ich mir vor, die Show einfach zu genießen.

Ich habe zwei Eintrittskarten gekauft. Für mich und Sonja. Unsere Sitzplätze sind nicht exklusiv. Ich bin umringt von Euphorie und von Menschen, die gebannt zur Bühne schauen und warten, bis der Entertainer erscheint. Ich gönne mir einen Becher mit Cola. Die Vorstellung hat noch nicht einmal begonnen und die Eiswürfel sind bereits geschmolzen. Ich liebe Cola, trinke sie aber höchstens zweimal im Jahr. Gift kann süß sein, ich kenne mich inzwischen mit Giften aus. Das süßeste Gift von allen ist Liebe. Ich weiß es, Sonja weiß es und vermutlich auch Wailand. Er betont oft, dass er alle Menschen liebt. Wahrscheinlich hat er sich das von Michael Jackson abgeschaut. Liebe verkauft sich seit jeher bestens. Liebe beginnt mit dem Rausch, erst dann setzt die Wirkung ein. Manchmal wird sie zu einem lang anhaltenden Dahinsiechen. So wie bei meiner Mutter. Sie ist an Liebe gestorben.

»Liebe« lautet auch die Überschrift des heutigen Events. Das Substantiv steht in roten Druckbuchstaben auf meinem Ticket. Angeblich sind alle Tickets verkauft. Wenn ich mich umschaue, muss es stimmen. Wailand spricht stets vor vollem Haus. Jedes Mal reibt sich der Schwarzmarkt die Hände.

»Ladies und Gentlemen«, dröhnt eine gottgleiche Männerstimme aus den Lautsprechern. »Wir begrüßen Sie herzlich zum heutigen Erlebnis, ganz unter dem Motto ›Liebe‹. Lassen Sie sich von Ihrem Gastgeber in den kommenden zwei Stunden verzaubern und motivieren. Wir wünschen Ihnen einen erlebnisreichen Abend mit Johannes Wailand!«

Streichinstrumente setzen ein, unterlegt von elektronischen Beats. Der Sound ist eine Mischung aus Techno, psychedelischer Musik und Kirchenklängen. Minutenlang spielt da nur ein Instrumental. Dann betritt der Unterhaltungskünstler wie aus dem Nichts die Bühne. Ein dünnes Mikro schwebt vor seinen Lippen. Sein Anzug glänzt bläulich. Sein Haar liegt akkurat. Wie immer trägt er ein blütenweißes Hemd. Er ist kleiner als ich, aber da vorn wirkt er imposant.

Zuerst gibt Wailand keinen Ton von sich. Wie ein General wandert er über die Bühne und verlässt sie sofort wieder über eine Treppe. Ein einzelner Scheinwerfer folgt ihm. Er steuert direkt auf sein Publikum zu. Sein rechter Arm hebt sich. Er pickt sich wahllos eine Dame aus der dritten Reihe heraus. Jung, blond, schüchterner Blick. Über drei riesige Leinwände kann jeder ihr Gesicht sehen, einschließlich der leicht schiefen Nase. Ihr Brustkorb hebt und senkt sich schnell. Sie trägt eine dünne Kette, an der ein Kreuz baumelt. Jeder erkennt, dass sie geschockt ist, weil Wailand ausgerechnet sie herausgepickt hat.

»Wie heißt du?«, fragt Wailand sie.

»Sarah.«

»Sarah, warum bist du hier?«

»Weil ich einen Lichtblick suche. Mir genügt ein winziger Funke Energie von Ihnen. In Ihnen steckt so viel Kraft, so viel Wissen. Danke, dass es Sie gibt!«

»Was hast du getan?«

Der Psychoquatsch beginnt. Sie steht starr. Nur ihre Lippen beben. Vielleicht hat sie die Frage nicht verstanden. Wailand wiederholt sich nicht. Obwohl ich psychologische Spielchen verabscheue, bin ich sofort fasziniert von dem, was gerade passiert. Sonja hat mich überredet, herzukommen. Ich sollte mir Wailand einmal persönlich ansehen. Wie recht sie hatte.

»Ich bin nicht gut genug«, kommt es dünn von Sarah.

Der Saal raunt wie eine einzige große Woge der Verachtung. Gut genug für was, fragt sich jeder der Anwesenden. Wailand muss nichts weiter sagen. Die Frau redet von sich aus, als wäre das ein einstudiertes Kammerspiel.

»Ich habe meine Eltern enttäuscht …« Dann zählt sie auf, was in ihrem Leben alles falsch gelaufen ist. Der falsche Beruf, der falsche Mann, die falschen Freunde … Nichts davon ist den Anwesenden fremd.

»Sarah, du hast vollkommen recht. Du bist nicht gut genug und wirst es niemals sein! Nicht hinsetzen, nicht weinen, ich muss es dir so konkret sagen. Es ist nun einmal die Wahrheit … Du bist nicht gut genug, wenn du dich nicht selbst liebst …«

Atemlose Stille. Der Saal ist plötzlich ein einziger Gigant, der nicht wagt, Luft zu holen. Wailand ist wie der biblische Moses, der das Meer teilt. Wailand ist Gottes Gesandter, der jedem Zweifler Kontra gibt. Was folgt, ist eine schier endlose Laudatio über die Macht der Liebe und die Kräfte der eigenen Seele. Mit donnerndem Appell macht Wailand ihr und uns klar, dass wir alle nicht gut genug sind, wenn wir uns selbst nicht lieben. Natürlich bringt er sie zum Weinen. Nicht nur Sarah, auch etliche der Zuschauer. Spätestens als er zurück auf die Bühne schreitet und sich den Harlekin greift, spürt jeder sein ureigenes schlechtes Gewissen in den Vordergrund drängen. Der Hampelmann ist das Sinnbild unseres Bewusstseins.

»Dieses Wesen hier in meiner Hand«, sagt Wailand und streckt den Harlekin in die Luft. »Dieses Wesen trägt eine Maske, weil es sich verstecken muss. Es ist immer da, aber doch im Hintergrund. Betastet jetzt alle euren Hinterkopf. Könnt ihr es fühlen? Könnt ihr das Wesen ergreifen? Nein? Warum nicht? Es ist doch ein Teil von euch!«

Wailand erzählt viele Dinge. Der Hampelmann ist ein Monster, das uns klein macht. Aber sobald Wailand an der Strippe zieht, wackelt der Holzmann und unterhält. Die Reihen lachen. Das Monster verkommt zu einem Spielzeug. Plötzlich lieben alle den Hampelmann, weil er nicht mehr so furchtbar ist. Der Himmel ist herabgefallen. Ein Himmel voller Liebe.

Wailands Monolog ist ein Sammelsurium an Banalitäten und blumigen Versprechen. Er scheut sich auch nicht vor einem biblischen Gleichnis. Er redet über einen Sauerteig. Obwohl mir die Atmosphäre widerstrebt, bin ich vollkommen gefesselt. So ähnlich muss es im Dritten Reich gewesen sein. Ich lege meine Hand auf mein Herz, prüfe, ob es noch schlägt. Ich warte auf den großen Knall. Die überraschende Wendung. Wailand zögert das Finale hinaus. Alles wirkt amerikanisch. Laut, fulminant und prahlerisch. Johannes Wailand ist ein moderner Prediger. Was vorher nur eine Ahnung war, wird nun zur Gewissheit für mich. Er spricht jeden Einzelnen an, man kann sich nicht entziehen. Wir sollen uns an den Händen fassen und das tun wir auch. Ich umarme wildfremde Menschen. Ich sage meinen Sitznachbarn, dass ich sie liebe. Meine eigenen Worte klingen nicht geheuchelt. Am Ende entlässt Wailand keinen einzigen Zuschauer ohne ein gutes Gefühl.

»Begraben Sie das Wesen, das Sie schwach macht!«, so seine letzte Proklamation. »Schauen Sie nicht zurück, bleiben Sie nicht stehen. Laufen Sie in die Welt hinaus!«

Ich habe den Faden längst verloren, aber jetzt ist es vorbei. Ich erhebe mich sofort, als der unsichtbare Sprecher über die Boxen mitteilt, dass Johannes Wailand noch Autogramme gibt. Ich warte zwei Stunden in der Schlange. Dann bin ich dran. Ich stehe direkt vor dem Mann, der wie ein Bildnis seiner selbst lächelt und den Edelstahlkugelschreiber im Akkord führt. Meine Knie zittern. Die Aufregung verschlägt mir die Sprache. Ich schaue abwechselnd auf den Stapel mit den Autogrammkarten und auf den Harlekin, der seinen eigenen Stuhl bekommen hat.

»Und Sie heißen?«, fragte mich Wailand und dirigiert ungeduldig mit dem Stift.

»Bitte für Alex.«

Er schmiert den Namen hin.

Deine größte Schwäche ist die Ausrede.

Dieser Spruch ist auf jede Karte gedruckt. Ich habe eine persönliche Widmung erwartet, aber Wailand ist zu beschäftigt. Hinter mir warten Hunderte Fans.

»Könnten Sie noch eine für Sonja signieren?«, bitte ich.

Er blickt mich das erste Mal eingehend an. Hinter ihm bewegt sich sein Bodyguard. Ich weiß, dass Wailand vor Jahren bei einer Benefizveranstaltung attackiert wurde. Einige Zeitungen hatten sogar von einem Attentat gesprochen. Wailands Anzug war am Ärmel zerrissen worden, mehr nicht. Natürlich hat er dem Angreifer, einem geistig verwirrten Mann, später medienwirksam Absolution erteilt. Wailand ist ein gerechter Mann, für viele sogar der Heiland der Neuzeit.

»Sonja Schweitzer, meine Frau«, werde ich konkret. »Sie ist auch hier. Sie erzählte mir, Sie beide würden sich persönlich kennen.«

Wailand schüttelt den Kopf. Anscheinend kann er sich nicht an sie erinnern.

»Tut mir leid«, sagt er und schaut suchend an mir vorbei. »Ist sie hier in der Nähe?«

»Sie hat mir gesagt, Sie wären damals bei ihren Eltern auf einem Richtfest gewesen. Walter und Hannelore Schweitzer, erinnern Sie sich? Das Richtfest fand auf Gut Rabenstein statt.«

Im nächsten Moment verhärten sich seine Gesichtszüge. Nur sein linkes Auge zuckt nervös. Wir sehen uns eine Ewigkeit bloß an. Er schüttelt den Kopf und lächelt wieder.

»Für Sonja, also schön.«

Er setzt den Stift an und reicht mir Sekunden danach die Karte. Eine Verabschiedung unterbleibt. Für Wailand bin ich bereits weitergegangen. Der nächste Autogrammjäger schubst mich zur Seite. Leise bedanke ich mich, denn ich habe alles, was ich wollte.

Kapitel 30

Der Fotograf

Ich bin zurück in der Stadt, in der ich mein diesjähriges Kunstwerk erschaffen werde. Bis zum Auslösen des Fotoapparats bleiben mir knapp sechzehn Stunden. Sicherheitshalber mache ich einen Abstecher zu den Felsendomen. Ich habe das ehemalige Kalkbergwerk bewusst gewählt. Es ist ein Ort der Stille und der Farben, aber auch der Kälte. Perfekt für meine Inszenierung. Menschliche Kälte ist ein starkes Sinnbild. Bevor Nina Wagner stirbt, werde ich ihr den dortigen Marmorsaal zeigen. Die Höhle stellt für mich in vielerlei Hinsicht eine Herausforderung dar. Die Lichtverhältnisse haben einen starken Einfluss auf das Foto. Ich muss die richtigen Einstellungen an meiner Technik finden. Tonwerte, Schatten, Kontrast, Winkel, Polarisationsfilter, Blende, all diese Parameter müssen stimmen. Ich muss sensibel für die Situation bleiben. Den magischen Moment abpassen, wenn ich den Auslöser betätigte.

Gleichzeitig darf ich mich nicht in der Kunst verlieren. Es geht um meine Sicherheit. In den Gängen hängen an mehreren Stellen Kameras. Sie sollen die Bewegungen der Fledermäuse überwachen. Ich muss aufpassen, dass mich kein Auge einer Kamera einfängt.

Eine gute Stunde vor zehn. Bis jetzt herrscht am Besucherbergwerk noch absolute Einsamkeit. Erst um zehn Uhr öffnet sich das Eingangstor für Interessierte. Mit Voranmeldung kann man in der Höhle sogar tauchen gehen. Ich bin in meinem ganzen Leben nie tiefer als im Schwimmerbecken des Freibades getaucht.

Am Eingang ist ein Schild angebracht: Fotografieren verboten. Wie kurios! Manchmal besitzt selbst der Tod Humor. Weder das Hinweisschild noch das Schloss am Gitter stellen für mich ein Problem dar. Als ich das Bergwerk zuletzt mit einem Ticket betreten habe, konnte ich es in Augenschein nehmen. Über die Jahre habe ich gelernt, wie man verschlossene Türen öffnet. Ich war fleißig, habe mich weitergebildet. Ich kenne mich nicht nur mit Fototechnik, menschlicher Anatomie und Giften aus, sondern auch mit Schlössern. Ich bin ein Generalist.

Um siebzehn Uhr endet die Besuchszeit. Dann beginnt für mich der Countdown. Wenn ich zum Bergwerk zurückkehre, werde ich in Begleitung sein. Dann wird es fast Mitternacht sein. Wie Batman werde ich in die Höhle eintauchen. Fledermäuse werden meine einzigen Zeugen sein. Schon jetzt fühle ich mich wie ein dunkler Rächer. Batman ist ein Held, den jeder liebt. Ich dagegen bin nur ein Serienmörder. Jemand, der jedwede Verachtung verdient hat. Anders als Batman trage ich keine Maske. Batman ist nur ein weiterer Hampelmann.

Ich wende meinen Wagen vor den Felsendomen und fahre ein kurzes Stück über die Autobahn zu einem Einkaufszentrum. Dort gibt es einen frei zugänglichen Wi-Fi-Hotspot. Ich logge mich in meinen Rechner ein. Dann nehme ich die gestrige Unterhaltung mit Nina wieder auf.

[butterfly1708] 23:59 Uhr: Bitte geh noch nicht!

Vergangene Nacht war das ihre letzte Nachricht. Zu dem Zeitpunkt war ich bereits offline. Ich brauchte meinen Schlaf. Nina schläft schon seit Monaten kaum, das hat sie mir erzählt. Bald wird sie zur Ruhe kommen. Dieses Versprechen kann ich ihr geben. Ich bin der Schlafmacher. Und ich bin ein verständnisvoller Mann.

> **[JEMAND] 09:04 Uhr:** Tut mir leid, dass ich gestern nicht mehr geantwortet habe. Ich war hundemüde. Ich hoffe, du siehst es mir nach. Unausgeschlafen traue ich mich nicht auf die Autobahn. Ich will dich unbedingt sehen. Vertraust du mir?

Auch nach sieben Minuten hat sie noch nicht geantwortet. Ich bleibe eine weitere Minute online, dann kappe ich die Internetverbindung. Kein Grund, in Panik zu verfallen. Nina wird sich melden. Jede hat sich bisher gemeldet. Sie haben mich gesucht und sie haben mich gefunden. So unmittelbar vor dem Treffen gibt keine auf.

Ich lege den Laptop beiseite und starte den Motor. Über die B95 fahre ich zum Zentrum. Ich steuere direkt auf die Stadthalle zu, um kurz davor abzubiegen. Die Stadthalle wird erst am Abend mein Ziel sein. Einen Abstellplatz für mein Fahrzeug habe ich mir gleich am ersten Tag ausgesucht. Ein Parkhaus ohne Kameraüberwachung. Keine fünf Minuten fußläufig.

Im Radio habe ich vom Schlagerkanal vorübergehend auf einen regionalen Sender gewechselt. Die Musikauswahl ist bescheiden, aber wie richtig meine Entscheidung war, merke ich in dieser Sekunde. Eine Nachrichtensprecherin redet plötzlich von einem abscheulichen Mord in der Stadt. Ihre Stimme lässt Ekel für die Tat und eine Spur Fassungslosigkeit erkennen. Sie muss sich zusammenreißen, um sachlich zu bleiben und die Fakten zu bringen. Die Meldung muss brandaktuell sein. Wie auch immer, sie kommt viel zu früh. Damit habe ich ehrlich nicht gerechnet und ich überlege, wo ich einen Fehler gemacht habe.

Das Verbrechen wird meinen Jäger auf den Plan rufen. Simon van den Heuvel wird bald in der Stadt erscheinen. Der Mann vom BKA und leitende Ermittler. Sein Gesicht mit der markanten Narbe am Hals hat schon reichlich Zeitungsseiten geziert. Andere hätten unter dem Mediendruck das Handtuch geworfen. Heuvel will diesen Fall bis zur Pension lösen. Er ist zweifelsohne gut, aber auch nach neun Jahren weiß er nicht, wer ich bin.

Ich denke, es war die Katze. Die Katze hat mich verraten.

Kapitel 31

Der Bulle

»Es war die Katze«, hörte Lothar Kellmann den Mieter reden, der Feuerwehr und Rettungsdienst verständigt hatte. »Die Katze hat den ganzen Morgen vor der Tür miaut.«

Das Treppenhaus füllte sich. Die Kollegen vom Revier Nordost sorgten dafür, dass sich Unberechtigte vom Tatort fernhielten. Es sei ungewöhnlich, erklärte der Zeuge weiter. Deshalb habe er sich Sorgen um Frau Zinnow gemacht. Umstehende Hausbewohner bestätigten seine Aussage. Emma machte sich Notizen, während Lothar in die Wohnung eintauchte.

»Schon wieder Katzen.«

Wenigstens roch es bei Petra Zinnow nicht so sehr nach Katzenstreu wie bei Möller und Könnecke. Letzte Nacht musste jemand eine Duftkerze oder ein Räucherstäbchen angezündet haben. Weihrauch erfüllte die Räume wie in einer Kirche. Lothar hatte den Glauben an Kirche und Gott verloren. Das wurde ihm erneut bewusst, als er das Wohnzimmer oder vielmehr den Vorhof zur Hölle betrat.

»Was zum Teufel ist hier los?«

Durch das Führungs- und Lagezentrum war Lothar gewarnt worden. Was der Disponent ihm am Telefon in knappen Worten mitgeteilt hatte, beschrieb jedoch nicht annähernd die Abartigkeit, die sich hier darbot. Lothar spürte das Verlangen, sich zu bekreuzigen. Als knochenharter Atheist wollte er plötzlich um Beistand bitten.

»Jemand muss den psychologischen Dienst verständigen«, murmelte er.

Die Streifenbeamten, die den Tatort zuerst betreten hatten, brauchten dringen seelische Unterstützung. Selbst Lothar, der glaubte, in mehr als fünfunddreißig Dienstjahren alles gesehen zu haben, merkte, wie ihm die Situation entglitt. Die Frau in dem Sessel konnte man bestenfalls als Kreatur aus einem Horrorfilm bezeichnen. Er musste zweimal hinsehen, um sicher zu sein, dass es sich um einen Menschen handelte. Der gesamte Rumpf war eine einzige klaffende Wunde. Schnitte, Schrammen, Hämatome, aufgeplatztes Gewebe. Der Notarzt hatte von einem Polytrauma gesprochen. Er hatte nicht untertrieben.

Lothar trat näher. Er konnte nur erahnen, dass es sich um die Wohnungsinhaberin handelte. Bloße Betrachtung reichte nicht aus, um Petra Zinnow zweifelsfrei zu identifizieren. Gab es überhaupt noch eine heile Stelle an ihr?

Sie war halb entkleidet. Ihre Strickjacke und der Rock waren zerschnitten worden. Schädeldecke und Gesicht waren zertrümmert. Die Haut – von den Schultern, über die Knie bis zu den Zehen – war übersät mit Verletzungen. Unter ihren Füßen hatte sich eine kleine Blutpfütze gebildet. Der Großteil vom Blut war in den Stoff und das Polster des Sessels gedrungen.

Angewidert betrachtete er den Kopf, der etwas in den Nacken gelegt war. Der Mörder hatte seinem Opfer die Wangen aufgeschnitten, den Unterkiefer gebrochen und einen Stein von gut zehn Zentimetern Durchmesser bis in den Rachen gepresst.

Lothar leuchtete mit seiner Minitaschenlampe. Er staunte, dass der Stein überhaupt in der Mundhöhle hielt. Obwohl er so etwas noch nie in ähnlicher Weise gesehen hatte, bekam er eine Vorstellung, wie Zinnow gestorben war.

»Er hat sie gesteinigt.«

Gleichzeitig fragte Lothar sich, warum die Wahrsagerin nicht geschrien hatte. Oder hatte sie nicht schreien können? Vielleicht weil er ihr den Mund zugehalten oder zugeklebt hatte? Oder sie war da bereits tot gewesen.

»Gott, lass sie da schon tot gewesen sein!«

Unter den Weihrauchduft mischte sich der eisenhaltige Geruch von Blut. Das Grauen stieg ihm in die Nase, kroch in jede Region seines Körpers. Er verlor beinahe die Besinnung. Kurz bevor er sich am Schrank abgestützt hätte, fing er sich. Bloß keine Spuren vernichten! Man hatte ihn nicht umsonst hergeschickt. Sogar das Mädchen war auf einmal nebensächlich. Man brauchte seine Erfahrung an diesem Tatort. Genau hier, in dieser Wohnung. Seine Vorgesetzten wollten eine Erklärung. Niemand wusste, womit man es hierbei zu tun hatte. Und Lothar wusste es ebenso wenig.

Er riss seinen Blick von der Leiche los und schaute sich im Wohnzimmer um. Auf dem Schreibtisch lag ein Terminplaner. Zwei Tage in der Vergangenheit waren aufgeschlagen. Eine handschriftliche Notiz weckte Lothars Erstaunen. Vor fünf Wochen hatte Janett Möller einen Termin bei Mutter Mowa gehabt. An einen Zufall wollte Lothar nicht glauben.

»Was ist das für eine Inszenierung?«

Er verstand nichts. Auf der Suche nach Antworten betrachtete er die restliche Einrichtung. Er richtete den Strahl der Taschenlampe auf die Couch. Auf dem dunklen Stoffbezug machte das Licht glänzende Flecken sichtbar.

»Das hast du nicht getan …«

Neben den Flecken fiel ihm noch etwas Sonderbares auf. Diesmal auf dem Teppichboden, direkt vor seinen Schuhen. Vorsichtig trat er am Sessel vorbei und schaute hinter den Vorhang. Das Fenster war geschlossen. Er ging zurück und kniete sich hin. Er richtete den Strahl vor sich aus. Im Lichtschein krabbelte ein Marienkäfer.

»Was hast du gesehen, kleines Wesen?«, flüsterte er.

Weder der Käfer noch die Tote hinter Lothar antworteten. Der ganze Raum schien wie ein einziges großes Geheimnis. Für Lothar wurde das Zimmer zum Escape-Room. Er wollte fliehen, fand jedoch den Ausgang nicht. Zuerst musste er jedes einzelne Geheimnis enträtseln.

»Du warst wütend«, redete er mit dem imaginären Täter. »Du warst unfassbar wütend. Aber warum? Was hat die Frau dir getan? Bist du im Auftrag gekommen? Hast du einfach an der Tür geklingelt?« Er betrachtete den Stein, suchte nach Hinweisen. »Wie lange hast du das hier geplant? Bist du im Schutz der Nacht gekommen? Wie ein albtraumhafter Geist?«

Wieder ging er zum Fenster, spähte hinter den Vorhang. Man konnte die Straße gut beobachten. Es gab jede Menge Wohnungen. Irgendjemand musste gesehen haben, wie der Täter ins Haus gegangen war.

»Lothar, wir ...!«, riss Emmas Stimme ihn aus seinen Überlegungen.

Er kam nicht mehr dazu, sie zu warnen. Als sie vom Flur ins Zimmer trat, entfuhr ihr ein Schreckenslaut. Ihr Blick haftete wie hypnotisiert an der Toten. Genau wie Lothar hatte seine Kollegin nie zuvor eine solche Hinrichtung gesehen.

»Der Scheißkerl hat hier onaniert.«

»Wa...was?«, stotterte Emma, die sich nur langsam fing, sich jedoch nicht traute, näherzutreten.

»Der hat sich vor seinem Opfer einen runtergeholt. Hier hat er gesessen.« Lothar deutete auf eine ganz bestimmte Stelle auf der Couch. »Auf dem Bezug sind Spermaspuren. Er hat das genossen. Er hat …«

»Gott, ist das widerwärtig. Lass uns verschwinden, die ist nicht länger unser Problem.«

»Oh, ich denke schon, dass sie unser Problem ist.«

Sie schüttelte verkniffen den Kopf und zeigte zaghaft auf die Leiche. »Ist sie nicht.«

»Wie kommst du darauf?«

»Wir werden abgezogen.«

Trotz der furchtbaren Umstände konnte Lothar sich ein Lachen nicht verkneifen. »Was redest du da? Wir sind doch gerade erst …«

»Nein, du verstehst es nicht.« Dabei schüttelte sie ununterbrochen den Kopf. »Für uns ist der Fall erledigt. Wir sollen verschwinden, das BKA übernimmt ab sofort.«

Kapitel 32

Das Luder

Auf der Suche nach ihrem Bruder irrte Josephine durch die Stadt. Trotz Schlafentzug klingelte sie bei sämtlichen Bekannten. Kaum jemand ging am Sonntagmorgen schon an sein Handy oder öffnete ihr die Tür. Falls doch, dann hieß es: »Tut mir leid, keine Ahnung.«

Niemand konnte ihr sagen, wo Daniel steckte. Selbst Ottos Beziehungen brachten keinerlei Verdachtsmomente. Angeblich hatte Daniel gestern mal wieder mit der Schlitzer-Nummer geprahlt, kam es von einer zweifelhaften Quelle. Das war Josephines gesamte Ausbeute an Informationen. Daniel war wie vom Erdboden verschluckt. Ihre letzte Hoffnung war die Notaufnahme im Klinikum. Fehlanzeige. Sein Name stand nicht auf der Patientenliste.

Irgendwann machten ihre Beine schlapp. Um sich auszuruhen, kehrte sie beim McDonalds an der Zentralhaltestelle ein. Wenn ihr Geld schon nicht für Daniels Schulden reichte, dann doch wenigstens für einen großen Kaffeebecher und einen Big Mac. Aber in ihrem Mund schmeckte der Burger fad. Nach den ersten Bissen verspürte sie keinen Hunger mehr. Zu sehr drückte die schlimme Vorahnung auf ihren Magen. Daniel hatte Scheiße gebaut. Daran hegte sie keine Zweifel. Geschwister spüren so etwas.

Sie saß direkt am Fenster zu den Bahnsteigen. Immer wieder ging ihr Blick nach draußen. Einige ihr bekannte Drogenabhängige schleppten sich wie Untote vorüber. Daniel befand sich nicht darunter. Zum wiederholten Mal nahm sie ihr Smartphone zur Hand, immer in der Hoffnung, sie habe das Handyklingeln überhört. Stattdessen gab es da nur die Liste, die ihr anzeigte, dass sie es zweiundzwanzig Mal vergeblich auf seiner Nummer probiert hatte. Auf dem Handy, das er vermutlich irgendwem geklaut hatte. Wütend scrollte sie durch ihre Kontaktliste, ob sie irgendjemanden vergessen hatte. Sie stieß auf Lothar Kellmann, den einzigen Bullen, den sie eingespeichert hatte. Sie verfluchte den Kommissar. Er hätte sie nicht ohne Geld oder wenigstens mit einem Versprechen aus seinem Auto werfen dürfen.

»Les Grossman«!

Dieses Pseudonym tauchte ebenfalls in ihrem Adressbuch auf. Aber sie weigerte sich, bei Henning Paul anzurufen. In ihrer Tasche befanden sich knapp zweitausend Euro. Das war eindeutig zu wenig, um Daniels Schulden begleichen zu können. Maximal einen Zeitaufschub konnte sie damit erkaufen. Vielleicht hatte Kellmann doch recht und sie sollte die Kohle nehmen und ihren Bruder vergessen. Sie konnte es ja noch einmal im Pflegeheim mit ehrlicher Arbeit probieren. Allerdings war das ein knüppelharter Job. Andererseits entschädigten dankbare Senioren wie Berta Schüssler sie für die Mühe. Ob es der alten Frau gut ging?

»Scheiße, ich bin am Arsch!«

Sie verwarf den Gedanken, für einen Hungerlohn im Altenheim zu malochen, und ebenso den, ihren Bruder fallen zu lassen. Sie wählte Henning Pauls Nummer.

»Hallo, Jo!«, drang seine geschmeidige Stimme nur Sekunden danach in ihr Ohr. »Ich wusste, dass du dich melden würdest.«

»Kann ich Daniel sprechen?«

»Ich fürchte, es passt ihm gerade nicht.«

»Was hat er angestellt?«

»Was dein Bruder angestellt hat? Mal überlegen …« Henning ließ eine Pause. »Er hat versucht, einen meiner Kuriere auszurauben.«

Josephine schloss die Augen und presste die Lippen aufeinander, um nicht loszuheulen. Sie wusste, was das bedeutete. Daniels Vorhaben war gründlich schiefgegangen. Vermutlich steckte er jetzt in irgendeinem dunklen Bau, bewacht von Hennings Schlägern, bis eine Entscheidung gefällt war, was mit Daniel passieren sollte.

»Er hat am alten Güterbahnhof mit einem Messer gelauert«, redete Henning weiter. »Verstehst du? Er hat eine Übergabe abgewartet, um an Geld zu kommen. Der kleine Pisser wollte mich doch tatsächlich mit meinem eigenen Geld bezahlen.«

»Ich habe dein Geld«, log Josephine.

»Tatsächlich?« Henning lachte böse. »Leider hat sich die Summe gerade verdoppelt. Hast du zehntausend Euro?«

Stumm stierte Josephine in ihren Kaffeebecher.

»Nein, hast du nicht«, nahm er es vorweg. »Wie stehe ich denn vor meinen Leuten da, wenn ich so etwas durchgehen lasse? Ich meine, es gibt da draußen viele fleißige Menschen. Die verlassen sich auf ihren Arbeitgeber. Leuchtet dir das ein? Nimm es nicht persönlich. Dein Bruder hat meine Regeln gebrochen. Mehr als einmal. Dafür breche ich ihm jetzt die Knochen. Jeden einzelnen …«

»Ich habe die zehntausend Euro!«

Auf einmal war es Henning, der im Telefon verstummte.

»Sag mir einfach einen Ort und ich bringe dir dein beschissenes Geld.«

»Pass mal auf, Jo, davon verstehst du nichts«, wurde Henning hörbar ungemütlich, aber diesmal ließ Josephine sich nicht einschüchtern.

»Nein, ich verstehe sehr wohl! Du willst zehntausend Euro, hast du gesagt. Wohin soll ich das verfickte Geld bringen?«

Wieder stockte die Unterhaltung. Anscheinend dachte Henning nach.

»Kulturpalast. In drei Stunden.«

Wüst schniefend beendete er das Telefonat. Vermutlich war er sauer, weil er auf die Bedingung einer Siebzehnjährigen eingegangen war. Sie kam nicht mehr dazu, sich zu erkundigen, wie es Daniel ging. Aber sie vertraute darauf, dass er noch lebte. In der Vergangenheit war Henning immer fair mit ihr umgegangen. Aber galt das auch zukünftig? Im Prinzip hatte er keinen Grund, sie zu belügen. Außerdem hatte sie jetzt ein ganz anderes Problem.

»Gott, ich bin so was von geliefert.«

Mit den zehntausend Euro im Hinterkopf stand sie auf. Sie wollte ihr Tablett wegbringen, als sie aus den Deckenlautsprechern die Radionachrichten vernahm. Um diese Uhrzeit war wenig los im Restaurant, daher verstand sie jedes Wort.

> *»Inzwischen gibt es immer mehr Einzelheiten zum Mord auf dem Sonnenberg«*, sagte die Nachrichtensprecherin. *»Ein Rettungssanitäter sprach von einem Blutbad, wie es kaum bei schwersten Unfällen vorkommt. Beim Opfer handelt sich um eine achtundsechzigjährige Hausbewohnerin. Die Frau lebte allein und war als Wahrsagerin bekannt.«*

»Mutter Mowa!«, schoss es Josephine heraus.

> *»Die Hintergründe sind bisher völlig unbekannt, aber die Tat soll gestern in den Abendstunden passiert sein. Die Kripo ermittelt mit Hochdruck. Vom leitenden Ermittler, einem Hauptkommissar, der für seine unorthodoxen Methoden, aber auch für seine Erfahrung bekannt ist, gab es bisher keine Stellungnahme.«*

»Das muss Kellmann sein!«

Der Rest der Nachrichten ging im Lärm einer einfahrenden Straßenbahn unter. Josephine eilte aus dem Lokal. Sie musste den nächsten Bus Richtung Hilbersdorf nehmen. Dort befand sich Kellmanns Dienststelle.

Kapitel 33

Der Fotograf

Sie sind alle auf der Suche nach Ruhm. Alle, die in das Hotel hinein- und aus ihm herausgehen. Die ältere Dame, die ihren Trolley wie einen lieb gewonnenen Hund an mir vorbeiführt. Die junge Frau, die am Tresen noch einmal ihren Instagram-Account checkt, bevor sie die Rechnung per Kreditkarte begleicht. Der Mann, der in einer Hand einen Aktenkoffer und in der anderen ein Wirtschaftsblatt hält. Jeder will *famous* sein. Jeder auf seine ureigene Art und Weise. Mag der Ruhm auch noch so klein sein, sie würden dafür hungern, sich geißeln, lügen und bestechen. Aber würde einer auch sein Leben für einen Tropfen vom Ruhm geben?

»Was kann ich für Sie tun?«

Die Frage kommt plötzlich. Die junge Influencerin vor mir hat ihre Kreditkarte und ihr Handy weggepackt und ist bereits auf dem Weg zum nächsten Abenteuer. Ich bin am Zug. Die Hotelangestellte schenkt mir ein ehrliches Lächeln. Ich lächle zurück. Dabei muss ich auf ihren Hals starren. Er ist so zart und hell wie bei Schneewittchen im Märchen. Ich stelle mir vor, wie die Angestellte von einem vergifteten Apfel kostet.

Wenn man an Schneewittchen denkt, sieht man ein makellos schönes Mädchen mit geschlossenen Augen in einem gläsernen Sarg. Sie liegt reglos da. Sie schwebt zwischen Leben und Tod. Ihr Schöpfer hat diese einzigartige Kreation erschaffen. Das ist Ruhm. Das ist wahre Kunst. Ich mache nichts anderes. Ich suche nach Schönheit zwischen Leben und Tod. Verewige sie auf einer Fotografie. So wird es heute Abend sein. Aber mein Schneewittchen heißt nicht Tanja Herrmann, wie es das Namensschild der Angestellten offenbart, sondern Nina Wagner.

»Entschuldigen Sie, ich war kürzlich bei Ihnen zu Gast.«

Die Angestellte nickt, als könnte sie sich an mein Gesicht erinnern. In Wahrheit hat sie mich nie zuvor gesehen. Um keinen Fehler zu machen, dreht sie sich zu ihrem Bildschirm und legt die Finger auf die Tastatur.

»War etwas nicht in Ordnung?«

»Es war alles zu meiner Zufriedenheit«, wehre ich ab, gestikuliere wild mit meinen Händen. »Es geht um ein kleines Malheur mit meinem Wagen.«

Sie zieht die Augenbrauen hoch, mustert mich skeptisch. Aber sie bleibt aufmerksam. »Und was ist das für ein Malheur?«

»Oh, nichts Weltbewegendes, nur ein Kratzer im Lack. Und eine kleine Delle. Man sieht den Schaden kaum, aber es handelt sich um ein Leasingfahrzeug, verstehen Sie?«

»Sie reden von einem Unfall?«

»Ja, ein Unfall. In der Tiefgarage.«

»Das kann vorkommen. Haben Sie uns den Schaden schon gemeldet?«

»Sehen Sie, deshalb bin ich hier. Ich habe den Schaden erst gestern nach der Waschanlage festgestellt. Noch dazu auf der Beifahrerseite, weshalb es mir nicht gleich aufgefallen ist. Bestimmt können Sie mir helfen, Frau Herrmann.«

»Verstehe. Und der Unfall soll bei uns passiert sein?«

Ihre Skepsis ist unüberhörbar. Anscheinend bin ich nicht überzeugend genug. Natürlich ist mir klar, dass sie keinen Fehler machen will.

»Genau das möchte ich herausfinden.« Ich spähe zum Kontrollraum, an dem die Tür halb offen steht, nicke dann in die Richtung. Ihr Blick folgt meiner Kopfbewegung. »In der Tiefgarage befindet sich doch sicherlich eine Kamera. Ein Kennzeichen würde mir reichen, dann kläre ich alles Weitere mit dem Fahrer. Der Unfall muss am Freitag nach zweiundzwanzig Uhr passiert sein, beim Ausparken, schätze ich. Mein Nebenmann muss meinen Wagen leicht gestreift haben. Wahrscheinlich hat er den Anstoß gar nicht mitbekommen. Wie gesagt, der Schaden ist kaum der Rede wert. Aber die Versicherung, Sie wissen schon. Ich weiß noch genau, wo ich geparkt habe. Stellplatz fünfundvierzig. Neben mir stand ein weinroter SUV.«

»Ein weinroter SUV?«, wiederholt sie, als wäre ich senil.

»Ja, ein weinroter SUV. An die Marke kann ich mich nicht mehr erinnern. Wenn Sie mir …«

»Einen Moment.«

Kaum ausgesprochen, verlässt sie ihren Platz. Sie geht jedoch nicht in den Raum mit den Videoaufzeichnungen. Sie wendet sich an einen Mitarbeiter. Ich bleibe gelassen stehen, blicke mich nicht nervös um. Ich will den Eindruck erwecken, als hätte ich nichts zu verheimlichen. Sobald Herrmann und ihr Kollege zu mir herüberschauen, nicke ich ihnen zu und zeige ein entspanntes Lächeln. Mein Schauspiel funktioniert. Die Gestik des Kollegen lässt erkennen, dass es in Ordnung wäre, mir zu helfen.

»Es kann nicht schaden, mal nachzusehen«, höre ich ihn sagen.

Allerdings läuft es nicht so gut wie erwartet. Herrmann kehrt zu mir zurück und schiebt mir Blatt und Stift über den

Tresen. Ich soll meinen Namen und eine Telefonnummer notieren, man will mich zurückrufen, sobald das Video vom entsprechenden Tag gesichtet wurde.

»Ich will Ihnen keine Umstände machen«, sage ich. »Geben Sie mir doch einfach das Kennzeichen und ich kläre alles Weitere mit meiner Versicherung. Wirklich, ich will dem Autobesitzer keinen Ärger machen. Ich bin sicher, wir können das ohne großen Aufwand regeln. Bitte, sehen Sie sich das Video vom Freitagabend an. Es dauert bestimmt nicht lange.«

»Ich verstehe Ihr Anliegen, aber …«

»Ist alles in Ordnung, Tanja?«, ertönt neben mir eine sonore männliche Stimme.

Noch bevor ich den Kopf drehe, weiß ich, wer neben mir steht. Es ist Viktor Kupke, der Hotelbetreiber. Kupke lehnt gelassen am Tresen und schabt sich über den Fingernagel. Zuerst blickt er mich an, dann seine Angestellte. Aus der Nähe wirkt seine Stirn noch weitaus imposanter, als ich sie aus dem Internet in Erinnerung habe. Harte Falten liegen in seinem Gesicht, aber wenn er spricht, bemüht er sich um Leichtigkeit. Gegen seinen dreiteiligen braunen Anzug mit Fischgrätmuster sieht mein Stoff wie zweite Wahl aus. Kleider machen Leute. Das geht ihm sicherlich durch den Kopf, als er mich betrachtet.

»Der Herr hatte einen Unfall in unserer Tiefgarage«, erklärt Herrmann. »Er …«

»Heute?«, lässt ihr Chef sie nicht ausreden.

»In den vergangenen Tagen«, komme ich Herrmann zuvor.

»Mit einem weinroten SUV«, konkretisiert sie.

»Etwa ein Range Rover?«, fragt Kupke.

Ich stutze, weil er die Automarke sofort errät, lasse es mir aber nicht anmerken. »Ja, ich denke, es war ein Range Rover. Wissen Sie, wem der Wagen gehört?«

Kupke antwortete nicht sofort. Er blinzelt, dann strafft er seine Weste und schaut auf seine goldene Armbanduhr.

»Nein, aus dem Stegreif nicht, aber ich bin sicher, das lässt sich herausfinden.«

Er kennt den Besitzer des Wagens, will mir aber den Namen nicht nennen. Stattdessen wendet er sich an Herrmann.

»Wie sind Sie mit Herrn …«

»Fahrenheit«, helfe ich ihm aus. »Alexander Fahrenheit.«

Dankbar nickt er, ohne mich anzusehen. »… mit Herrn Fahrenheit verblieben?«

»Ich habe ihn gebeten, seine Erreichbarkeit zu hinterlassen.«

»Das haben Sie gut gemacht, Tanja«, ist Kupke zufrieden. »Also, Herr Fahrenheit …«

Ich verstehe und greife nach dem Kugelschreiber. Kupke verabschiedet sich und nimmt sein Mobiltelefon zur Hand. Während ich den Zettel ausfülle, denke ich an Maria. Ich brauche schleunigst einen neuen Plan.

Kapitel 34

Der Bulle

Niemand machte Lothar an einem Tatort Vorschriften. In all den Dienstjahren nicht ein einziges Mal. Doch diesmal zog man ihn sogar ab. *Das ist eine Anweisung, verstanden, Kellmann?* Der Polizeiführer aus der Einsatzzentrale hatte ihm persönlich die Entscheidung bestätigt, nachdem Lothar Emma nicht geglaubt hatte.

Das ist eine Anweisung, verstanden, Kellmann?

»Arschloch«, schimpfte Lothar noch Minuten nach dem Telefonat.

Wie sehr er Befehle von oben hasste! Er wetterte noch gegen die Polizeiführung, als er auf die Straße trat.

»So springt man doch nicht mit einem gestandenen Hauptkommissar um.«

»Wir sollen mit dem Mädchen weitermachen«, redete Emma auf ihn ein.

»Ach, darüber soll ich mich wohl freuen?« Er griff nach seiner Zigarettenschachtel. Leer. Wütend warf er sie zu Boden und kickte sie weg. »Wenn uns die Mutter die Wahrheit erzählt hat, ist das Kind seit mehr als achtundzwanzig Stunden verschwunden. Die Suche läuft zwar noch, aber du bist erfahren genug, um zu wissen, dass das eine Sackgasse ist. Dabei kann man nicht gewinnen. Ich wollte da von Anfang an nicht mitmachen.«

»Wir müssen Janett Möller und ihren Lebensgefährten finden. Mit den beiden stimmt was nicht.«

»Weißt du was?« Er zeigte zur Erdgeschosswohnung von Petra Zinnow. »Da drin stimmt was nicht! Da ist eine Frau bis zur Unkenntlichkeit abgeschlachtet worden. Und ich will wissen, warum und von wem.«

Emma seufzte. »Lothar, mir gefällt die ganze Sache auch nicht, aber …«

»Du duckst dich ab, weil du deine Karriere nicht gefährden willst«, ließ er sie nicht aussprechen. Als er merkte, wie sehr sie der Vorwurf traf, winkte er ab. »Ach, vergiss es! Ich gehe nach Hause.«

Damit drehte er sich um und lief los. Die Streifenbeamten, die seinen Tobsuchtsanfall mitbekommen hatten, äußerten sich hörbar verstimmt. Aber auf die Meinung anderer pfiff Lothar. Trotzig senkte er den Kopf und bildete in seinen Hosentaschen Fäuste. Kein einziges Mal drehte er sich nach Emma um oder schaute zurück zum Tatort. An der Kreuzung schwenkte er nach links, dann ging er die Zietenstraße entlang.

»Scheiße, bleib doch mal stehen, du Penner!«, rief Emma ihm nach.

Er reagierte nicht, dachte nur an neue Zigaretten. Unweit befand sich eine Tankstelle. Dort kaufte er gleich zwei Schachteln. Als er aus dem Shop trat, stand Emmas Wagen bereits mit heruntergelassener Seitenscheibe davor.

»Steig ein, du Idiot.«

»Nur, wenn ich rauchen darf.«

Emma verdrehte die Augen, dann startete sie den Motor. Augenblicke später fuhren sie gemeinsam vom Tankstellengelände.

Lothar wickelte die Folie der Zigarettenschachtel aus und kramte in seiner Hosentasche nach dem Feuerzeug.

»Die wollen mit dir reden«, kam es vom Fahrersitz.

»Die?«

»Die Kollegen vom BKA.«

»Kommt gar nicht in die Tüte, wenn die hier auftauchen, bin ich verschwunden.«

»Kapierst du nicht, was ich dir damit sagen will? Die haben ausdrücklich nach dem leitenden Ermittler verlangt. Die warten bereits in der KPI auf dich.«

Feuerzeug und Zigarette fanden nicht zueinander. Lothar fühlte sich überrumpelt. »Was denn, die sind schon auf der Dienststelle?«

»Die sind angekommen und haben ihr eigenes Team dabei.«

Im Display des Cockpits las er die Uhrzeit ab und kam ins Grübeln. »Wie lange braucht man von Wiesbaden?«

»Über die A4 und ohne Stau … denke, man kann die Strecke in vier Stunden schaffen.«

»Die Feuerwehr hat die Tür der Wahrsagerin gegen acht geöffnet. Das ist keine drei Stunden her.«

»Ich kann selbst rechnen. Woher wussten die das so schnell?«

»Irgendwas stinkt da gewaltig.«

Natürlich war der Mord an der Wahrsagerin alles andere als alltäglich. Trotzdem konnte er sich nicht erklären, warum das BKA Interesse an dem Fall hatte.

»Was machst du?«, fragte Emma, als er seine Zigarettenschachtel gegen sein Smartphone tauschte.

Hastig scrollte er durch die Fotos, die er vom Tatort aufgenommen hatte. »Ich suche nach einer Eingebung.«

An eine Raubstraftat glaubte er nicht, auch wenn es Indizien für einen Kampf gab. In der Küche lag ein kaputtes Telefon. Außerdem befanden sich dort und im Flur Blutspuren. Andererseits sahen die Räume nicht aus, als wären sie nach Gegenständen durchwühlt worden. Der Computer der Wohnungsinhaberin war ebenfalls nicht angerührt worden, so Lothars erste Einschätzung.

»Du hast den Leichnam gesehen, also sag mir, was in der Wohnung passiert ist.«

»Ich habe nicht den blassesten Schimmer. Aber ich habe ein paar gute Fragen an die Kollegen vom BKA«, erwiderte Emma.

Lothar sah schweigend zum Seitenfenster hinaus. Auch er hatte jede Menge Fragen. Als sie den Hof der Kriminalpolizeiinspektion erreichten und aus dem Wagen stiegen, wurde Lothar bereits vom Einlassdienst empfangen.

»Kollege Kellmann, im Besucherraum wartet eine junge Dame auf dich. Ihr Name ist Josephine Sperling.«

»Jetzt nicht«, blaffte Lothar und wollte vorbeieilen.

»Sie hat etwas von Schwangerschaftsabbruch gefaselt und wollte mit dem Vater des Kindes reden.«

»Ist sie verrückt geworden?«

Emma hob die Augenbrauen. »Ist das die Kleine, die heute Morgen in deinem Auto saß?«

»Da ist nichts gelaufen!«

Emma hob beschwichtigend die Arme. »Warum rechtfertigst du dich?«

Er verlor allmählich die Nerven. Kein guter Zeitpunkt also, um sich weiter mit der Jugendlichen herumzuplagen. Doch bevor er eine Entscheidung treffen konnte, drückte ihm der Beamte Josephines Ausweis in die Hand.

»Besser, du klärst die Angelegenheit selbst mit ihr.«

Kapitel 35

Der Kurier

Bei jeder Umdrehung der Vinylscheibe knisterte und knackte der Plattenspieler. Irgendwann würde Eddi den Tonabnehmer tauschen. Bis dahin ertrug er die Nebengeräusche mit Fassung. Nichts hielt ihn davon ab, Karussell zu hören. Er liebte die ostdeutsche Rockband. Deren Lieder erinnerten ihn an die guten alten Zeiten vor der Wende. In den Achtzigern hatte er sogar ein Konzert besucht. Das war eines seiner schönsten Erlebnisse gewesen.

»Keiner will sterben«.

Während das Lied spielte, saß er im Büro der Leitung und wartete, dass etwas passierte. Irgendetwas. Ein Herzinfarkt. Ein Paketbote, der ihm seine Kaninchen zurückbrachte. Katalena, die plötzlich die Scheidung wollte. Oder einfach ein Anruf. Nichts davon geschah.

»Keiner will sterben«.

Die Schallplatte rotierte. Mit jeder Umdrehung spürte Eddi, wie sein Leben an Sekunden verlor. Er schaute ständig auf das rote Telefon neben sich. Eine Staubschicht hatte sich auf dem Tischapparat gebildet. Staub war alles, was von seiner

Vergangenheit übrig war. Das Telefon war ein Billigimport aus China. Den wenigen Gästen, denen er Zutritt zum Schuppen gewährte, erzählte er, es habe einst in Mielkes Büro gestanden. Aber wie vieles in seinem Leben war das gelogen. Er hatte das Telefon auf einem Flohmarkt erstanden. Immerhin hatte er ein Schnäppchen gemacht. Handeln konnte er wahrlich. Deshalb lief die Finanzberatung auch ganz passabel. Das Einkommen reichte für zwei Neuwagen und gutes Fleisch vom Metzger.

Bei dem Gedanken an ein saftiges Steak knurrte sein Magen. Es ging auf den Mittag zu. Katalena arbeitete manchmal sonntags. Meistens bis dreizehn Uhr. So wie heute. Falls sie bis dahin nicht auftauchte, würde er einfach im Büro der Leitung sitzen bleiben. Dann und wann würde er nach draußen gehen und horchen, ob die Reifen ihres Wagens schon auf der Kieseinfahrt knirschten. Lieber wäre es ihm gewesen, einer seiner Freunde hätte angerufen. Nach dem Besuch im Seniorenheim hatte Hans versprochen, sich zu melden. Er wollte ein paar Kontakte anzapfen. Irgendjemand würde schon wissen, wo dieses kleine Miststück steckte. Das Mädchen hieß mit vollständigem Namen Josephine Sperling. Sie hatte tatsächlich vor einiger Zeit in dem Altenheim Berta Schüssler betreut. Einen Bruder hatte sie auch, aber keiner der Angestellten kannte ihn. Lediglich die Beschreibung passte einigermaßen auf die Person, die Eddi und seine Frau im eigenen Haus überfallen hatte. Dafür würde das Schwein büßen.

»Keiner will sterben«.

Wieder meldete sich Eddis Magen. Er bekam richtig Heißhunger auf ein blutiges Stück Schweinelende. Ihm lief das Wasser im Mund zusammen, als er sich vorstellte, wie er den Typen mit einem Messer massakrierte. Vielleicht sollte er in die Küche gehen, ein Kotelett auftauen und seinen Hunger stillen. Andererseits reichten seine Kochkünste nicht annähernd an die seiner Frau heran. Während Katalena aus einem toten Stück

Fleisch ein Gedicht zauberte, hätte Eddi es gänzlich niedergemetzelt. Zwar hielt er sich grundsätzlich mit Gewalttätigkeiten zurück, aber gelegentliche Wutausbrüche konnte er nicht leugnen. Bei dem Banküberfall damals hatte er einer Angestellten zwei Finger gebrochen, weil sie nicht gleich reagiert hatte. Und dann gab es da noch den Vorfall im Schornsteinkombinat, von dem er nie jemanden erzählt hatte. Damals in der Ausbildung hatte ein Lernender aus dem zweiten Lehrjahr ihn permanent tyrannisiert. Wegen Eddis damaligen Sprachproblems. Er hatte da diesen S-Fehler gehabt, den er inzwischen korrigiert hatte.

Der andere hieß Torsten. Und Torsten hatte irgendwann selbst ein Sprachproblem, nachdem Eddi ihm im Lager aufgelauert und ihm den Unterkiefer mit einer Rohrzange gebrochen hatte. Torsten hatte Eddi nie verpfiffen. Allerdings hatte Eddi die Lehre trotzdem abgebrochen. So war er in der Postkontrolle der Stasi gelandet. Aus seiner Zeit beim Dampfkessel-Einbau hatte Eddi sich handwerkliches Geschick angeeignet. Er wusste, wie man einen Plattenspieler reparierte. Und er wusste, wie man jemandem Schmerzen zufügte. Dafür brauchte er Viktor und Hans eigentlich nicht. Aber zu dritt waren sie einfach unschlagbar. Außerdem konnte es nicht schaden, wenn man für den Fall der Fälle einen Sündenbock parat hatte.

Plötzlich klingelte das Telefon. Nicht das rote, sondern sein Handy. Es war Hans.

»Sie ist bei der Kriminalpolizei«, sagte er knapp.

»Wer, diese Sperling?«

»Josephine Sperling«, bestätigte er. »Ich habe einen Tipp von einem Polizisten bekommen.«

»Deine alten Seilschaften funktionieren anscheinend immer noch. Wissen wir, was sie bei den Bullen will? Hat sie irgendwas wegen ihres Bruders mitbekommen?«

»Kann ich mir nicht vorstellen. Aber anscheinend will sie zu einem gewissen Lothar Kellmann. Ist das nicht dein Nachbar?«

Eddi stutzte. Lothar Kellmann war heute früh auf Arbeit gefahren. Allerdings hatte Eddi bisher gedacht, es gehe um das vermisste Kind. Falls der Kommissar in irgendeiner Beziehung mit der Sperling stand, konnte es sich um reinen Zufall handeln. Schwer vorstellbar, dass ihr Auftauchen bei der Polizei in Zusammenhang mit Eddis Vergeltungsplänen stand. Trotzdem musste er wachsam bleiben. »Okay, ich fahre sofort los. Wir treffen uns an der Forststraße. Aber ich muss im Hintergrund bleiben. Du und Viktor müsst das mit der Kleinen regeln.«

»Da gibt es ein Problem.«

Eddi knetete die Strippe des roten Telefons. Er schloss die Augen, weil er es nicht mehr hören konnte. Wann hörte das mit den Problemen endlich auf?

»Was ist es diesmal?«

»Viktor wird nicht kommen.«

Eben war Eddi zuversichtlich gewesen, jetzt trat er mit dem Holzbein gegen den Schreibtisch. Viktors Allüren sprengten seine Geduld. »Was kann denn so wichtig sein, dass er mich im Stich lässt? Ich meine, warum ignoriert er mich? Was habe ich ihm denn getan? Er soll mir doch nur bei dieser einen Sache helfen.«

»Er hat kein Problem mit dir, sondern mit so einem seltsamen Typen.«

»Was für einem Typen?«

»Keine Ahnung, der ist im Hotel aufgetaucht und hat dämliche Fragen gestellt.« Hans klang nicht beunruhigt. »Mach dir keine Sorgen, das hat nichts mit deinen Kaninchen, dem Mädchen oder ihrem Bruder zu tun.«

»Aber du lässt mich nicht im Stich, oder?«

»Ich stehe doch längst vor dem Polizeigebäude und warte auf dich.«

Kapitel 36

Der Fotograf

Es ist kompletter Wahnsinn, sich länger in dem Hotel aufzuhalten. Aber eine Kinderstimme fesselt mich an diesen schauderhaften Ort. Irgendwas stimmt mit dem Collect nicht. Ich kann es nicht beschreiben, nicht richtig greifen. Ich bin verunsichert von der Begegnung mit dem Hotelbetreiber. Viktor Kupke ist alarmiert. Meine Neugier hat ihn aufgewühlt. Als wäre mein Anliegen ein Notfall, hat er nach seinem Handy gegriffen. Telefonierend ist er um die Ecke verschwunden. Folge ihm, höre ich Maria permanent flüstern.

»Herr Fahrenheit, ist alles in Ordnung?«

Fahrenheit, dieser Name klingt fremd und falsch. Irritiert schaue ich mich nach der Stimme um. Kein Kind, keine Maria. Es ist Tanja Herrmann, die vor mir steht und auf mich einredet.

»Alles bestens«, antworte ich der Angestellten und nehme das Papier zwischen meinen Fingern wahr.

Über den Tresen hinweg ringe ich mit ihr um ein Blatt Papier. Ich will es ungern loslassen. Schließlich gebe ich nach. Herrmann dreht sich um und legt den Zettel wie eine wertvolle Urkunde in ein Schubfach.

Folge ihm! Jetzt oder nie, treibe ich mich gedanklich an. Innerhalb von Sekunden bin ich aus ihrem Blickfeld verschwunden. Aber ich werde nicht flüchten, sondern mich dem Risiko stellen. Ich muss die dunkle Aura des Gebäudes weiter ergründen. Vorhin bin ich durch jede der drei Etagen gegangen. Wollte mich vergewissern. Alle Zimmer im Hotel sind nummeriert. Selbst der Technikraum neben der Rezeption. Es gibt nur Zahlen. Hinter keiner steht ein Buchstabe. Ich habe das Zimmer mit der Nummer 9 gefunden. Davor befand sich die 8 und dahinter die 10. Vergeblich habe ich nach 9A gesucht. Nach der unscheinbaren Tür, wie Nadja Böhme sie in der grünen Mappe beschreibt. Es muss sie geben, sonst würde man im Internet nicht über diese Tür reden. Eigentlich ist es mehr ein Flüstern oder besser gesagt ein Hintergrundrauschen. 9A ist ein Mythos. Einige reden darüber, Konkretes scheint niemand zu wissen. Im Darknet halten sich Gerüchte hartnäckig. Ich will endlich Fakten schaffen. Mutter Mowa hat mir vor ihrem Tod bestätigt, dass es im Hotel ein Zimmer 9A geben muss. Wo sich der Raum befindet, konnte sie mir nicht sagen. Sie wusste es nicht, denn sie hat das Collect nie betreten. Andernfalls hätte sie es mir verraten. Ich habe es in ihren Augen gesehen, als ich ihr mit dem Stein beide Kniescheiben zertrümmert habe. Erst das linke Knie, dann das rechte. Petra Zinnow hatte wahrlich jeden Schlag und jeden Schmerz verdient. Ich bin kein Heiliger. Ich tue das, was notwendig ist. Ich halte mich keineswegs für einen Sadisten. Andernfalls hätte ich ihr das Betäubungsmittel nicht gespritzt, sondern ihr bei vollem Bewusstsein den Schädel eingeschlagen. Zugegeben, ich habe kurzzeitig darüber nachgedacht …

Wie vor zwei Tagen stehe ich im Kellergeschoss vor dem Zugang zur Tiefgarage. Kupkes und meine Rollen sind vertauscht. Ich bin der Verfolger. Er ist Minuten vor mir hier entlanggeschritten. Jetzt ist er unsichtbar. Ich lausche. Obwohl ich allein bin, spüre ich Kupkes Schatten. Ich schaue zur Decke. Es ist, als würde er über mir schweben. Als würde er jeden Winkel des Hotels mit seiner Präsenz ausfüllen. Vielleicht habe ich eine Kamera übersehen. Gut möglich, wenn auch nicht sehr wahrscheinlich. Einer wie Kupke will über alles informiert sein. Aber ich bin jemand, der auf so etwas vorbereitet ist. Bei meinen Recherchen verlasse ich mich nicht nur auf das Internet. In einem Hotel wie dem Collect gibt es immer jemanden, der bereitwillig plaudert. Vertrauen oder Geld, auf beiden Wegen kommt man an Informationen. Ich habe Geld, also habe ich Informationen. Die letzten zwei Jahrzehnte ist Kupke unauffällig geblieben. In den Neunzigern hatte er Ärger wegen Autoschieberei nach Osteuropa, dann gab es noch eine Anzeige wegen illegalen Waffenbesitzes. Ein mittelgroßer Lottogewinn soll ihn geläutert haben. Seitdem macht er seriöse Geschäfte. Das Collect ist zu seinem Tempel geworden. Aber Kupke ist noch weniger ein Heiliger als ich. Und Gott ist er gleich gar nicht. Gott benutzt keinen Ausgang.

Der Ausgang zur Tiefgarage. Wieder stehe ich vor der Tür, auf deren Rückseite sich das Codeschloss befindet. A-U-S-G-A-N-G buchstabiere ich das Wort. Kupke ist weg. Oder irre ich mich?

Abrupt drehe ich mich um und im selben Augenblick erkenne ich meine Blindheit. Ich habe das gesamte Hotel überprüft, vom Fundament bis zur Spitze, aber eine einzige Tür vollkommen übersehen. Sie befindet sich rechtsseitig von mir in der Wand. Sie ist kalkweiß. Ich könnte schwören, sie sei vorgestern noch nicht da gewesen, aber damit belüge ich mich selbst. Die Tür, die wie der Zugang zu einer Abstellkammer wirkt, ist so unspektakulär, dass man sie einfach übersehen muss. Sie ist ein Götze der Schlichtheit. Für meine beispiellose Unaufmerksamkeit könnte ich mich selbst ohrfeigen. Zeit, meinen Fehler zu korrigieren. Ich gehe fünf Schritte den Gang zurück. Wieder lausche ich. Noch immer bin ich allein. Nur ich und die Tür. Was ich gleich tun werde, ist riskant, aber es ist der Preis für meine Unaufmerksamkeit. Alles im Leben hat seinen Preis. Ausnahmsweise ist das keine Weisheit meines Vaters. Ohne Schlüssel konnte mein Vater keine Türen öffnen. Ich kann es wohl.

Ich trage keine Koffer bei mir, führe keine besondere Ausrüstung mit. Doch für den Notfall stecken in meiner Anzuginnenseite Latexhandschuhe, ein scharfes Messer und mein altbewährtes Lockpicking-Set.

Selbst das Schloss ist bei genauerer Betrachtung unscheinbar. Als wollte die Tür mit aller Macht vorgeben, dass es dahinter nichts von Bedeutung gibt. Mit einem passenden Dietrich infiltriere ich das Sicherheitsschloss. Ein erlösendes Klicken …

Man kann unmöglich durch eine Tür gehen, ohne den Raum wechseln zu wollen. Also stoße ich die Tür auf und mache einen Schritt. Als ich den Lichtschalter betätige, befinde ich mich im Reich des Bösen.

Kapitel 37

Der Bulle

Mit »Ich regle das kurz« schickte Lothar Emma weg.

In der Hoffnung, es werde tatsächlich nicht länger als eine Minute dauern, ging er in den Besucherraum zu Josephine.

»Was willst du noch hier?«

»Der Preis hat sich erhöht.«

»Von was redest du?«

»Von Daniels Schulden, verdammt!«

»Klar, was auch sonst? Das mit den Schulden hört nie auf. Lass mich raten: Es sind jetzt sechstausend.«

»Zehntausend! Henning Paul verlangt jetzt die doppelte Summe.«

Josephines Stimme hallte im Raum. Sie verlor die Kontrolle über sich, wurde immer lauter. Unter den Augen des Bediensteten am Empfang schnappte Lothar sie am Arm.

»Au! Du tust mir weh«, protestierte sie, aber Lothar gab nicht nach, sondern zerrte sie zum Ausgang und vor die Tür.

»Jetzt pass mal auf!« Er deutete mit dem Daumen hinter sich. »Dort drin warten Leute vom BKA auf mich. Die sind noch weniger zum Scherzen aufgelegt als ich, kapiert? Ich muss meinen verfluchten Job machen. Sollte dieser beschissene Tag irgendwann enden, können wir gern reden.«

»Daniel bleiben keine zwei Stunden mehr.«

Lothar schloss die Augen, weil er das Gefühl hatte, mit einem verzogenen Gör zu reden. Ein letztes Mal wollte er es versuchen, deshalb beugte er sich nach vorn und redete sanft auf sie ein.

»Jo, niemand setzt dir eine Deadline, okay?« Zur Beruhigung streichelte er ihren Arm. Sie zuckte zusammen, so nervös war sie. »Dein Bruder muss seine Probleme allein regeln.«

»Nein, du verstehst es nicht!«, fuhr sie wieder auf. »Da gab es angeblich eine Messerstecherei am alten Güterbahnhof. Henning hat da Andeutungen gemacht und Kumpels von mir haben angeblich auch was gehört. Also muss es stimmen. Daniel steckt da irgendwie mit drin und jetzt erreiche ich ihn nicht mehr.«

Zu Dienstbeginn hatte Lothar etwas von einer Auseinandersetzung am Güterbahnhof im Lagebericht des KDD gelesen. Tatsächlich sollte eine Klinge im Spiel gewesen sein, aber es gab nur einen Leichtverletzten, der nicht mit der Polizei kooperieren wollte. Soweit Lothar sich erinnerte, tauchte der Name Daniel Sperling nicht in der Anzeige auf.

»Du weißt, wie das mit Gerüchten ist, Jo. Da wird schnell übertrieben. Dein Bruder verarscht dich, merkst du das nicht?«

»Scheiße, dann ruf doch Henning Paul selbst an!« Sie schlug mit dem Handy nach ihm und drückte es ihm gegen die Brust. »Wenn ich bis dreizehn Uhr nicht am Kulturpalast bin und ihm das Geld bringe, ist mein Bruder tot.«

Wie gelähmt hielt Lothar das Gerät in seiner Hand. Er musste an den Auftrag mit den Drogen aus der Asservatenkammer denken. Um nichts in der Welt hätte Lothar jetzt Hennings Nummer gewählt.

»Ich kann dir nicht helfen«, sagte er mit belegter Stimme.

Über Josephines Wangen kullerten Tränen. Es war wie damals, als Lothar sie vor ihrem Vater gerettet hatte. Aber mittlerweile steckte Lothar selbst bis zum Hals in Schwierigkeiten. Er hatte keine zehntausend Euro.

»Sucht ihr den Mann, der die Frau umgebracht hat?«, flüsterte Josephine plötzlich.

»Wie bitte?«

»Die Wahrsagerin … Warst du dort, in ihrer Wohnung, meine ich?«

»Ja, ich …« Er blinzelte und fing sich. »Was soll der Themenwechsel?«

Sie schniefte, wischte sich die Nässe aus dem Gesicht und schaute ihn herausfordernd an. »Weil ich den Mann gesehen habe.«

Sekundenlang stand Lothar nur da. Was sie da von sich gab, klang zu absurd. Sie wollte ihn reinlegen. Er lachte über ihren kläglichen Versuch.

»Diesmal werde ich dir nicht he…«

»Mutter Mowa trug eine karierte Strickjacke und ihr Handy lag kaputt auf dem Küchenboden, nicht wahr?«

Lothar verschlug es die Sprache. Das reichte ihr als Antwort.

»Ich war in ihrer Wohnung«, sagte Josephine. »Ich war dort und bin ihm begegnet.«

Bevor er etwas erwidern konnte, tauchte Emma am Eingang auf.

»Lothar, kommst du?«

»Gleich!« Er schaute Josephine an und zeigte zum Gebäude. »Du setzt dich jetzt da rein. Ich bin in zehn Minuten bei dir, dann erzählst du mir alles.«

»Fuck, ich habe keine zehn Minuten …«

»Zehn Minuten!«, brüllte er sie an.

Wortlos trieb er Josephine vor sich her. Zurück im Gebäude folgte er Emma zu den Räumen des Kommissariats 11.

»Sie wollen mich nicht dabeihaben«, sagte sie.

»Bei was nicht dabeihaben?«

Emma zuckte mit den Schultern. »Vielleicht verraten sie es dir. Wenn du mich fragst, geht das alles nicht mit rechten Dingen zu. Die wissen irgendwas und wollen es uns nicht verraten. Die behandeln uns, als wären wir die Deppen der Nation.«

Den Eindruck hatte Lothar bereits, seit man ihn vom Tatort abgezogen hatte. Aktuell beschäftigten ihn jedoch Josephines Worte. Was, wenn es stimmte und sie Petra Zinnows Mörder gesehen hatte? Nein, das war unmöglich. Die Jugendliche war schlau genug, um einen alten Mann wie Lothar um den Finger zu wickeln.

»Lothar«, holte Emma ihn in das Hier und Jetzt zurück. Sie standen vor der Tür, hinter der das BKA wartete. »Tu mir einen Gefallen, tritt denen von mir in den Arsch.«

Er erwiderte nichts darauf, aber auch er verspürte das Verlangen, sich an dem nächsten, der ihm querkam, abzureagieren. Als er jedoch Sekunden später den Besprechungsraum betrat, wurde er begrüßt, als wäre er der Polizeipräsident persönlich.

»Ah, Herr Kellmann, guten Tag!« Ein Anzugträger stürzte sich auf seine Hand, um sie zu schütteln. »Kriminaloberkommissar Wenzel, freut mich, Sie kennenzulernen.«

Neben ihn trat ein älterer Kollege mit einer fiesen Narbe quer am Hals entlang. »Und ich bin Hauptkommissar Heuvel.«

»Simon van den Heuvel«, betonte sein jüngerer Kollege den vollständigen Namen.

Sie befanden sich zu dritt im Raum. Lothar hatte mit einem ganzen Tross an BKA-Beamten gerechnet. Allerdings hatte Emma auf dem Gang erwähnt, dass eine Handvoll Kollegen aus Wiesbaden bereits den Tatort übernommen hatten.

»Ich kenne Sie«, sagte Lothar und wedelte mit dem Zeigefinger vor Heuvel herum.

»Gut möglich«, antwortete der humorlos.

»Ja, aus dem Fernsehen! Sie sind ein paar Mal bei Aktenzeichen XY … ungelöst aufgetreten, stimmt's?«

Heuvel schüttelte den Kopf. »Ich trete nicht in solchen Sendungen auf, das übernehmen andere für mich. Können wir?«

»Wenn es Sie nicht stört, dass ich rauche.« Ohne eine Erlaubnis abzuwarten, schob Lothar sich eine Zigarette zwischen die Lippen. »Also, was zieht das BKA hier für eine Show ab? Warum darf meine Kollegin nicht an dieser Runde teilnehmen? Haben Sie was gegen Frauen? Oder soll das hier nur ein flotter Dreier unter Männern werden?«

»Setzen Sie sich doch, bitte«, versuchte Wenzel, die Situation zu entschärfen.

»Ich stehe ungemein gern.«

»Wie Sie wollen.« Heuvel ließ sich auf die Tischkante nieder und legte die Hände ineinander. »Vorhin in der Wohnung … Haben Sie da etwas Außergewöhnliches festgestellt?«

»Etwas Außergewöhnliches?« Lothar wusste nicht, ob er über die Frage lachen oder weinen sollte. »Lassen Sie mich mal überlegen … Sie meinen, außer, dass jemand eine wehrlose Frau ziemlich fertiggemacht hat? Nein, alles wie immer. Wissen Sie, ich schaue mir gern Schlachtereien an. Manchmal lade ich mir sogar den einen oder anderen Psycho ein, statt beim Squash oder im Fitnessstudio toben wir uns lieber an einem Menschen aus. Nein, Scheiße, tut mir leid, ich habe keine Ahnung, was Ihre dämliche Frage soll.«

»Sind Sie zufällig auf einen Marienkäfer gestoßen?«

Lothar überspielte seine Verblüffung und schüttelte den Kopf. Aber Heuvel schien ihm nicht zu glauben. Er und Wenzel tauschten stumm Blicke aus. Dann übernahm der jüngere Kommissar.

»Was wissen Sie über den Fotografen?«

»Den Foto…? Moment, Sie reden von *dem* Fotografen?«

Beide BKA-Männer schauten Lothar entschlossen an. Sie brauchten nicht sprechen, ihre Blicke reichten.

»Nein, nein, nein«, sagte Lothar und wedelte mit den Händen. Er vergaß sogar, seine Zigarette anzuzünden. »Vergessen Sie es. Ich bin vielleicht alt, aber nicht senil. Mich können Sie nicht verarschen. Die Tote auf dem Sonnenberg, das war nicht der Fotograf. Der taucht doch nicht einfach so hier auf. Nicht in dieser Stadt! Das hier ist ein Kaff. Schauen Sie im Lexikon nach, da finden Sie uns gleich hinter Tristheit.«

Eigentlich erwartete Lothar, dass die beiden zu lachen anfingen. Oder dass sie zumindest die Situation auflösten, indem sie sagten, sie hätten ihn nur einschüchtern wollen. Aber sie meinten es absolut ernst. Lothar hatte vorhin das Werk des Fotografen betrachtet.

»Hannes«, sprach Heuvel seinen Kollegen an, ohne Lothar aus den Augen zu lassen. »Zeig ihm die Fotos.«

Kapitel 38

Das Luder

Zehn Minuten hatte er gesagt. Dreizehn waren inzwischen verstrichen. Josephine hielt es nicht länger auf dem Stuhl. Kellmann tauchte nicht mehr auf. Der einzige Polizist, den sie zu Gesicht bekam, war der Uniformierte am Besucherempfang, der gelangweilt einen Kaugummi im Mund malträtierte und in der *BILD am Sonntag* blätterte. Hin und wieder schaute er zu ihr auf und fuhr sich dabei lüstern über die Lippen.

»Was gibt es denn da zu glotzen?«, fauchte sie den Mann an, woraufhin dieser seine Nase zwischen die Zeitungsblätter steckte.

Die Blicke des Uniformierten hinter der Glasscheibe störten sie nicht wirklich. Es gab hier keinen Spiegel, in dem sie ihr Aussehen betrachten konnte. Nach der schlaflosen Nacht musste sie garantiert wie eine abgefuckte Schlampe aussehen.

»Was für eine Scheiße!«

Flüchtig dachte sie daran, dem Beamten für hundert Euro ihre Titten zu zeigen. Aber hundert Euro brachten sie kein Stück weiter. Im Gegenzug konnte sich der Beamte hinter dem Pult auf ihre Kosten einen runterholen.

Vierzehn Minuten.

»Können Sie noch mal anrufen?«

»Bitte?«

»Lothar Kellmann. Ich möchte mit ihm sprechen.«

»Ich habe doch schon …«

»Wofür werden Sie eigentlich bezahlt?«

Wie in Zeitlupe griff der Angesprochene zum Hörer und wählte.

»Nichts zu machen«, sagte er neun Rufzeichen und neun Kaugummiumdrehungen später.

»Aber er ist doch eben reingegangen, also geben Sie sich Mühe. Es kann doch nicht so schwer sein, ihn wenigstens an die Strippe zu bekommen.«

»Kripo, bei denen laufen die Uhren anders«, kam es lapidar, dann war ihm die Zeitung wieder wichtiger als Josephines Anliegen.

Sie krachte ihre Hand gegen die Scheibe, woraufhin der Polizist zusammenzuckte.

»Blödmann!«

»Hey, ganz ruhig, junges Fräulein, sonst lasse ich Sie entfernen.«

»Von wem denn? Sie erreichen ja keinen.«

Frustriert wandte sie sich ab. Hinter ihr betrat ein Bürger die Dienststelle. Es war ein älterer Herr mit Hut, der sich in dem überschaubaren Foyer offenbar erst orientieren musste. Der Beamte tat gleichfalls so, als wäre er hinter seiner Zeitung unsichtbar. Statt sich nach dem Anliegen des Besuchers zu erkundigen, gab er ein Musterbeispiel für Behördenignoranz ab. Von derartigen Verfahrensweisen konnte Josephine ganze Geschichten erzählen. Aber heute waren ausnahmsweise mal nicht die Behörden für ihren Ärger verantwortlich. Immer wieder schaute sie auf ihrem Smartphone nach der Uhrzeit. An einen erlösenden Anruf, dass es Daniel gut ging und alles nur ein Missverständnis gewesen war, glaubte sie nicht mehr. Zum Teufel mit Lothar Kellmann! Er war ein Lügner wie alle Erwachsenen. Vielleicht sollte sie noch einmal Henning anrufen. Wenigstens, um eine Stunde Schonfrist zu erbetteln. Aber eigentlich wusste sie, dass jeder Anwahlversuch sinnlos war. Henning änderte seine Entscheidung nie. Aus purer Verzweiflung heraus versuchte sie es dennoch. Wie erwartet nahm er das Gespräch nicht an.

»Verdammt!«

Wenn Henning etwas festlegte, bedurfte es keiner weiteren Worte. Jedes weitere Gespräch wäre für ihn Zeitverschwendung gewesen. Josephine musste an die Szene in der Küche denken. Daniel hatte heißen Kaffee serviert und Henning hatte dem armen Kaninchen eiskalt die Pfote abgeschnitten.

»Entschuldigen Sie ...«

Josephine schaute von ihrem Handy auf. Vor ihr stand der Mann mit dem Hut und blickte milde auf sie herab. Obwohl er leicht dämlich lächelte, musterte er sie weniger wie ein seniler Alter, der den Empfangsschalter nicht fand. Er musterte sie wie ein seltsamer Arzt, der jeden Augenblick von ihr verlangte, ihre Bekleidung abzulegen.

»Was wollen Sie denn?«

Mit zwei Fingern fuhr er sich über die Hutkrempe, dann bleckte er die Zähne. Seine Zahnreihen waren erschreckend weiß.

»Ich möchte mich kurz mit Ihnen unterhalten.« Er nickte zum Ausgang. »Dazu gehen wir besser nach draußen.«

»Wieso? Wir kennen uns doch gar nicht.«

»Aber ich kenne Sie, Josephine Sperling.«

Plötzlich waren ihre Beine wie gelähmt. Vor Schreck bekam sie kein Wort mehr heraus. Immerhin arbeitete ihr Gehirn. Es raste förmlich, weil es verstehen wollte, woher der Mann ihren

Namen kannte und was er von ihr wollte. Vorsichtig spähte sie an ihm vorbei zu dem Polizisten.

»Denken Sie nicht mal dran«, sagte der Mann, als könnte er ihre Gedanken lesen. »Sie sind ein kluges Mädchen, nehme ich an.«

Als er ihr mit seinen behandschuhten Fingern über die Wange fuhr, entfachte das ihre Wut. Nachdem ihr Vater im Knast gelandet war, hatte sie sich geschworen, dass kein Mann sie jemals wieder gegen ihren Willen anfassen durfte.

»Wichser!«, zischte sie.

»So hübsch und doch so garstig …«

Als er in seine Manteltasche griff, spuckte sie ihn an. Ihr Speichel landete mitten auf seinen Brillengläsern. Zusätzlich rammte sie ihm ihr Knie in die Hoden. Noch bevor sie seinen Schrei vernahm, befand sie sich bereits an der Ausgangstür.

»Hey, Mädchen, was soll das?«, rief der Polizist ihr hinterher.

Ohne sich umzublicken, rannte sie aus dem Gebäude. Mit einem Sprung nahm sie die Steintreppe. Doch ihre Flucht wurde nur wenige Meter danach gestoppt. Aus vollem Lauf krachte sie in einen anderen Mann. Ehe sie reagieren konnte, befand sie sich in seinem Griff. Einem Griff, der sie wie ein Schraubstock packte.

»Wohin so eilig?«

Sie erkannte ihn sofort: Eduard Schmidt, der Anlageberater. Josephine hatte sein Bild auf seiner Homepage gesehen. Er war ihr Ziel gewesen, oder besser, sein Haus. Sie hatte an einem Einbruchsplan gearbeitet, nachdem Otto ihr von ihm erzählt hatte. Schlussendlich hatte Daniel das Ehepaar heimlich überfallen. Damit hatte er einen riesengroßen Fehler begangen. Anscheinend hatte er nicht nur sich verraten, sondern auch Josephine. Nun waren Schmidt und der andere Fremde gekommen, um es ihr heimzuzahlen.

»Lassen Sie mich los oder …!«

»Oder was?«

Bevor sie überhaupt die Chance bekam, in ihrer Tasche nach dem Pfefferspray zu greifen, hatte Schmidt ihr beide Arme verdreht. Zusätzlich stand jetzt der Hutträger hinter ihr. Er fluchte vor Schmerzen, aber der Anlageberater schien sich für etwas anderes zu interessieren.

»Ich hoffe sehr für dich, dass es meinen Kaninchen gut geht.«

Kapitel 39

Rückblick

Vanessas achter Geburtstag

Mein Ehering gleicht inzwischen einer Fessel. Es ist Saurons verdammter Ring. Mein Schatz. Der Ring, der mich unsichtbar für die Welt macht. Der Ring, der mir die Seele raubt. Für eine Midlife-Crisis bin ich ziemlich früh dran. Meine drei Schwestern telefonieren nur noch sporadisch mit mir. Rein aus Höflichkeit erkundigen sie sich nach meinem Befinden. Eigentlich nerve ich sie bloß noch. Sie merken, dass ich nicht mehr ich selbst bin. In gewaltigen Schüben spüre ich den Drang, durchzudrehen. Das Ventil an meinem Deckel pfeift bedrohlich. Mein Stresspegel ist längst über dem Limit. Ein Funke reicht und ich werde etwas Unüberlegtes tun – etwas Abscheuliches. Ich warte nur noch auf das Signal. Schon seit Monaten gehen mir die Leute aus dem Weg. Keine meiner Schwestern spricht es direkt aus, wie sehr sie mich derzeit hassen. Vorhin hatte ich wieder ein Telefonat mit einer von ihnen. Wie immer haben wir durch die Blume geredet. Manchmal wünsche ich mir, jemand würde mich durchrütteln, mich anschreien, ich solle endlich zur Vernunft kommen. Hin und wieder sprechen wir über die Möglichkeit einer psychologischen Betreuung. Ich meide das Thema. Ich bin ein Mann, ich regle meine Angelegenheiten allein. Eine meiner Schwestern war mal bei einer Paartherapie. Die Psychologin habe ihr und ihrem Mann sehr geholfen, versichert sie mir. Ich könne ja wenigstens über eine Vater-Kind-Kur nachdenken, um endlich runterzukommen. Ich will es mir überlegen, gebe ich ein hohles Versprechen ab. Vanessas Tanten fragen beiläufig, was sie meiner Tochter zum Geburtstag schenken könnten. Ich habe keinen blassen Schimmer, was Vanessa gerade braucht oder sich wünscht. Furbys sollen wieder angesagt sein. Diese elektronischen Plüschmonster aus den Neunzigern, die Geräusche von sich geben und sogar sprechen können. Im Spielzeugladen wird das Filly-Witchy-Zauberschloss beworben. Braucht sie denn noch mehr Filly-Pferdchen? In ihrem Kinderzimmer wimmelt es von Einhörnern und Ponys. Die meisten davon sind pink. Überhaupt liebt sie alles, was rosafarben ist. Noch ist sie meine kleine Prinzessin. Wenn ich sie weiter vernachlässige, steht sie irgendwann als Diva vor mir. Oder als It-Girl. Gruselig, diese Vorstellung. Ich muss mir schleunigst Gedanken über Vanessas Geburtstag machen. Wenn doch nur nicht alles an mir hängen bleiben würde.

Unser Familienleben gleicht einem Scheiterhaufen. Das Feuer lodert schon, wir schauen zu, wie die Flammen höher und höher züngeln. Wir stehen in der Mitte und warten darauf, dass wir verbrennen. Am Ende bleibt nur Asche von uns übrig. Bis dahin schleppe ich mich Tag für Tag zur Arbeit. Karrieremäßig habe ich das Ende des Abstellgleises fast erreicht. Zu Hause stiere ich nächtelang auf den Monitor. So wie heute. Es ist nach dreiundzwanzig Uhr und ich suche im Internet Ablenkung und ein paar Antworten. In letzter Zeit meide ich das Schlafzimmer. Entweder lege ich mich auf die Couch oder schlafe vor dem Rechner ein. Meine Frau ist mir keine Hilfe mehr. In meinem

Büro habe ich Sonjas Bild von meinem Schreibtisch verbannt. Unterste Schublade. Das Fach habe ich höchstens zweimal in den letzten zehn Jahren benutzt. Sobald sich alles wieder eingerenkt hat, werde ich das Bild wieder hervorholen und entstauben.

»Eheprobleme« ist eines der am meisten benutzten Schlagworte auf der Plattform, auf der ich mich unter dem Alias »JEMAND« neu angemeldet habe. »Fremdgehen« ist ein ebenso häufig verwendeter Begriff. Ich staune, wie offen die weiblichen Benutzer mit solchen Themen umgehen. Am Ende sind immer die Männer schuld. Die Frauen, die im Forum schreiben, fühlen sich betrogen und im Stich gelassen. Aufmerksam studiere ich ihre Texte und lese zwischen den Zeilen. Ich treffe auf weit mehr Komplikationen in Beziehungen, als ich mir vorstellen konnte. Es geht nicht immer nur um Vertrauensbruch und Gewalt. Leiden ist vielschichtig. Die Benutzer des Forums haben mit unfassbaren Problemen zu kämpfen. Dagegen wirken meine eigenen verschwindend klein. Je tiefer ich in die Geschichten der Fremden eintauche, umso mehr verstehe ich ihre Verzweiflung. Stunden verrinnen. Ich surfe bis in die Morgenstunden durch das Internet. Ich hämmere auf die Maustasten, scrolle, tippe. Mein Ehering drückt. Ich will ihn mir vom Finger reißen. Aber weil er mir Macht verleiht, lasse ich ihn, wo er ist. Wie ein verlorener Geist irre ich durch das Darknet und ergründe die menschliche Psyche. Niemand will alleingelassen werden. Also nehme ich Kontakt auf. Stück für Stück gewinne ich Vertrauen, gelange zur Erkenntnis. Ich lerne. Und ich gebe mich diesem faszinierend dunklen Netz hin …

[XXw39v1K] 3:27 Uhr: Hallo, was treibt dich hierher?

[JEMAND] 3:27 Uhr: Ich weiß es nicht genau. Was ist es bei dir?

[XXw39v1K] 3:28 Uhr: Ich suche einen Partner.

Mein Vater sagte einmal, jeder Mensch braucht einen Plan für seine Mission. Ab sofort habe ich eine Mission. Jetzt muss ich mir nur einen guten Plan überlegen.

[JEMAND] 3:29 Uhr: Erzähl mir etwas über dich.

Dann geht es los. Meine Therapie beginnt.

Kapitel 40

Der Fotograf

Mach sofort das Licht aus! Minutenlang stehe ich in dem fensterlosen Raum und bin zu keiner Regung fähig. Mein Instinkt sagt mir, ich sollte nach dem Türknauf greifen und einfach gehen. Aber meine Beine haben andere Pläne. Ich kehre nicht einfach um. Man kann im Leben abbiegen, aber niemals zurück. Das ist eine Lektion meiner Mutter. Ich hatte die Wahl, hat sie mir damals im Gefängnis gesagt, entweder ein Leben mit einem Don Juan oder ein Leben in Einsamkeit. Sie hat sich für die Einsamkeit entschieden. Für eine trostlose, einsame Zelle. Jeder Mörder ist einsam. Meine Mutter hat sich falsch entschieden, denn die Zelle hat sie umgebracht. Aber es wäre ebenso falsch gewesen, mit einem skrupellosen Verführer zusammenzuleben.

»Maria«, wispere ich.

Stille umgibt mich. Grausame, erstickende Stille. Maria ist hier gewesen. Innerhalb dieser vier Wände. Sie hat auf dem Bett gelegen. Der Mann mit dem Fedora hat sie hergebracht. Was danach passiert ist, kann ich nur vermuten. Ich wehre mich gegen die Gedanken, aber in meinem Kopf spielt sich längst ein Szenario ab.

Vor mir hat ein Don Juan diesen Raum betreten. Er hält sich für einen Herzensbrecher, aber in der Dichtung ist er ein Sittenstrolch. Nein, dieses Zimmer hat kein Sittenstrolch eingerichtet, das wäre zu nett ausgedrückt. Alles, was ich in diesem Zimmer sehe, rieche und fühle, ist unmoralisch, maßlos, diabolisch. Es ist das Ende der mir bekannten Welt. Wer mich für grausam hält, hat diesen Ort noch nie betreten. Mir fehlen die Worte, um den Täter zu beschreiben. Abscheu ist das stärkste Gefühl neben Wut. Wie eine Rasierklinge steckt der Ekel in meinem Hals fest. Am liebsten will ich das gesamte Hotel niederbrennen. Mein Feuerzeug liegt zum Glück im Auto. Dadurch behalte ich die Kontrolle.

»Maria, wo bist du?«

Maria ist nicht länger ein Kind. Sie ist ein Geist. Als wäre auch ich ein Geist, schwebe ich durch die zwölf Quadratmeter. Mein Körper ist entkoppelt von meinem Bewusstsein. Ich betrachte die Matratze, die Eisenstreben am Bett. Das Metall hat überall Kratzer und Furchen. Handschellen, Ketten und Draht kommen mir in den Sinn. Wenn ich auf das Bett starre, sehe ich die elenden Bilder von Kindern vor mir. Die Fotos aus der grünen Mappe. So pervers es klingt, aber hier bin ich richtig. Teile des Bettgestells sind auf den Fotos zu sehen. Ich betrachte die Wände. Sie sind bis zur Decke isoliert. Die Decke selbst ist bis in die kleinste Ritze mit Styropor bedeckt. Für die Tür interessiere ich mich nicht mehr. Wie alles andere dient sie nur einem Zweck: Verbergen.

»Hier unten hört dich niemand schreien«, spreche ich den Wahnsinn aus.

Ich muss mich reden hören, bevor ich den Verstand verliere. Ich drehe mich zur Videokamera. Sie steht auf einem Stativ vor dem Bett. Daneben gibt es Scheinwerfer und andere Beleuchtungstechnik, ein separates Ständermikrofon, einen Bildschirm, auf dem man die Aufnahmen in groß betrachten kann, sowie unzählige Speicherkarten und USB-Sticks. Das Equipment sieht hochprofessionell aus, so meine Einschätzung als Fotograf. Einen Rechner suche ich vergeblich. Geschnitten wird woanders. Dafür ist das Wandregal hinter mir voll mit Geräten zur sexuellen Stimulation. Dildos, Vibratoren, Handschuhe, Gurte, Stahlfesseln, Windeln. Ich bin nicht prüde, aber bei manchen Gegenständen will ich nicht wissen, wofür sie vorgesehen sind. Don Juan würde all das als Spielzeug bezeichnen. Bestenfalls ist es Spielzeug aus dem Horrorkabinett. Natürlich sitzt zwischendrin ein Teddybär. Sein Fell ist matt, dafür leuchten seine Knopfaugen. Und es gibt jede Menge Puppen. Ich frage mich, durch wie viele Kinderhände die Plüschtiere schon gewandert sind. Mehr noch frage ich mich, was die Augen des Teddys alles mit ansehen mussten.

»Falls es da oben einen Gott gibt, hat er hoffentlich eine gute Antwort parat.«

Gott würde weinen, wenn er sähe, was ich sehe. Aber ich bin allein hier. Selbst mit Handschuhen fasse ich die Gegenstände nicht an. Nichts soll daran erinnern, dass ich diese Hölle je betreten habe.

»Hier unten ist die Hölle.«

Es muss mehrere Höllen geben. Bitte! Ich bete dafür, dass ich in einer anderen Hölle lande. Definitiv komme ich in die Hölle.

»Ich muss es wissen, wären sonst all die Monster in meinem Kopf?«

Ich knie mich vor das Bett. Ich rieche, ich betrachte das Bettlaken. Es ist frisch. Keine Spuren von Maria oder einem anderen Kind. Sogar das Metallgestell wurde abgewischt. Vermutlich würde kein Spezialist der Polizei am Gehäuse der Kamera einen Fingerabdruck finden. Trotzdem muss ich die Kamera inspizieren.

Ich trete direkt dahinter, schaue über sie hinweg auf das Bett. Ich stelle mir vor, was andere vor mir gesehen haben. Für einen Wimpernschlag materialisiert sich Maria vor meinem geistigen Auge. Sie liegt auf dem Bettlaken wie tot. Weil ich es nicht lange aushalte, blinzle ich mehrmals. Zu meinem Bedauern wurde der Speicher der Kamera nicht gelöscht. Schließlich drücke ich auf Play und mein Horrortrip erreicht das nächste Level.

»So überaus hübsche Wangen«, spricht ein Mann auf das rothaarige Mädchen ein, das eingeschüchtert in der Bildmitte sitzt.

Eine Erwachsenenhand taucht auf, streichelt Maria im Gesicht. Ihr wird eine lockige Strähne über das rechte Ohr geschoben. Sie starrt direkt in die Kamera, aber sie ist vollkommen abwesend.

»Du lächelst ja gar nicht«, spricht der Mann sanft auf das Mädchen ein. »Ich möchte aber, dass du lächelst. Sonst macht uns das doch keinen Spaß ...«

Ich will mir die Ohren zuhalten und den Blick abwenden, aber ich muss hören und hinsehen. Ich bin auf die Stimme und die Hände der Bestie fixiert. Ich muss mir die fleckigen Hände einprägen. Andere Hinweise gibt es nicht. Sicherheitshalber schieße ich Fotos mit meinem Smartphone von dem winzigen Monitor. Außerdem nehme ich eine Sequenz per Videofunktion auf. Irrsinnigerweise muss ich an die Finger von Johannes Wailand denken. Ich habe sie damals aufmerksam betrachtet, als er mir zwei Autogrammkarten signiert hat. Er leidet an der störenden, aber unbedenklichen Weißfleckenkrankheit. Vitiligo, so der Fachbegriff. Auf seiner Haut sind die hellen, scharfkantigen Stellen nur schwach ausgeprägt. Wailand war nie hier. Was hier geschieht, bleibt im Geheimen. Wailand hat nichts zu verbergen, er tritt stets öffentlich auf. Heute Abend wird er in der Stadthalle Tausende Menschen begeistern. Falls ich das hier überlebe, werde ich auch dort sein.

»Ich liebe Bauchnabel«, hallt die Männerstimme aus dem kleinen Lautsprecher. »Mit Bauchnabeln kann man schöne …«

Schluss. Aus. Ich beende den Monolog mitten im Satz. Ein einziger Tastendruck kann aber nicht ungeschehen machen, was sich in diesem Raum abgespielt hat. Innerhalb der letzten Minuten habe ich mehr erlebt, als man ertragen kann.

Ich gehe rückwärts zur Tür, kontrolliere, dass ich nichts übersehen habe. Plötzlich vernehme ich hinter mir ein Geräusch. Durch die Isolation dringt es nur gedämpft herein. Jemand befindet sich auf dem Gang. Viktor Kupke, schießt es mir durch den Kopf. Augenblicklich legt es bei mir einen Schalter um. Ich lösche das Licht. Stehe wie ein Raubtier im Dunkeln. Geschmeidig ziehe ich mein Messer. Ich warte, dass jemand von außen einen Schlüssel ins Schloss schiebt. Es tut sich nichts. Aber jemand bewegt sich auf der anderen Seite. Nachdem es wieder still wird, harre ich noch eine Weile aus. Schließlich reiße ich die Tür auf, um das Überraschungsmoment zu nutzen. Doch vor dem Zimmer steht niemand, dem ich das Messer zwischen die Rippen treiben könnte. Ich trete in den Korridor. Am Ende des Ganges steht ein Reinigungswagen. Zuerst passiert nichts, dann taucht eine ältere Angestellte auf und schiebt den Wagen ein Stück beiseite. Die Räder quietschen. Als ich mich abwenden will, sieht sie mich an.

»Hey, Sie da!«

Ihr Ausruf ist nicht sehr kräftig. Damit kann sie niemanden warnen. Vermutlich ist ihre Lunge schwach. Und ihre Augen sind wahrscheinlich auch nicht mehr die besten. Also lasse ich sie leben und verschwinde durch den Personalausgang.

DRITTER TEIL – DIE KUNST

Kapitel 41

Der Bulle

Minutenlang war Lothar zu keiner Regung fähig. Gut ein Dutzend Lichtbilder lagen vor ihm ausgebreitet auf der Tischplatte. Bilder, die den Tod in erschreckenden Kompositionen zeigten. Nackte Frauenkörper, zum Großteil blutig und entstellt, wie bei archaischen Hinrichtungen präsentiert. Eine Frau in einem Fischernetz, eine zweite vor einer halb zerstörten Orgel, eine dritte mit einem abgetrennten Unterarm und fehlender Rippe. Natürlich hatte er schon Berichte von Serienmördern gehört und gelesen, sich sogar vorgestellt, wie es wäre, einen solchen Verbrecher festzunehmen. Aber das hier war von ganz anderem Ausmaß. Der Anblick überstieg Lothars Kräfte. Er fühlte sich verloren, überrumpelt und dumm. Weshalb teilte das BKA seine Ermittlungsergebnisse mit einem Provinzbullen? Das ergab überhaupt keinen Sinn. Er musste sich setzen, um nicht ins Bodenlose zu fallen.

»Möchten Sie noch weitere sehen?«, fragte Heuvel.

Obwohl Lothar verstand, dass es sich bei den Aufnahmen um Werke des Fotografen handelte, konnte er die Szenen nicht einordnen. »Was … was ist das alles?«

»Das, werter Kollege, ist die Realität.« Heuvel erhob sich vom Tisch und beugte sich zu ihm. »Das sind die Dinge, die Polizisten von Ihrer Sorte allerhöchstens einmal im Leben sehen. Dafür sollten Sie dankbar sein. Mich begleiten diese Bilder seit fast einem Jahrzehnt. Ein Jahrzehnt, das mich schlecht schlafen lässt. Und wissen Sie, was ich mir so sehnlichst wünsche? Ich möchte nachts endlich wieder angenehme Träume haben.«

»Wie Sie sicherlich mitbekommen haben, handelt es sich um Tatortaufnahmen«, erklärte Wenzel, woraufhin Lothar nickte. »Es versteht sich von selbst, dass das Material nur einem kleinen Personenkreis zugänglich ist. Insgesamt handelt es sich um acht Opfer, allesamt Frauen. Vor mehr als neun Jahren hat er angefangen. Seit acht Jahren wissen wir, dass wir es mit einem Serienkiller zu tun haben. Wir kennen nicht seinen Namen, und sein Motiv können wir nur erahnen.«

»Und das wäre?«, fragte Lothar.

»Gier«, antwortete Heuvel. »Wir nennen ihn nicht umsonst den Fotografen. Er ist süchtig nach dem perfekten Foto. Und er ist ein verdammter Geschäftsmann. Jedes Jahr macht er nur einen einzigen Originalabzug und verkauft ihn mit einem Echtheitszertifikat an den Meistbietenden im Darknet.«

»Künstliche Verknappung«, sagte Wenzel. »Sein letztes Bild wurde für sechsundvierzigtausend Euro versteigert.«

»Sechsundvierzigtausend!«

»Und zwar dieses hier.« Der Kommissar tippte auf das Foto mit der Orgel. »Es ist in einer ehemaligen Anstaltskirche auf Schloss Sonnenstein bei Pirna entstanden.«

Lothar kannte die alte Festungsanlage und deren grausame NS-Vergangenheit. Ebenso kannte er die Berichterstattung zum letztjährigen Verbrechen, wenn auch nicht detailliert. Über das

Motiv war heftig spekuliert worden. »Liegt ein nationalsozialistischer Hintergrund vor?«

»Nein, ein biblischer.«

Lothar betrachtete die dargestellte Szene eingehender, konnte aber keinen religiösen Bezug herstellen. »Woran machen Sie das fest?«

»Wir waren selbst erstaunt, als wir es endlich herausgefunden haben. Er hat den Hinweis übersehbar und höchst kreativ versteckt. Achten Sie auf die Lage der Finger! Wichtig ist die Anordnung der Finger auf der Klaviatur. Die Tasten, die sie berührt, ergeben die ersten Töne aus dem Oratorium ›Die Schöpfung‹ von Joseph Haydn.«

»Zusätzlich hatte sie Apfelreste im Mund«, ergänzte Heuvel, der jetzt im Raum herumwanderte. »Wir sind uns sicher, dass der Apfel ein Hinweis auf die Schöpfungsgeschichte ist. Sie wissen schon, Eva reicht Adam einen Apfel. Der Sündenfall.«

»Er hält die Frau für eine Verführerin?«

Heuvel wackelte vieldeutig mit dem Kopf. »Sehen Sie sich die anderen Bilder an. Was erkennen Sie?«

Natürlich machte Lothar diverse Symbole aus – allein das Fischernetz und die Perlenkette –, aber er konnte die Gegenstände nicht in ein Konzept einordnen. »Tut mir leid, ich sehe lediglich tote, verstümmelte Frauenkörper.«

»So ging es uns acht Jahre lang«, gestand Heuvel ein und ordnete die Fotos neu. »Passen Sie auf, das ist die absteigende Reihenfolge der Morde. Zuletzt Nadja Böhme in Pirna …« Er zeigte wiederholt auf das Foto mit der Orgel. »Ein Jahr davor im Kunstmuseum Stuttgart Jana Feldmann. Er hat ihre Augen durch Perlen ersetzt, ihr eine Perlenkette umgehängt und zusätzlich einen Handspiegel gegeben. Darin betrachtet sie sich. Bei den Perlen handelt es sich bis auf eine um Imitate. Die echte Perle steckt in ihrem linken Auge. Sagt Ihnen das Gleichnis von der kostbaren Perle etwas?«

»Ich habe es nicht so mit der Bibel.«

»Lesen Sie es bei Gelegenheit nach.« Er ging zum dritten Bild. »Vor drei Jahren hat er in Hannover Henrike Meier, eine Sparkassenangestellte, getötet und ihr anschließend die rechte Hand abgetrennt. Fällt Ihnen an der Pose der Frau etwas auf?«

Die Frau lag auf dem Boden, ihr Oberkörper war seltsam verbogen, ihr linker Arm ausgestreckt und das linke Bein angewinkelt. Am schlimmsten fand Lothar jedoch den abgetrennten Arm, der vom rechten Rand ins Bild kam, sodass sich die Finger beider Hände fast berührten.

»Nein, Sie erkennen es nicht«, nahm Heuvel es vorweg, weil Lothar schwieg. »Denken Sie an Michelangelos Deckenfresko ›Die Erschaffung Adams‹.«

»Sie meinen das Gemälde in der Sixtinischen Kapelle?«

»Volltreffer. Unser Fotograf ist äußerst einfallsreich. Anzunehmen, dass er sein Werk ›Die Erschaffung Evas‹ getauft hat.« Heuvel tippte auf das nächste Foto. »Vor vier Jahren hat er auf einem Berliner Friedhof die Grablegung Jesu nachgestellt, wie Sie sehen können, und vor fünf Jahren in Flensburg ist ihm die Fischfrau ins Netz gegangen.«

»Hier sind wir uns nicht sicher, welche Stelle aus der Bibel konkret gemeint ist«, mischte Wenzel sich ein. »Fische werden mehrmals erwähnt. Es gibt ein Gleichnis vom Fischfang. Am wahrscheinlichsten ist jedoch eine Textstelle aus Matthäus, Kapitel 4, Vers 18. Dort verkündet Jesus Petrus und einem anderen Jünger, dass er sie zu Menschenfischern machen will.«

»Unser Team hat acht Jahre gebraucht, um auf den religiösen Sinngehalt der Morde zu stoßen«, sagte Heuvel. »Wahrscheinlich werden wir niemals alle Darstellungen vollständig analysieren können. Keiner von uns ist Kunstkenner, aber die Werke lassen auch für Fachleute zu viel Spielraum für Spekulationen und Interpretationen. Glauben Sie mir, wir haben sowohl Theologen als auch Kunstexperten konsultiert.

Der Killer kann also auch einfach nur ein verblendeter Fanatiker sein und die Bilder keinerlei fundamentale Bedeutung haben.«

»Sie hoffen, es herauszufinden, wenn Sie den Fotografen verhaften. Sie spekulieren auf ein vollumfängliches Geständnis, nehme ich an. Vorausgesetzt, Sie schnappen ihn und er redet.«

»Wie dem auch sei. Sie verstehen jetzt hoffentlich, weshalb wir Sie abziehen mussten. Wir wollen Sie schützen. Sie sind dem einfach nicht gewachsen. Das ist eine Spur zu heftig für Sie. Sie würden daran kaputtgehen. Wir sind deutlich weiter als Sie.«

Dem konnte Lothar nicht widersprechen. Trotzdem nagte die Degradierung zum Bleistifthalter enorm an seinem Ego. Ihn reizte der Gedanke, mit von der Partie zu sein. Indem er half, den Fotografen zu fassen, konnte er seinem verpfuschten Lebenslauf noch eine positive Wende geben. Immerhin hatte er Petra Zinnow gefunden. Mehr oder weniger …

Endlich gelang es ihm, sich seine Zigarette anzuzünden. »Der Mord an der Wahrsagerin … sollte der eine biblische Steinigung darstellen?«

»Sie haben ja doch etwas Außergewöhnliches festgestellt«, kam Heuvel auf seine eingangs gestellte Frage zurück. »3. Mose, Kapitel 20, Vers 27, schauen Sie dort nach. Da steht, was mit Wahrsagern und Zeichendeutern passiert.«

»Ich tippe auf eine Steinigung.«

»Gut kombiniert, aber Sie sehen, wir sind der hiesigen Dienststelle mindestens einen Schritt voraus.«

»Ich könnte trotzdem helfen.«

Wieder tauschten Heuvel und Wenzel Blicke aus. Während der jüngere Kollege zugänglich erschien, wirkte der alte Hauptkommissar einfach nur stur. Lothar bekam den Eindruck, er selbst und Heuvel ähnelten sich in ihrer Art, wie sie Polizeiarbeit für sich definierten.

»Lassen Sie es gut sein«, sagte Heuvel. »Wir sind ein eingespieltes Team.«

»Es geht doch reinweg um Zuarbeit. Als Einheimischer könnte ich mich umhören. Ich wäre Ihnen von Nutzen.«

»Sie verstehen es nicht.«

»Was verstehe ich nicht?«

Heuvel schniefte gelangweilt und Wenzel übernahm erneut.

»Wir nehmen an, dass er noch einmal zuschlagen wird, und Sie sind nicht eingewiesen. Sie wären ein Risiko.«

Lothar zeigte auf die Fotoserie. »Aber er hat doch sein diesjähriges Opfer bereits getötet.«

Während Heuvels Miene ausdruckslos blieb, schüttelte Wenzel langsam den Kopf. »Mehr können wir Ihnen zum jetzigen Zeitpunkt nicht sagen.«

Stille erfüllte den Raum. Eine Weile glomm Lothars Zigarette vor sich hin, bis er begriff.

»Scheiße, Sie wissen, wo er zuschlagen wird!«

Heuvel sagte noch immer nichts, dafür redete Wenzel.

»Wie gesagt, halten Sie sich aus allem raus. Das ist Sache des BKA.«

Deshalb also durfte Emma nicht teilnehmen: Sie würde dem BKA ohnehin nicht in die Quere kommen. Bei Lothar sah die Sache anders aus. Sie wollten ihn instruieren, ihn ruhigstellen, indem sie ihm einen Knochen hinwarfen. Das Treffen hier diente einzig und allein der Verhaltensmaßregelung.

Lothar rauchte auf und erhob sich mit dem Stummel in der Hand. »Bevor ich gehe, erlauben Sie mir eine Frage …«

»Bitte«, sagte Wenzel.

»Gibt es ein Muster, nach dem er sich die Frauen aussucht? Ich meine, wie findet er sie?«

Wenzel schaute Heuvel an. Der Kommissar war offenbar unsicher, wie viele Informationen er preisgeben durfte, daher überließ er das seinem erfahrenen Kollegen.

»Er findet sie nicht, sie finden ihn.«

Damit hatte Lothar nicht gerechnet. Er wusste wirklich zu wenig und das BKA hatte einfach einen zu großen Vorsprung. Aber er konnte lernen.

»Wie meinen Sie das?«

»Versprechen Sie mir, absolutes Stillschweigen zu bewahren?«

»Sie können sich auf mich verlassen.«

»Dann passen Sie auf.« Heuvel trat dicht vor Lothar. Die Narbe an seinem Hals schien ein Eigenleben zu entwickeln. Sie pulsierte zornig. Aber es war kein Zorn auf Lothar, sondern auf den Fotografen. »Ihre Beteuerung interessiert mich einen Dreck. Ich will diesen gottlosen Hurensohn erwischen. Das ist mein einziges Ziel. Dafür atme ich, dafür lebe ich, dafür ist mir mein Privatleben scheißegal. Also kommen Sie mir bloß nicht in die Quere, verstanden?«

Lothar hielt dem Blick stand. »Und Ihre Antwort auf meine Frage?«

Heuvels Mundwinkel zeigten ein schwaches Lächeln. »Bei den Opfern handelt es sich durchweg um depressive, stark suizidgefährdete Frauen. Sie sehnen sich nach Verständnis, nach Anerkennung und letztlich nach Sterbehilfe. Sie betteln förmlich darum, dass jemand ihr Leben beendet. Und da draußen gibt es jemanden, der ihnen diesen Wunsch erfüllt. Jemand, der ihre Sehnsucht nach dem Tod versteht und der sie ehrt. Jemand, der verspricht, ihrem Tod einen Sinn zu geben.«

»Die Opfer wollen, dass er aus ihnen diese … *Kunstwerke* macht?«

»Das ist schwer vorstellbar, nicht wahr? Aber Sie und ich wissen, dass Menschen zuweilen die abartigsten Wünsche hegen. Denken Sie an das gesamte Feld der Paraphilie oder an Kannibalismus. Das Recht, Sterbehilfe in Anspruch zu nehmen, ist vielleicht nicht besonders christlich, aber doch sehr menschlich. Dafür betreten die Frauen sogar das Darknet. Und schließlich finden sie ihren Retter in einem Forum.«

Heuvel redete nicht weiter, lediglich seine dunklen Augen sprachen. Sie wollten von Lothar wissen, ob er endlich genug hatte. Aber Lothar wollte mehr.

»Wie heißt das Forum?«

»Kein-Wort-zu-jemand.«

Kapitel 42

Der Kurier

Mit Schrittgeschwindigkeit quälte sich der Wagen über eine baufällige Straße. Auf der Rückbank hielt Eddi das widerspenstige Mädchen in Schach. Mit seinem gesunden Bein stand er auf ihrem Brustkorb und drückte sie zurück in den Fußraum, sobald sie auch nur den Oberkörper anhob. Hans saß hinter dem Steuer und blickte gelegentlich in den Rückspiegel.

»Das hier sieht perfekt aus«, sagte Eddi und deutete auf eine freie Fläche zwischen Sträuchern und Bäumen.

Sofort steuerte Hans die Stelle an. Er stellte den Motor ab und drehte sich nach hinten. »Und was hast du jetzt vor?«

»Jetzt mache ich diese Schlampe fertig.«

Wie erwartet setzte sofort das Gejammer ein. Sollte Sperling ruhig Todesangst ausstehen. Er und Hans hatten diese Inszenierung geplant. Falls es sich als notwendig erwies, würde Eddi improvisieren. Bis auf den Tritt in Hans' Eier, lief bisher alles wie geplant.

Eddi und Hans stiegen aus, umrundeten das Fahrzeug und zerrten dann gemeinsam die gefesselte Jugendliche nach draußen. Als sie auf dem Asphalt aufschlug, stöhnte sie. Eddi ließ ihr keine Verschnaufpause, sondern packte sie an den Haaren und half ihr auf die Beine. Bestimmt hätte sie um Hilfe geschrien, aber auch ohne den Knebel im Mund hätte niemand sie gehört. Selbst unter der Woche betrat niemand diesen abgelegenen Teil des Industriegebiets. Höchstens nachts ein unterbezahlter Wachschutzmitarbeiter, der den angrenzenden Solarpark kontrollieren sollte. Ansonsten gab es hier nur Natur, rostige Zäune, stillgelegte Bahngleise und die zerfallenen Gebäude ehemaliger Firmen.

»Ich werde dich jetzt von dem Knebel befreien und dir ein paar Fragen stellen. Du wirst jede meiner Fragen in kurzen, präzisen Sätzen beantworten. Wirst du das tun?«

Statt zu nicken, funkelte sie ihn wütend aus ihren von verlaufenem Kajal umrahmten Augen an. So wild und zerzaust sah die kleine Schlampe sogar ziemlich heiß aus. Weil sie sich jedoch widersetzte, sah er keine Alternative, als ihr einen Schlag hinter die Ohren zu verpassen.

»Hast du das kapiert?«

Diesmal nickte sie. Zaghaft und unterwürfig. Langsam schien sie zu begreifen, wie ernst Eddi es meinte. Doch als er ihr den Knebel aus dem Mund nahm, spuckte sie ihn an. Härter als zuvor ließ Eddi die Hand sprechen. Vom Schlag platzte ihre Unterlippe auf und es riss ihren Kopf zur Seite. Sperling taumelte und wäre gestürzt, wenn Hans sie nicht an der Kleidung festgehalten hätte.

»Bloß nicht schlappmachen«, munterte er sie auf, während Eddi sich die Finger vom Schlag lockerte.

»Bist eine richtige Kämpferin, was?«

»Fickt euch, ihr Scheißtypen!«

Eddi bildete eine Faust und visierte ihre Magengegend an, aber Hans hielt ihn ab.

»Geben wir ihr einen Moment, damit sie zur Vernunft kommt«, sagte er. »Ich erkläre ihr inzwischen, wie dieser Tag für sie ablaufen wird. Einverstanden?«

Am liebsten hätte Eddi das übernommen, aber er behielt seine Hände im Zaum. Selbst als Sperling sie erneut beschimpfte.

»Was seid ihr nur für Schlappschwänze.«

»Glaub mir, du willst meinen Schwanz nicht sehen«, erwiderte Eddi. »Er wird groß und hart, wenn ich richtig geil werde. Und momentan machst du mich so was von geil.«

»Ganz ruhig, Josephine, du bist verärgert, das verstehen wir«, redete Hans auf sie ein und drückte sie gegen die Karosserie. »Wir wollen dir nichts Böses.«

»Ach, ja? Und warum entführt ihr mich dann?«

»Psst!« Hans legte einen Finger auf seine Lippen. »Merkst du es? Niemand kann dich hier draußen hören. Es ist absolut sinnlos, dass du uns anschreist. Sieh mich an, ich rede ganz normal mit dir. Wir wollen bloß wissen, wo dein Bruder wohnt und wo wir ihn finden.«

»Euch sage ich gar nichts.«

»Wir haben Verständnis dafür, dass du ihn schützen willst, aber weißt du, er hat meinem Freund hier etwas sehr Wertvolles gestohlen. Man klaut ehrbaren Leuten nicht einfach das Eigentum.«

»Ehrbare Leute!« Sie lachte auf. »Schwuchteln seid ihr.«

»Das reicht!« Eddi stieß Hans beiseite und packte Sperling am Kinn. »Wo sind meine Zwergkaninchen und wo ist meine Kette?«

Weil er ihren Unterkiefer so fest zusammendrückte, nuschelte sie nur unverständliche Worte.

»Wo verkriecht sich dein Bruder?«, brüllte Eddi sie an.

»Denk doch mal nach, Mädchen«, redete Hans weiterhin besonnen. Er streichelte dabei ihre verklebte, schmutzige

Wange. »Sag uns, wo er ist, und wir nehmen dir die Kabelbinder ab. Dann kannst du gehen und wirst uns nie wiedersehen.«

Tatsächlich schien die Jugendliche zu überlegen. Aber als sie »Fickt euch!« sagte, zog Eddi blitzschnell eine Pistole aus seiner Jacke und drückte sie ihr an die Schläfe.

»Ich will meine Scheißhasen zurück!«

Sie kreischte und kniff die Augen zusammen.

»Was hast du verdammt noch mal mit der Stasi-Makarow vor?«, wurde jetzt auch Hans nervös, denn mit der ungarischen FEG PA-63 hatte er nicht gerechnet.

»Ich bringe sie um, wie wir es besprochen haben, sollte sie nicht kooperieren.«

Eddis Worte und die Waffe zeigten Wirkung. Sperling machte sich klein, heulte und bettelte um ihr Leben. Eddi hatte die Pistole zuletzt an dem Tag benutzt, als er sein Bein verloren hatte. Beim Banküberfall hatte er einen Warnschuss in die Decke der Sparkassenfiliale abgegeben. Diesmal würde er hoffentlich keine Patrone verschwenden müssen.

»Verlier jetzt bloß nicht die Nerven«, ermahnte Hans ihn.

»Warum eigentlich nicht?«, fauchte Eddi zurück. »Glaubst du, die kleine Schlampe vermisst jemand?«

»Bitte«, schluchzte Sperling. »Bitte, wie spät ist es?«

Eddi schüttelte sich verwirrt. »Was ist los?«

»Die Uhrzeit! Ich bringe euch zu meinem Bruder, aber ich muss wissen, wie spät es ist.«

»Es ist 12.14 Uhr«, gab Hans Auskunft.

»Okay, und was jetzt?«, blaffte Eddi das Mädchen an und bohrte ihr den Pistolenlauf in die Schläfe. »Soll ich dir eine Kugel verpassen? Ist es Zeit für ein bisschen Luft in deinem mickrigen Gehirn?«

»Bitte, nein! Sie bekommen ihre Kaninchen zurück, aber bitte, stecken Sie die Waffe weg. Wir müssen zum Kulturpalast. Und wir müssen uns beeilen …«

Kapitel 43

Der Fotograf

Es ist, als hätte ich das Zimmer 9A nie verlassen. Niemand ist derselbe Mensch, der er vorher war, sobald er die Welt der Pädophilen betritt. Ich sitze in meinem Wagen. Die Stadt da draußen zieht wie eine Illusion an mir vorbei. Immer wieder verschwimmt mein Sichtfeld. Sosehr ich meine Augen reibe, ich starre noch immer auf das Bett und in die Kamera. Ich sehe das leere Zimmer und frage mich, wo die Kinder geblieben sind.

Ich habe Mühe, dem silberfarbenen Audi vor mir zu folgen. Meine Hände zittern, sobald ich meinen Griff ums Lenkrad eine Winzigkeit lockere. Keine guten Voraussetzungen für meine Mission. Aber was ist eigentlich meine Mission? Nina oder Maria? Ich will beide retten, wohl wissend, dass jede von ihnen einhundert Prozent meiner Konzentration verdient hat.

Kein Maler kann ein Kunstwerk mit weniger als hundert Prozent Leidenschaft erschaffen, hat mein Vater einmal gesagt. Wer weniger als hundert Prozent gibt, unterschreibt die eigene Bankrotterklärung. Vielleicht habe ich meine Kraft und meine Energie überschätzt. Dennoch bin ich an einem Punkt angelangt, an dem es kein Zurück mehr gibt. Ich befinde mich weiterhin in dem Zimmer 9A und suche den Ausgang. Die Tür, durch die ich eingetreten bin, ist verschwunden.

Am Straßenrand taucht das Ortsschild von Adelsberg auf. Ich erreiche den Stadtteil und bin von kleinbürgerlichen Häusern, prachtvollen Villen und grünen Vorgärten umgeben. Selbst durch den Filter der Klimaanlage nehme ich den ländlichen Duft wahr. Keine Industrie, keine Geschäfte, kein Großstadtlärm. Die Gehwege sind leer. Lediglich eine schwarze Katze wechselt die Straßenseite von links nach rechts. Ich frage mich, was ich in der Gegend eigentlich will. Maria werde ich hier nicht finden. Außerdem entferne ich mich immer weiter von Nina Wagner. Sowohl von der Örtlichkeit her als auch gedanklich. Aber nach meinem Verschwinden aus dem Hotel ist mir die Reinigungskraft nicht mehr aus dem Sinn gegangen. Sie muss etwas wissen. Jemand muss das Zimmer sauber gemacht oder wenigstens etwas mitbekommen haben. Ich habe Fragen. Deshalb habe ich am Collect auf sie gewartet. Deshalb fahre ich ihr hinterher. Deshalb beobachte ich, wie sie vor einem Grundstück mit einer Mauer hält und sich das elektrische Einfahrtstor öffnet. Sie ist die perfekte Kandidatin. Sie ist unscheinbar. Niemand würde auf die Idee kommen, dass sie mitbekommt, was in dem Hotel im Verborgenen passiert.

Hinter ihrem Audi fahre ich vorbei. Zwischen mehreren anderen parkenden Fahrzeugen suche ich mir eine freie Stelle und steige aus. Es muss jetzt schnell gehen, aber ich darf nicht in Hektik verfallen. Ich richte mir den Schlips. Mit meiner orangefarbenen Tasche sehe ich aus wie ein hipper Haustürvertreter. Ich schaue mich nicht mehr als nötig in der Umgebung um. Falls jemand hinter der Gardine späht, wird er jemanden sehen. Einen Mann um die vierzig. Groß, gut gekleidet, aufrechter Gang, sicherer Schritt. Vielleicht erinnert sich jemand an glänzende dunkle Herrenschuhe. Natürlich die orangefarbene Tasche! Sie dient der Ablenkung, weil sich jedem die Signalfarbe sofort ins Gehirn einbrennt. Niemand wird später mein Gesicht beschreiben können. Allein schon wegen der Sonnenbrille nicht.

Bevor sich das Tor schließt, husche ich in den Hof. Es riecht nach Heu und Kaninchenkot. In der Nähe fährt ein Traktor übers Feld und verursacht einen Heidenlärm. Hinzu kommt Hundegebell aus der Nachbarschaft. Eine Autotür wird zugeworfen. Schuhabsätze auf Stein. Die Schritte stammen nicht von mir, sondern von der Frau, an die ich mich auf leisen Sohlen anpirsche. Schmidt wohnt hier. Viel mehr weiß ich nicht über die Frau, der ich in diesem Moment von hinten mein Messer an die Kehle drücke.

»Wie heißen Sie«, flüstere ich ihr ins Ohr.

»Katalena«, antwortet sie ruhig und macht sich steif.

»Gut, Katalena, ist Ihr Mann zu Hause?«

»Sein Auto steht nicht in der Garage.«

Sie nimmt es an, weiß es aber nicht mit Sicherheit. Ich brauche aber Gewissheit, deshalb suche ich nach Hinweisen. Bis auf die Nachbarschaft geht es auf dem Grundstück still zu. Fremde Blicke von außen sind unmöglich wegen der Begrenzungsmauer und eines Anbaus.

»Wo könnte Ihr Mann sein?«

Sie zuckt mit den Schultern, dann stellt sie mir überraschend eine Frage. »Sind Sie der Mann, der im Hotel herumspioniert hat?«

Ich schätze Katalena auf circa sechzig. Sie macht einen robusten und gescheiten Eindruck. Vermutlich sind ihre Augen doch nicht so schlecht, wie ich auf dem Gang dachte. Wenn sie etwas weiß, wird sie es mir verraten. Aber hier draußen möchte ich die Unterhaltung ungern fortführen.

»Klingeln Sie!«

Sie bewegt ihre Hand zum Klingelknopf neben der Tür. Es läutet. Wir warten. Niemand öffnet oder ruft von innen.

»Aufschließen!«

Auch diesmal gehorcht sie aufs Wort. Als die Tür aufgeht, stoße ich sie in den Flur. Ich ziehe den Schlüssel ab und sperre von innen zu.

»Ins Wohnzimmer«, kommandiere ich.

Widerstandslos wechselt sie den Raum, setzt sich ohne Aufforderung auf einen Stuhl. Dort legt sie die Hände in den Schoß und schaut mich an, als hätte sie die Szene schon tausendmal durchgespielt. Katalenas Blick ist gleichgültig. Sie zeigt nicht einen Hauch von Gefährlichkeit, ähnlich wie Petra Zinnow. Mit der Wahrsagerin hatte ich leichtes Spiel. Anders als Mutter Mowa werde ich Katalena Schmidt aber nicht aus den Augen lassen. Ich schaue mich um. Im Haus scheint die Zeit stehen geblieben zu sein. Die Tapete ist längst aus der Mode. Auch die Möbel versprühen den Charme einer Zeitreise. Zurück in die Vergangenheit. Immerhin ist der Flachbildfernseher auf dem neusten Stand.

»Seit wann arbeiten Sie schon als Reinigungskraft im Collect?«

»Sechs Jahre.«

»Und davor?«

»Arbeitslos, seit der Wende.«

Ich wandere mit der Klinge in der Hand umher und nicke. Arbeitslos wie so viele Ostfrauen in den Neunzigern.

»Davor?«

»Hab für den FDGB-Feriendienst in der Registratur gearbeitet.«

»Freier Deutscher Gewerkschaftsbund«, vervollständige ich.

»Dort habe ich meinen Mann kennengelernt«, wechselt sie geschickt das Thema, als ich mir in der Anbauwand mehrere Fotos von ihm anschaue. Auf keinem lächelt er. Wenn er in die Kamera blickt, sieht er verkrampft aus, wie jemand, dem es unangenehm ist, abgelichtet zu werden. Dabei kann ein Lächeln jedes Foto aufwerten.

»Wie heißt er?«

»Eduard.«

Wenn ich Eduard Schmidts Porträts so betrachte, stelle ich mir einen verbitterten Mann vor. Eduard ist keiner, der sich etwas gefallen lässt. Bestimmt schimpft er pausenlos auf die Regierung, sobald er den Fernseher anschaltet. Wahrscheinlich wünscht er sich den Sozialismus und die DDR zurück – natürlich müsste der Fernseher mitkommen. Zweifellos hätte ich mit ihm aktuell weitaus mehr Schwierigkeiten als mit seiner Gattin.

»Wie kommen Sie darauf, dass ich im Hotel herumspioniert habe?«, komme ich auf ihre Frage von vorhin zurück.

»Mein Boss, Herr Kupke hat das Personal vor Ihnen gewarnt. Sie hätten sich angeblich als Gast ausgegeben. Er vermutet, Sie wären ein Journalist, der dreckige Wäsche waschen will. Sind Sie ein Journalist?«

Fast hätte ich aufgelacht, aber mir ist nicht zum Lachen. Ich weiß, weshalb ich hier bin. Weil ich endlich Antworten will, erhöhe ich den Druck. Ich trete von der Seite an sie heran und halte das Messer hoch. Inzwischen schaut sie starr nach vorn.

»Was wollten Sie in dem Kellergang?«, frage ich.

»Ich habe Putzmittel und frische Handtücher geholt.«

»Putzmittel«, wiederhole ich und lasse eine Pause, um ihre Reaktion zu beobachten. Sie hält ihre Finger vollkommen still, als wäre ein solches Verhör für sie Routine. »In dem Gang gibt es einen Raum. Kennen Sie den?«

»Ich habe keinen Schlüssel für den Raum.«

»Aber als Putzhilfe besitzen Sie doch sicherlich einen Generalschlüssel.«

»Nicht für diesen Raum.«

Ich gebe ihr Bedenkzeit, aber sie korrigiert sich nicht. Ich will mit meiner Befragung weitermachen, als mein Blick auf ein

Bild an der Wand fällt. Obwohl meine Augen volle Sehschärfe haben, mache ich zwei Schritte darauf zu. Ich habe mich nicht getäuscht. Das Foto zeigt Petra Zinnow. Ich wende mich wieder Katalena Schmidt zu und sie schaut mich an, als ahne sie, was mich stutzig macht. Mit meinem Daumen deute ich auf das Bild.

»Eben haben Sie behauptet, Sie hätten für den FDGB gearbeitet.«

»Ja, vor der Zeit im Kinderheim.«

Kapitel 44

Das Luder

Die gesamte Fahrt über gab Josephine keinen Ton von sich. Sie kaute auf ihrer aufgeplatzten Lippe und schmeckte das Blut. Im Stillen betete sie darum, dass ein Wunder geschah. Sie wusste nicht, ob sie das Richtige tat oder wie dieser Tag enden würde. Längst ging es nicht mehr nur um ihren Bruder, sondern auch um ihr eigenes Leben. Henning Paul war ihre letzte Hoffnung. Selbst wenn sie ihm nicht die verlangten zehntausend Euro brachte. Knapp zweitausend hatte sie zusammenkratzen können. Allerdings hatten das Holzbein und der Hut ihr das Geld abgeknöpft – samt ihrem Handy.

»Das behalte ich für den Ärger, den ich mit deinem verdammten Bruder hatte«, sagte Eduard Schmidt zu ihr, während er neben ihr die Scheine zählte.

Anders als vor dem Zwischenstopp durfte sie diesmal auf der Rückbank sitzen. Ständig dachte sie daran, anderen Verkehrsteilnehmer irgendwelche Zeichen zu geben, aber Passanten hätten sie aufgrund ihrer Gebärden vermutlich für geistesgestört gehalten und bloß den Kopf geschüttelt. Oder der wahnsinnige Typ mit der Pistole verlor endgültig die Geduld.

Der hatte keine Skrupel, ihr einfach das Gehirn wegzupusten. Daher blieb sie wie gelähmt sitzen, bis der Wagen Rabenstein erreichte.

»Hier soll der Treffpunkt sein?«, vergewisserte Schmidt sich.

Josephine bejahte mit einem schwachen Kopfnicken.

»Warum trifft sich dein Bruder ausgerechnet in so einer Ruine mit dir?«, fragte der Fahrer, dessen Namen sie nicht kannte.

»Er wird von mehreren Leuten gesucht. Angeblich auch von den Bullen.«

»Bestimmt wegen eines Haftbefehls«, kam es von vorn. »Willst du uns etwa die Polizei auf den Hals hetzen?«

»Die verpfeift ihren Bruder garantiert nicht an die Bullen«, beruhigte Schmidt seinen Partner. Dann stieß er Josephine an und zeigte mit dem Pistolenlauf in Richtung des ehemaligen Kulturpalastes. »Allerdings hoffe ich für dich, dass du uns nicht anlügst und wir ihn hier finden. Andernfalls ist das für dich ein schöner Platz zum Sterben.«

»Ich bringe Sie zu ihm.«

»Wer sagt denn, dass du mitkommst?«

»Aber ich dachte …«

»Halt deine Fresse! Du hast uns schon genug Nerven gekostet. Denkst du, ich falle auf deine miesen Tricks rein?« Er tippte sich mit der Pistole an die Stirn. »Du bleibst schön im Wagen sitzen. Er passt auf dich auf.«

Der Hutmann grinste. Hinter seinen kreisrunden Brillengläsern huschten winzige Augen hin und her. Das wirkte echt psycho. Entsprechend hatte Josephine mehr Angst vor ihm als vor dem Mann mit dem Holzbein. Allerdings konnte sich das rasch ändern, sobald Schmidt herausfand, dass er gleich auf Les Grossman treffen würde, der sein Geld verlangte. Sie hatte den beiden nichts von Henning erzählt. Hoffentlich war Henning da! Seine Deadline war längst verstrichen. Den armeegrünen Porsche, den er meistens benutzte, konnte sie nirgendwo ausmachen. Wenn sie Glück hatte, parkte er direkt auf dem Gelände, wo seit einigen Wochen Bauarbeiten stattfanden. Ein Investor wollte das denkmalgeschützte Gebäude zu einer Eigentumswohnanlage umbauen. Sonntags allerdings standen auf dem Grundstück die Kräne und Bagger still, sodass es an diesem Tag der perfekte Ort für kriminelle Geschäfte war.

»Bitte, er erwartet mich!«, flehte sie, aber als Antwort fing sie sich von Schmidt eine Ohrfeige ein.

»Noch ein Ton und dein Blut sickert in die Polster.«

Die beiden Männer tauschten die Plätze. Josephine musste hilflos mit ansehen, wie Schmidt durch den löchrigen Zaun kroch und trotz seines Holzbeins das unwegsame Gelände querte. Bald war er durch das Säulenportal verschwunden.

»Früher gab es in dem Gebäude einen Theatersaal für fast eintausend Besucher«, erzählte der Hutmann, als würde er mit seinem Enkel einen Wochenendausflug machen. »Sogar Otto Grotewohl kam damals zur Eröffnung. Kennst du den damaligen Ministerpräsidenten überhaupt? Wahrscheinlich nicht. Ist auch egal. Neben dem Theater gab es zwei große Tanzsäle, ein Café, ein Restaurant, eine Bibliothek und sogar ein Billardzimmer. Später wurde von hier aus das DDR-Fernsehen gesendet. War angeblich eine schöne Zeit in den Sechzigern.« Er lächelte sie an und zeigte seine makellosen Zahnreihen. »Haben mir meine Eltern erzählt. Ich habe ihnen immer sehr genau zugehört, weißt du? Daher weiß ich, dass Kinder ihren Eltern nicht weglaufen sollten.«

»Ich bin kein Kind mehr.«

Er schmatzte und streichelte ihre Wange. »Ja, leider.«

Bange Minuten später kehrte Schmidt zurück. Sein Gesichtsausdruck sprach Bände. Er hatte nicht das gefunden, was er erwartet hatte.

»Komm raus, du Miststück!«, schrie er, als er die Seitentür aufgerissen hatte und Josephine an den Haaren packte.

»Nein, bitte nicht!«

»Dein Scheißbruder war nicht da und meine Hasen auch nicht!«

»Er muss da sein!«

»Nein, ist er nicht, du verlogene Hure!«

»Ich sollte einen gewissen Henning Paul treffen, dem Daniel Geld schuldet.« Sie wehrte sich nach Leibeskräften, hielt sich an Kopfstütze und Karosse fest. »Wir sind zu spät gekommen!«

»Steig aus! Steig aus dem Wagen!«

»Einen Moment!«, unterbrach der Hutmann, als Schmidt sie schon fast aus dem Fahrzeug gezwungen hatte. »Sagtest du eben Henning Paul?«

»Ja, Scheiße, Henning Paul! Ich sollte ihm das Geld übergeben.«

»Sie verarscht uns schon wieder«, sagte Schmidt, ließ aber ihre Haare los, da sein Partner auf ihn einwirkte.

»Ich rufe ihn für Sie an«, nutzte Josephine die Entspannungspause. »Er hat meinen Bruder entführt, weil er auf das Geld wartet.«

»Ja, klar, jetzt ist dein Bruder also auch noch entführt worden«, sagte Schmidt.

»Ich brauche mein Handy, bitte! Henning weiß, wo Daniel sich befindet … und Ihre Kaninchen. Mein Bruder … er hat die Kaninchen an Henning verkauft. Bitte, nur ein einziger Anruf.«

Für einen Augenblick entspannte sich die Situation. Der Hutmann zwinkerte Schmidt zu, woraufhin Josephine ihr Smartphone zurückbekam.

»Keine Tricks, ich will sehen, wen du anrufst.«

Sie hielt ihr Mobiltelefon so, dass Schmidt auf das Display schauen konnte. Er brummte skeptisch, als sie den Eintrag unter dem Namen Les Grossman antippte.

»Das ist er«, versicherte sie und stellte das Gerät auf laut. »Bitte, geh ran …«

»Nenn mir einen Grund, nicht enttäuscht von dir zu sein, Jo«, begrüßte Henning sie nach ein paar Rufzeichen.

»Kann ich bitte Daniel sprechen?«

»Hör auf zu heulen. Ich habe nichts mehr mit deinem Bruder zu schaffen. Es ist vorbei. Er hat seine Schulden beglichen.«

»Bitte, Henning, tu mir das nicht an! Ich sitze ziemlich in der Klemme. Ich muss …«

Plötzlich riss Schmidt ihr das Telefon aus den Händen. »Hey, du Arsch! Bist du derjenige, an den dieser Spinner meine Kaninchen verkauft hat?«

»Ich weiß nicht, wer Sie sind, und ich weiß nicht, von welchen Kaninchen Sie sprechen, aber ich weiß, dass wir nicht per du sind.«

»Ich spreche von einem weißen und einem braunen Zwergkaninchen. Na, klingelt's endlich? Hör zu, ich will sie zurück, sonst reiß ich nicht nur dem kleinen Scheißer den Arsch auf, sondern dir gleich mit, kapiert? Und seine Schwester wird auch nicht mehr so entzückend aussehen, wenn ich mit ihr fertig bin.«

»Bitte Henning!«, flehte Josephine. »Sag uns, wo Daniel ist!«

»Halt die Schnauze!«, plärrte Schmidt und gab der Fahrzeugtür einen Schubs, aber Josephine stemmte ihren Oberkörper dagegen, sodass sie einen Spalt offenblieb.

Kurzzeitig redete niemand, dann drang Hennings Antwort aus dem Lautsprecher.

»Wenn der Kleinen etwas passiert, reiß ich *Ihnen* den Arsch auf.«

»Ach ja?«, brüllte Schmidt. »Dann komm her und hol sie dir!«

Damit kappte er die Verbindung und knallte das Gerät auf den Asphalt.

»Nein!«, jammerte Josephine, denn ihre verbliebene Hoffnung zersplitterte wie ihr Handy.

»Ich glaube, Viktor kennt diesen Henning Paul«, sagte der Hutmann.

»Ach, woher denn?«, wollte Schmidt wissen.

»Das musst du ihn selbst fragen.«

Schmidt rieb sich nachdenklich das Kinn und brummte. »Das werde ich tun. Immerhin ist Viktor an allem schuld!«

»Was machen wir mit dem Mädchen?«

»Wir bringen sie erst mal zu mir.«

Als ob der die Tür einer Gefängniszelle ins Schloss warf, knallte Schmidt ihr die Fahrzeugtür vor der Nase zu.

Kapitel 45

Der Bulle

Beim Verlassen des Besprechungsraumes machte Lothar seinem Frust Luft, indem er die Zimmertür zuknallte.

»Ist anscheinend nicht gut gelaufen«, empfing Emma ihn auf dem Flur.

Lothar brummte nur und lief schnurstracks den Gang entlang. Die Wände schienen sich von beiden Seiten auf ihn zuzubewegen. Alles um ihn herum engte ihn ein. Sein Kragen juckte von Schweiß, seine Schuhe drückten vom vielen Stehen. Wahrscheinlich stand er unter Schock. Die verstörenden Bilder hatten ihm den Rest gegeben. Er musste erst verarbeiten, was ihm die BKA-Beamten alles mitgeteilt hatten.

»Dauernd läufst du heute vor mir weg!«, rief seine Kollegin ihm hinterher. »Willst du mir nicht erzählen, was los ist?«

»Ich muss rauchen, das ist los.«

Mit schnellen Schritten holte sie auf. Als er sich die Zigarette vor seinem Mund anzünden wollte, schlug sie ihm den Arm mit dem Feuerzeug weg.

»Du benimmst dich sonderbar, Lothar.«

»Herrgott, was wollen denn alle bloß von mir? Trage ich ein Schild mit mir herum, auf dem steht ›Quatschen Sie mich ruhig voll‹? Wir sind raus aus dem Fall! Du selbst hast mich am Tatort davon überzeugen wollen. Also was willst du noch?«

Emma seufzte und streichelte gleichzeitig seinen Arm. »Lothar, komm zu dir! Du kannst später mit mir darüber reden, wenn du magst, aber komm zur Vernunft und behandle mich fair. Ich habe dir nichts getan.«

»Du hast recht, entschuldige. Ich bin nur …« Er winkte ab, dann setzte er das Feuerzeug zum zweiten Versuch an, aber wieder hinderte sie ihn daran, was ihn tierisch aufregte. »Emma!«

»Janett Möller ist tot.«

»Was?« Für einen Augenblick war die Zigarette vergessen.

»Die Suchhunde haben sie leblos im Zeisigwald gefunden.«

»Also in der Nähe der Klinik.«

»Ihre Leiche liegt im alten Steinbruch. Nicht natürlicher Tod, so viel steht fest. Es sieht nach einem Sturz aus großer Höhe aus. Ihre Pulsadern sind zudem aufgeschnitten. Wir müssen herausfinden, ob sie freiwillig gesprungen ist. Wenn ja, wirft das ein anderes Licht auf Marias Verschwinden. Der Kriminaldauerdienst leitet die Untersuchungen im Zeisigwald, bis wir übernehmen.«

»Und Könnecke?«

Sie schüttelte den Kopf, wohl weil sie seinen Verbleib nicht kannte. »Nach ihrem Freund wird gefahndet. Seit er aus der Dienststelle entlassen wurde, hat ihn niemand mehr gesehen.«

»Hm, hab gewusst, dass mit dem was nicht stimmt. Aber was soll's?« Endlich schaffte er es, sich seine Zigarette anzuzünden. Er setzte sich wieder in Bewegung Richtung Treppenhaus.

»Und was schlägst du jetzt vor?«, wollte Emma wissen, die ihm nicht von der Seite wich.

»Was soll ich denn vorschlagen?«

»Wir haben immer noch ein vermisstes Kind und zu allem Überfluss ist jetzt seine Mutter tot.«

»Vielleicht ist es besser so für die Mutter, für die konnten wir nichts mehr tun. Und um ehrlich zu sein, glaube ich nicht mehr daran, dass wir Maria noch lebend finden werden.«

»Was denn? Du gibst einfach auf?«

»Ich habe mir da drin eben eine ganze Menge Scheiße vom BKA anhören müssen. Ich bin müde, frustriert und will nur noch nach Hause.«

»Du kannst doch nicht einfach gehen! Wir stecken mitten in den Ermittlungen. So was hat ernste disziplinarrechtliche Konsequenzen. Willst du dich mit unseren Vorgesetzten und der Personalabteilung anlegen?«

»Wäre nicht mein erstes Disziplinarverfahren. Also was wollen die mir? Ich habe diesen Laden unendlich satt.«

Von da an lief sie ihm nicht mehr nach, sondern rief ihm hinterher.

»Lothar, weißt du was?«

Mehrere Treppenstufen unter ihr blieb auch er stehen und schaute zu ihr hinauf. »Nein, was denn?«

»Du bist der armseligste Polizist, den ich kenne. Morgen werde ich unserem Chef sagen, dass ich nicht mehr mit dir zusammenarbeiten will.«

Auch wenn ihn ihre Äußerung schmerzte, war er zu stolz, um einzulenken. »Deine Entscheidung.«

Natürlich durfte Lothar nicht einfach den Dienst quittieren. In Wahrheit hatte er andere Pläne. Das Gespräch mit Heuvel und Wenzel bewegte ihn und stachelte seinen Ehrgeiz an.

»Wo ist das Mädchen?«, fragte er den Kollegen am Empfang.

»Welches Mädchen?«

»Josephine Sperling. Du hast mir vor knapp einer Stunde ihren Ausweis in die Hand gedrückt.«

»Ah, richtig!« Er deutete zum Ausgang. »Sie hatte wohl Streit mit einem anderen Besucher und ist dann einfach abgehauen.«

Lothar stieß die Eingangstür auf und blickte sich auf der Straße um. Keine Menschenseele auf dem Gehweg, lediglich vorbeirauschende Autos. Josephines Beobachtungen waren für ihn von enormer Wichtigkeit, denn wenn es stimmte, was sie behauptete, hatte sie den Fotografen kurz vor dem Mord an Petra Zinnow gesehen. Lothar wollte den Killer schnappen – hinter dem Rücken des BKA. Die Herren wollten seine Hilfe nicht, also sollten sie zusehen, wie sie ohne ihn auskamen. Deshalb hatte er auch nichts von der Unterhaltung mit Josephine erzählt. Nur, wo steckte die Jugendliche?

»Verdammt!« Er ging zurück zum Empfang. »Wie sah der Mann aus, mit dem sie Streit hatte?«

»Puh … alt … mit Brille … und er trug einen Hut.«

»Was für einen Hut?«

»So einen wie Dick Tracy in den Neunzigern.«

Lothar verdrehte die Augen und fuhr sich über das Gesicht. Dick Tracy! Das durfte alles nicht wahr sein. Als wäre das nicht genug, erreichte er Josephine auch nicht auf ihrem Handy. Der Kollege hinter der Scheibe machte nicht den Eindruck, als könnte er ihm weiterhelfen. Lothar hatte keine Ahnung, wo und mit wem Josephine gewöhnlich abhing. Seit sie den Job im Pflegeheim geschmissen hatte, wusste er überhaupt nichts über ihre Ziele im Leben. Mehrfach hatte sie in der Vergangenheit von einem Otto gesprochen. Otto sei ein guter Freund. Aber mit dem Namen konnte Lothar absolut nichts anfangen.

»Scheiße!«

Er steckte sich eine neue Zigarette an und verließ die Dienststelle, um in Ruhe telefonieren zu können. Eine Weile schwebte sein Daumen bloß über der Telefonliste. Wenn er den Fotografen finden wollte, blieb ihm keine andere Wahl: Er musste Henning Paul anrufen.

»Hab mir schon gedacht, dass du anrufst«, hallte Hennings Stimme Sekunden später in seinem Ohr.

»Ich muss wissen, wo Josephine ist«, kam Lothar gleich zu seinem Anliegen.

»Nicht bei mir.«

Lothar hatte mit dieser Auskunft gerechnet. »Und ihr Bruder? Weißt du auch nicht, wo ich ihn finde?«

Diesmal antwortete Henning nicht gleich. »Derzeit interessieren sich eine Menge Leute für Daniel.«

»Komm schon, Henning, Jo hat mich wegen Kohle angebettelt. Sie versucht, Daniels Schulden zu begleichen. Also, wo ist er?«

»Daniel schuldet mir nichts mehr.«

Diesen Satz wiederholte Lothar gedanklich und kniff für einen Moment die Augen zusammen. Verdammt! Wenn Henning und Daniel quitt waren, hieß das nichts Gutes.

»Aber du schuldest mir etwas«, redete Henning weiter.

Kurz überlegte Lothar, wie er Henning hinhalten konnte, schließlich blieb er bei der Wahrheit. »Ich habe es versucht, komme aber an das Zeug nicht heran.«

»Das ist echt bedauerlich, Lothar. Und ziemlich enttäuschend …« Henning schniefte laut. »Du weißt, dass ich stinksauer werde, wenn meine Leute unzuverlässig werden.«

»Warst du auch auf Daniel stinksauer?«

»Kann man so sagen. Dieser kleine Schwanzlutscher hat mir eine Menge Ärger bereitet. Aber gut, ich gebe mir eine Mitschuld, immerhin wusste ich von Anfang an, dass in seinem Gehirn ein paar Windungen fehlen. Der hat den Schuss nicht gehört, schätze ich.«

Da Lothar Henning allzu gut kannte, wusste er, was mit dieser Phrase gemeint war. Lothar hielt die Luft an, um danach fest zu sprechen. »Wo ist Josephine?«

»Josephine, Josephine … wie langweilig. Du solltest dir lieber Sorgen um deine eigene Zukunft machen.«

Damit drückte Henning das Gespräch weg. Eine gefühlte Unendlichkeit blieb Lothar mit dem verstummten Handy am Ohr stehen. Er war genauso am Arsch wie Daniel.

Kapitel 46

Der Fotograf

Abwechselnd schaue ich zum Bild und zu der Frau. Ich sehe Vergangenheit und Gegenwart. Sie ist es. Sie sind es beide. Schräg vor Petra Zinnow steht Katalena Schmidt. Hinter ihnen befindet sich das Hauptgebäude von Roter Hammer. Die anderen Personen des Kinderheims bleiben für mich namenlose Gesichter. Wahrscheinlich merkt sie, wie fassungslos ich bin. Also reiße ich mich zusammen und mache zwei Schritte auf sie zu.

»Sie haben in dem Kinderheim gearbeitet.«

»Ich war die Leiterin«, verdeutlicht sie stolz, während sie ungerührt auf dem Stuhl sitzt, dessen Polsterbezug an der Seite aufgerissen ist.

»Demnach kannten Sie und Zinnow sich.«

Ein dezentes Nicken. Mehr kommt von ihr nicht. Ihre Mimik ist undurchschaubar, die Wangenknochen wirken hart. Hart ist auch ihr Akzent. Bei jedem Wort schlägt mir der eisige Hauch von Russland entgegen. Von Statur und Kleidung her wirkt sie wie ein altes Mütterchen. Ich stelle mir ein Kopftuch über ihren ungepflegten dunkelgrauen Haaren vor, als sie bereits ausspricht, was mir durch den Kopf geht.

»Kann ich Ihnen einen Tee machen?«

Nicht nur diese Frage, die gesamte Situation fühlt sich surreal an. Ich habe eine Verabredung an der Stadthalle. Eine Frau braucht meine Hilfe. Sie will nicht allein sterben. Ich soll ihr einen würdigen Abschluss bereiten. Ich bin als Sterbehelfer, Arzt und Bestatter in die Stadt gekommen. Dazu habe ich meine Ausrüstung mitgebracht und mir den perfekten Ort ausgesucht. So sieht mein Plan aus. Doch ich bin in die Angelegenheiten anderer gestolpert. Ich befinde mich mitten in einer Geschichte, die nicht meine Geschichte ist. Am liebsten will ich einem imaginären Regisseur zurufen, dass ich nur zufällig den Set betreten habe. Ich bin nur der Fotograf. Aber der Regisseur hat mich längst zum Akteur ernannt. Nicht als Statist. Ich besetze eine Nebenfigur. Ich soll die Rolle der kleinen Maria aufwerten. Sie ist die Protagonistin.

»Petra Zinnow ist tot«, sage ich.

»Bedauerlich«, kommt es emotionslos. »Mehr kann ich dazu nicht sagen. Petra und ich sind uns schon jahrelang nicht mehr begegnet.«

»Sie hat mit dem Verschwinden eines Mädchens zu tun.«

Schmidts Augen werden ausdruckslos. Sie sieht mich an, als könnte sie mich plötzlich nicht mehr hören.

»Das Mädchen wurde zuletzt im Collect gesehen«, erzähle ich weiter. »Es wurde in das Zimmer 9A gebracht.«

Nichts. Selbst mein Fingerschnippen verpufft wirkungslos. Schmidt wirkt komplett abwesend. Das Lauteste im Raum sind der Taktzeiger der Wanduhr und das Summen einer Heizungsanlage irgendwo im Haus. Rein logisch müsste ich als Nächstes fragen, was mit Maria passiert ist. Stattdessen will ich etwas anderes wissen.

»Haben Sie das Zimmer 9A gesäubert?«

»Nein.«

»Nein«, wiederhole ich gedehnt.

Meine Stimme ist nicht mehr als ein Flüstern. Diese Vernehmung wird mir mehr abverlangen, als mir lieb ist. Bloß keinen Fehler machen, schärfe ich mir ein. Ich schaue mich im Zimmer um, blicke zum Flur. Das Treppengeländer gewinnt meine Aufmerksamkeit.

»Wohin geht es dort?«

»In den Keller.«

Ich nicke, weil ich mir das gedacht habe. Ein Keller ist der ideale Ort für ein Verhör. Mutter Mowa hat nicht geschrien, weil sie wusste, dass es vorbei war. Ich möchte mein Glück kein zweites Mal herausfordern. Etwas an der hier versetzt meinen sechsten Sinn in Alarmbereitschaft. Sie erzählt mir nicht die Wahrheit, da bin ich mir sicher. Wer lügt, wägt Risiken ab, hält sich Optionen offen. Das tue ich auch gelegentlich. Mein Leben besteht aus Lügen. Ich weiß, wie elegant Lügner vorgehen können, um sich Vorteile zu verschaffen. Katalena Schmidt wirkt alles andere als elegant. Sie wirkt grobschlächtig und gedankenfern. Darin liegt die eigentliche Lüge. Also bleibe ich vorsichtig.

»Aufstehen!«

Ohne Eile reagiert sie auf mein Kommando und steuert von selbst die Treppe an. Mit der Tasche in der einen und dem Messer in der anderen Hand gehe ich ihr hinterher. Eine falsche Bewegung von ihr und ich würde zustechen. Die Treppe ist steil, aber aus solidem Stein gebaut. Kein Knarren. Lediglich das Geländer wackelt ein bisschen. Beim Hinuntersteigen streiche ich mit einer Hand die Wand entlang. Selbst unter dem Leder des Handschuhs spüre ich den scharfkantigen Putz. Je tiefer es geht, umso mehr nimmt der Geruch nach Öl zu. Aus einem von drei geschlossenen Räumen dringt das elektrische Summen, das ich schon die ganze Zeit über gehört habe.

»Sie erwärmt das Wasser«, erklärt sie, als wäre das für mich von Bedeutung.

Ich sehe mich im Vorraum um. Der gesamte Bereich ist gefliest. Hier und da sind Sprünge in den Platten. Außerdem zeigt der Mörtel an einigen Stellen Risse. Hinter mir steht ein Regal mit Krempel. Zerfledderte Bücher, ein Globus, Plastikschüsseln, ein Korb mit Wäscheklammern und aufgewickelter Leine, Putzmittel, eine blaue Kühlbox, ein Kofferradio mit fehlenden Knöpfen und eine braun glänzende Schatulle. Zwischen all dem Krempel entdecke ich noch einen Fleischwolf. Einen, den man mit einer Schraube an einer Tischplatte befestigen kann. Der Schein der Deckenlampe verwandelt die Gegenstände und die Frau nahezu in konturlose Schatten. Sie steht vor mir, als warte sie auf neue Befehle. Ich schaue mir alle drei Türen an und nicke dann zum Raum, wo sich die Ölheizung befindet. Postwendend greift sie nach der Klinke, öffnet die Tür und schaltet das Licht an. Ich sehe die Heizungsanlage, den Wasserkessel und ein Geflecht an Rohren. Außerdem steht ein robuster Stuhl davor.

»Den benutzen wir als Steighilfe«, sagt sie, als könnte sie abermals meine Gedanken lesen.

Ich nicke erneut und betrachte die beiden anderen Türen. Die in der Mitte unterscheidet sich äußerlich nicht vom Zugang zum Heizungsraum. Dagegen ist die linke ein Ungetüm von einer Tür. Auf diese zeige ich.

»Was ist mit der da?«

»Eine alte Kühlzelle. Der Vorbesitzer war Jäger. Hat immer im Sternmühlental geschossen.« Sie hebt die Arme leicht, ohne dabei hektisch zu wirken. »Ich nehme an, nach der Jagd hat er die Kadaver zur Kühlung hier drin aufgehängt.«

»Das muss aber sehr wertvolles Wildfleisch gewesen sein, wenn er die Tür gleich mit zwei Zahlenschlössern gesichert hat«, spreche ich das Kuriosum an, das mir schon von Anfang an aufgefallen ist.

»Die Tür samt den Zahlenschlössern hat mein Mann später einbauen lassen. Wegen seiner alten DDR-Unterlagen.« Sie deutet eine Scheibenwischerbewegung an. »Wenn Sie wissen wollen, was da drin ist, müssen Sie auf ihn warten. Nur er kennt die Zahlenkombinationen.«

»Ich bin sicher, Ihnen fallen die Zahlen noch ein.« Ich zeige mit der Messerspitze hinter sie. »Bis dahin öffnen Sie diese Tür.«

Wieder gehorcht sie, diesmal zögerlicher. Sosehr sie die Klinke drückt, die Tür bleibt verschlossen.

»Was ist?«, frage ich. »Sagen Sie mir nicht, den Schlüssel hat auch Ihr Mann!«

Statt mir abermals direkt zu antworten, sinkt sie plötzlich zu Boden und bricht in Tränen aus. »Was wollen Sie denn von mir?«

»Sie sind keine gute Schauspielerin. Also wo ist der Schlüssel?«

Nach wenigen Schluchzern beruhigt sie sich und erhebt sich wieder. Sie macht einen Schritt auf mich zu, woraufhin ich das Messer hebe.

»Was soll das werden?«

Mit einer Kopfbewegung deutet sie hinter mir zum Regal. »In der Schatulle. Es ist einer aus Messing. Geben Sie sie mir bitte?«

Ich behalte sie im Auge und spähe gleichzeitig nach dem Kästchen. Nach einem Augenblick des Abwägens greife ich danach mit einer Hand. Ich schüttle es leicht, es klappert metallisch darin.

»Es sind mehrere Schlüssel«, erklärt sie.

»Aus Messing, sagten Sie.«

Ich versuche, die Schatulle zu öffnen.

»Sie klemmt ein bisschen.«

»Dann machen Sie das«, entscheide ich und halte sie ihr hin.

Auf einmal verziehen sich ihre Mundwinkel zu einem Lächeln. Während ich mich wundere, warum sie nicht danach greift, bemerke ich meinen Fehler. Meine Hand brennt. Ich lasse die Schachtel fallen, sie scheppert zu Boden, springt auf und um meine Füße verteilen sich lauter Schlüssel. Doch das interessiert mich nicht. Säure frisst sich durch das Leder bis zur Haut meiner Hand. Ich will mir den Handschuh von der Hand reißen. In dem Moment stürzt sich die Frau auf mich. Meine Klinge schnellt unkontrolliert nach vorn. Ich kann nicht sagen, wo ich sie getroffen habe, aber ich habe sie erwischt. Während ich das realisiere, rammt mich ihr Körper und ich knalle gegen das Regal. Im nächsten Moment rast der Fleischwolf auf mich zu. Das Eisen prallt gegen meine Schläfe.

Als ich wieder zu mir komme, brummt mir der Schädel und ich schmecke Blut. Außerdem bin ich mit den Kabelbindern aus meiner eigenen Tasche gefesselt.

Kapitel 47

Das Luder

Weitaus schlimmer als die Schmerzen vom unbequemen Liegen im Fußraum und dem üblen Geruch der Gummimatten empfand Josephine die Ungewissheit. Weder wusste sie, was mit Daniel passiert war, noch was die Männer ihr antun würden. Sie hatte deren Gesichter gesehen und sie wusste, wo Eduard Schmidt wohnte. Daher hegte sie kaum noch Hoffnung, dass er sie leben lassen würde. Allein wenn sie ihm ins Gesicht schaute, konnte sie die Anspannung und die Wut erkennen, die ihn antrieben. Nur wegen zwei beschissener Kaninchen! Während der gesamten Fahrt legte er die Pistole kein einziges Mal aus der Hand. Stattdessen spielte er nervös am Abzug. Mehrfach schloss Jo die Augen und träumte sich an einen anderen Ort. Aber von einem richtigen Traum konnte man gar nicht sprechen, im Gegenteil. Sie befand sich mitten in einem Albtraum. Es wurde noch schlimmer, als der Wagen hielt und sie die Bremsen tief in ihrem Magen spüren konnte.

»Katalena ist zu Hause«, sagte Schmidt zum Fahrer. »Ihr Auto steht in der Garage.«

»Dann haben wir ein Problem«, kam es vom Fahrersitz.

Jo bekam mit, wie Schmidt den Kopf schüttelte und Anweisungen gab. Der Wagen rollte wieder an, um kurz darauf wieder anzuhalten. Dann beugte er sich zu ihr hinunter.

»Endstation für dich.«

Sie konnte nichts entgegnen. Noch am Kulturpalast hatte er ein altes Tuch aus dem Kofferraum geholt und es ihr in den Mund gestopft. Seitdem rang sie nach Atem. Knebel und Aufregung versetzten sie in Panik. Im Fußraum war es stickig gewesen, aber als die Männer sie ins Freie zerrten, bekam sie trotzdem nicht viel mehr Luft. Sie zwang sich, langsam durch die Nase zu atmen. Schmidt eilte voraus zu einer Art Schuppen, wo er eine massive Tür aufschloss. Der Hutmann trieb Jo resolut vor sich her. Die Kräfte in ihren Beinen reichten gerade noch aus, dass sie nicht stolperte. Immerhin war sie so klar bei Verstand, sich das Grundstück einzuprägen, falls ihr irgendwie die Flucht gelingen sollte. Doch als sie in eine Art Büro gestoßen wurde und hinter ihr die Tür zuknallte, verabschiedete sich auch dieser Funke Hoffnung.

»Hinsetzen!«, befahl Schmidt und deutete auf einen von vier gepolsterten Stühlen.

Erleichtert, weil sie endlich sitzen durfte, kam sie der Aufforderung nach. Soweit es ihre Gelenke zuließen, hob sie die hinter dem Rücken gefesselten Hände an, damit einer der Männer die Kabelbinder durchtrennte. Schmidt schüttelte jedoch nur den Kopf.

»Nur der Knebel!«

Der Hutmann machte nicht den Eindruck, als fühlte er sich in der Rolle des Handlangers wohl. Dennoch nahm er ihr den Stoff aus der Mundhöhle. Jo musste husten. Gleichgültig klopfte er ihr zweimal auf den Rücken. Dann nahm er den Hut ab, zückte einen Kamm und richtete sich das schüttere weiße Haar zu einem Scheitel. Obwohl sie auf einmal wieder frei atmen konnte, schmerzte ihre Lunge angesichts der plötzlichen

Luftmenge. Sie krächzte und spuckte sich die Seele aus dem Leib. Unterdessen schloss Schmidt die Lamellen an einem Lüftungsgitter in der Wand mit einem Schalter.

»Spar dir die Puste für ein paar gute Antworten«, sagte er und nahm hinter einem wuchtigen Schreibtisch Platz. Verbittert wie ein mitleidsloser Richter saß er ihr gegenüber. »Was will dieser Henning Paul mit meinen Hasen?«

Nach und nach bekam sie den Reizhusten unter Kontrolle. Sie schwieg vor lauter Angst, das Falsche zu sagen.

»Ich würde an deiner Stelle lieber reden«, mahnte der Ältere, der jetzt an einer Maschine hantierte, die Ähnlichkeit mit einem altmodischen Lügendetektor aufwies.

Sie hielt es für klüger, den Tod des braunen Kaninchens zu verschweigen. Also schwindelte sie die beiden an.

»Mein Bruder hat sie ihm überlassen.«

»Ja, aber wozu? Um seine Schulden zu begleichen? Wohl kaum …«

»Nein, als Geschenk für Hennings Tochter.«

Schmidt krallte die Fingernägel in das Holz und zog sie geräuschvoll über die Oberfläche. Sodann nahm er Blickkontakt zu seinem Partner auf. Der wiederum schüttelte kaum merklich den Kopf. Der Weißhaarige glaubte ihr kein Wort. Als er zwei Drähte mit beiden Händen glattstrich, befürchtete sie schon, er werde sie an die Maschine anschließen. Stattdessen bemerkte sie, wie Schmidt ein Schubfach öffnet und hineingriff. Einen Augenblick später krachten ein Fahrradschloss und eine Klebebandrolle auf den Tisch.

»Also wo wohnt dieser Henning Paul?«

»Auf dem Kaßberg, in einer Villa«, beeilte sie sich zu antworten. »Aber sein Grundstück wird überwacht, da kommen Sie nicht so einfach drauf. Der ist stinkreich und niemand, mit dem man spaßt. Sie sollten sich von seinem Grundstück fernhalten.«

»Denkst du, ich will in sein Haus einbrechen wie dein Bruder bei mir? Wenn dieser Paul so reich ist, wie du behauptest, ist er doch Geschäftsmann. Also klären wir das wie Gentlemen.«

Anscheinend wollte Schmidt es auf eine Unterhaltung ankommen lassen.

»Das halte ich für keine gute Idee«, warnte sie ihn, um Pluspunkte zu sammeln. »Henning verhandelt nur nach seinen Bedingungen. Und nur mit Leuten, die er kennt.«

Blitzschnell griff Schmidt nach seiner Pistole und hämmerte sie auf den Tisch. »Bist du so dämlich oder tust du nur so?«

»Bitte, nicht!« Vergeblich kämpfte Jo mit den Tränen.

»Sie benimmt sich störrisch«, sagte der Hutmann.

»Dann müssen wir ihr eben zeigen, was mit unartigen Mädchen passiert«, sagte Schmidt.

Sie kamen beide auf sie zu. Sosehr sie bettelte, sie rissen sie vom Stuhl und schleiften sie zu einem Wandheizkörper.

»Der besteht aus Guss, also denk nicht mal daran«, erklärte Schmidt und klopfte gegen das Eisen.

Mit Kabelbindern und dem Fahrradschloss befestigte er Jos Hände an der Heizung.

»Ich habe Ihnen doch nichts getan!«

»Aber das ist kein Grund, dass wir dich nicht hier festhalten«, säuselte der Hutmann und packte ihren Kopf.

Das Ratschen des Klebebands zerschnitt ihr Herz. Bevor sie noch ein letztes Mal schreien konnte, presste Schmidt ihr den Kunststoffstreifen auf die Lippen und umwickelte ihren Kopf. Er ließ auch ihre Augen nicht aus. Alles wurde dunkel. Während er sie festmachte, stieg sein saurer Atem in ihre Nase, die als einziges frei blieb. Sie musste sich zwingen, nicht zu hyperventilieren.

»Dieser Raum ist absolut schalldicht«, sagte Schmidt. »Und der einzige Schlüssel befindet sich in meinem Besitz. Niemand wird dich finden, wenn ich es nicht will.«

Die Männer lachten. Minutenlang liefen sie dann im Raum herum. Ununterbrochen klapperten Gegenstände und Möbeltüren.

»Wie geht es jetzt weiter?«, fragte der Hutmann irgendwann.

»Du rufst Viktor an und ich sehe unterdessen nach meiner Frau im Haus. Aber vorher …«

Schmidt kniete sich noch einmal zu ihr. Wieder trat fauliger Geruch aus seinem Mund. Jo wollte nur noch in Ohnmacht fallen. Aber diesen Gefallen tat ihr Körper ihr nicht.

»Pass jetzt gut auf«, sprach er sie an. »Ich komme später wieder hierher zurück. Wenn etwas schiefläuft, du mich angelogen hast oder meinen Hasen auch nur ein Haar gekrümmt wurde, dann … werde ich dich die ganze Nacht vergewaltigen.«

Kapitel 48

Der Fotograf

Meine Augenlider werden nacheinander nach oben gezogen, mein Kopf brutal in den Nacken gelegt. Grelles Licht feuert mir auf die Netzhaut. Meine Hand brennt ebenfalls. Erinnerungsfetzen ziehen an mir vorüber. Schlüssel … Schatulle … Feuer …

»Bloß nicht schlappmachen«, höre ich die Hexe reden.

Sie ohrfeigt mich und lässt meinen Schopf los. Bleischwer fällt mein Kopf nach vorn. Ich bin ihr hilflos ausgeliefert. Nach dem Knock-out verschwindet der Schleier vor meinen Augen nur langsam. Mein Blick fixiert den Boden unter meinen Füßen. Die Fliesen bekommen allmählich Konturen. Vor mir liegt der Fleischwolf, der mich getroffen hat. Mein Schädel brummt. Der Geschmack von Blut klebt auf meiner Zunge. In mein linkes Auge ist ebenfalls Blut gelaufen. Vermutlich stammt es von der Wunde an der Schläfe.

»Schätze, Ihre Handschuhe sind hinüber«, sagt Katalena Schmidt, während sie meine Fesseln überprüft. »Ich weiß nicht, wer Sie sind oder wie Sie mich gefunden haben, aber eines weiß ich mit Sicherheit: Mein Gesicht und dieser Raum werden das Letzte sein, was Sie sehen.«

Ich schlucke und stöhne abwechselnd. Der Stuhl unter meinem Hintern ist knüppelhart. Es ist wahrscheinlich der Stuhl aus dem Heizungsraum. Mir fehlt die Orientierung. Die Waschküche um mich herum ist mir fremd. Die Kabelbinder schneiden in meine Hand- und Fußgelenke. Schon jetzt spüre ich, wie die Extremitäten taub werden. All das ist nichts im Vergleich zu der Unterwelt, in der ich mich befinde.

»Was …?«, kommt es aus meiner Kehle.

Kaum realisiere ich meine missliche Lage, donnert eine Männerstimme durch das Haus.

»Lena!«

Bevor ich um Hilfe schreien kann, stopft sie mir ein Tuch in den Mund. Zusätzlich presst sie eine Hand darauf. Ich würge und will mit den Beinen strampeln. Doch die Kabelbinder halten sie brachial an den Stuhlbeinen.

»Lena, wo bist du?«, tönt es wieder.

Katalena Schmidt legt ihren Zeigefinger auf ihre Lippen und lächelt dahinter. Dann flüstert sie mir ins Ohr.

»Mein Mann darf nichts von unserem kleinen Rendezvous erfahren.«

Anscheinend ist er nicht in das Treiben seiner Frau eingeweiht. Diese Erkenntnis macht meine Situation nicht besser. Ich spanne meine Muskeln an und fahre meinen Puls runter. Wenn ich mich gegen das Tuch wehre, ersticke ich. Der Stoff ist ölig. An Vergiftung werde ich aber garantiert nicht sterben. Eher an meinem Messer, das jetzt die Frau besitzt.

»Lena?«, klingt es jetzt näher. »Bist du im Keller?«

Wie es scheint, steht ihr Mann oben an der Treppe. Meine Blicke huschen umher. Ich bin auf der Suche nach einem Gegenstand, den ich irgendwie erreichen und damit Lärm machen kann. Vergeblich. Sie hat den Stuhl direkt in der

Mitte des Raumes platziert, die Regale, das Waschbecken, der Hackblock und der Edelstahltisch sind für mich unerreichbar. Wenn ich nicht zu schwach wäre, könnte ich mitsamt dem Stuhl umkippen. Der Aufschlag würde auf dem Fliesenboden poltern. Ich unternehme nichts und höre den Mann schimpfen, ehe es ganz still im Haus und im Keller wird. Eduard Schmidt ist gegangen.

Sie sieht mich an, als warte sie darauf, dass ich um Gnade bettle. Schon allein der Knebel hindert mich daran. Mir fällt auf, dass sie jetzt eine Schürze trägt. Keine bunte Kittelschürze, sondern eine klinisch weiße, abwaschbare, wie Metzger sie in einer Fleischerei benutzen. Gott, denke ich mir, du hast mich und mein Messer in die Hände einer Psychopathin gegeben. Wenn die Vorstellung, was sie mit der Klinge anrichten könnte, nicht so grauenhaft wäre, müsste ich angesichts dieser Skurrilität lauthals loslachen. Aber dieser verdammte Knebel wäre dann mein Tod.

»Er betritt nie den Keller«, sagt sie und zupft den Stoff aus meiner Mundhöhle. Dann betrachtet sie meine linke Hand, mit der ich die Schlüsselschatulle angefasst habe. »Wir haben beide Glück gehabt, Ihre Klinge hat mich nur leicht an der Brust erwischt. Es hat zwar ordentlich geblutet und meine Bluse ist ruiniert, aber zum Glück ist der Schnitt nur oberflächlich. Ich habe ein großes Pflaster aufgeklebt. Was Ihre Hand angeht, ist die Haut an einigen Stellen ziemlich gerötet. Außerdem sieht man lauter kleine Blasen. Eine Minute länger und die Säure hätte sich tief ins Fleisch gefressen. Hat bestimmt ganz anständig gebrannt. Hätte nie gedacht, dass es mal jemanden erwischen würde. Nur für den Fall, dass jemand bei uns einbricht, streiche ich die Schatulle von Zeit zu Zeit mit einer zähen säurehaltigen Lösung ein. Apropos von Zeit zu Zeit! Es wird Zeit, dass wir uns einander vorstellen. Sie zuerst!«

Zunächst bleibe ich stumm, dann sage ich: »Ich bin jemand.«

Über diese Antwort ist sie kein bisschen erstaunt, sondern eher amüsiert. »Wie originell! Dann wollen mir mal sehen …«

Sie tritt näher und durchwühlt die Taschen meines Jacketts und der Hose. Sie findet eine Geldbörse mit einer abgelaufenen EC-Karte und Bargeld. Außerdem mein Smartphone, meinen Führerschein und den Fahrzeugschlüssel. Sie stößt auch auf das Foto des vermissten Mädchens.

»Ah, Maria, die kleine Rothaarige!«, sagt sie, legt das Bild achtlos zu den anderen Gegenständen und tastet mich weiter ab.

Sie ist gründlich. Gründlicher als jeder Sicherheitscheck auf dem Flughafen.

»Was haben wir denn da?« Diesmal ist sie erstaunt, als sie die Spritze mit der farblosen Flüssigkeit findet. »Wollten Sie mich etwa betäuben? Sind Sie ein Vergewaltiger? Machen Sie sich an wehrlose alte Frauen ran? Wollten Sie mir Ihren riesigen Schwanz zeigen? Ist es das, was Sie wollten?«

Ich schüttle den Kopf.

»Na gut, vielleicht bringen Sie mich später ja doch noch zum Höhepunkt. Ja, wir beide werden uns köstlich amüsieren.«

Es klingt nicht, als würde sie Sex und damit verbundene extravagante Praktiken meinen. Nein, so eine ist sie nicht. Sie ist etwas weit Schlimmeres. Sie ist Medusa. Wenn sie den Kopf bewegt, wirkt ihre Frisur wie Schlangenhaar. Was ihre gnadenlosen Augen betrachten, entkommt ihr nicht.

»Nun denn«, zischelt sie. Sie legt die Spritze beiseite und krallt sich den rosafarbenen Papierführerschein, in dem sie mein Passbild findet. »Alexander Fahrenheit. Sie sahen schon als junger Mann attraktiv aus.«

Alte Bilder können viel über einen Menschen verraten. Das Bild oben im Wohnzimmer hat mir verraten, dass Katalena

Schmidt im selben Kinderheim wie Petra Zinnow gearbeitet hat.

»Sie wussten es nicht, dass ich die Leiterin war«, sagt sie. »Habe ich recht?«

Es ist erschreckend, wie treffsicher sie meine Gedanken erahnt. Sie ist intelligenter, als es den Anschein erweckt. Sie weiß, was sie tut. Und sie wird es brutal tun. Daran erinnert mich das Beil, das hinter ihr auf dem Hackblock liegt. Die demoralisierende Atmosphäre des Raumes lässt mich beharrlich schweigen. Mit jeder Sekunde nimmt die Beklemmung zu. Ich bin umringt von Einmachgläsern. Sie stehen auf Regalböden, die mit wuchtigen Eisenwinkeln an der Wand befestigt sind. Oberflächlich betrachtet erweckt die Kammer den Anschein eines Vorratslagers für konserviertes Obst und Gemüse. Aber das, was die Einmachgläser unter Verschluss halten, sind weder eingelegte Sauerkirschen noch Gurken.

»O mein Gott!«, bricht es aus mir heraus.

Ich will die Augen schließen, aber stattdessen starre ich die Regale an. Ich wünschte, ich würde wenigstens ein einziges Glas Marmelade oder Apfelmus entdecken. Doch in den Flüssigkeiten schwimmen lauter Organe. Augäpfel, Finger, Ohren …

Sie scheint es zu genießen, wie sehr mich der Anblick der Gläser anekelt.

»Ich sagte ja, mein Mann darf von meinem Hobby nichts erfahren.«

Sie tritt zu einem der Regale. Im nächsten Moment hält sie mir eines der Gläser wie ein wertvolles Sammlerstück hin. Im Formaldehyd badet eine Kinderhand. Demonstrativ schaue ich zur Seite. Den beschrifteten Aufkleber am Glas will ich nicht lesen.

»Sie hieß Annabell Böhme.«

Annabell! Nadja Böhmes Schwester, die angeblich im Wald verschwunden sein soll. Das war vor sechzehn Jahren. Nun habe ich sie gefunden. Ich wünschte, sie wäre auf alle Ewigkeit vermisst geblieben. Mein einziger Trost ist, dass Nadja Böhme nichts mehr davon erfährt. Vermutlich werden Polizei und Öffentlichkeit erst nach dem Tod der Hauseigentümer herausfinden, welch verabscheuungswürdiger Friedhof sich hier unten befindet.

»Die meisten Kinder kannten das Zimmer 9A.« Behutsam stellt sie das Glas zurück an seinen Platz, dreht es, bis das Etikett akkurat in der Reihe steht. »Ich hole sie von dort ab, nehme sie mit und sie verschwinden einfach.«

»Warum tun Sie das?«, ist meine einzige Frage.

»Weil es notwendig ist. Nun, im Kinderheim gab es hin und wieder ein Kind, das einfach nicht erziehbar war. Ein Fehler der Natur. Oder anders ausgedrückt, eine Gefahr für die Gesellschaft. Kinder wie Maria haben ihren Eltern Ärger bereitet. Meistens haben sie die Mütter krank gemacht. Mütter, die alles gegeben und zum Dank Geringschätzung bekommen haben. Wir müssen uns vor solchen Kindern schützen, verstehen Sie?«

»Diese Kinder haben niemandem etwas getan. Außerdem ist Ihre Zeit im Kinderheim schon lange vorbei.«

Sie schaut mich an, scheint nachzudenken und zuckt schlussendlich mit den Schultern. »Aber meine Sammelleidenschaft ist geblieben.«

Damit dreht sie mir den Rücken zu, geht zum Hackblock und greift nach dem Beil.

»Sie werden nicht in einem solchen Glas landen. Nein, Sie werden zuerst in handliche Portionen geteilt und sich dann einfach auflösen.«

Ich denke an die Säure, die meine Hand verbrannt hat. Sie schwingt herum und berührt einen Schlauch, der an der Wand hängt und mit einem Wasserhahn verbunden ist.

»Ich werde Ihr Blut wegspülen und Sie restlos beseitigen. Kein Mensch wird je erfahren, wo Sie geblieben sind. So, als hätte es Sie nie gegeben. Bevor ich anfange, werde ich in die Küche gehen und mich stärken. Sie haben mich beinahe um mein Mittagessen gebracht.«

Als sie die Beilklinge ins Holz schlägt, bin ich hellwach. Sie nimmt den Knebel und macht mich sprachlos. Dann geht sie. Ich erkenne den Unterschied zwischen uns beiden ganz klar: Sie tötet aus Leidenschaft, ich töte aus Verzweiflung.

Kapitel 49

Rückblick

Vanessas siebenter Geburtstag

Ein neuer Sommer. Lichtstreifen dringen durch das Fenster in die Küche, erwärmen Boden und Möbel. Ich starre in den Vorgarten, wo Vanessa mit ihrer Schulfreundin Gänseblümchen pflückt. Sie flechten Kränze. Sonja hat es unserer Tochter beigebracht. Die beiden Kinder strahlen mit der Sonne um die Wette. Ab und zu lassen sie Marienkäfer auf ihren Armen wandern. Von den Käfern gibt es dieses Jahr wieder reichlich. Sie lieben unseren Vorgarten, das sagen Spaziergänger, wenn sie davor stehen bleiben. Ich kann mir das Phänomen nicht erklären, das mit den Blattläusen. Ich habe schon einen Gärtner befragt, er meinte, Gift würde helfen. Sonja mag kein Gift, wegen der Umweltbelastung. Also lasse ich die Marienkäfer ihre Arbeit tun. Marienkäfer sind die harmlosesten Geschöpfe auf Erden, hat Sonja behauptet. Ich möchte zu gern wissen, was die Blattläuse dazu meinen.

»... können sich alle Freibadfans auch in den nächsten Tagen auf Höchsttemperaturen einstellen«,

tönen die Wetteraussichten im Radio.

Durch die Scheibe betrachte ich das Außenthermometer. Sechsunddreißig Grad im Schatten. Die Käfer müssen unter ihren Panzern kochen. Aber Marienkäfer sind Überlebenskünstler und dazu immer freundlich. Kein Kinderbuch kommt ohne Marienkäfer aus. Kein Kind kann einem Marienkäfer widerstehen. Vanessa ist das beste Beispiel. Wo Marienkäfer sind, zaubern sie ein Lächeln in die Gesichter.

Wohin man schaut, überall fröhliche Menschen. Im Supermarkt, an der Tankstelle, am Arbeitsplatz. Die ganze Welt strahlt. Nur in meinem Herzen ist es bitterkalt. Und das machen nicht die Eiswürfel im Colaglas, das ich in der Hand halte. Das Empfinden strömt direkt aus dem schwarzen Loch in meiner Brust. Meine Gedanken sind finster. Wenn ich Vanessas unbekümmertes Gemüt nicht täglich sehen würde, hätte ich mich wahrscheinlich längst umgebracht. Es ist wegen Sonja. Sie hat mich all die Jahre belogen. Sie hat mich betrogen und mir ihr Doppelleben verheimlicht. Dabei haben wir uns einmal geschworen, keine Geheimnisse vor dem anderen zu haben, weil jeder weiß, dass Geheimnisse der Anfang vom Ende sind. Jetzt fühle ich mich hintergangen, sämtlicher Ehejahre beraubt.

Als der Radiosprecher Sinéad O'Connor mit »Nothing Compares to You« ankündigt, fallen Ohnmacht und Gelähmtheit von mir ab. Abermals steigt Wut in mir auf. Ich knalle das Glas auf den Spültisch und eile zum Radio. Noch bevor die Sängerin von ihren berühmten sieben Stunden und fünfzehn Tagen singt, ziehe ich den Stecker. Ich kann keine Herzschmerzlieder mehr hören. Von Liebe will ich nichts wissen. Ich will nur verstehen.

Ich verlasse die Küche und betrete das Arbeitszimmer. Mir ist aufgefallen, dass ich mich immer öfter hierhin zurückziehe. Fast wie ein Teenager, der sich vor seiner Familie versteckt. Wie ein Teenager hole ich das Tagebuch hervor – Sonjas Tagebuch. Es ist in Kunstleder eingeschlagen und vorn ist als Motiv ein Zaunkönig aufgedruckt. Zumindest bilde ich mir ein, es sei ein Zaunkönig.

Behutsam streiche ich über den Buchdeckel, als wollte ich Staub wegwischen. Aber um Staub ansetzen zu können, müsste man es lange Zeit unangetastet lassen. Doch ich schlage es wöchentlich auf. Es sind einhundert weiße Blätter, zweihundert Seiten. Einhundertneunundsechzig davon sind beschrieben. Unverkennbar Sonjas Handschrift. Ihre Gedanken und Erlebnisse hat sie mit Tinte festgehalten. Rückblicke in ihre Kindheit, Episoden als Jugendliche und natürlich die Zeit mit mir. Wie wir uns kennengelernt haben, damals, als jemand ihr das Fahrrad gestohlen hatte. Es ist ganz und gar unromantisch gewesen, so bezeichne ich die Begegnung auch heute noch. Sonja hat unser Kennenlernen in ihren Zeilen als wundervoll bezeichnet. Auch unsere Hochzeit hätte ich anders beschrieben, als sie es in ihren Sätzen tut. So gehen die Eindrücke auseinander. Ich kenne jede Seite in ihrem Tagebuch, kann beinahe jede Zeile auswendig. Trotzdem verstehe ich nichts. Dabei beschreibt sie sehr genau die Ereignisse, die unsere Familie ins Unglück stürzten. Sie spricht offen über den Mann, den sie auf der Feier ihrer Eltern kennengelernt hat. Den Fotografen und früheren Fitnesstrainer. Ein richtiger Zampano ist er, jawohl! Angeblich wirkt er auf seine Mitmenschen anziehend, gebildet und charismatisch. Er hat Sonja erzählt, wie viele Länder er schon bereist hat. Überall fliegen ihm die Herzen zu. Er ist so ein guter Mensch … Und reden kann er! Die Leute kleben an seinen Lippen. Dabei ist er nur ein Fotograf. Und soweit ich das einschätzen kann, kein besonders talentierter. Aber das ist nur meine Beurteilung. Sonja findet andere Worte für ihn. Er ist in ihr Leben gekommen, um zu bleiben. Für mich ist er ein Blender, den ich loswerden muss …

»Papa, bekommen wir noch Cola?«

Vanessa und ihre Freundin stehen plötzlich im Türrahmen. Ich erschrecke so heftig, dass ich das Buch fallen lasse. Das Lächeln der beiden Mädchen gefriert. Mein schwarzes Loch zieht andere mit sich.

»Papa, ist was?«

»Nein, alles in Ordnung, meine Kleine«, sage ich, bücke mich und lasse das Tagebuch in der Schublade verschwinden.

Viel zu oft in letzter Zeit lüge ich meine Tochter an. Ich brauche Hilfe. Ich brauche dringend Hilfe.

Kapitel 50

Der Bulle

Lothar war sich sicher, dass Emma auch ohne ihn gute Arbeit leistete. Aber was hieß schon gute Arbeit, angesichts der Tatsache, dass ein siebenjähriges Kind vermisst wurde. Sobald im Autoradio die Musik unterbrochen wurde und sich der Sprecher meldete, hoffte Lothar auf eine Sondermeldung: Maria wurde lebend gefunden. In den Nachrichten bat man die Bevölkerung jedoch nach wie vor, Hinweise an die Polizei zu geben. Sogar ein Handsprechfunkgerät schleppte er mit sich herum, um keine neuen Meldungen des Streifendienstes zu verpassen. Es lag neben ihm auf dem Beifahrersitz. Aber bis auf den üblichen Funkverkehr tat sich nichts. Es schien, als hätte sich inzwischen die gesamte Polizei mit dem Schicksal der Kleinen abgefunden. Zum Glück gab es neben Emma genügend aufrichtige Polizisten, die nicht so einfach aufgaben. Während er das Lenkrad umklammerte und zum Stadtteil Rabenstein fuhr, fragte er sich, zu welchem Zeitpunkt er eigentlich aufgegeben hatte. Wahrscheinlich, als Dorit ihren Glauben und ihre Hoffnung verloren hatte.

Vorbei an den Felsendomen erreichte er Minuten später den Kulturpalast. Wie mit der Einsatzzentrale abgesprochen wartete ein Funkstreifenwagen vor der Großbaustelle. Seit dem Streit mit Emma war Lothar nicht faul gewesen. Wegen Josephines Verbleib hatte er sich bei beiden Stadtrevieren erkundigt, jedoch wusste niemand etwas über die Siebzehnjährige. Bei der Kriminalpolizeiinspektion hatte sie ihm von einer Geldübergabe erzählt. Geld, um das sie ihn angebettelt hatte.

»Habt ihr das Gelände geprüft?«, wollte er von der Streifenbesatzung wissen.

Die beiden Kollegen vom Revier Südwest schüttelten die Köpfe.

»Unser Dienstgruppenführer meinte, wir sollen auf dich warten«, sagte die Polizeiobermeisterin, und der Polizeikommissar nickte beipflichtend. »Aber in dem Bereich, den wir von hier aus einsehen können, haben wir keine Personen festgestellt.«

»Niemanden festgestellt«, redete Lothar nachdenklich vor sich hin.

»Wer weiß, was der Anwohner gehört hat«, sagte der Kommissar. »Du weißt ja, wie die Leute sind, lieber einmal mehr den Notruf wählen als zu wenig.«

Natürlich wusste Lothar, wie oft Menschen die 110 bemühten, weil sie irgendein Verbrechen witterten. Selten stellte sich am Ende ein echter Notfall heraus. Vor Jahren hatte er selbst einmal in der Einsatzleitstelle gesessen. Keine sechs Monate hatte er es im Innendienst ausgehalten, dann hatte er das Handtuch geworfen. Die hohe Anzahl an hirnrissigen Telefongesprächen mit beunruhigten und gleichzeitig beratungsresistenten Bürgern hätte ihm fast den Verstand geraubt. Dem Irrenhaus entkommen, so hatte er sich bei seiner Verabschiedung ausgedrückt. Hin und wieder gab es allerdings Einsätze, die sogar die Kripo alarmierten. Gegen Mittag hatte sich ein Mann gemeldet, der unweit des Kulturpalastes wohnte und von hier angeblich einen Schuss vernommen hatte.

»Der Notruf ist gegen 13.00 Uhr eingegangen?«, vergewisserte Lothar sich.

»13.02 Uhr«, konkretisierte der Kommissar. »Wir haben den Auftrag bekommen und die Gegend sofort überprüft. Wie bereits beim ersten Mal gemeldet, haben wir nichts feststellen können. Der Anrufer war sich dann auch nicht mehr sicher, was er gehört hat. Hier hat jedenfalls niemand geschossen.«

»Deshalb verstehen wir nicht so richtig, weshalb wir jetzt noch mal herkommen sollten«, fing die Obermeisterin an. Es war ihr sichtlich peinlich, Lothar darauf anzusprechen.

»Sechs Augen sehen mehr als vier.«

»Was ist eigentlich mit dem vermissten Mädchen? Warst du nicht für die Suche verantwortlich?«

»Ihr wisst doch, wie das bei uns läuft: Erst heißt es, mach dies, dann heißt es, mach das.«

Sosehr er um Maria bangte, sie war nicht mehr seine dringendste Baustelle. Josephine und ihr Bruder bereiteten ihm aktuell mehr Kopfzerbrechen. Immerzu dachte Lothar an das Telefonat mit Henning Paul. Der Unternehmer hatte wörtlich gesagt, dass Daniel den Schuss nicht gehört habe. Das konnte ein verschlüsselter Satz gewesen sein. Obwohl es dafür keine Belege gab, war Lothar davon überzeugt, dass der Drogenbaron über Leichen ging.

»Kontrolliert die Rückseite des Gebäudes, ich schaue drinnen nach.«

»Willst du da allein reingehen?«, sorgte sich der Kommissar offensichtlich um Lothar.

»Junge, ich habe in meinen Dienstjahren schon weitaus schlimmere Ecken betreten. Wenn einer klarkommt, dann ich.«

Nachdem er sich eine Zigarette angezündet hatte, stapfte er davon. Wegen der Entkernungsarbeiten konnte Lothar das monumentale Bauwerk mühelos betreten. Von innen sah der einstige Prestigebau noch deutlich erbärmlicher aus. Überall lagen Schuttberge, Graffiti zogen sich die Wände entlang. Treppenstufen waren ausgeschlagen. Es roch modrig und Lothar schaute dauernd nach oben, damit ihm nicht Deckenputz auf den Kopf fiel. Natürlich beeindruckte der Baustil des sozialistischen Klassizismus selbst noch nach Jahrzehnten. Allein der Säulensaal vermittelte ihm einen Eindruck davon, wie pompös es früher zugegangen sein musste, als die Bonzen in ihren Luxusschlitten vorgefahren waren. Der einstige Glanz war jedoch verblasst. Überall bröckelte die Hülle. Jeder Obdachlose hätte eine bessere Bleibe für die Nacht gefunden als diesen Ort. Immerhin wurde der Kulturpalast allmählich aus seinem Dornröschenschlaf geweckt. Baumaschinen und Arbeiter taten alles dafür, um das Gebäude in ein neues Gewand zu kleiden. Vorerst wurden die Fassaden und die Innenwände von Schmutz und Mief befreit.

Lothar stieg der Gestank in die Nase. Bei jedem Schritt musste er aufpassen, dass er das Leder seiner Schuhe nicht an zerbrochenen Glasflaschen oder spitzen Metallresten ruinierte. Erschwerend kam die Weitläufigkeit und Größe des Objektes hinzu. Unmöglich, alle Räume allein zu durchsuchen. Kein Wunder, dass die beiden Revierbeamten nichts festgestellt hatten.

»Josephine!«, rief er, aber die leere Hülle antwortete ihm ständig mit seinem eigenen Echo. »Daniel!«

Mehrmals rief er die Namen der beiden Geschwister, aber stets mit dem gleichen Ergebnis.

»Scheiße!«

Er wollte die Suche schon einstellen, als er auf einer Treppenstufe frisches Blut entdeckte. Er ging näher, hielt direkt mit dem Taschenlampenstrahl auf die Flecken. Er fand noch mehr. Die Blutspur führte nach oben.

»Josephine! Daniel!«

Keine Antwort. Aber wie ein Fährtenhund, der Witterung aufgenommen hatte, folgte er der Spur. Bis er ein unregelmäßiges Atmen und Wimmern vernahm. Lothar blieb kurz stehen, schaute sich um. Sicherheitshalber griff er nach seiner Pistole im Holster.

»Daniel?«, rief er jetzt gemäßigt. »Daniel, bist du das?«

Vorsichtig näherte er sich einer kleinen Burg aus Unrat, die zusätzlich mit einer ausgehängten Tür überdeckt war. Als er mitten in die provisorische Höhle leuchtete, erfasste das Licht eine zusammengekrümmte, bemitleidenswerte Gestalt.

»Bit… nich…«, drang es dünn aus dem Loch.

»Mein Gott!«, erschrak Lothar vor seiner eigenen Entdeckung. »Daniel!«

Ohne zu zögern, steckte er die Waffe weg und schob das Türblatt zur Seite, damit er Daniel Erste Hilfe leisten konnte. Aber als er das viele Blut auf Daniels Oberkörper sah, wusste er nicht so richtig, was er tun sollte. Schließlich presste er seine linke Hand fest auf die Stelle, wo er die Schusswunde vermutete. Daniel selbst war zu schwach, um auch nur einen Finger zu bewegen. Sein Stöhnen glich mehr einem Pfeifen. Vermutlich hatte es die Lunge erwischt. Bei jedem Atemzug verdrehte er die Augen. Er musste unglaublich viel Blut verloren haben. Bis zu den Socken war seine Bekleidung davon durchtränkt.

»Halt durch, du Idiot!«

»Henn…«

»Henning war das, ich weiß.«

»Holz…«

»Nicht reden.« Lothar fingerte nach seinem Handy, um einen Notruf abzusetzen. »Ich hole Hilfe.«

»Holz…bein …«

»Was?«

»Er … hier … Holzbein.« Ein Schwall Blut trat aus seinem Mund.

»Scheiße!«

»Eddi … nenn… ihn Ed…di …«

Bevor Daniel noch etwas sagen konnte, fielen ihm die Augenlider zu und der Kopf sackte zur Seite.

Kapitel 51

Der Kurier

Quälend träge öffnete sich das Grundstückstor. Vor lauter Vorfreude auf das Wiedersehen mit seinen Zwergkaninchen wollte Eddi vom Rücksitz springen. Stattdessen drückte er seine Wirbelsäule ins Rücksitzpolster und schaute durch die getönten Scheiben nach draußen. Links und rechts der Einfahrt zogen Tigerkopfsäulen an ihm vorüber. In dieser feudalen Villa wohnte also dieser Henning Paul. Als einfacher Anlageberater würde Eddi sich trotzdem nicht vor diesem stinkreichen Immobilienspekulanten verstecken. Eddi kannte den Stadtteil Kaßberg beinahe wie seine Westentasche. Unweit von hier hatte er seine erste Lehre begonnen. Bei Schreiner & Nestler. Die Firma gab es längst nicht mehr. Doch noch heute wusste er in Grundzügen, wie man Dampfkessel einmauerte und Fabrikschornsteine errichtete.

Später hatte Eddi als Kurier wichtige Unterlagen an noch weitaus wichtigere Personen in der Gegend geliefert. Exakt in dieser Straße hatte eine Reihe hoher Parteifunktionäre gewohnt. Etlichen hatte Eddi damals die Hand geschüttelt. Wobei er eigentlich nie weiter als bis zur Haustür gekommen war.

»Wie gut kennst du Paul?«, wollte er von Viktor wissen, in dessen Wagen sie saßen.

»Gut genug, um dieses Treffen zu arrangieren.« Viktor hielt auf einer ausladenden Parkfläche, die überdies von Bodenstrahlern beleuchtet wurde. Nachdem er den Motor abgestellt hatte, drehte er sich zu Eddi um. »Hör zu, Eddi, Henning und ich haben früher für die Partei Probleme aus dem Weg geschafft. Zuletzt haben wir vor der Wende in Rumänien zusammengearbeitet. Um was es damals ging, hat dich nicht zu interessieren, nur solltest du wissen, dass das lange her ist. Danach haben wir ein paar Mal telefoniert, mehr nicht, okay? Im Prinzip kennen wir uns nicht. Wir sind keine Freunde, wir respektieren einander. Dass wir sein Grundstück betreten dürfen, haben wir Hennings verdammtem Goodwill zu verdanken. Hast du das kapiert? Wir haben ihm nichts anzubieten. Er tut mir einen Gefallen, also gehen wir nicht zu weit. Du hast ihn am Telefon mächtig verärgert. Ich habe die Wogen geglättet, soweit ich konnte. Ich weiß nicht, was da oben passieren wird. Vielleicht will er mit uns Tee trinken, vielleicht braucht er aber auch einfach jemanden, der seinen Schwanz lutscht. Egal, wie Henning reagiert, wir sind Bittsteller. Wenn er dich beschimpft oder dich beleidigt, lächelst du und sagst danke. Hast du das verstanden, Eddi?«

»Kein Problem, ich will nur meine Hasen wiedersehen.«

»Und fang bloß nicht wieder mit deiner Medaille an.«

»Ich sagte, kein Problem.«

»Mir gefällt das alles nicht«, kam es vom Beifahrersitz.

Viktors Kopf schwang zu Hans. Die beiden sahen sich an, als ob sie Eddi etwas verschwiegen.

»Dann hättest du mich nicht anrufen dürfen«, sagte Viktor.

»Eddi wollte es so«, erwiderte Hans.

Eddi wollte es so! Die kleine Petze, dachte Eddi sich. Dabei stand ihm die Rolle des Befehlsempfängers wie keinem Zweiten.

Bisher hatte Hans sich über den Job nicht beschwert. Und von der ungarischen Pistole, die in Eddis Hosenbund steckte, hatte er Viktor offenbar auch nichts erzählt.

»Wie dem auch sei, jetzt sind wir hier«, sagte Viktor, dann blickte er Eddi abermals ernst an und hielt ihm die Handfläche hin. »Deine Waffe, gib sie mir.«

Sofort nahm Eddi Hans ins Visier. So konnte man sich in seinem Partner täuschen. Nach einem Augenblick des Weigerns hob er seinen Hemdsaum an und reichte Viktor die Pistole. Gleichzeitig sollte Hans seinen Zorn spüren.

»Darüber reden wir später, du Judas!«

»Es ist doch nur zu deinem Besten«, antworte Hans und nahm Viktor die FEG ab, um sie im Handschuhfach einzuschließen. »Am Ende wirst du mir dankbar sein.«

Daran zweifelte Eddi. Unverkennbar hatten sich die beiden abgesprochen, wie das Treffen laufen sollte. Zu dumm, dass Eddi das Drehbuch nicht kannte. Aber als bloßer Statist würde er hier garantiert nicht teilnehmen.

»Können wir endlich?«, murrte er.

Sie stiegen aus, brauchten nicht erneut zu klingeln. Am Hauseingang wurden sie von zwei von Pauls Männern erwartet.

»Arme ausbreiten«, kam die klare Ansage.

Viktor ließ seinen Körper zuerst abtasten und versuchte, die Atmosphäre aufzuheitern. »Ich dachte, Henning hätte mehr Vertrauen zu alten Freunden.«

Eddi erschloss sich nicht, weshalb der Immobilienunternehmer Sicherheitsleute für sein Privatanwesen beschäftigte. Für wen hielt sich der Kerl? Für Al Capone? Weder gefiel ihm die Geheimnistuerei von Viktor und Hans noch, dass ein Wildfremder ihn befingerte. Wahrscheinlich erfolgte die Kontrolle dank Viktors Kommentar nur oberflächlich. Zwei Klopfer an Eddis Hüften, dann durfte er passieren. Abgesehen davon hatte er keine Waffe mehr zu verbergen. Wie hätten die

Typen wohl reagiert, wenn sie die Pistole bei ihm gefunden hätten?

Positiv beeindruckte ihn der Fahrstuhl im Haus. Durch den Lift konnte er sein Bein schonen. Behaglich wirkte auch die Atmosphäre, als sie das Büro des Hausherrn betraten. Pompös, aber gleichzeitig familiär.

»Gib deinem Papa noch einen Kuss«, forderte der Mann, der tatsächlich wie Al Capone in seinem Sessel saß, von einem Mädchen mit Zöpfen. »Und dann geh zu deiner Mama!«

Die Umarmung der Kleinen sah aus, als wollte sie einen Elefanten drücken. Sie hopste wie Alice im Wunderland durch einen zweiten Ausgang davon. Fehlte nur noch Eddis weißer Hase, der ihr hinterherhoppelte.

Hinten und vorn wurden die Türen geschlossen. Paul nahm eine Zigarre zur Hand, kappte die Spitze mit einem Schneider und griff zu den Streichhölzern. Niemand redete, auch nicht der Asiate, der versetzt hinter ihm stand und wohl eine Art Bodyguard darstellte, körperlich aber viel mehr einem verhungernden Sekretär glich. Dagegen spannte Henning Pauls weißes Hemd über den Schultern. Er trug eine getönte Brille und eine fulminante Halbglatze. Scheiße, er sah wirklich aus wie Tom Cruise in »Tropic Thunder«. Eddi erinnerte sich an die Kontaktliste in Sperlings Handy. Vor ihm saß der leibhaftige Les Grossman.

»Hallo, Viktor!« Erst als sich der schwere Zigarrenqualm im Raum verteilt hatte, erhob sich Paul. »Komm her und begrüße deinen alten Genossen.«

»Du hast dich kaum verändert«, flunkerte Viktor und er reichte Paul die Hand.

»Ja, die Wiedervereinigung hat es gut mit mir und meiner Familie gemeint. Erzähl, wie ist es dir ergangen? Läuft das Hotelgewerbe noch?«

Eddi fühlte sich ignoriert. Schließlich ging es hier um ihn und seine Kaninchen. Zumindest eine anständige Begrüßung wäre angebracht gewesen. Stattdessen amüsierte Paul sich mit Viktor wie bei einem Parteitreffen.

Während Hans stocksteif verharrte und seinen Hut vor dem Bauch hielt, als wären sie auf einer Beerdigung, machte Eddi sich mit einem Räuspern bemerkbar. Endlich schenkte Paul ihm seine Aufmerksamkeit. Er löste sich von Viktor, nahm einen Zug von der Zigarre und dirigierte dann mit dem Arm vielsagend in der Luft. Nacheinander zielte die glühende Zigarrenspitze auf Eddi und Hans. »Wer von euch beiden Flachwichsern ist Eduard Schmidt?«

Kapitel 52

Der Fotograf

Der Waschkeller geht auf und mein Albtraum erreicht die nächste Stufe. Ich weiß nicht, wie lange sie weg war. Schon jetzt habe ich komplett das Zeitgefühl verloren. Es können Stunden gewesen sein, aber vermutlich sind nur Minuten vergangen. Eine Mahlzeit lang. Egal, mir ist der Appetit vergangen und jetzt steht sie im Türrahmen. In kniehohen Gummistiefeln und mit Gummihandschuhen, die bis über die Ellenbogen reichen. Sogar an ein Haarnetz hat sie gedacht. Obwohl sie vom Licht im Vorraum nur als Scherenschnitt dargestellt wird, kann ich ihre Mimik erahnen. Sie macht einen zufriedenen Eindruck. Wie eine Spinne, der ein Insekt ins Netz gegangen ist.

»Sie hätten mich nach den Lottozahlen fragen sollen, dann hätten Sie die Schlösser vielleicht aufbekommen.«

Ich verstehe nicht und ihre folgende Erklärung hilft mir auch nicht weiter.

»Wegen Maria«, sagte sie. »Sie sind doch wegen ihr hier, nicht wahr?«

Wahrscheinlich erwartet sie, dass ich mit einer Kopfbewegung zustimme. Ich bleibe regungslos sitzen. Ich versuche, mich zu entspannen, um Kräfte zu sparen. Eigentlich ist es töricht, dennoch gehe ich meine Chancen durch, die Sache möglichst unbeschadet zu überstehen. Was die Vorstellung in der Stadthalle angeht, werde ich es wohl nicht rechtzeitig schaffen. Mein Ticket wird verfallen und Nina vergeblich auf mich warten. Irgendwann wird sie enttäuscht gehen. Vielleicht wird sie mich ein letztes Mal über das Forum kontaktieren und mir Vorwürfe machen, weil ich sie wie jeder andere im Stich gelassen habe. Kein Wort zu jemand, denke ich, als Katalena Schmidt das Deckenlicht in der Kammer einschaltet. Ich blinzle den Schmerz in den Augen weg. Das letzte Licht, das meine Mutter vor ihrem Tod gesehen hat, schien in einer Zelle. Was für ein Wink des Schicksals! Dies hier soll meine Zelle sein. Maria und die anderen Kinder schauen mir zu. Auf eine besonders bizarre Weise …

»Sie suchen die Kinder«, sagt sie und erlöst mich vom Knebel. »Sie haben das richtige Hotel betreten und mich gefunden. Sie wollen wissen, wer diese Leute sind, die Kinder kaufen. Hier, mitten in Deutschland …«

»Dark Angel …« Es sollte eine Frage werden, aber mehr als diese zwei Worte bekomme ich nicht zustande, da mich ein Hustenanfall packt.

Sie schüttelt den Kopf. »Nein, ich bin nicht Dark Angel. Ich bin nur die Reinigungskraft. Genau wie mit all dem anderen Schmutz kümmere ich mich darum, dass die Kinder verschwinden.«

Wir schauen beide zu den Gläsern. Ich sehe ein Gebiss mit Milchzähnen und kneife die Augen zu. Wie abartig, denke ich mir, sie vergleicht die Kinder mit Schmutz.

»Vor über zwei Jahren wollte eine Journalistin das gesamte Netzwerk auffliegen lassen.« Sie redet von Nadja Böhme! Ganz sicher redet sie vom Motiv meines letztjährigen Fotos. Nadja war Journalistin. »Aber das Netzwerk wehrt sich, wenn es bedroht wird. Also hat man ihr Bilder von misshandelten Kindern zugespielt. Als Warnung und Denkzettel. Darunter befanden sich auch Aufnahmen von ihrer kleinen Schwester. Schätze, das hat sie zerstört. Seit einem Jahr hat man nichts mehr von ihr gehört …«

»Annabell«, kann ich mich nicht länger zurückhalten.

Sie grinst und nickt zu dem Glas, das sie mir vorhin hingehalten hat. »Es sind ausschließlich Männer, die dahinterstecken. Männer, die bereit sind, viel Geld zu bezahlen, um ihre Neigungen ausleben zu können. Mich interessiert das nicht, ich habe mit dem Netzwerk nichts zu tun. Wie gesagt, ich kümmere mich um den Dreck.«

»Und Petra Zinnow?«, krächze ich. »Mutter Mowa.«

»Meine ehemalige Arbeitskollegin hat nur den Kontakt hergestellt. Sie wusste gerade so viel, wie sie für die Aufgabe brauchte. Sie war wichtig, um das Vertrauen verzweifelter Mütter zu gewinnen, mehr nicht. Petra ist mir schon im Heim nützlich gewesen. Sie hatte da diese besondere Art an sich, verstehen Sie? Selbst schwierige Kinder haben sich ihr anvertraut. Durch sie erfuhr ich anschließend manche Geheimnisse dieser Bastarde. Sie glauben gar nicht, wie hinterhältig die Kinder sein konnten. Nun, ich habe sie alle gezüchtigt. Und es hat mir große Freude bereitet.«

»Sie sind krank.«

»Mag sein, aber von uns beiden sitzen Sie gefesselt auf einem Stuhl.«

Blitzschnell schießt ihre Hand in meinen Schritt. Der Blitz zerreißt nicht nur meine Hoden, sondern meinen gesamten Körper. Sie drückt zu und ich schreie. Kurz bevor ich die Besinnung verliere, lockert sie den Griff und dreht sich um, als wäre nichts gewesen. Ich beiße die Zähne aufeinander, werfe den Kopf hin und her, um irgendwie den Schmerz zu ertragen. Dabei hat sie bisher noch nicht einmal mein Messer eingesetzt.

Oder das Beil, nach dem sie in dieser Sekunde erneut greift. Mit einem Ruck befreit sie die Schneide aus dem Holzblock. Wie eine Monsterspinne kommt sie auf mich zu. Sie meint es ernst. Ich kann es in ihren giftigen Augen lesen.

»Bevor ich mich an Ihnen austobe, verraten Sie mir ein bisschen was über sich.« Wie ein Spielzeug wiegt sie das Beil in der Hand. »Sie entscheiden, wie lange das hier dauert. Ich an Ihrer Stelle würde lieber keine Zeit verlieren. Also fangen wir mit Ihrem richtigen Namen an.«

»Alexander Fahrenheit«, bleibe ich dabei.

Ohne Vorwarnung rauscht das Blatt von links heran. Erneut trifft mich Metall an der Schläfe. Volle Breitseite! Diesmal die andere Gesichtshälfte. Wieder bin ich taub, wieder sehe ich schwarz. Diesmal nur für einen Sekundenbruchteil. Zurück bleibt der Schmerz. Es fühlt sich an, als wäre mein Schädel gebrochen. Auf jeden Fall blutet die getroffene Stelle. Nicht nur mein Gehirn, auch meine drei Pläne werden über den Haufen geworfen. Mein Plan fürs Leben, mein Plan für meine Mission, mein Plan B, alles dahin. Selbst schuld! Ich ringe um Fassung und mein Sichtfeld. Ihre Kontur ist verschwommen. Dafür erscheint für einen Augenblick mein Vater mit erhobenem Zeigefinger vor mir.

Junge, wenn alle Stricke reißen, denk an den vierten und letzten Plan!

Ich lache auf. »Er meint den Notausstieg.«

»Was?«, kommt es diesmal von meiner Peinigerin.

»Wie bescheuert!« Ich heule und lache bei dem Gedanken an die Worte meines Vaters.

Jeder Mensch braucht einen Notausstieg. Mein Vater hatte auch einen Notausstieg – allerdings musste meine Mutter ihm diesen erst zeigen. Abrupt enden die Erinnerungen an meine Familie, als das Beil von oben herunterrauscht und auf meiner linken Schulter einschlägt. Ich schreie wie am Spieß. Sie verwandelt mich in ein jämmerlich kreischendes Kind. Sie spielt mit mir.

»Und das war jetzt zweimal bloß mit der stumpfen Seite«, sagte sie.

Halb benommen sehe ich, wie sie das Beil in ihrer Hand dreht.

»Beim nächsten Schlag hacke ich Ihnen die Zehen ab. Also, wie ist Ihr Name?«

Kapitel 53

Das Luder

Was die beiden geistesgestörten Männer bei ihrer Rückkehr mit ihr vorhatten, konnte Josephine nur erahnen. Sie wusste aber, dass es unter Garantie schlimm werden würde. Immerzu musste sie an die Pistole und die Drohung von Holzbein denken. Nein, siebzehn war kein Alter, um schon zu sterben. Schon gar nicht wegen zwei dämlicher Hasen!

White Rabbit, summte es schon wieder in ihrem Ohr. Arrr, dieses Lied! Falls Daniel noch lebte, würde sie ihn dafür umbringen. Vorher musste sie selbst überleben. Aber jedes Ziel, egal wie niederträchtig es war, half Kräfte zu mobilisieren. Ja, sie würde ihn erwürgen …

White Rabbit.

Hätte sie sich doch nur wie Alice verkleinern und durch einen Kaninchenbau flüchten können. Stattdessen hatte sie mehrmals mit den Ellenbogen, den Knien und nach dem Verdrehen ihrer Glieder sogar mit der Schuhsohle gegen den Heizkörper geklopft. Bis auf ein paar blaue Flecken hatte sie nichts erreicht. Anscheinend waren die Wände der Baracke tatsächlich so effizient isoliert, wie Schmidt behauptet hatte. Von außen drang nicht das kleinste Geräusch herein. Trotzdem gab sie nicht auf. Schon gar nicht, seit sie den Grat an der Emaillebeschichtung des Metallkörpers entdeckt hatte. Durch Zufall war sie mit den Fingerkuppen über die Kante zwischen den Heizungsrippen gefahren. Sie hatte sich ein bisschen geschnitten, aber sofort Hoffnung geschöpft. Das Fahrradschloss ließ sich nicht durchschneiden, wohl aber der Kabelbinder. Während sie durch das Klebeband um ihren Kopf in völliger Dunkelheit hockte, bewegte sie, so gut es ging, ihre gefesselten Handgelenke hoch und runter. Dadurch scheuerte die Plastikfessel direkt über die scharfkantige Unebenheit. Hoffentlich funktionierte es! Selbst nach unzähligen quälenden Minuten gab sie nicht auf. Hoch und runter. Gedanklich feuerte sie sich an, auch wenn unter dem Klebeband längst ihre Tränen flossen.

Schließlich gab es einen Ruck!

Jo quiekte vor Erleichterung, als sie realisierte, dass ihre Hände frei waren. Selbst ihre schmerzenden Muskeln und Nerven ertrug sie mit Freude, als sie ihre Arme bewegen konnte. Mit den Fingernägeln kratzte sie kreuz und quer über ihr umwickeltes Gesicht. Irgendwo gab es einen Ansatz für das Klebeband. Aber selbst das kostete noch einmal bange Minuten. Zeit, in der sie nur eins verspürte: Angst. Entsetzliche Angst, dass die Tür aufging und die Männer sie erneut packten. Schließlich konnte sie wieder sehen. Ohne Rücksicht auf ihre Haare riss sie die Kunststoffhaut ab. Bald löste sich der letzte Fetzen von Kinn und Wangen. Sie zupfte und spuckte den Knebel aus dem Mund und fing leise an zu wimmern und vor sich hinzureden. Die eigene Stimme vertrieb ein bisschen die Furcht aus ihrem Körper.

Als sie wieder halbwegs klar denken konnte, stürzte sie zur Tür. Abgeschlossen.

»Scheiße! Scheiße! Scheiße!«

So einfach machte es ihr Holzbein nicht. Zumal die Tür ähnlich robust wirkte wie der gesamte Raum. Dieses altmodische Büro – oder was immer dieser Schuppen darstellen sollte – war ein Gefängnis. Es gab nur Fensterattrappen, und das rote Telefon auf dem Schreibtisch funktionierte irgendwie nicht, als sie den Hörer abhob. Blöde Requisite! Wütend warf sie es in eine Ecke.

»Hilfe!« Sie wusste selbst, wie töricht es war, in der Höhle des Löwen zu brüllen, aber welche Alternative gab es schon? »Hilfe!«

Keine Reaktion von außerhalb. Sie schaute sich um. Sogleich machte sie sich an einem Blechschrank zu schaffen. Die Fächer waren abgeschlossen, also trommelte sie wenigstens dagegen, um Lärm zu machen. Aber auch das gab sie bald auf. Zuerst brauchte sie einen Gegenstand, mit dem sie sich notfalls verteidigen konnte. Aber bis auf unzählige alte Bücher, einen verstaubten Röhrenfernseher, einen Schallplattenspieler, einen Reißwolf und eine Stehlampe fand sie nichts.

»Scheiße, denk nach, Jo!«

Als sie sich umdrehte, fiel ihr Blick auf den geschlossenen Lüftungsschacht unterhalb der Zimmerdecke. Sie hatte zuvor gesehen, wie Schmidt die Lamellen bedient hatte.

»Hilfe, hört mich jemand? Hilfe, ich bin eingesperrt!«

Sekunden und Minuten verstrichen. Nichts passierte. Sie drehte sich zum Schreibtisch und fand in einem der Schubfächer ein Taschenmesser.

»Nein, wie dürftig ist das denn? Damit kann ich mir höchstens die Fingernägel säubern.«

Sie nahm es zwischen die Zähne. Dann umrundete sie den Schreibtisch und stemmte sich dagegen. Das massive Möbelstück ließ sich nur Millimeter für Millimeter bewegen. Schließlich erreichte sie die Wand. Sie kletterte auf die Tischplatte, um hinter das Gitter zu schauen. Ein leichter Luftstrom berührte ihr Gesicht. Ansonsten gab es da nur Dunkelheit.

»Hallo! Ist da jemand?«

Mehrmals rief sie, schlug sogar gegen die Lamellen, damit diese klapperten. Vergeblich. Aufgeben wollte sie dennoch nicht. Sie betrachtete das Messer in ihrer Hand, dann maß sie mit den Augen das Lüftungsgitter ab. Es war rechteckig und die Abdeckung mit vier Schrauben an der Wand fixiert. Das brachte sie auf eine Idee.

»Vergiss es, Jo, das schafft nicht mal James Bond.«

James Bond besaß ja auch eine kräftigere Statur. Für eine schmale Person wie sie schien es theoretisch möglich.

»Das funktioniert nie.«

Mangels anderer Werkzeuge klappte sie das Taschenmesser auf. Mit der Klingenspitze stach sie in den ersten Schraubenkopf. Natürlich bewegte sich die Schraube keinen Millimeter. Dafür drohte die Klinge abzubrechen.

»Bitte nicht!«

Wie durch ein Wunder wurde ihr Gebet erhört. Es gab ein kaum merkliches Quietschen, dann lockerte sich die Schraube. Bald hatte sie sie herausgedreht. Nicht weniger Mühe hatte sie bei der nächsten, aber auch gegen deren Widerstand siegte Jo. Doch bei Schraube Nummer drei gab die Klinge nach. Polternd landete sie auf dem Tisch.

»Scheiße, nein!«

Schon vorher war das Werkzeug lächerlich gewesen, jetzt war es völlig nutzlos. Sie warf den Griff weg und machte sich daran, das Lüftungsgitter mit Muskelkraft nach unten zu biegen. Das Blech bog sich leichter als erwartet. Als sie in den offenen Kanal schaute, wurde ihr jedoch übel. Spinnennetze, tote Insekten, Ablagerungen von Dreck und ein modriger Geruch offenbarten sich ihr.

»Niemals, lieber sterbe ich.«

Plötzlich bildete sie sich ein Geräusch an der Tür ein. Sie hielt den Atem an und im nächsten Augenblick waren ihr die Spinnen und der Schmutz egal. Mit Schwung schob sie sich in die Öffnung. Breit genug war der Schacht, aber von der Höhe her eckte sie oben und unten an. Einhundert Gramm mehr auf den Hüften und sie wäre stecken geblieben. Sie brauchte nur wenige Meter zu kriechen, bis sie einen schwachen Lichtschein wahrnahm. Tatsächlich musste sie nur einmal um neunzig Grad abbiegen und dann fand sie das Ende des Tunnels. Hier war die Temperatur deutlich milder. Vermutlich befand sich der Metalltunnel an der Außenwand des Schuppens. In Freiheit war sie deswegen noch längst nicht. Vorher musste sie eine bewegliche Wärmeschutzklappe abreißen, danach konnte sie sich das Gitter am Ende vornehmen.

»Ich hätte rückwärts reinkriechen müssen«, stellte sie fest, weil es mit den Füßen deutlich einfacher gewesen wäre. »Warum bin ich eigentlich keine Zirkusartistin geworden?«

Immerhin hatte sie genügend Bewegungsfreiheit, um mit ihren Unterarmen gegen das Gitter zu schlagen. Beim Material handelte es sich ebenfalls um Blech, das sich bei jedem Schlag mehr und mehr verbog. Lediglich einige Schrauben hielten es an Ort und Stelle.

»Nicht mit Jo, ihr Arschlöcher!«

Obwohl sie sich die Haut zerschnitt und ihr inzwischen der eingesetzte Ellenbogen wehtat, hämmerte sie ununterbrochen gegen die Barriere. Schließlich gaben die Schrauben nach und die Abdeckung polterte zu Boden. Nur Sekunden danach stand Jo daneben. Sie blickte direkt auf das Haus. Es wirkte verlassen. Schmidt hatte kurz vor dem Gehen zu seinem Partner gesagt, seine Frau sei nicht anwesend. Darüber hatte er sich gewundert. Instinktiv wollte Jo schleunigst vom Grundstück verschwinden, aber dann fiel ihr Blick auf eine verwitterte Terrassenplatte. Nahezu einladend hatte jemand sie gegen die Fassade gelehnt.

Auf einmal verspürte sie den Drang, dem Hauseigentümer einen Denkzettel zu verpassen.

»Wie würde es dir gefallen, wenn ich dein Haus unter Wasser setze?« Sie legte den Kopf schief, wählte eines der Fenster und hob die Betonplatte an. »So als Andenken an unsere gemeinsame Zeit, du Kinderficker!«

Im nächsten Augenblick splitterte die Glasscheibe des Gästezimmers.

Kapitel 54

Der Kurier

Hatte er eben tatsächlich das Wort Flachwichser gehört? Angesichts dieser offenkundigen Beleidigung verschlug es Eddi die Sprache. Hans blickte ihn an und hob die Augenbrauen. Er hatte es also auch vernommen.

»Du hast mit mir auf diese unschöne Weise am Telefon gesprochen«, redete Paul weiter mit Eddi. »Ehrlich, du traust dir ganz schön viel zu. Zu viel, für meinen Geschmack. Aber vermutlich hast du keine Ahnung, wer ich bin.«

»Ich war wütend wegen dieser kleinen Schlampe und ihrem Bruder.«

»Josephine ist keine Schlampe.«

»Ist das so? Bei mir hat sie diesen Eindruck erweckt. Aber um sie geht es nicht. Ihr Bruder hat mir meine Hasen geklaut. Halten Sie mich für sentimental, aber meine Hasen sind für mich wie Kinder. Wenn jemand meinen Kindern etwas antut, kann ich mich nicht mehr zurückhalten.«

»Verstehe, du vergleichst Hasen mit Kindern.« Paul verzog die Mundwinkel, als schmeckte ihm die Zigarre auf einmal nicht mehr. »Wegen zwei Zwergkaninchen der ganze Aufstand.

Ich nehme an, du meinst die mit dem weißen und dem braunen Fell.«

Eddi konnte sich nicht länger beherrschen, weshalb er einen Schritt nach vorn machte, was den Asiaten im Hintergrund ebenfalls zu einer Reaktion bewegte. Für einen Moment sah es so aus, als wollte er in seinem Jackett nach etwas greifen.

»Ja, um diese beiden geht es«, sagte Eddi.

»Eigentlich ist Eddi hergekommen, weil er sich entschuldigen will«, übernahm Viktor. Wieder versuchte er, die angespannte Situation mit guter Miene zu überspielen.

»Tatsächlich?«, fragte Paul. »Eben hat er gesagt, es gehe ihm bloß um die Hasen.«

Eddi fand die Unterhaltung mindestens genauso wenig spaßig wie Paul. Langsam bekam er den Eindruck, dass der Hausherr nicht irgendein Immobilienunternehmer war, sondern eine große Nummer in ganz anderen Geschäften. Von dieser Vorahnung ließ Eddi sich aber nicht einschüchtern. Immerhin waren sie zu dritt.

»Das Mädchen hat behauptet, ihr Bruder hätte Ihnen die Kaninchen gegeben. Also, wo finde ich diesen Daniel und vor allem, wann bekomme ich meine Tiere zurück?«

Paul zog genüsslich an seiner Zigarre. Anschließend hob er die freie Hand, streckte den Zeigefinger und zielte damit auf Eddi. »Schnauze! Ich stelle hier die Fragen und mache die Bedingungen, klar?«

Verbissen kniff Eddi die Lippen zusammen und funkelte Viktor an, der das Treffen eingefädelt hatte. Viktor legte den Kopf schief und rümpfte die Nase. Anscheinend wollte er signalisieren, dass Eddi einen Gang zurückschalten sollte.

»Na schön, Ihre Bedingungen«, lenkte er ein, obwohl es tief in seinen Eingeweiden brodelte.

»Eine kluge Entscheidung«, bekundete Paul und lehnte sich gegen seinen Schreibtisch. »Dann erkläre ich euch mal, wie das hier abläuft. Ihr kleinen Pisser zieht schön eure Hosen wieder hoch, denn in diesem Haus habe ich den größten. Also schenkt euch den Schwanzvergleich. Ihr zwei …« Er zeigte auf Viktor und Hans und wedelte dann mit der Hand. »Ihr geht mir ein bisschen aus der Sonne. Und du, Eduard Schmidt, trittst zwei Schritte vor. Dann fällst du auf deine Knie und danach will ich laut und deutlich deine Entschuldigung hören. Und wenn du mich überzeugst … gibt es anschließend vielleicht noch Kaffee und Gebäck für alle.«

Eddi konnte seinen Lacher nicht unterdrücken. Seine Heiterkeit verging jedoch so schnell, wie sie gekommen war. Alle anderen blickten ihn finster an. Hans trat als Erster beiseite, hin zum Fenster. Im Zimmer wurde es totenstill. Paul spielte nicht bloß den Regenten, er meinte es absolut ernst. Selbst an die Einladung zum Kaffee glaubte Eddi nicht mehr …

»Ich kann nicht«, sagte er deshalb.

»Wie bitte?«

Eddi klopfte sich gegen das künstliche Kniegelenk. »Ich kann mich nicht hinknien. Selbst vor Gott nicht.«

Dem Moment des Erstaunens folgte ein breites Grinsen in Pauls Gesicht. Er legte seine Zigarre in einen Aschenbecher, klatschte in die Hände und wedelte dann mit dem Zeigefinger.

»Du gefällst mir, Eduard Schmidt! Du hast echt Eier. Aber wenn ich zu jemandem sage, er soll sich hinknien, tun die Leute das immer. Selbst Gott verbeugt sich vor mir, wenn ich es will, und der Mann ist deutlich älter als du.«

»Wissen Sie was? Dann gehen Sie doch zu Ihrem Scheißgott und stecken ihn sich schön tief in den Arsch!«

»Eddi!«, ermahnte Viktor ihn, aber es war zu spät.

Längst sah Eddi rot. »Ich will meine Hasen, auf der Stelle!«

»Also schön«, redete Paul völlig entspannt. »Ich verrate dir, wo deine Kaninchen sind. Das weiße Kaninchen befindet sich im Zimmer meiner Tochter. Es gefällt ihr so sehr, dass ich für sie auf alle Ewigkeit der beste Papa der Welt bin. Und damit das so bleibt, werde ich alles dafür tun, damit sie es behält. Ich habe extra den größten Käfig kaufen lassen, den der Handel hergegeben hat. Und was das braune Kaninchen angeht …«

»Was ist mit ihm?«, platzte es aus Eddi heraus, weil er Schlimmes erahnte.

»Es war sehr tapfer, aber es ist jämmerlich krepiert.«

Eddis Gebiss knirschte. »Das haben Sie nicht getan.«

»Wo ist Josephine?«, fragte Paul mit fester Stimme.

»Erst will ich meine Hasen.«

Viktor trat jetzt auf Eddi zu und legte ihm die Hand auf die Brust. »Du gehst zu weit.«

»Verschwinde, du bist nicht mehr mein Freund. Ich werde …«

»Knall ihn ab!«, befahl Paul.

Bevor Eddi realisieren konnte, wem die Aufforderung galt, hielt der Asiate eine Pistole in der Hand. Mit lang gestrecktem Arm bewegte er sich auf Eddi zu.

»Nein!« Eddi stolperte nach hinten und riss schützend die Hände hoch.

Auf einmal zogen auch Viktor und Hans Pistolen. Eddi bekam es nur aus dem Augenwinkel mit, wie Hans seine aus dem Hut zauberte. Diese Verräter! Sie hatten ihm die FEG abgenommen und trugen selbst Waffen bei sich. Mit diesen zielten sie ihrerseits auf den Asiaten.

»Ich muss dringend ein ernstes Wörtchen mit meinen Sicherheitsleuten reden«, kam es von Paul, der sich wie in Zeitlupe um den Tisch herumbewegte.

»Keinen Schritt weiter, Henning!«, kommandierte Viktor. »Du hast es nicht anders gewollt.«

Anscheinend standen er und Hans doch noch auf Eddis Seite.

»Was soll das werden?«, fragte Paul. »Willst du mich erschießen? Deinen alten Genossen?«

»Tut mir leid, wir wollten wirklich nur die Hasen.«

»Ja, und du Penner bist jetzt am Arsch!«, brüllte Eddi den Gastgeber an. »Was sagst du jetzt?«

Paul schüttelte den Kopf. »Mein Haus, meine Bedingungen. Chung …«

Den Knall der Patrone hörte Eddi erst mit Verspätung. Die Kugel riss ihn von den Beinen. Nicht nur der Asiate hatte geschossen, auch Viktor feuerte los. Schwer am Oberkörper getroffen bekam Eddi noch mit, wie es dem Asiaten das halbe Gesicht wegriss. Hans zielte auf Paul, der trotz seines wuchtigen Körperbaus wie ein Leichtathlet hinter seinen Schreibtisch hechtete. Einen Wimpernschlag später schoss er mit einer Pistole aus seiner Deckung. Alle schrien wild durcheinander. Viktor hielt sich den Bauch. Der Asiate hatte vor seinem Tod offenbar einen zweiten Schuss abgegeben, der Viktor erwischt hatte. Obwohl Viktor den Pistolenlauf noch auf Paul richtete, starb er im Kugelhagel.

»Mach ihn kalt!«, befahl Eddi, aber Hans war kein so versierter Schütze wie Viktor.

Eine Patrone von Paul versetzte Hans einen Streifschuss am Arm. Draußen auf dem Flur wurde es laut. Eddi kroch über den Boden. Sein Blut verteilte sich auf dem Marmor.

»Hans!«, rief Eddi, aber auf ihn konnte er nicht mehr bauen.

Statt auf den Gegner schoss Hans auf die Fensterfront. Nachdem die Glasscheiben zersplitterten, sprang er hindurch in die Freiheit. Zurück blieb nur sein Hut.

Inzwischen sah Eddi sich von Sicherheitsleuten mit gezogenen Waffen umringt.

»Nicht anfassen!«, brüllte Paul.

Keuchend und mit blutiger Fratze schleppte er sich auf Eddi zu. Er hielt sich die linke Flanke, wo ihn anscheinend ein

Geschoss erwischt hatte. Eddi lag bäuchlings vor ihm auf dem Boden. Seine Kleidung wurde vom eigenen Blut durchtränkt. Er senkte den Blick und streckte die Arme zum Zeichen der Unterlegenheit von sich.

»Wo ist Josephine?«

»Bei mir zu Hause«, wimmerte Eddi.

»Bei dir zu Hause …« Im nächsten Moment trat Paul mehrfach gegen Eddis Prothese. »Und was macht sie dort?«

»Ich wollte …« Eddi schluchzte heftiger und winselte. »Bitte, bitte rufen Sie meine Frau an, sie wird das Mädchen gehen lassen.«

»Gib mir dein Telefon und die PIN.«

Unter Schmerzen zog Eddi sein Handy hervor. Es war blutverschmiert, als er es Paul hinschob. »4-4-1 … 9«

Statt nach dem Mobiltelefon zu greifen, packte Paul Eddis künstliches Bein und zerrte so lange daran, bis es sich löste. Eddi schrie und jammerte wie ein Stück Vieh.

»Das behalte ich als Trophäe«, vernahm er Paul dicht an seinem Ohr, nachdem dieser sich zu ihm niedergebeugt hatte. »Es wird das Einzige sein, was von dir übrig bleibt.«

»Nein, bitte töten Sie mich nicht! Ich mache es wieder gut!«

Schnaufend nahm Paul das Handy und erhob sich.

»Beseitigt diesen Abschaum, aber so, dass niemand ihn findet.«

Kapitel 55

Der Fotograf

»Ich heiße Alexander Fahrenheit«, wiederhole ich und krampfe Finger und Zehen zusammen.

Es ist nicht das, was die Kindermörderin hören will. Es ist auch nicht die Antwort, mit der sie gerechnet hat. Eine Spur von Enttäuschung liegt in ihrem Blick, denn sie dachte, sie hätte mich weichgeklopft. Schon jetzt blute ich wie ein Schwein im Gesicht. Sie verliert die Geduld mit mir. Genau so sieht sie mich an. Wie eine Erzieherin, der das Kind nicht gehorchen will. Es ist ein schwacher Triumph für mich, denn nun bleibt ihr nur noch die scharfe Kante des Beils. Falls es noch irgendwo einen Notausstieg gibt, sollte mir der Plan auf der Stelle einfallen.

»Nun gut, ich bin beeindruckt«, gibt sie zu. »Mal sehen, wie schön du schreien kannst.«

Ich wünschte, sie würde mir vorher meine eigene Betäubungsspritze in den Hals rammen. Stattdessen richtet sie das Beil auf mich. Ich halte den Atem an und schließe die Augen. Mit der Schneide berührt sie meine Stirn, um ihr Ziel nicht zu verfehlen. Doch statt auszuholen, fährt sie mir quer über das Gesicht. Ich presse die Lippen aufeinander, brumme und schnaufe. Rotz spritzt mir vor Anstrengung aus der Nase. Die Klinge ist definitiv nicht so scharf wie bei einem Messer, aber sie reißt mir trotzdem die Haut auf. Beim Kinn endet es nicht. Sie zieht das Beil weiter. Tiefer. Über meinen Hals zur Brust. Sie durchtrennt den Stoff meines Hemdes. Die Knöpfe halten dem Druck nicht stand, schießen davon. Als mein Bauch frei liegt, zieht sie die Hand zurück. Sie holt zum Schlag aus, fixiert dabei meine Füße. Ich presse meine Unterschenkel noch mehr als zuvor an die Stuhlbeine. Sie beugt sich nieder und stützt sich mit der freien Hand auf einem meiner Knie ab.

»Sag Lebewohl zu deinen Zehen …«

Irrsinnigerweise muss ich an Sonja denken. Zum Glück kann sie mich nicht in dieser beschämenden Situation erleben. Ich habe alles vermasselt. Jetzt kann ich den Schmerz nur noch wie ein Mann ertragen. Aber selbst hierbei versage ich. Noch bevor der Hieb folgt, quieke ich wie ein Lamm auf der Schlachtbank.

Plötzlich ist da dieses leise Klirren. Ich habe es gehört und Schmidt ebenso. Das Beil verharrt an Ort und Stelle in der Luft. Beunruhigt schaut sie zur geschlossenen Tür. Sie ist abgelenkt. Also hüte ich mich, auch nur einen Ton von mir zu geben. Meine Ruhe oder ihre Unruhe, eins von beiden führt dazu, dass sie das Beil beiseitelegt. Ersatzweise greift sie wieder zu dem öligen Tuch und presst es mir zwischen die Zähne bis tief in den Schlund. Wortlos schaltet sie das Licht aus und verlässt den Raum. Der Riegel fällt ins Schloss und ich ersticke in der Dunkelheit.

Den Würgereiz bekomme ich, Gott sei Dank, in den Griff. Mir bleibt Verschnaufzeit, um weiter nach meinem Notausstieg zu suchen. Ich kann das abgelegte Beil nur erahnen. Selbst wenn ich es mit dem Stuhl bis zum Hackblock schaffe, wie soll ich nach dem Werkzeug greifen? Ein Glas zu zertrümmern bringt ebenso wenig. Ich hätte keine Möglichkeit, auch nur eine

Scherbe in die Hand zu nehmen. Und mein Messer liegt unerreichbar auf dem vorletzten Regalboden. Indiskutabel, auch nur daran zu denken. Ich kichere, weil ich mich selbst in diese Situation manövriert habe. Nur ein Wunder kann mich jetzt noch retten. Oder ich finde ein Behältnis mit der Säure und verätze meine Fesseln und meine Haut. Der Gedanke macht mich wahnsinnig. Die Schmerzen und mein Zustand rauben mir den Verstand. Die Minuten verstreichen. Die Tür geht wieder auf. Katalena Schmidt hält ein klingelndes Festnetztelefon in der Hand. Sie schimpft und nimmt das Gespräch an.

»Ich habe Ihnen schon gesagt, dass ich keine Josephine Sperling kenne …« Sie sieht mich gelangweilt an. Keine Frage, der Anrufer stört sie bei der Arbeit. »Sie haben sich verwählt und mir nicht einmal Ihren Namen genannt, wie es sich gehört. Rufen Sie mich nie wieder an.«

Sie will auflegen, aber der Anrufer schafft es irgendwie, sie in der Leitung zu halten.

»Wie bitte?«, fragt sie erstaunt.

Sie hört zu, wodurch mir weitere Schonzeit bleibt. Wäre ich nicht in dieser misslichen Lage, würde ich zu gern den Inhalt des Telefonats wissen. So aber erhasche ich nur Gesprächsfetzen.

»Ja, Eduard ist mein Mann … Ist das so? Netter Versuch, aber Sie müssen sich irren …« Sie sieht mich auf eine abartige Weise an. »Mein Mann kann nicht bei Ihnen sein, denn er sitzt vor mir.«

Endgültig beendet sie das Gespräch. Zusätzlich schaltet sie das Telefon aus und das Licht in dem Waschraum an. Sie befreit mich von dem Knebel.

»Ihr Mann steckt in Schwierigkeiten«, gebe ich das Erstbeste von mir, das mir einfällt.

Sie zuckt mit den Schultern. »Er hat seine Geheimnisse und ich habe meine. Wie heißt es so schön? Bis dass der Tod uns scheidet.«

Ich weiß nicht, ob die Aussage ihrem Mann oder mir gilt. Ich weiß aber, dass diese Frau vollkommen abgestumpft ist. Gegen sie bin ich ein Lamm. Und wie ein Lamm wird sie mich schlachten.

Auf einmal huscht hinter ihr ein Schatten vorbei. Ich habe niemanden erkannt, nur die Veränderung des Lichts. Ich kneife kurz die Augen zusammen, um schärfer sehen zu können. Katalena Schmidt ist nicht allein zurückgekehrt. Sie hat jemanden mitgebracht. Dieser Jemand tritt nun direkt hinter sie. Ich schaue an ihr vorbei und sage so laut ich kann: »Notausstieg.«

Sie blinzelt verwirrt, ehe sie meinem Blick folgt. Zuerst zögerlich, aber dann schwingt sie herum. Der Fleischwolf, der bereits mich ausgeknockt hat, klatscht mitten in ihr Gesicht. Wie ein gefällter Baum kippt Katalena Schmidt um. Mit dem Hinterkopf schlägt sie auf den Fliesenboden auf und rührt sich nicht mehr.

Kapitel 56

Das Luder

Nach dem Einbruch hatte Josephine sich im Haus flüchtig nach Bargeld umgeschaut. Sie war gar nicht dazu gekommen, in Badezimmer oder Küche die Abflüsse zu verstopfen. Sie hatte sich geirrt, sie war nicht allein im Haus. Auf einmal hatte sie Schritte vernommen. In höchster Eile hatte sie sich in einer Nische neben einem Staubsauger versteckt. Aus dem Kellerbereich war die Ehefrau von Eduard Schmidt aufgetaucht. Das Splittern der Fensterscheibe musste sie aufgeschreckt haben. Bei der Nachschau war sie ganz dicht an Jo vorbeigelaufen. Sie hatte bereits die Hand auf die Türklinke zum Gästezimmer gelegt, als unvermittelt das Festnetztelefon geklingelt hatte. Wahrscheinlich wäre Jo der Hauseigentümerin niemals bis hinunter in den Keller gefolgt, aber sie und der Anrufer hatten sich über Jo unterhalten. Also war sie neugierig gewesen. Und dann hatte Jo den gefesselten Mann gesehen …

Ohne die Situation richtig zu begreifen, hatte sie nach einem herumliegenden Fleischwolf gegriffen und ihn der Frau ins Gesicht geschleudert. Da lag sie nun. Völlig reglos. Im Gegensatz zu dem Mann auf dem Stuhl, der nicht nur entsetzlich stöhnte und mit sichtlicher Mühe den Kopf hob, sondern auch stark im Gesicht blutete.

»Was zum Teufel ist hier los?«, fragte sie den Fremden.

»Wie spät ist es?«, kam es verwaschen zurück.

»Was?«

»Die Uhrzeit …«

Jo blickte kurz über ihre Schulter. Sie hatte kein Handy mehr, aber beim Betreten des Gästezimmers war ihr ein Wecker neben der Schlafcouch aufgefallen.

»Zu spät für Sie.«

»Bitte, ich muss wissen, ob ich zu spät für meine Verabredung dran bin.«

»Ihre Verabredung? Haben Sie sich mal im Spiegel betrachtet?«

»Schneide mich los, bitte.«

»Sonst noch Wünsche?« Sie würde keinen Schritt in den Waschraum hineintun, in dem er saß. Nicht bei dem, was sie in den Regalen sah. »Scheiße, sind das …?«

»Sie ist eine Mörderin«, sagte der Mann. »Sie hat Kinder gequält und getötet.«

Jo schlug sich eine Hand auf den Mund, um ihren Brechreiz zu unterdrücken. Es kostete sie Kraft, den Blick von den Gläsern abzuwenden. Sie musterte den Mann eingehender und plötzlich kam ihr sein Gesicht bekannt vor.

»Ich kenne Sie! Sie sind auch ein Mörder! Sie haben Mutter Mowa umgebracht.«

Statt zu widersprechen oder wenigstens den Kopf zu schütteln, verdrehte er die Augen wie unter Drogeneinfluss. Schließlich verfestigten sich seine Wangen und die Sehnen am Hals traten deutlich hervor. Sein irrer Blick nahm sie ins Visier. »Mädchen, ich bitte dich, mach mich los. Was glaubst du, was passiert, wenn die aufwacht? Sieh dir den Inhalt der Gläser an! Sieh genau hin. Mach bitte keinen Fehler.«

»Klar, sobald ich Sie von den Fesseln befreit habe, schlitzen Sie mir die Kehle auf. Danke, nein, ich mache keinen Fehler. Mein Bedarf an Psychopathen ist für heute gestillt. Ich …«

»Bitte! Ich flehe dich an, lass mich nicht mit dieser Frau allein. Ich habe selbst eine Tochter.«

Jo griff sich an die Stirn, weil die Situation sie überforderte. »Und das soll mich beruhigen? Wie alt ist sie?«

»Siebzehn.«

»Ja, logisch! Ausgerechnet siebzehn! Warum bin ich da nicht selbst draufgekommen?« Sie schnippte mit den Fingern und zeigte auf das ausgeschaltete Telefon, mit dem die Frau zuvor telefoniert hatte. »Wissen Sie was, Sie Hellseher? Ich werde jetzt die Bullen anrufen. Auf Sie ist bestimmt eine hübsche Belohnung ausgesetzt.«

»Du wirst keine Belohnung bekommen.«

»Ach, und warum nicht?«

»Weil du noch keine achtzehn bist.«

»Und woher wissen Sie das nun schon wieder?«

Statt zu antworten, schloss er die Augen und keuchte. Obwohl sie ihm nicht zutraute, ihr in seinem Zustand ernsthaft gefährlich werden zu können, blieb sie wachsam. Vielleicht spielte er ihr nur etwas vor. Bei solchen Psychopathen konnte man nie wissen.

»Maria …«

»Was?«, fragte sie.

»Ich habe Maria gesucht. Darum bin ich in diesem Keller gelandet.«

»Das vermisste Kind aus den Nachrichten?«

Er nickte schwach.

»Okay, Scheiße! Ich glaube Ihnen.«

»Danke.«

»Aber Sie müssen zuerst ein Lied singen.«

»Was?«, fragte diesmal er.

»Ein Lied, verdammt! Meine Mutter hat immer gesagt, halt dich von Leuten fern, die nicht gern singen. Und meine beschissene Mutter hat in ihrem Leben wahrlich nicht viel Kluges von sich gegeben.«

Sein Kinn fiel auf die blutende Brust, dann lachte er auf. »Wenn ich singe, wirst du mich umbringen.«

»Das entscheide ich danach. Kennen Sie ›White Rabbit‹?«

»Von Jefferson Airplane?«

»Genau das will ich hören!«

Sekundenlang passierte nichts, dann fing er an zu summen.

»Sie sollen singen!«

Eher schlecht als recht kam er ihrer Aufforderung nach. Er sang nicht nur schief, sondern auch noch mit falschem Text. Mehr als drei Zeilen wollte sie sich nicht antun.

»Aufhören, Sie klingen wie ein Psycho!«

»Ich hatte dich gewarnt.«

»Haben Sie Mutter Mowa umgebracht?«

Der Mann zögerte und nickte schließlich. »Sie hat geholfen, Maria zu entführen. Ich habe es nicht zum Vergnügen getan, sondern weil es notwendig war.«

»Okay, das qualifiziert Sie.«

»Für was?«

»Ich brauche Hilfe. Es gibt da einen Typen namens Henning Paul. Ich will, dass Sie ihn für mich beseitigen.«

Kapitel 57

Der Fotograf

Die Kleine mit dem verlaufenen Kajal und dem zerrissenen Rock imponiert mir. Sie ist noch ein halbes Kind, tritt aber wie eine Erwachsene auf. Jefferson Airplane! Welche Jugendliche kennt schon Jefferson Airplane?

»Binde mich los!«

»Erst müssen Sie mir Ihr Versprechen geben.«

Wow, ich kann mich nicht erinnern, wann ich mich zum letzten Mal so vorgeführt gefühlt habe. Sie stellt die Bedingungen. Sie spielt Königin und Untertan. Ich sehe sie an und sehe meinen Notausstieg. Gleichzeitig sehe ich in ihr Vanessa vor mir stehen. Natürlich würde Vanessa niemals auf diese Weise mit einem Serienmörder sprechen. Dafür ist sie zu behütet aufgewachsen, sie braucht mich, auch wenn sie in drei Wochen achtzehn wird. Die hier, deren Namen ich nicht kenne, braucht niemanden, um zu überleben.

»Was hast du für ein Problem mit diesem Hennig Paul?«, erkundige ich mich, obwohl keine Zeit für Small Talk ist.

»Sagen wir, er macht mir und meinem Bruder das Leben schwer.« Auf einmal schnieft sie traurig. Sie schaut auf ihre

Schuhspitze, mit der sie auf dem Boden Halbkreise zeichnet. »Vorausgesetzt, Daniel lebt noch.«

Ich verstehe. Das Leben ist nicht zu jedem Menschen gleich gerecht, aber in der Summe aller halten Glück und Pech sich die Waage. Zu dumm, wenn man zur falschen Hälfte zählt. Dann hinterlässt das Leben deutliche Spuren an einem. So wie die süße kleine Narbe in ihrem Gesicht.

»Du und dein Bruder, ihr seid nicht meine Mission.«

»Was denn für eine Mission? Ehrlich, Sie würden einer Menge Leute einen Riesengefallen tun.«

Inzwischen ist mein Hintern wund vom Sitzen. Die Fesseln schnüren mir das Blut ab. Die Strapazen tun ihr Übriges. Wenn mich der Stuhl noch länger bindet, falle ich in Ohnmacht. In den letzten vier Tagen habe ich einige falsche Entscheidungen getroffen. Das hier sollte nicht meine letzte sein, nur weil mir mein Stolz im Weg steht. Rational betrachtet, bin ich ihr vollends ausgeliefert. Sie muss bloß die 110 wählen und mich bei den Bullen verpfeifen. Jedes Kind könnte das.

»Wie heißt du?«, frage ich.

»Sie können mich Jo nennen«, antwortet sie, ohne einen Hauch von Furcht.

»Na schön, ich werde dir helfen.«

Anders als ich kann Jo jedes Regal im Raum erreichen. Sie steigt über die bewusstlose Frau hinweg und nimmt mein Messer in die Hand. Sie stellt sich hinter mich. Ihr Atem streichelt meinen Nacken.

»Ich warne Sie«, sagte sie. »Eine falsche Bewegung und ich steche zu.«

»In den Hals.«

»Was?«

»Am besten in den Hals stechen. Das ist zwar eine ganz schöne Sauerei, aber effektiv.«

»Scheiße, ich kann nicht fassen, dass wir dieses Gespräch führen!«

Die folgenden Sekunden schweige ich. Ich ahne, was sie denkt, kann ihre Zweifel verstehen. Aber Jo unterscheidet sich von gewöhnlichen Teenagern. Jo hat sicher nicht den Schneid, mich, die bewusstlose Hausherrin oder diesen Henning Paul umzubringen, aber ist sie mutig genug, um meine Fesseln zu durchtrennen? Ein ungemeines Gefühl von Befreiung durchwallt mich, als ich meine Arme bewegen und meinen Körper abtasten kann. Als die Kabelbinder von meinen Fußgelenken springen, wird mir übel vor Glück. Mir ist schwindelig, ich kippe fast vom Stuhl. Ich spüre Jos Hände an meinem Oberarm, als ich versuche, mich aufzurichten.

»Hey, nicht zu schnell!«

Da stehe ich bereits. Sie hält mich fest wie einen greisen Mann, der kaum laufen kann. Wir schauen uns tief in die Augen. Sie fragt sich, ob sie das Richtige getan hat, ich kann es in ihren Augen sehen.

»Sie haben es versprochen!«, erinnert sie mich.

Ich nicke, wanke zu den Regalen. Mit einem Lappen wische ich mir das Blut aus dem Gesicht. Anschließend hangle ich mich von Glas zu Glas.

»Was machen Sie da?«, fragt Jo.

Ich werde ihr nicht sagen, dass ich die Gläser nach einem bestimmten Etikett absuche. Es sind zu viele Kinderschicksale. Bei jedem Organ schlucke ich und drücke mir die Tränen weg. Ich finde den Namen Maria nicht, aber ich finde die restlichen Kabelbinder.

»Hilf mir, sie auf den Stuhl zu heben«, sage ich.

»Sind Sie verrückt? Die Frau wiegt so viel wie ein halbes Rhinozeros.«

»Wie viel wiegt denn ein ganzes Rhinozeros?«

»Keine Ahnung, eine Million Tonnen?«

Da ich selbst kaum bei Kräften bin, lassen wir sie liegen und hieven Katalena Schmidts Körper stattdessen gemeinsam auf den Bauch. Jo sieht zu, wie routiniert ich die Kabelbinder fixiere. Ich befestige sie über der Bekleidung, damit man am Ende keine Fesselmale auf der Haut sieht.

»Sie machen das öfter, nicht wahr?«

»Hin und wieder.«

»Und jetzt?«

Ich trete einen Schritt zurück und betrachte die Gefangene. Unsere Rollen sind jetzt wieder vertauscht, aber ich fühle mich nicht wohl dabei. Der ganze Waschkeller ist mit meinen Spuren kontaminiert. Niemand darf erfahren, dass der Fotograf hier gewesen ist.

»Jetzt will ich wissen, was sich hinter der dritten Tür befindet.«

»Hey, wir müssen verschwinden! Wir haben einen Deal.«

»Bist du denn nicht neugierig?«

Und ob Jo neugierig ist. Aber genau wie ich steht sie danach ahnungslos vor den beiden Zahlenschlössern.

»Wir müssen ihr einen Eimer Wasser ins Gesicht kippen«, schlägt sie vor.

»Wozu sollte das gut sein?«

»Na, damit sie aufwacht und uns die Codes verrät.«

Ich schüttle den Kopf. »Von ihr werden wir nichts erfahren. Sie ist anders als du und ich. Normale Menschen kann man foltern. Eine Bestie wie diese Frau kann man mit keinem Instrument dieser Welt zu einem Geständnis bewegen.«

»Was schlagen Sie dann vor?«

»Lottozahlen.«

»Hä?«

Ich habe nachgedacht, erinnere mich exakt an jedes Wort, das Katalena Schmidt gesagt hat. »Sie sagte vorhin, ich hätte sie lieber nach den Lottozahlen fragen sollen.«

»Was ist denn das für ein Schwachsinn?«

Ich tippe auf die Nummernrädchen der Schlösser. »Schwachsinn, du sagst es! Es sind immer sechs Lottozahlen, aber an den Zahlenschlössern hier kann man nur fünf Ziffern einstellen.«

»Mutter Mowa!«, schießt es aus Jo heraus und jetzt bin ich es, der erstaunt fragt.

»Was?«

»Das ist total abgefuckt! Mutter Mowa hat mir die Lottozahlen gegeben.« Sie zeigt auf sich und mich. »Kurz bevor wir uns begegnet sind. Scheiße, ich wollte sichergehen, dass sie eine Wahrsagerin ist. Also habe ich nach den Lottozahlen gefragt. Das war ein Scherz, aber sie hat tatsächlich geantwortet … Moment … 7-8-18-36-45-46 … Obwohl ich das nicht ernst genommen habe, habe ich sie mir gemerkt.«

Sie tippt sich gegen den Kopf.

»Wieso merkst du dir zweifelhafte Lottozahlen?«

»Ist doch scheißegal, warum. Die hat sie mir jedenfalls gegeben.«

»Das ist echt crazy«, drücke ich es in der Sprache meiner Jugendzeit aus.

Jo hat recht, es ist völlig bekloppt. Wenn man die sechs Zahlen zerlegt, ergeben sie zehn Einerstellen. Vor mir befinden sich zwei Zahlenschlösser mit je fünf Stellen. Also wandern meine Finger zum ersten Zahlenschloss. Ich stelle jedes einzelne Rädchen ein, nehme mir das zweite Schloss vor. Beim letzten Rädchen macht es klick. Uns stockt der Atem. Gemeinsam ziehen wir an der schweren Tür. Der Geruch von Fäkalien schlägt mir entgegen. Es ist ein dunkler, kalter Raum. Ein Gefängnis. Aus der hintersten Ecke dringt ein kaum wahrnehmbares Wimmern. Mein Herz setzt aus. Noch bevor ich das Kind sehe, weiß ich, um wen es sich handelt.

»Maria!«

Sie macht sich ganz klein und hat die Beine angewinkelt. Jo redet behutsam auf das Mädchen ein. Vor lauter Angst schluchzt es. Zum Weinen fehlt ihm vermutlich die Kraft, nach allem, was es durchgemacht hat. Aber Maria lebt. Sie lebt und ich vergesse meine eigenen Schmerzen. Glücksgefühle strömen durch meinen Körper. Mein Verstand versucht, das Wunder zu begreifen. Ich bin wieder hellwach, als hätte ich einen Drogencocktail eingeworfen.

»Es ist alles gut«, wispert Jo und streichelt Marias Kopf.

Von der roten Haarfarbe ist nicht mehr viel übrig. Schmutz, Schweiß und Nasenschleim kleben darin. Nicht zu vergessen, unvorstellbares Leid. Aber das wird wieder, rede ich mir ein. Es muss werden! Auch wenn ich weiß, wie verstörend die Ereignisse auf Marias Seele wirken. Ich bete dafür, dass sie die Teufel aus ihrem Gedächtnis loswird. Nicht heute, nicht morgen. Irgendwann. Ich weiß, wie es ist, gegen Dämonen zu kämpfen.

»Ich habe dich gefunden«, flüstere ich.

Von draußen vernehme ich ein Stöhnen. Katalena Schmidt kommt zu sich.

»Die Zeit drängt«, spreche ich Jo an. »Bring Maria nach oben, gib ihr zu trinken, nimm einen Waschlappen, um sie zu säubern, und wickle sie anschließend in eine warme Decke. Dann wartet ihr auf mich.«

Jo erwidert nichts. Sie hat verstanden.

»Und wenn du irgendwo Plastiktüten oder Folie findest, sag mir Bescheid. Ich werde eine Menge davon brauchen …«

Kapitel 58

Der Jäger

Auf diesen Tag hatte Kriminalhauptkommissar Simon van den Heuvel fast ein Jahrzehnt hingearbeitet. Nach Stand der Dinge war das BKA dem Fotografen endlich einen Schritt voraus. Heuvel und sein Team befanden sich zur selben Zeit in derselben Stadt wie der Killer. Die Informationen waren nie besser gewesen.

»Glaubst du, dieser Lothar Kellmann macht irgendwelche Dummheiten?«, fragte Hannes Wenzel und reichte seinem Vorgesetzten einen Becher mit Kaffee.

Heuvel leerte das heiße Getränk bis zur Hälfte in einem einzigen Zug. Seit dem Auftauchen des Fotografen war er in vielen Dingen abgestumpft. Er sei inzwischen komplett empfindungslos, so hatte sich seine Frau bei der Trennung ausgedrückt. Regelrecht besessen von dem Fall. Sicherlich war an dem Vorwurf etwas dran. Seit neun Jahren dachte Heuvel kaum noch an etwas anderes als an den Fotografen. Er träumte regelmäßig davon, wie er den Serienmörder stellte. Es war ein stets wiederkehrender Traum: ein nebliger Tag, entlang eines stillgelegten Bahngleises. Heuvel stapfte durch nasses Gras, schob einen Tannenzweig beiseite. Eine Stockente löste sich aus dem Dickicht und stieg in die Luft. Es war ein Weibchen, er konnte es am Gefieder ausmachen. Im Traum erschrak Heuvel jedes Mal, wenn der Vogel auftauchte. Manchmal war der Traum an dieser Stelle zu Ende. Andere Male sah er zu, wie der Vogel im Dunst verschwand. Gleich darauf fand er die tote Frau im Gleisbett. Mit einem Skalpell hatte man ihr lauter Zahlen in die Haut geschnitten, genau wie beim allerersten Opfer des Fotografen. Anders als am echten Tatort klebte ein Foto an ihren nackten Brüsten. Es zeigte die Tote selbst. Als Heuvel sich zu ihr niederbeugte und den Puls fühlte, tauchte vor ihm der Schatten einer Person auf. Heuvel griff an sein Holster und brüllte etwas. Bis heute wusste er nicht, was die Zahlen bedeuteten oder was für Worte er benutzte. Es war ein stummer Traum. Stumm und in Schwarz-Weiß, wie die Bilder des Fotografen. Heuvel zog seine Pistole und nahm die Person ins Visier. Er zielte auf einen Mann, um dessen Hals ein Fotoapparat baumelte. Zumindest ging Heuvel davon aus, dass es sich um einen Mann handelte. Der Unbekannte trug eine venezianische Maske. Und immer, kurz bevor er sie vom Gesicht zog, wollte Heuvel seine Waffe abfeuern. Aber statt einer Pistole hielt er ein Skalpell in der Hand. Und fast jede Nacht rammte er sich dessen Spitze ins eigene Auge.

»Simon, ist alles in Ordnung?«

Heuvel schüttelte sich. Es gab keine Rache des Fotografen, wie der Traum es ihm weismachen wollte. Heuvel würde am Ende nicht als Verlierer dastehen. Er war der Jäger. Ein Jäger lauert seiner Beute auf und erlegt sie. Nicht andersherum.

»Ja, alles in Ordnung«, antwortete er. »Kellmann macht uns keine Probleme. Sicherlich ist er sauer auf uns, aber das ist mir egal. Was die Suche nach dem vermissten Kind angeht, hat er seine eigenen Leute im Stich gelassen. Angeblich hat er den nächsten Fall an Land gezogen. Eine Schießerei im

Drogenmilieu. Er hat wohl einem Junkie das Leben gerettet. Wenn du mich fragst, ist der Kerl nicht ganz dicht.«

»Hab gehört, er pflegt seine schwerkranke Frau. Sie soll wohl im Rollstuhl sitzen. Das kann einen Mann ganz schön aus der Bahn werfen.«

»Und wenn schon …« Heuvel wollte sich nicht mit den Nöten anderer belasten. Er trank seinen Becher aus und reichte ihn zurück. »Konzentrieren wir uns auf die Vorstellung. Sind alle Funkgeräte aktiv und alle unsere Leute auf Position?«

»Wir mussten uns strategisch platzieren, da wir unmöglich das gesamte Gelände überwachen können. Es sind einfach zu viele Besucher in der Stadthalle. Unsere Kollegen konzentrieren sich auf unsere Kontaktperson. Sobald sich jemand nähert, schlagen wir zu.«

»Das beantwortet nicht meine Frage.«

Wenzel seufzte. »Entspann dich, es läuft alles reibungslos.«

»Niemand handelt auf eigene Faust, ich gebe die Kommandos.«

»Ist durchgestellt. Hoffentlich kriegen wir den Mistkerl.«

»Wenn alle bei der Sache sind, ist der Albtraum heute Nacht vorbei.«

In dem mobilen Einsatzwagen, in dem sich neben Heuvel und Wenzel nur noch ein Videotechniker befand, ging es eng zu. Heuvel hatte bereits sein Jackett abgelegt, jetzt krempelte er sich die Hemdsärmel hoch. Er schwitzte nicht nur vor Anspannung. Die Monitore und Rechner erzeugten eine enorme Hitze. Dazu der heiße Kaffee. Aber ohne Kaffee konnte kein Einsatz gelingen.

»Wir haben dieses Szenario hundert Mal durchgespielt. Es kann nichts schiefgehen. Der Fotograf arbeitet stets nach dem gleichen Muster. Und er will wieder bei einer Veranstaltung von Wailand zuschlagen. Er trifft sich immer während der

Aufführung mit seinen Opfern. Ach, verdammt, warum ist uns das nicht schon viel früher aufgefallen?«

Von außen war der Wagen mit Werbung und dem fiktiven Logo eines Fernsehsenders beklebt. Heuvel hatte die Tarnung angeordnet, damit er wie ein Übertragungswagen wirkte. Sie standen vor der Stadthalle, wo aktuell der Motivationsredner auf der Bühne sprach. Heuvel konnte die Show über einen Monitor verfolgen. Die Sache war nicht mit dem Management abgesprochen, dafür war die Operation zu geheim.

»Sie wirkt nervös«, sagte Wenzel und zeigte auf einen anderen Bildschirm, der das Gesicht einer Frau mittleren Alters einfing.

»Jeder von uns würde sich an ihrer Stelle vor Angst in die Hose machen«, antwortete Heuvel und rieb sich seine Narbe im Gesicht.

Das tat er ständig, wenn er unter Stress stand. Aber als Einsatzleiter durfte er seinen Stress nicht nach außen zeigen. »Ich hasse diesen Kerl.«

Wenzel blickte ihn an, erwiderte aber nichts. Er wusste, wen Heuvel meinte. Heuvel redete von Johannes Wailand.

»Ich habe mir die Aufzeichnungen seiner Auftritte aus den letzten Jahren angesehen. Für meinen Geschmack ist Wailand nur ein Wichtigtuer.« Sein Blick schweifte über die Zuschauer. »Er rettet nicht einen von seinen Anhängern. Er ist wie ein Sektenguru, mehr nicht. Wie dem auch sei … Er benutzt jedes Mal Bilder aus der Bibel und der Fotograf greift exakt Wailands Ansprache auf. Aber egal, welche Bibelstelle Wailand diesmal zitiert, der Fotograf wird keine Gelegenheit bekommen, sie als Todesszene nachzustellen.«

Analog zu den Videoaufzeichnungen verfolgte Heuvel diesmal live, wie Wailand seine einstudierte Show abzog. Dazu gehörte auch jedes Mal, dass er den Hampelmann mit der

Maske zur Verstärkung seiner Botschaft einsetzte. Eine venezianische Maske wie in Heuvels Traum …

»Geben Sie mir das Mikrofon«, forderte er den Techniker auf.

Darüber war das BKA mit der Frau verbunden.

»Ich bin es wieder, Simon«, sprach er in das Mikro und er konnte sehen, wie die Frau zwischen den anderen Besuchern leicht zusammenzuckte. Reflexartig wollte sie sich an das rechte Ohr greifen, wo unter ihrem Haar der Knopf steckte. »Ganz ruhig, ich bin immer in Ihrer Nähe. Ich bin Ihr Schutzengel und die Stimme, die Sie begleitet. Ich kann Sie sehen und werde Sie nicht aus den Augen lassen, bis das hier überstanden ist. Ihnen kann nichts passieren. Sie haben mein Wort.«

Sie bewegte die Lippen, als wollte sie etwas erwidern, aber die Funkverbindung ging nur in eine Richtung.

»Nina Wagner, Sie machen das super! Bleiben Sie möglichst entspannt und genießen Sie die Show. Sollten Sie trotzdem einen verdächtigen Mann sehen, denken Sie an das ausgemachte Zeichen: Kratzen Sie sich mit dem Daumennagel an der Nase und schauen Sie in die Richtung der Person. Wir werden denjenigen umgehend lokalisieren und überprüfen. Werden Sie das tun, dann nicken Sie ganz schwach.«

Sie nickte und Heuvel nickte seinerseits zum Bildschirm. Der Köder war ausgelegt. Die Frau arbeitete mit dem BKA zusammen. Sie war der Lockvogel für den Fotografen.

»Danke, Nina Wagner, dass Sie das tun. Es war absolut richtig, mich zu kontaktieren.«

Nina Wagner hatte ihre Identität zur Verfügung gestellt, seitdem chattete das BKA mit dem Fotografen.

Kapitel 59

Rückblick

Vanessas sechster Geburtstag

Endlich habe ich Sonjas Smartphone geknackt. Nein, eigentlich war nicht ich es, sondern ein Computerexperte, der keine Fragen gestellt hat. Ich habe ihm gesagt, es sei Notwehr. Er hat geantwortet, ich würde schon wissen, was ich tue. Genau das Gegenteil ist der Fall. Ich bin völlig planlos. Mein Plan für das Leben ist nur noch ein Häufchen Asche, das darauf wartet, vom Wind weggetragen zu werden.

Seit einem Jahr bin ich von Geheimnissen umgeben. Es kribbelt unbehaglich, sobald ich auch nur an meine Frau denke. Alles, was ich tue, kommt mir irgendwie falsch vor. Als wäre ich der Verbrecher von uns beiden. Je tiefer ich in Sonjas Privatsphäre eindringe, umso mehr fühlt es sich an, als hintergehe *ich* sie. Natürlich rufe ich mir immerzu ins Gedächtnis, dass sie es so gewollt hat. Ich schnüffle ihr aus reiner Notwehr hinterher. Leider funktioniert diese Art von Rechtfertigung nur theoretisch. Selbst als ich auf ihrem Handy die Chatverläufe und Foreneinträge gefunden habe, bekomme ich ein geradezu abscheulich schlechtes Gewissen. Ich möchte meine Frau in Schutz nehmen, aber die Zeilen, die sie mit anderen geteilt hat, erschrecken mich und machen mich traurig. Antworten auf meine Fragen finde ich in ihren Sätzen freilich nicht. Von Depressionen ist die Rede, aber kann das allein der Grund sein? Ich frage mich, wen ich da eigentlich geheiratet habe. Warum hat sie mich so betrogen?

»Warum?«, flüstere ich und durchwühle alle ihre Schränke.

Das mache ich jetzt schon seit Wochen. Ich räume Schubfächer und Regale aus und ordentlich wieder ein. Ich nehme jedes Kleid, jedes Hemd, jeden Rock und jede Hose vom Bügel. Drehe sie auf links und wieder zurück. Ich greife in Falten und Taschen. Nach was ich genau suche, weiß ich nicht. Ständig habe ich den Drang, etwas unternehmen zu müssen.

Auf ihrem Handy habe ich ein Zitat entdeckt. Es ist von einem deutschen Aphoristiker, also jemand, der sich Aphorismen ausdenkt. Bisher wusste ich gar nicht, dass das als offizielle Bezeichnung für jemanden gilt. Jedenfalls hat Sonja dieses eine Zitat abgespeichert. Ich habe es auf einen Zettel abgeschrieben, in der Hoffnung, irgendeinen Sinn darin zu erkennen.

Vier Dinge sind es, die eine Art von Verklärung verleihen:

Die Liebe, die Kunst, der Ruhm und der Tod.

Es ist das Letzte, was sie auf ihrem Handy abgespeichert hat, bevor sie mir offenbart hat, dass es da einen anderen Mann in ihrem Leben gibt. Sein Name ist Peter Fischer.

Beim Gedanken an ihn knalle ich eine Schublade so abrupt zu, dass ich mir den Finger einklemme. Nichts, ich finde einfach nichts. Ich stehe in dem Zimmer mit ihrer Bibliothek. Ich drehe mich im Kreis, auf der Suche nach einem Notausstieg. Weil ich ihn nicht finde, weine ich wie ein kleiner Junge, der seine Eltern verloren hat. Zum Glück ist Vanessa im Kindergarten und sieht meine Tränen nicht. Bald kommt sie in die Schule, sie soll sich keine Sorgen machen. Ich bin seit fast einem Jahr kaum noch arbeitsfähig.

Ich schreite die Reihen mit Sonjas Büchern ab. Liebesromane und philosophischer Quatsch wechseln sich ab. Und dann ist da an der Wand noch das Gemälde meines Vaters, das Sonja auf unerklärliche Weise so gefallen hat. »Nackte Schönheit in zerrissener Seide«.

»Vater«, sage ich, während ich das Bild betrachte. »Du hast all das Unglück über mein Leben gebracht.«

Die Frau auf dem Gemälde ist blass. Sie schläft nicht, sie ist tot. Die drei roten Knöpfe auf ihrem dünnen Hemd sind garantiert Blutstropfen. Sonja hat gemeint, es seien Marienkäfer. Egal, wer von uns beiden recht hat, ich will mich mit diesem Kunstwerk nicht länger umgeben. Entschlossen trete ich zur Wand und greife den Rahmen. Ich werde es auf den Dachboden bringen. Während ich es leicht zu mir ziehe und darüber nachdenke, ob ich es durch die Dachluke bekomme, fällt etwas zu Boden.

»Was …?«

Für einen Moment halte ich Vaters schweres Erbe in der Hand und schaue nach unten zu meinen Füßen. Ich stelle das Gemälde gegen das Bücherregal und knie mich hin. Vor mir liegt ein Lederband. Behutsam streiche ich über das eingeprägte Symbol. Es ist ein Vogelmotiv. Ich habe Sonjas Tagebuch gefunden.

Kapitel 60

Der Fotograf

In der Waschküche habe ich alles gefunden, was ich brauchte. Einweghandschuhe, Wasser und ein ganzes Arsenal an scharfen Reinigungsmitteln. Sogar Backofenreiniger befindet sich darunter. Dieser enthält Natriumhydroxid. Besser bekannt als Ätznatron. Das Zeug ruiniert die Haut, wenn man damit in Berührung kommt. Außerdem gibt es da noch die Behälter mit WC-Reinigern und Hygienereinigern. Auf jedem kleben Warnhinweise. Gefährlich, giftig, explosiv. Unter den Inhaltsstoffen befinden sich Natronlauge, Ameisensäure, Salzsäure, Phosphorsäure. Es ist nur ein kleines Arsenal von dem, was mir zur Verfügung steht. Jede Substanz für sich ist bereits gesundheitsschädlich, aber vermischt erhält man eine Atombombe. Niemand sollte den Keller jetzt noch ohne Schutzanzug und Vollmaske betreten. Inzwischen riecht es hier unten stark nach Chlor. Chlorgas hat sich gebildet. Es entsteht, wenn sich das Chlor vom Desinfektionsreiniger mit säurehaltigen Mitteln verbindet. Der Stuhl, auf dem ich saß, und die Wände samt den Regalen sind übergossen. Außerdem schwimmt der gesamte Boden. Ein toxischer Cocktail ist meine

Hinterlassenschaft. Ich muss weg, bevor die Dämpfe meine Atemwege angreifen.

Ich stecke meine Betäubungsspritze ein und säubere mein Messer mit einem feuchten Tuch. Ich lasse alles verschwinden, was auf meine Identität hindeutet. Auch das Beil stecke ich in meine Tasche. Lediglich den Fleischwolf, mit dem ich Katalena Schmidt den Hinterkopf zertrümmert habe, lasse ich zurück. Natürlich wische ich ihn gründlich ab und ertränke ihn in dem chemischen See. Nicht mal die forensischen Freaks aus der Fernsehserie CSI könnten jetzt noch verwertbare Spuren finden.

Ich drehe mich um und schaue kein einziges Mal zurück. Ich konzentriere mich auf das, was als Nächstes geschehen wird. Jo hat mir vorhin kurz erzählt, wie sie hier aufgetaucht ist. Der Ehemann hat sie entführt und eingesperrt. Sie hat sich befreit und ist in das Haus eingebrochen. Streng genommen ist es ein lausiger Hergang, aber wenn die Jugendliche behauptet, sie habe Katalena Schmidt im Keller mit Maria überrascht, wird kein Gericht der Welt daran zweifeln, dass die Geschichte wahr ist.

»Jo«, sage ich, als ich ihr und dem Kind im Wohnzimmer gegenübertrete. »Jo, ich werde mein Wort halten, aber du musst etwas für mich tun. Du musst …«

»Ist sie …?«, unterbricht sie mich.

Ich nicke. Keiner von uns beiden spricht den Tod der Kindermörderin aus. Marias Ohren haben genug Entsetzliches vernommen, wir müssen sie schonen. Nichts ist jetzt wichtiger als Marias Wohlergehen. Die Kleine zittert noch, aber sie weint nicht mehr. Sie klammert sich an Jo wie an eine große Schwester. Ich wünsche mir meinen Fotoapparat herbei. Aber die Szene vor mir wird einzig und allein als Bild in meinem Gedächtnis abgespeichert bleiben.

»Schätze, jemand muss der Polizei erklären, was mit der Frau passiert ist«, sagt Jo.

Wieder nicke ich bloß. Ich bin erstaunt, wie scharfsinnig sie kombiniert. Ich zupfe an meinen Ärmeln, betrachte Hemd und Hose. Ich sehe aus, als hätte mich ein Zug überrollt. Draußen ist es zum Glück längst dunkel. So blutverschmiert und schäbig darf mich niemand sehen. Für derartige Eventualitäten befindet sich in meinem Wagen Kleidung zum Wechseln. Mein Anzug ist also nicht das Problem, eher mein Gesicht. Im Waschraum habe ich es notdürftig gereinigt. Ein Blick in den Flurspiegel hat mich zu Tode erschreckt. Wenn ich zu Hause bin, werde ich in Erklärungsnöte kommen. Aber darüber kann ich mir auf der Rückfahrt den Kopf zerbrechen.

»Jo, hör mir genau zu …«

Während sie schweigt, beginne ich mit meiner Fiktion der Abläufe in diesem Haus. Es ist die Version, die sie gegenüber der Polizei erzählen soll.

»Wenn du bei deiner Aussage ins Stocken kommst, sagst du, du kannst dich nicht mehr erinnern«, ende ich und frage nicht nach, ob sie alles verstanden hat. »Niemand wird an deinen Angaben zweifeln. Du bist tapfer und noch nicht volljährig. Alles, was die Polizei wissen muss, befindet sich im Keller. Verweise sie auf den Keller, hörst du? Ich verlasse mich auf dich, ich weiß, dass du das schaffst.«

»Sie haben mich nicht nach Henning Pauls Adresse gefragt«, antwortet sie.

Ich muss schmunzeln und betrachte Maria. Ich habe die Kleine gefunden, also werde ich auch einen Mann finden. »Du hast mich auch nicht nach meinem Namen gefragt. So wie ich das sehe, vertraue ich dir und du mir.«

Jetzt lächelt auch Jo. »Abgemacht.«

»Ich brauche zehn Minuten Vorsprung. Zehn Minuten, dann wählst du den Notruf.«

Ich verabschiede mich von den beiden Mädchen. Sie müssen jetzt ohne mich auskommen. Ich muss weiterziehen.

Ich trete ins Freie, lasse die Abendluft tief in meine Lunge dringen. Zum ersten Mal seit Jahren fühle ich mich richtig lebendig. Das Gefühl ist so überwältigend, dass mir eine Träne über die Wange läuft. Das Salz darin brennt in meiner Wunde. Wunden brennen, diesen Schmerz habe ich verdient. Ich denke an Sonja und Vanessa und daran, dass alles gut wird. Ich liebe die beiden. Ich tue all das aus Liebe.

VIERTER TEIL – DIE LIEBE

Kapitel 61

Der Bulle

Schon wieder ein weißer Vito mit Münchner Kennzeichen, dachte Lothar staunend, als er die Adelsbergstraße nach Hause fuhr. Er vergewisserte sich im Rückspiegel, aber da sah er nur noch die Rücklichter des Transporters.

»Seltsam.«

Er hätte schwören können, dass er exakt denselben Wagen schon gestern vor dem Haus von Janett Möller gesehen hatte. Eben hatte er den Fahrer nicht erkannt, aber gestern hatte zweifelsfrei ein Mann hinter dem Steuer gesessen.

»Wirklich seltsam.«

Bestimmt ein Mietwagen, war Lothar sich sicher, auch wenn er keine Aufschrift oder Werbung auf der Karosserie gesehen hatte. Die restlichen Minuten bis zu seinem Haus versuchte er, sich an das vollständige Kennzeichen zu erinnern. Schließlich rieb er sich die Augen und winkte gedanklich ab. Vielleicht sah er inzwischen Gespenster.

Kein Gespenst war dagegen der große Mann, den seine Scheinwerfer für einen Sekundenbruchteil auf dem

Gehsteig erfassten und der wie ein Dieb in der Nacht auf das Nachbargrundstück huschte.

»Das war doch Henning!«, sagte Lothar verwundert zu sich selbst. »Was will er denn um diese Uhrzeit bei Eddi?«

Bevor Lothar in seine Einfahrt einbog, schaute er die Straße entlang. Tatsächlich erspähte er in einigen Metern Entfernung den Porsche mit der Sonderlackierung. Es war also eindeutig Henning Paul.

Lothar stellte seinen Wagen ab und blieb ratlos sitzen. Er erinnerte sich an Daniels Worte, kurz bevor der Dreiundzwanzigjährige bewusstlos geworden war. Angeblich hatte Daniel die Eheleute Eduard und Katalena vor ein paar Tagen überfallen. Lothar hatte sich beim Kriminaldauerdienst erkundigt. Bisher war keine Anzeige erstattet worden. Weder eine Raubstraftat noch ein Einbruch. Erst jetzt fiel ihm das sonderbare Gespräch mit Eddi an der Grundstücksgrenze ein, als der um Überprüfung einer Telefonnummer gebeten hatte. Entgegen allen Datenschutzbestimmungen war Lothar der Bitte nachgekommen.

»Scheiße, in was für einen Schlamassel bin ich da nur hineingeraten?«, fragte er sich, denn zu viele merkwürdige Dinge passierten hier.

Ununterbrochen musste er an Daniel und seine Schwester denken. Von Josephine gab es immer noch kein Lebenszeichen. Wenn jemand wusste, wo sie steckte, dann ganz sicher Henning. Lothar prüfte den Ladezustand seiner Pistole, die er ungeplant mit nach Hause genommen hatte. Vom Krankenhaus war er nicht noch einmal zur KPI gefahren. Nach fünf Stunden in der Notaufnahme hatte er sich eine Begegnung mit Emma ersparen wollen.

»Ich sollte zu meiner Frau gehen, hinter mir die Tür schließen und ihr einen Kuss geben«, redete er mit sich selbst. »Ja, das wäre das einzig Vernünftige. Was kümmert mich der Rest der Welt?«

Vom Ehrgeiz gepackt, schob er seine Waffe zurück ins Holster, stieg aus und huschte durch die Koniferenhecke auf das Grundstück der Schmidts. Kaum stand er vor der Haustür, hörte er von drinnen Hennings zornige Stimme.

»Wo ist die Alte?«

»Tot! Wie oft denn noch?«

Josephine!, schoss es Lothar durch den Kopf. Was machte sie in dem Haus?

»Lüg mich nicht an!«, fauchte Henning.

»Dann schau doch selbst im Keller nach, du Arsch!«

Rein aus Reflex wollte Lothar an die Tür klopfen. Dann wog er ab, was passieren mochte, wenn er sich einfach zu erkennen gab. Er schaute durch die beleuchteten Fenster im Erdgeschoss und konnte nicht glauben, wen er dort sah.

»Das ist doch die kleine Maria! Was zum …?«

Er hatte keine Ahnung, was hier gespielt wurde, aber er war eindeutig der Bulle in diesem Spiel. Ab sofort gab es kein Zurück mehr. Er war zum Handeln gezwungen. Beherzt drückte er deshalb den Klingelknopf.

»Ich bin es, Lothar!«, gab er sich lautstark zu erkennen. »Lothar Kellmann!«

»Hilfe!«, schrie Josephine.

Es folgte ein Schlag, die Jugendliche schrie. Maria weinte. Henning brüllte herum.

»Hast du ihn angerufen?«

»Nein!«, verteidigte Josephine sich.

»Henning!«, rief Lothar, um ihn von weiteren Gewalttätigkeiten abzuhalten. »Mach die Tür auf! Ich bin zufällig vorbeigekommen und hab dich auf der Straße erkannt.«

Einen Augenblick später ging die Tür auf. Henning füllte den gesamten Eingang aus. Er sah nicht gut aus. Trotz der schlechten Beleuchtung konnte Lothar erkennen, dass etwas mit seiner Haut nicht stimmte. Er hatte Schrammen im Gesicht und seine Augen waren blutunterlaufen. Außerdem rasselte sein Atem.

»Warum öffnen mir nicht Eddi oder Katalena die Tür?«

»Sind beide ausgeflogen.«

»Und wie bist du reingekommen?«

»Mit dem Schlüssel natürlich.« Aus seiner Hosentasche zog er einen Schlüsselbund und krachte ihn auf den Schuhschrank neben dem Eingang. »Was willst du hier?«

»Mit dir über meine Schulden reden.«

»Du hast dir einen verdammt schlechten Zeitpunkt zum Reden ausgesucht. Besser, du verschwindest gleich wieder. Du hast nichts gesehen, nichts gehört und warst nie hier. Verstanden? Dann werde ich die andere Sache zwischen uns vielleicht vergessen.«

Mit diesem Angebot wäre Lothar fein raus gewesen. Er hätte keine Angst haben müssen, dass ihm oder Dorit je etwas zustoßen würde. Andererseits quälte ihn da in seiner Brust der letzte verbliebene Funke Ehre. So gefasst, wie es ging, zündete Lothar sich eine Zigarette an. Anschließend deutete er mit dem Glimmstängel zum Haus, wo er wohnte. »Wegschauen ist in dem Fall ausgeschlossen, aber ich schlage vor, ich nehme jetzt Josephine und Maria mit zu mir. Alles andere ist deine Angelegenheit.«

»Das ist also dein Vorschlag, ja? Dann pass mal gut auf, du kleiner Pissbulle, du hast es offenbar noch nicht kapiert! Ich mag es nicht, wenn man mich verpfeift. Das da drin geht nur mich und Josephine etwas an.« Henning deutete hinter sich in den dunklen Korridor. »Mit dem kleinen Mädchen habe ich nichts zu schaffen. Ich weiß nicht, wie sie hierhergekommen ist, aber ich weiß, dass alle Welt nach ihr sucht. Ich habe ihr nichts angetan. Ich vergreife mich nicht an Kindern, das schwöre ich.

Nimm sie mit und dann verpiss dich endlich, du stinkender Penner.«

Lothar hörte zu und nahm einen tiefen Zug von seiner Zigarette. Obwohl er wusste, mit wem er sich da anlegte, wollte er diesmal nicht zurückstecken. »Hast du auf Daniel geschossen?«

Henning lachte gezwungen auf, griff sich aber sogleich an die Flanke. Er schien Schmerzen zu haben. »Was ziehst du hier für eine Nummer ab? Ein Verhör? Willst du mir auf meine teuren Schuhe pinkeln?«

»Wie du eben sagtest, ich bin ein Bulle, daher muss ich solche Fragen stellen. Also noch mal von vorn: Hast du auf Daniel geschossen?«

»Für Daniel kannst du nichts mehr tun.«

»Meinst du? Was ist, wenn ich dir sage, dass ich ihn gefunden habe? Da staunst du, was? Er liegt im Krankenhaus und wahrscheinlich kommt er durch.«

Während Hennings Mund daraufhin offen stehen blieb, kreischte Josephine, die plötzlich hinter ihm auftauchte und mitgehört hatte. »Du Scheißkerl, was hast du mit Daniel gemacht?«

Sie wollte auf den Drogendealer einprügeln, aber Henning wischte ihren Angriff mit seinem kräftigen Arm weg. Dann holte er seinerseits aus. Seine flache Hand traf Josephine so fest im Gesicht, dass es sie von den Beinen riss. Nicht nur Josephine wimmerte, auch Maria, die sich fest an sie drückte.

»Wie war das?«, lenkte Lothar Hennings Aggression wieder auf sich. »Du vergreifst dich nicht an Kindern?«

»Die Schlampe ist kei…«

Der Rest blieb Henning im Hals stecken. Lothar hatte seine Dienstpistole gezogen.

»Jo ist keine Schlampe.«

»Hey, Lothar, vorsichtig«, säuselte Henning. Er schien ernsthaft erstaunt, dass Lothar zur Waffe griff und deren Mündung auf ihn richtete. »Ich dachte, wir wären Freunde.«

»Wir sind nie Freunde gewesen.«

»Und jetzt? Wie soll das enden? Bekomme ich eine Anzeige wegen Körperverletzung? Oder willst du mich gleich verhaften?«

Lothar ließ seine Zigarette fallen. Die Glut erzeugte Sternchen in der Nacht. Dann zielte er direkt auf Hennings Herz. »Jo, halt der Kleinen die Augen und die Ohren zu.«

»Dafür hast du nicht den Mumm …«

Bevor Henning auch nur an seine eigenen Waffen denken konnte, feuerte Lothar zwei Mal.

Kapitel 62

Der Fotograf

Die Zuschauer verlassen das Gebäude. Einzeln oder in Gruppen strömen sie zum Parkhaus und zu den Bushaltestellen. Sie bewegen sich von der Stadthalle weg. Ich gehe ihnen entgegen. Wie ein scharfes Schwert teile ich die Menschenmasse. Man schaut mir in mein zerfurchtes Gesicht und umkurvt mich. Ich bin ein Fremdkörper. Die Veranstaltung ist beendet. Ich komme zu spät, deshalb muss ich improvisieren. Nina Wagners letzte Nachrichten habe ich nicht mehr beantwortet. Wozu auch? Ich war … verhindert. So könnte ich die Begrüßung eröffnen. Oder ich mache ihr ein Kompliment. Über ihre Frisur zum Beispiel. Sie trägt einen frechen Look. Selbst bei Nacht glänzen ihre Haare. Ich kann es sehen. Ich stehe etwa zwanzig Meter von ihr entfernt. Nina wartet ein bisschen abseits des Eingangs. Immer wieder geht ihr Blick zu den geöffneten Glastüren. Vermutlich denkt sie, ich hätte auch bei Wailands Show zugesehen.

Mein Plan hat leider nicht funktioniert. Selbst das lilafarbene Einstecktuch habe ich, anders als versprochen, nicht dabei. Man zerstört Vertrauen, wenn man sein Wort bricht. Wenn ich jetzt improvisiere, wird es schiefgehen. Aber Nina wünscht sich, dass ich sie beim Sterben begleite. Und das leidenschaftlich und professionell. Ich habe mein Versprechen gegeben. Andererseits habe ich an diesem Abend schon einmal Glück gehabt. Ein zweites Mal sollte ich es besser nicht herausfordern. Nach den Ereignissen im Haus der Kindermörderin fühle ich mich wie neu geboren. Es hat sich etwas in mir verändert. Es ist, als könnte ich plötzlich schärfer sehen, besser riechen, klarer hören. Nein, mehr noch, als hätte man einem Toten sämtliche Sinne zurückgegeben.

»Entschuldigen Sie?«, kommt es von der Seite. »Haben Sie …«

Der Mann, der wie jemand aussieht, der eigentlich nur Anschluss sucht, aber ständig nur Ablehnung findet, weil er wohl ein Glas Sekt zu viel hatte, sieht mir ins Gesicht und ist geschockt von meiner Wunde. Zwischen seinen Fingern befindet sich eine ungerauchte Zigarette.

»Feuer, meinen Sie?«

»Ja, mein Feuerzeug funktioniert nicht mehr.«

»Tut mir leid, ich rauche nicht.«

Demonstrativ klopfe ich meine Hosentaschen und das Jackett ab. Ich habe mich umgezogen. Meine Abendgarderobe passt perfekt zur Veranstaltung. Ich bin einer der Zuschauer, ich bin jemand von ihnen. Obwohl ich ihm nichts bieten konnte, bedankt er sich und versucht es beim Nächsten. Ich konzentriere mich wieder auf Nina. Sie ist ein paar Schritte gegangen. Wie es scheint, führt sie Selbstgespräche. Mehrfach schaut sie auf ihr Smartphone, als erwarte sie einen Anruf. Dabei habe ich gar nicht nach ihrer Handynummer gefragt.

Ich schaue dem Mann hinterher, der noch immer vergeblich um Feuer bettelt. Raucher sterben aus. Alles verändert sich. Die Plakate, die für Wailands Show »Offenbarung« werben, werden morgen andere sein. Alles wird ersetzt.

Vermutlich ist es keine gute Idee, mich Nina mit der Verletzung im Gesicht vorzustellen. Das Monster aus meinem Inneren ist an die Oberfläche gekommen. Es wollte schon immer ausbrechen.

»Ich sollte nach Hause gehen und mich freuen, dass ich noch lebe.«

Jetzt fange ich auch schon mit den Selbstgesprächen an. Für Nina tut es mir leid. Ich bin ihr keine Hilfe mehr. Ich muss hier weg. Der Platz vor der Stadthalle leert sich. Wenn ich noch länger am Springbrunnen stehen bleibe, wird sie auf mich aufmerksam. Ich bin müde. Sie in meinem Zustand anzusprechen wäre Wahnsinn. Bis auf ein schlechtes Foto kann ich heute Nacht nichts mehr erreichen. Ich habe Maria gefunden. Das ist mehr, als ich hätte erwarten dürfen.

Ich greife in meine Hosentasche und ziehe die Schachtel hervor. Ich schiebe sie auf und betrachte die drei Marienkäfer darin. Sie schlafen. Zumindest sieht es so aus. Ich habe mir nie die Frage gestellt, ob und wie Marienkäfer schlafen. Bestimmt tun sie das. Jedes Lebewesen braucht Schlaf. Genau wie ich.

Ich schütte die Schachtel auf dem Springbrunnenrand aus. Es ist vorbei. Damit endet meine Mission. Ein letztes Mal schaue ich in Richtung von Nina. Der Mann mit dem kaputten Feuerzeug steuert auf sie zu.

»Nein, bei ihr wirst du kein Glück haben«, flüstere ich, denn Nina raucht nicht.

Als er mit seiner Zigarette fast vor ihr steht, passiert etwas, womit ich nicht gerechnet habe. Er wird von zwei Personen angesprochen. Polizisten in Zivil. Da bin ich mir plötzlich sicher. Spätestens jetzt sollte ich verschwinden. Stattdessen bin ich fasziniert von diesem Zufall. Ich stelle mir vor, wie sie mich festnehmen, und muss innerlich lachen. Die Szene wird noch absurder, als sich die Tür des Übertragungswagens öffnet, jedoch kein Kamerateam heraussteigt, sondern mein Jäger. Simon van den Heuvel! Wie automatisch taste ich mir ins Gesicht. Selbst auf die Entfernung kann ich seine große Narbe am Hals erkennen. Der BKA-Beamte gestikuliert wild mit den Armen. Seine Leute haben den Falschen, aber das wissen sie zu diesem Zeitpunkt noch nicht.

»Beim nächsten Mal hast du bestimmt mehr Glück«, sage ich und gehe davon.

Kapitel 63

Der Bulle

Es war bereits nach Mitternacht. So leise wie möglich drehte Lothar den Schlüssel im Schloss herum. Sein Eindringen blieb dennoch nicht unbemerkt.

»Lothar, endlich«, kam es schwach aus dem Halbdunkel.

»Dorit, was …?« Er schob die Haustür hinter sich zu und legte seinen durchgeschwitzten Mantel ab. »Was machst du denn im Korridor?«

»Auf dich warten.«

Als die Elektrik leise summte und sich die Räder ihres Rollstuhls in Bewegung setzten, eilte er ihr entgegen. Sie sah übermüdet aus, ihre Haut aschfahl und ihre Lippen bläulich. Dazu roch es nach Urin. Wieder einmal.

»Wie viele Stunden sitzt du schon hier?«, fragte er und streichelte vorsichtig ihren Kopf, damit sie nicht noch mehr Haare verlor.

»Noch nicht sehr lange.«

»Meine kleine Lügnerin.«

»Ist alles in Ordnung bei den Schmidts? Ich habe Blaulicht gesehen. Du hast nicht angerufen.«

Nichts war bei den Nachbarn in Ordnung. Absolut nichts. Lothar konnte die Bilder im Keller immer noch nicht begreifen. Die Einweckgläser … Dagegen wirkte das Ermittlungsverfahren, auf das er sich gefasst machen musste, wie ein lächerlich kleines Problem. Man hatte ihm seine Dienstwaffe und die Magazine abgenommen. Reine Routine. Das gehörte zu der Untersuchung dazu. Er solle sich keine Sorgen machen, hatte man ihm versichert. Wenn sich an der Sachlage nichts änderte, hatte er einen Schwerkriminellen in Notwehr erschossen. Natürlich würde das gesamte K22 stinksauer auf ihn sein. Seit Jahren rieb sich die Drogenfahndung an Henning Paul auf. Jetzt hatte Lothar ihn mit zwei Patronen umgepustet. Einfach so aus dem Nichts heraus. Seine Kollegen nebenan am Tatort hatten ihm aufmunternd auf die Schulter geklopft. Emma hatte ihn sogar umarmt und ihm Mut zugesprochen. Er habe richtig gehandelt. Aber was hieß das schon im deutschen Rechtssystem?

»Ich habe einer Siebzehnjährigen und einem Kind das Leben gerettet.«

»Der vermissten Maria?«

Er nickte. »Heute werden sie überall in den Medien meinen Namen nennen.«

Statt eines Lobes oder wenigstens eines Lächelns wurde ihr Blick sorgenvoll. »Was hat es dich gekostet?«

Auch wenn Dorit körperlich und emotional abbaute, ihr Verstand war scharf wie eh und je. Ihr konnte Lothar nichts vormachen. Sie konnte es in seiner Gestik lesen, wenn etwas nicht stimmte. Zuletzt hatte sie öfter vor dem Dienst gemahnt, er solle keine Dummheiten machen. Sie wusste, wie sehr ihn die Pflege belastete und wie es ihm im Herzen wehtat, ihr jeden

Tag beim Dahinsiechen zuzusehen. Aus diesem Grund hatte sie ihn angefleht, er solle es endlich beenden und sich eine andere Frau suchen.

Lothar verkniff sich eine Träne und drückte ihr einen Kuss auf die Lippen. »Komm, ich wasche dich und bringe dich ins Bett. Beim Frühstück erzähle ich dir alles, einverstanden?«

Kapitel 64

Der Fotograf

»Das sieht echt übel aus«, sagt Vanessa am Frühstückstisch.

Wegen der Verletzungen im Gesicht traue ich mich kaum, sie anzusehen. Also nicke ich bloß und rühre die Haferflocken in meiner Müslischüssel um.

»Ich verstehe nicht, warum du gestern Nacht nicht ins Krankenhaus gegangen bist.«

»Jens meinte, es wäre nicht so schlimm, also habe ich Taschentücher draufgehalten.«

»Jens … Ist das derselbe Arbeitskollege, der dir die defekte Seilwinde gegeben hat?«

»Die Seilwinde war nicht defekt, das Drahtseil ist gerissen.«

Klappernd legt Vanessa ihren Löffel ab und verschränkt die Arme. Sie ist nicht wirklich eingeschnappt. Immerhin geht es um meine Gesundheit. Die Geschichte mit dem Drahtseil klang in der Theorie plausibel.

»Was habt ihr mit der Seilwinde eigentlich gemacht?«

»Bin eine Umleitung über unbefestigtes Gelände gefahren. Es war stockfinster und das Navi hat gesponnen. Es hat mich sonst wohin geleitet.«

»Hab dir gesagt, du sollst das Kartenmaterial updaten.«

»Beim nächsten Mal höre ich auf dich, versprochen. Jedenfalls bin ich mit den Rädern zu weit in den Straßengraben gekommen, von der Fahrbahn gerutscht und dann ist der Dienstwagen stecken geblieben. Da war ein winziger Bach. Das Ufer war matschig. Zum Glück habe ich Jens erreicht. Bis Berlin waren es nur noch wenige Kilometer, also hat er mir geholfen.«

»Schon mal was von Pannendienst gehört?«

»Das war mir zu peinlich.«

»Peinlich wäre es für dich geworden, wenn du dein Auge eingebüßt hättest.«

Obwohl unsere Schüsseln noch nicht leer sind, hören wir zeitgleich auf zu essen. Irgendwie ist mir der Appetit vergangen. Vanessa isst in letzter Zeit eh wenig. Vermutlich wegen der anstehenden mündlichen Prüfungen. Mir hat so was früher auch immer auf den Magen geschlagen. Also schauen wir zum Fernseher, wo sie über einen abscheulichen Fund im Haus einer Kindermörderin berichten.

»Angeblich hat ein Drogendealer sie erschlagen«, sagte Vanessa und schüttelt ungläubig den Kopf. »Was ist das nur für eine kranke Welt?«

Ich greife zur Fernbedienung, um einen annehmbaren Sender einzustellen. Aber die morgendliche Fernsehlandschaft sieht mit jedem Tastendruck düsterer aus. Zu meinem Leidwesen stoppe ich ausgerechnet bei der Werbung von Johannes Wailands Tears.

»Das ist total lecker!«, sagt Vanessa.

»Du hast das Zeug doch nicht etwa getrunken.«

»Klar, Amirs ganzer Kühlschrank ist voll davon. Auf dem Schulhof sind die stylishen Dosen echt angesagt.«

Ohne dass ich es wollte, schnellt meine Faust auf die Tischplatte. »Ich will nicht, dass du diese Chemiebrühe trinkst!«

Starr vor Schreck bleibt meiner Tochter der Mund offen stehen. Nicht einmal ich kann mich erinnern, wann ich vor ihr zuletzt derart losgetobt habe. Schnell ermahne ich mich zur Ordnung.

»Tut mir leid, es ist nur … Ich halte das Getränk für reine Abzocke.«

»Du musst es ja wissen …« Vanessa erhebt sich. »Und ich muss in die Schule.«

»Vanessa!« Ich will etwas Versöhnliches sagen, aber sie dreht mir den Rücken zu und stopft sich einen Apfel in ihren Rucksack.

»Sie haben übrigens das rothaarige Mädchen gefunden«, sagt sie beim Gehen.

»Ich weiß, ihr Name ist Maria«, antworte ich und fange an, mit dem Löffel die Cranberrys aus dem Haferbrei zu pulen.

Aus Nüssen und Trockenfrüchten kreiere ich eine venezianische Maske in meiner Müslischüssel. Erst das Klingeln meines Handys holt mich zurück.

»Sonja!«, sage ich.

Doch es ist meine Arbeitsstelle. Ich schaue auf die Uhr und frage mich, warum die Kollegen um diese Zeit anrufen.

Kapitel 65

Der Bulle

Lothar war noch nicht fertig mit seiner Aufgabe. Entgegen den Ratschlägen seiner Kollegen reichte er keine Krankschreibung ein, sondern betrat am nächsten Morgen noch vor den meisten anderen das Kommissariat. Durch das zeitige Erscheinen wollte er überflüssige Bekundungen und Nachfragen umgehen. Er musste außerdem schnellstmöglich an einen Polizeirechner. Kaum eine Dreiviertelstunde konnte er im System nachforschen, dann stand sein Vorgesetzter in seiner Bürotür.

»Mensch, Lothar, wenn du schon zum Dienst erscheinst, hättest du dir wenigstens ein passenderes Hemd anziehen können.«

»Was gefällt dir denn an meinem nicht?«

»Der Polizeipräsident will dich nach der Frühbesprechung sehen.« Sein Chef trat zu ihm an den Schreibtisch, wischte ihm ein paar Fusseln von den Schultern und richtete ihm den Schlips. »Die wollen Fotos von dir machen. Angeblich will dir sogar der Innenminister persönlich gratulieren.«

»Wozu?«

»Wozu fragst du? Du hast das Schreckenskabinett einer beispiellosen Serienmörderin entdeckt. Du hast Katalena Schmidt …«

»Ich habe gar nichts. Als ihr Nachbar kann ich das sehr gut einschätzen. Außerdem war sie schon tot, als ich dort aufgekreuzt bin. Henning Paul hat sie vorher erschlagen.«

»Und du wiederum hast diesen irren Paul gestoppt. Nach allem, was wir bisher wissen, hat es zuvor in seiner Villa eine Schießerei gegeben. Er hat erst den Ehemann beseitigt, diesen Eduard Schmidt, und dann dessen Frau. Wer weiß, was der Psychopath den Kindern angetan hätte.«

Genau wie sein Chef konnte Lothar nur Mutmaßungen anstellen, was sich in dem Mörderhaus tatsächlich zugetragen hatte. Er fühlte sich jedenfalls nicht als Held. Wenn, dann konnte man ihn für die Rettung von Josephines Bruder auszeichnen. Noch spät in der Nacht hatte er sich darum gekümmert, dass eine Streifenbesatzung die Schwester zu ihrem Bruder ins Krankenhaus brachte. An seinem Bett hatte die Siebzehnjährige ausgeharrt. Inzwischen war Daniel aufgewacht. Hätte Lothar ihn nicht unter dem Schuttberg im Kulturpalast gefunden, wäre er jämmerlich verblutet.

»Was machst du da eigentlich?«

»Arbeiten, was sonst?« Lothar drehte den Monitor ein Stück zur Seite, um seine Recherchen vor den Blicken seines Chefs abzuschirmen.

Der ließ es dabei bewenden und ging wieder zur Tür. »Da will dich übrigens noch jemand sprechen.«

Bevor Lothar nachfragen konnte, stand Kriminalhauptkommissar Heuvel im Raum.

»Dachte, Sie und Ihr Team wären schon abgereist«, begann Lothar die Unterhaltung und erhob sich, um mit dem Kollegen aus Wiesbaden auf Augenhöhe zu reden. »Hab gehört, für das BKA lief es gestern Abend nicht besonders gut. Zumindest gab es bisher keine Erfolgsmeldung in der Presse. Also nehme ich an, der Fotograf läuft noch frei herum. Wie dem auch sei, hoffentlich schnappen Sie ihn bald.«

»Von Ihnen hört man auch so einiges.« Heuvel reichte Lothar die Hand und klopfte ihm anerkennend gegen den Oberarm. »Gute Arbeit! Wirklich, Sie haben mehr drauf, als ich dachte. Sie haben sich den Respekt des gesamten Teams verdient. Das wollte ich Ihnen nur mitteilen, bevor ich weiterfahre.«

Lothar bedankte sich, durchschaute das Auftauchen des BKA-Ermittlers dennoch. »Was wollen Sie wirklich von mir?«

Heuvel grinste und wedelte mit dem Zeigefinger. »Sie sind nicht nur gefährlich couragiert, sondern auch beängstigend clever. Nun gut, ich bin hier, weil mir Ihre Nachforschungen nicht entgangen sind. Sie haben auf Informationen und sensible Daten zugegriffen, die in keinerlei Zusammenhang mit ihren derzeitigen Fällen stehen.«

»Seit wann überwacht das BKA die Polizeidienststellen der Länder?«

Heuvels Mimik verlor alle Freundlichkeit. »Wenn sie prompt nach dem Fotografen recherchieren, obwohl ich Sie instruiert habe, sich aus dieser Angelegenheit herauszuhalten, dann bin ich alarmiert.«

Ein bisschen schämte Lothar sich, weil er aufgeflogen war, aber er dachte nicht daran, sich zu entschuldigen. »Deshalb sind Sie hergekommen, um mir das zu sagen? Ich meine, ein Anruf hätte genügt. Oder Sie lassen einfach meinen Zugang sperren. Ich wette, so viel Einfluss besitzen Sie.«

»Letzte Warnung, wenn Sie etwas herausgefunden haben, sagen Sie es mir jetzt.«

Kurzzeitig schauten sich beide Männer nur tief in die Augen. Bis Lothar den Kopf schüttelte.

»Ich weiß absolut nichts.«

»Hm, dann hoffe ich, es bleibt dabei. Leben Sie wohl!«

»Wohin fahren Sie denn?«, hielt Lothar den Kollegen auf.

»Bitte?«

»Sie sagten eben, Sie werden weiterfahren. Geht es denn nicht zurück nach Wiesbaden?«

Heuvel verzog die Mundwinkel. Sein Gesichtsausdruck wirkte derart erheitert, als hätte er nur auf diese Frage gewartet. »Nein, ich muss nach Berlin. Denn im Gegensatz zu dem, was Sie gehört haben wollen, war der gestrige Tag nämlich äußerst erfolgreich für das BKA.«

Kapitel 66

Der Jäger

Die Villa in Berlin-Dahlem wirkte, als müsste sie erst jemand aus dem Dornröschenschlaf wecken. Die gesamte Gegend schien wie ausgestorben. Selbst als ein Dutzend Fahrzeuge des BKA und vom LKA vorfuhren, interessierte sich niemand dafür. Nur das Schlagen der Autotüren störte den Frieden – und der schwarze Transporter, der nicht zum Polizeiaufgebot gehörte und im Affenzahn die Straße heraufkam. Auf der Motorraumklappe prangte in großen gelben Druckbuchstaben BNN.

»Wer hat die verdammten Reporter informiert?«, erzürnte sich Heuvel über das Auftauchen der *Berliner Neuen Nachrichten.*

»Keine Ahnung!«, antwortete Wenzel und gab zwei Kollegen ein Zeichen, das Fahrzeug aufzuhalten. »Ich kümmere mich sofort darum.«

»Rede mit ihnen. Sie sollen sich zurückhalten. Wenn sie brav die Köpfe einziehen, trete ich nachher vielleicht vor die Kamera. Aber nur vielleicht. Und finde heraus, wo die undichte Stelle ist.«

Einen Augenblick später hatte Heuvel die kleine Unterbrechung vergessen. Letztlich machten die Leute von der Presse auch nur ihre Arbeit. Bald schon würde der Zeitpunkt kommen, wo Heuvel eine wohlmeinende Berichterstattung benötigte. Bis dahin galt sein Fokus dem laufenden Einsatz. Nach der fehlgeschlagenen Festnahme am Abend der Show verloren Heuvels Vorgesetzte und das Ministerium endgültig die Geduld mit ihm. Von neun vergeudeten Jahren war die Rede! Wenn das hier in die Hose ging, würde man ihn beim BKA abservieren.

»Ist er im Haus?«, erkundigte er sich beim Chef des Observationsteams.

»Seit er Sachsen verlassen hat, sind wir an ihm dran. Er sitzt in der Küche, schaut fern, telefoniert ab und zu und arbeitet an seinem Tablet. Seine Frau ist eben erst von ihrer Geschäftsreise zurückgekehrt. Die Begrüßung zwischen ihnen verlief unterkühlt, aber das kannst du dir ja denken. Schließlich schlafen sie schon länger in getrennten Betten – und mit anderen Partnern.«

»Okay, schätze, es wird der Beziehung nicht förderlich sein, wenn wir da jetzt die Türen eintreten und das teure Porzellan zerstören.« Er wandte sich an den Kontaktbeamten vom LKA Berlin. »Habt ihr die Überwachung gekappt?«

»Ist erledigt! Die Technik stammt schließlich von uns, nachdem der Mann wegen wiederholter Drohschreiben als Schutzperson eingestuft wurde. Die Berliner Polizei hat das komplette Anwesen verkabelt. Demzufolge haben wir die volle Kontrolle über die Haustechnik. Wenn Sie wollen, öffnen wir Ihnen das Tor und schalten am Fernseher Ihren Wunschsender ein.«

»Mit so einem Smart Home fühlt man sich gleich viel sicherer!«

Damit knöpfte Heuvel sich seine Schutzweste zu und schaute sich um, ob alle vollzählig und bereit waren. Während sich das Sondereinsatzkommando längst auf dem Grundstück befand, standen hinter Heuvel die Kriminaltechniker, die es rechtzeitig aus Wiesbaden und den Außenstellen hergeschafft hatten. Bald durften sie mit der Spurenarbeit beginnen. Vorher kam der Moment, auf den Heuvel jahrelang gewartet hatte.

»Zugriff!«, gab er das Kommando.

Die Wartezeit betrug für ihn weniger als fünfzehn Minuten. Dann konnte Heuvel den langen Weg bis zum Eingangsportal entlangschreiten. Seine Odyssee hatte endlich ein Ende. Ein mulmiges Gefühl ergriff ihn. Er hatte sich die passenden Worte zurechtgelegt, aber als die SEK-Beamten den Hauseigentümer mit Hand- und Fußfesseln vor ihn stellten, war sein Kopf auf einmal leer. Zu überwältigend war der Augenblick, dem Fotografen leibhaftig gegenüberzustehen.

»Herr Johannes Wailand«, fand Heuvel schließlich seine Stimme wieder. »Oder wie Sie mit bürgerlichem Namen heißen, Peter Fischer, ich verhafte Sie wegen mehrfachen Mordes.«

»Nein, das muss ein Irrtum sein!«

»Halten Sie den Mund und hören Sie mir zu!«, fiel Heuvel dem Unterhaltungskünstler ins Wort. »Ich belehre Sie jetzt, danach werden meine Kollegen Sie abführen.«

»Peter, was ist hier los?«, kam es von seiner Gattin aus dem Hintergrund.

»Nichts, meine Liebe, ruf meinen Anwalt an.«

Natürlich, der Schrei nach dem Anwalt musste kommen! Garantiert einer von den Stars der Branche. Aber selbst Gott als Leumund konnte Wailand nicht mehr helfen. Dafür war die Beweislast zu erdrückend, aber das würde der Mann schon noch kapieren. Johannes Wailand war entzaubert. Heuvel und seine Leute hatten Jahre gebraucht, um die Puzzleteile der einzelnen Tatorte zusammenzustecken. Am Ende waren es die akribische Spurenarbeit der Ermittler und die Nachlässigkeiten des Täters gewesen, die zum Erfolg führten. Somit folgte die Festnahme des Killers, der mit jedem weiteren Mord immer sorgloser geworden war. So hatte man in der Wohnung eines seiner Opfer, Alexandra Neunhagen, ein Ticket für eine Veranstaltung in der Mercedes-Benz-Arena in Berlin gefunden. Das Ticket war »Alex« gewidmet, gefolgt von Wailands Autogramm. Nur eins von unzähligen Puzzleteilen. Oder am Ende das Sperma mit Wailands DNA auf der Couch der Wahrsagerin …

»Ich rate Ihnen dringend zu anwaltlicher Vertretung«, bestärkte Heuvel ihn in seinem Glauben, er könne so einem Strafverfahren und einer Verurteilung entgehen. »Sie stehen im Verdacht, mindestens neun Frauen umgebracht zu haben.«

Ein spitzer Schrei seiner Frau ertönte. Wenzel drängte sich an Heuvel vorbei, redete beruhigend auf sie ein und ließ ein Glas Wasser bringen. Heuvel nahm das Entsetzen der Ehefrau gelassen zur Kenntnis. Sie sollte ruhig die Wahrheit über ihren Mann erfahren. Wailand selbst nahm Haltung an und blieb hartnäckig in seiner Verteidigung.

»Diese Anschuldigung ist ungeheuerlich. Ich weiß nicht, wer Sie sind, aber Sie machen einen riesengroßen Fehler.«

»Sie hätten gründlicher sein sollen, als Sie Ihr Hotelzimmer verlassen haben.«

»Mein Hotelzimmer? Ich verstehe nicht …«

Heuvel sah Wailand tief in die Augen. Vor ihm stand ein ausgezeichneter Schauspieler. Davon hatte Heuvel sich überzeugen können, als er dessen Shows per Video unzählige Male analysiert hatte.

»Das Collect. Dort haben Sie zuletzt genächtigt. Wir haben sogar die hübsche junge Dame ausfindig gemacht, mit der Sie das Wochenende verbracht haben. Nach Ihrer Abreise haben wir Ihr Hotelzimmer gründlich durchsucht. Dabei haben wir einen Marienkäfer an den Gardinen entdeckt. Vorhin habe ich bereits Ihren Vorgarten bewundert, an den Rosenstöcken tummeln sich eine Menge Marienkäfer.«

»Was denn für Marienkäfer?«

In mühevoller Kleinarbeit hatte Heuvel das Puzzle des Fotografen zum Großteil zusammengesetzt. Jetzt musste er diesen Mistkerl nur noch festnageln und zu einem Geständnis bringen.

»Eine Frage, bevor meine Leute Sie abführen: Besitzen Sie eine Hasselblad X1D?«

»Ja, sicher, ich sammle Kameras des skandinavischen Herstellers. Schließlich bin ich leiden…«

Mehr musste Heuvel nicht hören. Er nickte den Kollegen vom SEK zu. Unter Protest wurde der Beschuldigte zum Fahrzeug gebracht. Bis zu einer richterlichen Entscheidung blieb er im LKA Berlin. Von seiner Gewahrsamszelle aus konnte er gern mit seinem Anwalt Kontakt aufnehmen. Vorerst reichte Heuvel der Ehefrau den Durchsuchungsbeschluss.

»Frisch unterschrieben«, klärte er sie auf und deutete auf das Datum neben dem Stempel. »Ist ziemlich viel Text. Lesen Sie ihn sich trotzdem aufmerksam durch. Inzwischen werden meine Leute jeden Raum des Hauses auf den Kopf stellen.«

»Das können Sie nicht machen«, schluchzte sie, aber Heuvel blieb bei seiner konsequenten Linie.

Er würde jetzt nicht nachgiebig sein. Nicht auf der Zielgeraden …

»Außerdem werden wir den Wintergarten, die Garagen, die Beete und sogar den Pool untersuchen. Wir werden mit Bohrhämmern, Schaufeln und Baggern anrücken. Ich verspreche Ihnen, dass wir jeden Zentimeter auf diesem Grundstück in Augenschein nehmen werden. Natürlich verstehe ich, wie ungemütlich das alles für Sie ist. Besser, Sie sehen nicht dabei zu. Also wenn Sie so weit sind, packen Sie Ihre Sachen. In nächster Zeit werden in diesen Räumen viele fremde Leute ein- und ausgehen; Polizisten, Sachverständige, Gutachter, Staatsanwälte. Das gesamte Grundstück ist ab sofort ein Tatort.«

»Tut uns leid«, redete Wenzel beruhigender auf die weinende Frau ein. »Ihr Mann hat schlimme Dinge getan. Es ist schwer, das zu begreifen.«

Längst schaute Heuvel sich im Haus um. Obwohl es ihn nicht verwunderte, musste er bitter schmunzeln, als er im Arbeitszimmer des Entertainers ein reproduziertes Gemälde von Michelangelos »Die Erschaffung Adams« fand.

»Jahrelang kommt man kein Stück voran und auf einmal ergibt alles einen Sinn.«

Noch weniger zum Lachen war ihm, als er ein Zimmer betrat, in dem an Fäden von der Decke lauter Puppen hingen. Es waren ungefähr zwanzig. Zwanzig identische Harlekins mit einer venezianischen Maske. Heuvel trat vor eine der Puppen und knetete seine behandschuhten Finger.

»Das wollte ich schon lange mal machen«, murmelte er, dann schob er die Maske ein Stück zur Seite, um das Gesicht darunter erkennen zu können. »Hm …«

Irgendwie hatte er eine zernarbte Fratze erwartet. Aber stattdessen lächelte ihn der Kerl wie ein hübscher Junge an.

»Können wir, Simon?«

Aus seinen Gedanken gerissen, fuhr Heuvel herum. Die Kriminaltechniker hatten das Haus in Ganzkörperanzügen und Gesichtsmasken betreten und warteten auf den Startschuss.

»Fangt am besten gleich mit diesem Zimmer an.«

»Das übernehme ich«, sagte einer von ihnen und stellte seinen blauen Koffer mit der Ausrüstung ab.

Abermals fiel Heuvels Blick auf den Aufkleber mit dem rosafarbenen Elefanten in der oberen Ecke des Koffers. All die Jahre hatte der Elefant ihn begleitet. Bis in die abgründigsten Tiefen.

»Scheiße«, sagte er und schaute abwechselnd zu den Hampelmännern und dem Aufkleber. »Warum können die Psychopathen nicht mal rosa Elefanten aufhängen?«

»Was meinst du damit?«, fragte der Kollege, während er den Koffer aufklappte und seine Gerätschaften für die Tatortarbeit bereitlegte.

Heuvel grunzte nur. Die Masken und Fäden machten ihm Angst. Sein Verstand und sein Körper realisierten plötzlich, dass seine Jagd ein Ende gefunden hatte. Er musste an die frische Luft und sich übergeben.

Kapitel 67

Der Fotograf

Drei Wochen später

Es ist vielleicht der letzte Geburtstag, denn ich für Vanessa organisieren darf. Es ist ihr wichtigster, weil sie ab heute volljährig ist. Es tut weh, loszulassen, aber ich bin glücklich, dass wir diesen besonderen Tag gemeinsam feiern können. Im Garten ist die Kaffeetafel gedeckt, Vanessas Tanten sind gekommen. Sie haben Geschenke und Kuchen mitgebracht. Amir ist auch anwesend. Er scheint mir ein aufmerksamer Junge, hat beim Geschirr mitgeholfen. Er redet ein bisschen viel. Kaum eine Stunde und ich kenne seinen halben Lebenslauf. Er lässt mich an seinen Zukunftsplänen teilhaben. Er will Maschinenbau studieren. Maschinen werden immer gebraucht, behauptet er. Ich höre geduldig zu und nicke hin und wieder. Später werde ich Amir vielleicht auf ein Bier einladen. Vorerst begnügen wir uns mit Vanessas selbst gemixter Limonade. Ich nippe an einem Strohhalm aus Edelstahl und frage mich, seit wann wir diese Edelstahldinger haben. Das sei besser für die Umwelt, meint Vanessa. Amir hält dagegen, die Stahlproduktion sei besonders klimaschädlich. Ich habe keine Ahnung, ob das mit den beiden dauerhaft gut geht. Für den Moment sind sie aber zusammen, also akzeptiere ich ihn als ihren festen Freund.

»Mein Vater ist in der Automobilbranche tätig«, berichtet mir Amir. Das kann vom Designer bis zum Autoverkäufer alles Mögliche bedeuten. »Was hat Ihr Vater früher gemacht?«

»Kunst«, antworte ich und beobachte, wie ein Marienkäfer an der weißen Tischdecke hochklettert.

»Und Ihre Mutter?«

Irgendwie hatte ich mit dieser Frage gerechnet. Die Sonne scheint mir ins Gesicht und ich möchte ihm am liebsten antworten, dass sie meinen Vater umgebracht hat und Amir mit unserer Familie einen mörderischen Spaß haben wird. Aber nichts kann diesen Tag stören. Bis auf die Haustürklingel, die in dieser Sekunde die Unterhaltung unterbricht.

»Vanessa, machst du bitte auf?«, rufe ich und bin neugierig, wer jetzt noch zu Besuch kommt. »Ist bestimmt der nächste Gratulant!«

Schneller als erwartet kehrt sie zurück. Sie hält einen Blumenstrauß in der Hand. Als ich fragen will, vom wem der ist, bemerke ich ihren sonderbaren Gesichtsausdruck.

»Papa, es ist für dich.« Sie zuckt mit den Schultern. »Ein Kollege von dir.«

Es ist Wochenende und ich habe diesmal keine Bereitschaft. Natürlich habe ich auf Arbeit stolz vom Geburtstag meiner Tochter erzählt. Trotzdem würde niemand von meinen Kollegen vorbeikommen, um ihr persönlich zu gratulieren.

Mit einem flauen Gefühl im Bauch verlasse ich die Kaffeetafel und schließlich den Garten. Meine Vorahnung täuscht mich nicht. Im Eingang steht der Kommissar, dessen Namen ich aus der Berichterstattung kenne. Es ist derjenige, der Maria gerettet hat.

»Danke, Vanessa, das ist mein Kollege Lothar Kellmann«, sage ich und hauche ihr einen flüchtigen Kuss auf die Stirn. »Das hatte ich ganz vergessen … Lässt du uns kurz allein? Wir müssen etwas besprechen.«

Ihre Augen verraten mir, dass sie sofort ahnt, etwas stimmt nicht mit ihm. Mein Schauspieltalent lässt mich plötzlich im Stich. Aber sie verschwindet anstandslos. Ich lasse Kellmann eintreten und bitte ihn ins Arbeitszimmer. Wie selbstverständlich nimmt er Platz. Die ganze Zeit hält er eine eingerollte Zeitung in der Hand.

»Wie lange machen Sie das schon so?«, fragte er.

»Was meinen Sie?«

Er deutet auf die Zimmertür, die ich leise geschlossen habe. »Diese Heimlichtuerei.«

»Viel zu lange schon, schätze ich.«

»Nun ja, Sie werden gute Gründe haben.«

Er klatscht die Zeitung auf den Schreibtisch und erwartet, dass ich mir den Artikel auf Seite 1 ansehe. Der Text ist einige Wochen alt. Kellmann hätte auch eine aktuellere Zeitung wählen können, aber in dieser sieht man ein besonders schönes Foto von Johannes Wailands Festnahme. Ein BNN-Reporter hat es geschossen. Eine erstklassige Aufnahme! Erstklassig auch der Bericht. Das BKA wird für seinen Aufklärungserfolg in den höchsten Tönen gelobt. Simon van den Heuvel wird als Protagonist gefeiert. Kaum eine Talkshow kommt derzeit ohne den Kriminalhauptkommissar aus. Eine der erschreckendsten Mordserien in Deutschland hat ihr Ende gefunden. Anfangs hat Wailand alles abgestritten, inzwischen schweigt er beharrlich. Zu erdrückend ist die Beweislast. Man hat in seinem Haus Fotokameras, kompromittierendes Material auf seinem Rechner, Fotos der Opfer und Bargeld gefunden. Bargeld, für das es bisher keine Herkunftserklärung gibt. Außerdem wurden seine DNA und Fingerabdruckspuren an mehreren Tatorten gesichert. All das steht in dem Artikel. Die Redakteure haben sauber recherchiert. Bis auf seinen Anwalt – und vermutlich Kellmann – glaubt wohl niemand mehr an die Unschuld des Entertainers. Sämtliche seiner Veranstaltungen wurden gecancelt. Seine Homepage und die öffentlichen Profile in den sozialen Medien sind gelöscht. Selbst sein Dosengetränk ist aus der Fernsehwerbung und den Supermärkten verschwunden.

Ich überfliege den Zeitungsbericht bloß, dann setze ich mich dem Kommissar aus Sachsen gegenüber.

»Tragen Sie eigentlich Ihre Dienstpistole bei sich?«

Kellmann schüttelt bedächtig, fast schon amüsiert den Kopf. »Ich gehe nicht davon aus, dass Sie am Geburtstag Ihrer Tochter ein Massaker anrichten werden. Nicht in Ihrem eigenen Haus und nicht, wo ich doch Blumen mitgebracht habe.«

Auch wenn ich mir ernsthafte Sorgen machen sollte, mag ich diesen Kellmann schon jetzt. Er ist witzig, auf eine verkniffene Weise.

»Hat Jo mich verraten?«

»Jo hat das gesagt, was ich auch gesagt hätte: Das Ehepaar Schmidt hat sie und Maria eingesperrt. Eduard Schmidt sei dann verschwunden. Später ist Henning Paul aufgekreuzt und es gab Streit zwischen ihm und Katalena Schmidt. Er habe was von Ärger mit Jos Bruder gesagt. Ging wohl um Drogen und viel Geld. Tja, und dann hat er rotgesehen. Hat ihr den Schädel bis zur Unkenntlichkeit zertrümmert und den ganzen Keller toxisch verseucht. Echte Untergrundmethoden, haben meine Kollegen vom K22 gemeint.« Kellmann wedelt mit der Hand. »An die Details ihrer Aussage kann ich mich beileibe nicht erinnern. Ich bin schließlich nicht an den Ermittlungen beteiligt.«

»Weil Sie Henning Paul erschossen haben.«

»Es war notwendig.«

»Davon bin ich überzeugt.« Ob Kellmann weiß, dass er mir mit dem Tod des Drogendealers Arbeit erspart hat? Mein

Blick geht zur geschlossenen Tür. Was wohl Vanessa und meine Schwestern gerade denken? »Wie geht es dem Mädchen?«

»Es ist in einer tadellosen Pflegefamilie untergebracht. Ein anonymer Spender hat einen größeren Geldbetrag für die Kleine locker gemacht. Sie wissen nicht zufällig, woher das Geld stammt?«

»Nein«, lüge ich. Hoffentlich bringt das Geld Maria in der Zukunft ein bisschen Glück. »Und Jo?«

»Sie haben sie ja sicherlich kennengelernt. Jo kommt klar.«

Ich muss schmunzeln bei dem Gedanken an die Begegnung mit der Siebzehnjährigen im Keller. »Ja, Jo kommt klar.«

Wir schweigen eine Weile. Während Kellmann müde wirkt, bin ich hellwach. Im Kopf spiele ich die Szenarien durch, die folgen könnten.

»Und was machen Sie jetzt?«, frage ich.

Kellmann schaut sich im Raum um. Er scheint ratlos. »Die ganze Zeit habe ich mir vorgestellt, wie es wohl ist, wenn ich dem Fotografen gegenübersitze. Und jetzt … fühlt es sich irgendwie …«

»… enttäuschend an?«

»So könnte man das ausdrücken. Ich meine, der Fotograf wirkt so normal. Was würden Sie jetzt an meiner Stelle machen?«

»Begreifen wollen, warum der Fotograf all das getan hat.«

»Darüber zerbreche ich mir schon die ganze Zeit den Kopf. Ich nehme an, es hängt mit Ihrer Frau zusammen.«

»Sie sind ein kluger Mann.« Ich beiße mir fest auf die Unterlippe, ehe ich in das Schubfach neben mir greife.

Er bleibt ungerührt sitzen, obwohl ich jederzeit eine Pistole oder ein Messer ziehen könnte. Aber nichts liegt mir ferner. Stattdessen überreiche ich ihm Sonjas Tagebuch. »Hier drin finden Sie den Grund.«

Kapitel 68

Rückblick

Vanessas fünfter Geburtstag

Es ist Mittwoch. 9:53 Uhr steht auf der Digitaluhr. Anderthalb Stunden bis Berlin zeigt das Navigationsgerät. Das ist zu lange, hämmert es ununterbrochen in meinem Kopf. Ich werde zu spät kommen. Minuten gleichen einer Endlosigkeit, wenn man eine Nachricht aus der Hölle bekommt. Meine Tätigkeit in Wiesbaden habe ich abgebrochen, nachdem ich neun Anrufe von Sonja verpasst und zu spät meine Mailbox abgehört habe. Ich bin halb wahnsinnig vor Sorge, denn ich erreiche meine Frau nicht mehr. Sooft ich die Wahlwiederholungstaste drücke, ihr Handy ist nicht mehr aktiv.

Mit zweihundert rase ich über die Autobahn und schreie mir die Seele aus dem Leib. Die anderen Verkehrsteilnehmer müssen glauben, ein Irrsinniger sitze hinter dem Steuer. Sollen sie denken, was sie wollen, ich blende alles um mich herum aus. Mein BMW ist ein Panzer. Ich drängle, ich hupe, ich gebe Lichtzeichen. Der Standstreifen wird zu meiner Überholspur.

»Fahr zur Seite, du Penner!«, schimpfe ich.

Mehr als einmal zeigt man mir den Mittelfinger. Ich denke ununterbrochen an meine Familie. Vanessa müsste im Kindergarten sein. Hoffentlich ist sie dort! Am Wochenende wollen wir ihren Geburtstag feiern. Meine Schwestern sind eingeladen, ein paar Bekannte. Wir haben ihr ein neues Bett gekauft. Kommenden Freitag wollte ich es aufbauen.

»Nimm endlich ab!«, rede ich mit meinem Telefon, aber mir antwortet nur eine Computerstimme.

Vielleicht habe ich mich geirrt. Vielleicht habe ich mich verhört. Zum wiederholten Male höre ich meine Mailbox ab.

> »*Hallo Schatz*«, dringt Sonjas brüchige Stimme aus den Lautsprechern. »*Es tut mir leid, dass du es auf diese Weise erfährst …*«

Vorgestern, bevor ich nach Wiesbaden aufgebrochen bin, schien mir alles in Ordnung. Sonja hat über Kopfschmerzen geklagt, mehr nicht. Tabletten würden es schon richten, hat sie mir versichert. Vanessa sei ja bei ihr. Sie würden sich umeinander kümmern. Dabei haben wir gelacht. Natürlich habe ich die Woche zuvor ihre Stimmungsschwankungen mitbekommen. Trotzdem war ich unaufmerksam. Die Arbeit war mir wichtiger.

> »*Vielleicht ist es besser so, dass du mir nicht antworten kannst*«, sagte sie und stockt bei jedem zweiten Wort. »*Ich habe versucht, dich anzurufen. Wenn ich dir jetzt nicht auf die Mailbox spreche, kann ich dir nichts mehr sagen. Ich bin so schläfrig, verstehst du?*«

Wir haben in der Vergangenheit über Depressionen gesprochen. Eigentlich habe meist ich das Thema angeschnitten. Davon wollte sie nichts hören. Sie versicherte mir, das sei nur eine Phase. Es sei zu viel los auf Arbeit. Neue Kollegen, ihr cholerischer Chef, Umstrukturierungen in der Firma. Man habe ihr geraten, Karriere zu machen, aber ein zweites Kind sollte sie lieber vergessen. Ich habe das nicht richtig ernst genommen, aber sie hat das angeblich belastet. Es ging ihr emotional und körperlich schlecht. Der Grund war ein anderer. Ich habe nicht bemerkt, dass die Phase schon über ein Jahr andauerte. Wie die Zeit vergeht, wenn man sie dringend benötigt!

> *»Ich habe Tabletten genommen. Eine Handvoll oder mehr. Ich weiß es nicht mehr genau.«*

Sie redet wie im Fieberwahn. Während ich ihr zuhöre, bete ich dafür, dass alles nur ein böser Traum ist und ich gar nicht auf der Autobahn fahre, sondern in meinem Bett neben ihr liege.

> *»Neben mir liegt ein Skalpell. Es befand sich die ganze Zeit in meinem Kosmetikkästchen. Du hast es wahrscheinlich nicht mitbekommen, aber ich habe in den letzten Monaten Probeschnitte gemacht. Deshalb die langärmligen Blusen und Pullover.«*

Es schnürt mir die Kehle zu. Vor meinem geistigen Auge zieht eine Edelstahlklinge vorbei. Dann ist da lauter Blut.

> *»Mach dir keine Sorgen, hörst du? Es pikst nur ein bisschen. Ehrlich, ich kann das Skalpell inzwischen so sicher führen wie einen Bleistift. Es ist ein unglaublich erlösendes Gefühl, wenn die Klinge die Haut zerteilt. Vertrau mir! Natürlich ist es eine große Sauerei, das viele Blut, meine ich. Aber das kriegen wir schon wieder weg.«*

Ich schaue auf mein Handy. Was ich da höre, ist keine Einbildung. Es sind Sonjas Abschiedsworte. Vier Minuten lang.

> »*Warum ich das tue, fragst du dich jetzt bestimmt … Falls es da oben einen Gott gibt, hat er hoffentlich eine gute Antwort parat. Hier unten ist die Hölle. Ich muss es wissen, wären sonst all die Monster in meinem Kopf? Dieser beschissene Hampelmann mit der Maske verfolgt mich … Ich erwarte nicht, dass du es verstehst. Ich … Ich denke, es sind Marienkäfer, keine Knöpfe …*«

Ich schlage auf das Lenkrad. Mir kommen die Tränen.

»Nein, nein, nein!«, schreie ich.

Warum, verdammt, redet sie von Marienkäfern?

> »*Es liegt nicht an dir*«, sagt sie. »*Es liegt an Peter Fischer.*«

Wer zum Teufel ist Peter Fischer? Was erzählt sie mir da?

> »*Damals hieß er Peter Fischer. Er ist in mein Leben gekommen, um zu bleiben. Ich war so erschrocken, als ich ihn im Fernsehen wiedergesehen habe. Ich kann … Ich kann es nicht beschreiben. Er ist …*«

Sonja fängt an zu weinen. Wir weinen gemeinsam. Ein letztes Mal gemeinsam und doch getrennt voneinander.

> »*Sie erscheinen mir in meinen Träumen. Immer und immer wieder. Er und der Hampelmann …*«

Damit endet ihre Erklärung und ich falle wieder in einen Strudel aus tiefdüsteren Gedanken. Sosehr ich auf das Gaspedal trete, ich weiß, ich komme zu spät. Vor unserem Haus warten ein Rettungswagen und ein Streifenwagen.

»Sind Sie der Ehemann?«, fragte ein Polizist.

Ich fauche ihn an, will ihm am liebsten in die Fresse schlagen. Was für eine blöde Frage! Stattdessen stürze ich an Notarzt und Sanitätern vorbei. Wie ein Berserker bahne ich mir meinen Weg bis ins Badezimmer. Niemand hält mich auf. Jemand ruft, es sei kein schöner Anblick. Was mir tatsächlich widerfährt, erlebe ich nur noch in einer Art Rückblende. Mein Geist und mein Körper spalten sich. Ich schwebe über der schauerlichen Szene. Auf dem Fliesenboden liegt ein leerer Blister. Sonjas lebloser Körper treibt in tiefrotem Wasser. Der Geruch von Eisen füllt den Raum wie eine entsetzliche Wolke aus. Auf dem Badewannenrand das Skalpell, von dem sie gesprochen hat. Ihr Handy ist ertränkt.

Kapitel 69

Der Fotograf

»Johannes Wailand ist Peter Fischer.«

»Was?«, frage ich Kellmann, weil ich gedanklich abgeschweift bin.

»Dieser Peter Fischer, von dem Sie reden, damit meinen Sie Johannes Wailand.«

Wir sitzen uns noch immer im Arbeitszimmer gegenüber. Ich weiß nicht, wie lange schon. Zeit spielt momentan keine Rolle, auch wenn meine Tochter auf das Anschneiden der Torte wartet.

»Es steht alles da auf den Seiten.« Ich deute auf das Tagebuch, in dem Kellmann eben geblättert hat. »Peter Fischer war ein Freund der Familie; der Familie meiner Frau. Jemand, dem man vertraut. Jemand, den man zu Geburtstagsfeiern einlädt, weil er gesellig und gebildet ist.«

Kellmann schaut zur Tür. Er wusste, dass er heute ungelegen kommt. Er hat absichtlich diesen Tag gewählt.

»Ich nehme an, da war Fischer noch kein so guter Redner und Motivator.«

»Oh, reden konnte er bestimmt schon immer! Sonja hat mir nie über ihn erzählt, ich weiß nicht, wie ihre Eltern ihn kennengelernt haben. Ich weiß nur, dass er seit ihrer Geburt im Haus der Eltern ein und aus gegangen ist. Er war ständig da, hat mit Sonja gespielt, war mit ihr sogar im Schwimmbad. Er hat ihr das Schwimmen beigebracht. Er hat Sportphilosophie studiert und nach dem Studium als Fitnesstrainer gearbeitet. Weil das nicht so lief, wie er sich das vorgestellt hat, wurde er freischaffender Fotograf. Er wurde zu Hochzeiten und Einschulungen gebucht, so steht es in Sonjas Tagebuch. Als Fotograf war er auch bei einem Richtfest auf dem Gut Rabenstein der Eltern eingeladen. Das war vor zweiunddreißig Jahren auf dem Gut Rabenstein. Da kannten Sonja und er sich bereits. Sonja war gerade einmal elf.« Ich mache eine Pause, weil ich merke, wie ich hyperventiliere. Die Nacherzählung der damaligen Ereignisse macht mich wütend und traurig.

»Sie war elf Jahre alt«, wiederholt Kellmann ungeduldig. »Und weiter?«

Er ist nicht gekommen, um mich zu schonen. Mitleid habe ich wahrlich nicht erwartet. Ich habe auch keinen Trost verdient. Nicht von einem Polizisten wie Kellmann.

»Er hat sie missbraucht. In seiner eigenen Wohnung hat er das Mädchen zum Sex gezwungen. Er war mit ihr allein, sie war ihm ausgeliefert. Mehr als vier Stunden. Sonjas Eltern haben Fischer vertraut. Wie gesagt, er war wie ein Onkel für ihre Tochter. Jeder hätte ihm sein Kind anvertraut.« Ich gebe das wieder, was ich in dem Tagebuch gelesen habe. »Danach hat er von ihrem kleinen Geheimnis gesprochen. Sie durfte es auf keinen Fall ihren Eltern erzählen, weil ihre Eltern sonst von ihr bitterlich enttäuscht gewesen wären. Er wäre dann auch böse geworden und hätte zur Strafe ihrer Katze etwas angetan. Von Gefängnis und Kinderheim hat er geredet. Mit derartigen Drohungen hat er sie eingeschüchtert. Als Polizist kennen Sie sich aus, Sie wissen, wie solche Warnungen auf ein Kind wirken. Es war für Sonja absolut entsetzlich. Ich kann nur erahnen, wie schwerwiegend die Tat auf ihre Psyche gewirkt haben muss. Irgendwie hat sie es geschafft, das Geschehene jahrelang erfolgreich zu verdrängen. Vielleicht weil es nur ein Mal war, ich weiß es nicht, vielleicht weil sich die Wege von ihren Eltern und Fischer bald getrennt haben. Achtzehn Jahre konnte Sonja mir und allen anderen eine heile Welt vorspielen. Niemand hat etwas erfahren und selbst ich, als ihr Ehemann, habe nichts bemerkt. In dieser Zeit ist unsere Tochter zur Welt gekommen. Wir waren eine unaussprechlich glückliche Familie. Bis zu dem Tag, als Peter Fischer zu Johannes Wailand wurde und seine ersten Shows im Fernsehen übertragen wurden. Da hat Sonja ihren Peiniger wiedergesehen und ihr Albtraum war wieder lebendig. Von da an ging alles bergab.«

»Weil Sie Ihre Frau verloren haben, haben Sie danach all die anderen Frauen umgebracht?«

»Aus Ihrem Mund klingt es verächtlich.«

»Erwarten Sie bloß kein Mitleid von mir. Für mich sind Sie ein Mörder.«

Kellmann hat vollkommen recht, niemand sollte mich bedauern. Also verkneife ich mir jegliche Bettelei und bringe die Fakten auf den Tisch.

»Wissen Sie, neben der Tatsache, dass Sonja nie mit mir über ihre schlimme Vergangenheit gesprochen hat, habe ich mir nie verziehen, dass ich sie in der Woche ihres Todes allein gelassen habe. Ich mache mir noch heute Vorwürfe, weil ich ihre Probleme nicht ernstgenommen habe. Ich hätte einfach besser zuhören müssen.«

»Einige Menschen können sich sehr gut verstellen.«

»Das verstehen Sie nicht. Ich war unaufmerksam.«

»Wenn Sie das sagen, wird es stimmen.«

»Wenn ich meine Frau wenigstens in den Tod hätte begleiten können ... Aber ich war nicht da. Ich konnte mich nicht einmal verabschieden. Verstehen Sie? Ich kam zu spät. Ich habe Sonja im Stich gelassen.«

Kellmann nickt, als verstünde er. »Und als eine Art Wiedergutmachung haben Sie den Frauen bei ihrem Tod geholfen. Für diese Fremden wollten Sie da sein, als eine Art Todesengel.«

»Ich bin kein Engel.«

»Wie dem auch sei ...« Kellmann macht Anstalten, sich zu erheben, aber ich weiß, dass er nicht einfach so gehen wird. »Sie sind und bleiben ein Serienmörder.«

Weder stimme ich zu, noch rechtfertige ich mich. Wir schauen uns nur an. Wir wissen beide, dass kein Mensch nur gut oder böse ist. Aber in einer funktionierenden Welt muss es für meine Taten eine gerechte Strafe geben. Leider ist meine Welt nicht perfekt, bestenfalls abgeschlossen. Johannes Wailands Verhaftung gibt mir Genugtuung. Denn dadurch habe ich Sonjas Tod gerächt. Ja, ich bin ein Rächer, so würde ich mich beschreiben. Von Kellmann kommt jedoch kein einziges Wort des Verständnisses. Er schweigt und sieht mich an. Vielleicht weiß er nicht, was er nun mit dieser Offenbarung anfangen soll. »Offenbarung«! Das war der Titel von Wailands letztem Auftritt.

»Wie sind Sie auf mich gekommen?«

Kellmann schüttelt sich, als wäre er eben geistesabwesend gewesen. Doch er ist klar bei Verstand. »Als man Wailand verhaftet hat, wusste ich, dass sie den Falschen haben. Ich wusste nicht, wer der Fotograf ist, aber ich wusste, dass es nicht Wailand sein konnte. Ich habe das Kennzeichen Ihres weißen Transporters erkannt. Zwei Mal sind Sie mir an dem Wochenende begegnet. Ich hatte ein vages Bild des Fahrers in meinem Kopf. Und dieses Bild hat kein bisschen mit Wailand übereingestimmt.

Also habe ich recherchiert und Nachforschungen angestellt. Ich habe den Mietwagenanbieter kontaktiert, dort hat man mir einen Namen und eine Adresse gegeben. Natürlich haben Sie erdachte Personalien benutzt. In Deutschland gibt es knapp ein Dutzend Männer mit dem Namen Alexander Fahrenheit. Keiner von denen ist der Fotograf. Also habe ich weitere Überlegungen angestellt. Gleichzeitig kamen immer mehr Details zu Wailands Verbrechen an die Öffentlichkeit. An den meisten Tatorten konnte man seine Spuren nachweisen. Wenn aber Wailand niemals an den Tatorten war, musste jemand anderes die Tatorte manipuliert haben.« Kellmann breitet die Arme aus und zeigt dann auf mich. »Mir kam der Verdacht, dass nur ein Mitarbeiter des BKA derartig fingierte Spuren gelegt haben konnte. Also habe ich mir eine Liste besorgt, mit allen Beamten, die am Fall ›Fotograf‹ jemals dran waren. Sie waren als Kriminaltechniker nicht an jedem Tatort dabei, aber unwiderlegbar an jedem, an dem man Wailands Spuren gefunden hat. Außerdem arbeiten Sie in einer Außenstelle in Berlin. Sie haben von allen als Einziger das richtige Profil: Sie sind ein Mann, der einen Verlust kompensieren musste.«

»Warum haben Sie es nicht Heuvel gesagt?«

»Heuvel hat seinen Ruhm, ich will den meinen.«

Ich muss schmunzeln. Kellmann ist ein abgezockter Typ. Ein richtiger Gossenbulle, einer vom alten Schlag, wie man ihn heutzutage höchstens noch in Fernsehfilmen erlebt.

»Übrigens haben wir die Leiche von Frank Könnecke in den alten Wanderer-Werken gefunden. Ich habe es mir erspart, die Einstiche mit denen von Petra Zinnow zu vergleichen. Das würde nur Fragen aufwerfen.«

»Sie haben nicht vor, mich verhaften zu lassen«, äußere ich, was mir soeben klar geworden ist. »Warum nicht?«

»Sie haben Jo und Maria gerettet.«

Ich schüttle den Kopf. »Das wiegt nicht auf, was ich getan habe. Also, was wollen Sie von mir?«

»Als Gegenleistung für mein Stillschweigen müssen Sie etwas für mich tun …«

Er redet nicht weiter, also hake ich nach.

»Was soll ich für Sie tun?«

Es fällt ihm schwer, darüber zu reden, deshalb weicht er aus.

»Ich habe vorhin Ihren Vorgarten bewundert. Was hat es mit den Marienkäfern auf sich?«

Unwillkürlich muss ich an Vaters Gemälde denken, das nunmehr seit zwölf Jahren auf unserem Dachboden verstaubt. Es hat mit den drei Knöpfen auf dem Hemd der schlafenden Schönheit zu tun. Für meinen Vater waren es Knöpfe, für mich Blutstropfen und für Sonja Marienkäfer.

»Das müssen Sie nicht verstehen«, antworte ich ihm.

Kapitel 70

Der Bulle

Fünf Tage nach seiner Rückkehr aus Berlin saß Lothar an seinem Arbeitsplatz in der Kriminalpolizeiinspektion. Ein ereignisloser Freitagvormittag war vergangen. Die ersten Kollegen hatten sich bereits in das Wochenende verabschiedet. Vor ihm lag eine aufgeschlagene Mappe. Ein verstorbener Rentner in seiner Wohnung. Ungeklärte Todesart. Der Mann war Alkoholiker gewesen, hatte die letzten Jahre allein und zurückgezogen gelebt. Es sprach nichts gegen die Annahme eines natürlichen Todes.

Auf Lothars Rechner lief bereits seit über zwei Stunden der Bildschirmschoner. Sein Aschenbecher quoll über. Er hatte heute schon mehr als zwanzig Zigaretten geraucht, dafür noch keinen einzigen Satz zu dem Fall getippt. Stattdessen stierte er ununterbrochen auf die Fotos vom Ereignisort. Der alte Mann lag bäuchlings zwischen Couch und Stubentisch. Als man die Leiche entdeckt hatte, trug sie nur ein Unterhemd, eine Jogginghose und weiße Tennissocken mit Löchern. Alleine dieser Anblick war schon erbärmlich. Viel erschreckender noch fand Lothar den Gesichtsausdruck des Toten. Es lag etwas Unglückliches in dem fahlen Gesicht.

»Ach, das Leben ist ungerecht.«

Irgendwann würde man auch Lothar die Pensionärsurkunde überreichen. Danach kam nicht mehr viel. Die Wahrscheinlichkeit war hoch, dass auch er so endete wie der Rentner auf den Lichtbildern. Vielleicht würde man ihn erst entdecken, wenn seine Leiche schon schwarz war und stank.

»Ich habe eine Lösung gefunden«, murmelte er den Satz, der ihm seit einer Woche nicht mehr aus dem Kopf ging.

Gestern nach dem Abendessen hatte er ihn zu Dorit gesagt. Zu seiner Überraschung hatte sie bloß genickt und gelächelt. Auch wenn Lothar es bis jetzt nicht verstand, aber in diesem Augenblick war Dorit glücklich gewesen.

Ich habe eine Lösung gefunden …

Es klopfte. Emma betrat das Büro, hustete und wedelte mit der Hand den Zigarettenqualm beiseite. »Meine Güte, willst du ersticken?«

»Und wenn schon, wen würde es stören?«

»Mich.« Ohne um Erlaubnis zu fragen, riss sie ein Fenster auf. Anschließend hielt sie ihm ein Dokument mit dem Briefkopf der Rechtsmedizin hin. »Der Obduktionsbericht zu diesem Könnecke ist da. Möchtest du ihn lesen?«

Er schüttelte den Kopf und stierte weiter auf seine Zigarette.

»Dachte ich mir«, sagte sie. »Hast du heute überhaupt zu irgendetwas Lust?«

»Nein.«

»Lothar, du bist schon die ganze Woche so kurz angebunden. Willst du mir nicht endlich sagen, was los ist?«

»Nein.«

»Ist es wegen Dorit? Geht es ihr schlechter?«

Mit dieser Frage zwang sie ihn, von seiner Zigarette aufzuschauen. Schlechter! Wie konnte es ihr noch schlechter gehen? Er musste sich zusammenreißen, nicht loszuheulen. Emma blickte ihn besorgt an. Sie wusste von Dorits letzten Arztbefunden, hatte sich sogar über ALS schlaugemacht, aber sie wusste nichts von der Abmachung mit dem Fotografen.

»Ich habe eine Lösung gefunden«, sagte Lothar, ohne es zu wollen.

»Was meinst du damit?«

Bevor er antworten konnte, klingelte sein Handy.

»Entschuldige«, sagte er mit belegter Stimme. »Da muss ich rangehen.«

Emma streichelte seine Wange. »Ich schaue nachher noch einmal nach dir, okay?«

Statt zu antworten, nahm Lothar das Gespräch an. Josephine war in der Leitung.

»Eben war ein Paketbote für mich da«, redete sie los.

Lothar verstand nicht, warum sie ihn deswegen anrief. »Und weiter?«

»Ich hatte nichts bestellt.«

»Komm schon, Jo, ich bin nicht in der Stimmung für Ratespiele.«

»Es sind fünfzigtausend Euro.«

»Was erzählst du da?«

»Fünfzigtausend Euro! In bar! Es war ein anonymer Brief dabei. Das Geld ist für mich und meine Zukunft.«

Natürlich war ihnen beiden klar, von wem das Paket kam. Lothar wusste nicht, ob er sich darüber freuen sollte, dass sie ihr Glück mit ihm teilte. Man schenkte einer Siebzehnjährigen nicht einfach eine so hohe Summe Geld. Andererseits war Josephine die cleverste Jugendliche, die er kannte.

»Das freut mich für dich, ehrlich«, sagte er. »Mach keine Dummheiten damit.«

Josephine versprach nichts, sondern redete weiter. »Daniel macht bei seiner Therapie Fortschritte. Wenn die ganze Scheiße vorbei ist, fangen wir komplett neu an. Ich glaube, es wird alles super … Lothar? Bist du noch dran?«

»Ja, ja …« Er war gedanklich abgedriftet und räusperte sich. »Das sind wirklich gute Nachrichten. Ich bin nur …«

»Ist alles in Ordnung?«

Wieder nahm er sie nur beiläufig wahr. »Ich … Ich habe eine Lösung gefunden. Sei mir nicht böse, ich muss auflegen …«

Mit einer knappen Verabschiedung kappte er die Verbindung. Ohne den Rechner auszuschalten oder sein Büro abzuschließen, hastete er zu seinem Auto. Noch während der Fahrt versuchte er, Dorit anzurufen. Doch sie ging nicht an ihr Telefon.

Gegen Mittag wird ein Pfleger klingeln, hatte er Dorit instruiert, bevor er auf Arbeit gefahren war. Jetzt war es nach dreizehn Uhr. Der Pfleger war schon längst wieder gegangen. Es würde schnell gehen und es würde nicht wehtun, hatte er versprochen. Seine Frau würde in Frieden einschlafen und nichts spüren. Lothar würde von der Arbeit nach Hause kommen und sie tot vorfinden. Dann würde er den Hausarzt wegen des Totenscheins anrufen. Darauf hatten sich beide Männer letzten Sonntag verständigt.

»Scheiße, nein!«, fluchte Lothar, als er seine Wohnadresse erreichte und nirgendwo ein geparktes Mietfahrzeug oder überhaupt ein auswärtiges Kennzeichen fand.

Wie erwartet, war der Fotograf längst wieder auf dem Weg nach Berlin. Lothar hatte seine Frau verloren.

»Dorit!«, rief Lothar verzweifelt ihren Namen, als er ins Haus und dann weiter ins Wohnzimmer stürzte.

Als er sie in ihrem Rollstuhl erblickte, fiel er auf seine Knie und fing an zu schluchzen.

»Es ist alles gut«, sagte Dorit. »Er hat es nicht getan.«

Weder lächelte sie, noch klang es unglücklich. Neben ihr saß der Fotograf auf einem Stuhl und hielt ihre Hand.

»Was … was ist hier los?«, stammelte Lothar.

»Wir haben auf Sie gewartet«, antwortete der Fotograf, dann erhob er sich. »Meine Arbeit ist getan, jetzt sind Sie dran.«

Damit verabschiedete er sich von Dorit und wünschte ihr viel Kraft. Dann verließ er das Haus.

»Warten Sie!«, rief Lothar ihm nach und folgte ihm vor die Tür. Er war zornig, verwirrt und dazu überglücklich. »Wo ist denn Ihr Wagen?«

Der Fotograf zog ein Ticket aus seiner Jacke und zwinkerte. »Zugfahrt soll deutlich entspannter sein – und vor allem deutlich unauffälliger. Das haben Sie mir beigebracht. Leben Sie wohl!«

»Hey, wir hatten eine Abmachung! Ich habe Sie beauftragt und Sie haben Ihren Teil der Abmachung nicht eingehalten. Sie sind ein Lügner!«

»Kommen Sie schon! Sie sind keiner von den Typen, die einfach aufgeben. Sie haben nie wirklich gewollt, dass ich sie umbringe.«

»Ach, woher wussten Sie, dass ich es nicht übers Herz bringen würde, meine Frau auf diese Weise zu verlieren? Ich meine, ich bin sogar zu spät gekommen. Bei all den anderen haben Sie auch nicht einfach abgelassen. Warum bei meiner Frau?«

Der Fotograf zuckte vielsagend mit den Schultern. »Die Frauen aus dem Forum hatten keinen Menschen, der ihnen zur Seite stand. Absolut niemanden. Ihre Frau hat Sie. Ich kann nicht abschätzen, wie viel Zeit Ihnen noch gemeinsam bleibt, aber ich wünsche Ihnen von Herzen, dass Sie sie sinnvoll nutzen.«

»Was haben Sie jetzt vor?«

»Oh, es gibt da noch eine Sache, die ich erledigen muss.«

Damit ging der Fotograf fort und Lothar bedankte sich still.

Kapitel 71

Der Fotograf

Vier Monate später

Es ist der erste kalte Herbsttag. Vier Monate nach den Ereignissen im Keller ist die Narbe aus meinem Gesicht verschwunden. Vanessa wohnt immer noch bei mir. Meine Befürchtung, sie werde gleich nach ihrem achtzehnten Geburtstag die Koffer packen, hat sich zerstreut. Gott sei Dank! Alles bleibt, wie es war. Ich bin ein freier Mann, der seine Rache bekommen hat. Ein bisschen verfolgt mich die Angst, irgendwann könnte die Polizei vor meiner Tür stehen, ähnlich wie bei meiner Mutter. Andererseits spricht momentan nichts dafür, dass das jemals geschehen wird. Das BKA hat seinen Ruhm, so ähnlich hat Kellmann es ausgedrückt. Johannes Wailand sitzt weiterhin in U-Haft. Inzwischen berichten die Zeitungen nur noch sporadisch über seine Mordtaten. Andere Vorwürfe haben das Interesse der Medien geweckt. Es geht um sexuelle Belästigung junger Frauen. Eine ehemalige Praktikantin des Entertainers erhebt schwere Anschuldigungen gegen ihn. Zum Zeitpunkt der Übergriffe soll sie noch nicht volljährig gewesen sein. Fast täglich melden sich weitere Geschädigte, die endlich ihr Schweigen brechen. Für mich ist Wailand nur noch eine Randnotiz. Ich habe meinen Frieden gefunden.

Von meiner Mailbox habe ich Sonjas Mitteilung gelöscht. Dreizehn Jahre ist ihre brüchige Stimme mein ständiger Begleiter gewesen. Vor dreizehn Jahren habe ich ihren Telefonanschluss abgemeldet und dennoch so oft danach auf ihrer Nummer angerufen. Dreizehn Jahre sind genug. Wir haben endlich voneinander Abschied genommen. Ihre Reise ist beendet, meine beginnt. Sie ist dort, wohin ich ihr einmal folgen werde. Aber das dauert noch. Ich habe nicht vor, jetzt oder in nächster Zeit zu sterben. Es hat eine Zeit gegeben, da habe ich daran gedacht, mir ebenfalls das Leben zu nehmen, aber um Vanessas willen habe ich es nicht getan. Jetzt fange ich erst richtig an. Vielleicht verliebe ich mich irgendwann neu. Ich habe einen Plan für das Leben. Und ich habe eine Mission …

Das Hotel, das ich betrete, ist eine Absteige, im wahrsten Sinne des Wortes. Es liegt am Stadtrand und selbst mein Navi kennt den Weg hierher nicht. Der Betreiber ist hoch verschuldet und wird derzeit per Haftbefehl gesucht. Es ist nur eine Frage der Zeit, bis man den Laden dichtmacht. Am Eingang hängt eine Kamera, aber das Objektiv ist derart verstaubt, dass man niemals auswertbare Bilder damit bekommt. Der Hintereingang ist vollkommen ungesichert. Jeder kann das Gebäude nach Belieben betreten. Selten bleiben Gäste über Nacht. Die Zimmer werden stundenweise gebucht. Wer hier eincheckt, sucht schnellen Sex oder hat etwas zu verbergen. Genau wie der Mann, den ich suche. Sein Wagen steht auf dem Parkplatz. Auf der Motorhaube hat sich eine leichte Reifschicht gebildet. Die Eiskristalle schimmern im Licht der Straßenlaterne.

Ich ziehe mir das Basecap tiefer ins Gesicht. Vorn auf der Kappe erkennt man sehr gut das rote Logo eines örtlichen Pizzalieferdienstes. Das und die passende Hose reichen mir als

Ablenkung. Jeder, der mir begegnet, wird sich später an den Pizzaboten mit dem schwarzen Basecap und der roten Hose erinnern. Mit beiden Händen halte ich eine Warmhaltebox für Essenslieferungen. Mit dieser betrete ich das Hotel und gehe durch die Gänge. Irgendwo läuft laut ein Fernsehgerät. Es klingt nach »The Walking Dead«. Ich bin kein großer Fan der Serie, aber in meiner Situation finde ich den Titel äußerst passend. Wäre ich aus einem erfreulicheren Grund hier, würde ich jetzt darüber schmunzeln. So aber bleibe ich ernst und konzentriert. Mancher kommt zum Vergnügen hierher, mancher aus Angst oder Einsamkeit. Ich bin hier, um abzurechnen.

Vor der Zimmernummer 12 bleibe ich stehen und drücke die Box geräuschlos gegen die Wand. Ich schaue nach links und rechts. Der Geruch von feuchtem Teppich steigt mir in die Nase. In den vergangenen Stunden sind viele nasse Schuhsohlen über den Boden geschritten. Außerdem ist da der Duft von Schmierseife. Unwillkürlich muss ich an den Keller der Kindermörderin denken. Anscheinend wird auch das Hotel täglich gereinigt.

Jetzt stehe ich allein im Flur. Aus einem der Appartements höre ich eine Frau kichern. Hinter der Tür, vor der ich stehe, vernehme ich keinen Ton. Während ich lausche, hebe ich den Deckel der Warmhaltebox an. An meiner Hose befindet sich ein Clip mit einer Zugangskarte. Gleich muss es schnell gehen, ich bin vorbereitet und habe die Situation tausendmal im Kopf durchgespielt.

Ich klopfe nicht an, sondern presse die Chipkarte auf das Türschloss. Der Riegel klackt, ich stoße die Tür auf, trete in das Zimmer ein. Gleichzeitig greife ich in meine Box und nehme die Pistole mit dem Schalldämpfer heraus. Noch bevor der Mann fragen kann, wer ich bin, ziele ich mit dem Lauf direkt auf seine Brust.

»Scheiße!«, sagte Hans Stolpe und reißt die Arme hoch.

Er versucht gar nicht erst, mich zu attackieren oder nach einem Gegenstand zur Verteidigung zu greifen. Er steht mit heruntergelassener Hose und freiem Oberkörper da. Praktischerweise sind die Vorhänge zugezogen. Hinter mir fällt die Tür ins Schloss. Niemand wird mitbekommen, was gleich im Zimmer 12 passiert.

»Weg vom Bett!«, kommandiere ich, obwohl der Raum nicht viel Bewegungsspielraum lässt.

Stolpe weicht an die einzige freie Stelle an der Wand zurück und steht da wie vor einem Erschießungskommando. Wie gern würde ich jetzt abdrücken, aber das wäre zu gnädig. Immerzu muss ich auf seine erhobenen Hände starren. Es sind die gleichen fleckigen Hände, die mir das Video im Zimmer 9A gezeigt hat.

»Ich kann alles erklären«, sagt Stolpe. »Hey, wir können uns einigen.«

Da gibt es nichts zu erklären. Das Letzte, was ich will, ist, mich mit einem Pädophilen zu einigen. Ich lasse die Box auf das Bett fallen, direkt zwischen die gespreizten Beine des gefesselten Mädchens. Es ist höchstens zehn. Es kann nicht reden, weil Stolpe ihm ein Tuch in den Mund gestopft hat. Die Kleine stöhnt nur leise und verdreht die Augen. Selbst ein Laie könnte erkennen, dass sie unter der Einwirkung von Drogen steht.

Bevor ich sie von den Fesseln und der Qual befreie, muss ich mich um Stolpe kümmern.

»Umdrehen«, sage ich.

»Was haben Sie vor?«

Der Pistolenlauf zuckt, woraufhin er verstummt und tut, was ich verlange. Eine Minute später ist er gefesselt und geknebelt. Er kniet vor mir wie ein alter, gebrechlicher Mann. Aber Hans Stolpe ist eine Bestie in Menschengestalt.

»Hab keine Angst, du bist in Sicherheit«, flüstere ich dem Mädchen zu, als ich in die Box nach meinem Messer greife.

»Mach jetzt deine Augen zu und öffne sie erst wieder, wenn ich es dir sage. Danach bringe ich dich von hier fort. Es wird alles gut, das verspreche ich dir.«

Als Stolpe die Klinge sieht, weiß er, dass ihm ein qualvolles Ende bevorsteht. Er schielt zur Pistole, aber die brauche ich nicht mehr. Ich lege eine Fotokamera bereit und steige in meinen Schutzanzug. Mir fällt der Fedora auf. Vielleicht werde ich ihm den Filzhut am Ende aufsetzen. Als Erkennungszeichen.

»Von dir werde ich nur ein einziges Foto machen. Es soll als Warnung für alle anderen gelten. Für alle, die zu Dark Angel gehören.«

Dark Angel ist keine einzelne Person. Dark Angel ist ein grausames und mächtiges Netzwerk, das habe ich inzwischen herausgefunden.

Stolpe fleht mich an, ihn zu verschonen. Er sagt es mit seinen Augen, er presst rührende Laute unter dem Klebeband hervor, er reißt die gefesselten Hände wie zu einem Gebet vor seine nackte Brust. All das kann mein Herz nicht erweichen. Jemand wie er darf nicht auf Gnade hoffen. Ich schnippe mit den Fingern, damit er endlich Ruhe gibt.

»Ich bin der Fotograf«, stelle ich mich vor. »Sei du ein gutes Motiv.«

Dann mache ich mich über seine Ohren her.

Kapitel 72

Der Jäger

Klappernd fand der Buntbartschlüssel die Öffnung im Schloss. Metall kratzte auf Metall. Der Riegel schnappte zurück. Simon van den Heuvel konnte nicht länger warten.

»Aus dem Weg!«, schnauzte er und stieß die Zwischengittertür auf.

»Simon, sei vernünftig«, hörte er Hannes Wenzel hinter sich, aber dafür war Heuvel im Moment zu aufgebracht.

Mit großen Schritten hastete er über den Gang und nahm den nächsten Justizvollzugsangestellten ins Visier.

»Machen Sie endlich die Scheißzelle auf!«

»Es tut mir leid, meine Leute haben alle Vorschriften beachtet«, rechtfertigt sich der Direktor. »Die Kontrollen sind pünktlich erfolgt und wurden lückenlos dokumentiert.«

»Lückenlos, pah!« Heuvel wischte sich Spucke vom Mundwinkel und packte den Wachmann am Arm. »Waren Sie für die Aufsicht des Gefangenen verantwortlich, ja? Los, reden Sie schon!«

»Da...das war die Nachtschicht«, stotterte der Angesprochene.

»Simon!«, ermahnte Wenzel Heuvel erneut und berührte ihn an der Schulter.

»Fass mich nicht an!«

»Sie müssen nicht so herumschreien«, sagte der Direktor und richtete sich die Brille. »Diese Angelegenheit ist für unsere JVA hochpeinlich. Ich verspreche Ihnen, das wird Konsequenzen haben.«

»Ach ja, für wen denn? Mensch, worauf warten Sie denn? Machen Sie endlich die verdammte Tür auf.«

Der Angestellte zog den Kopf ein und gehorchte. Sekunden später konnte Heuvel einen Blick in die Zelle werfen. Was bis dahin nur eine desaströse Meldung gewesen war, wurde nun Gewissheit. Heuvel konnte sich mit seinen eigenen Augen von der Tragödie überzeugen.

»So eine Riesenscheiße!«

Alles war umsonst gewesen. Niemand hatte gewonnen. Mehrfach schlug er mit der flachen Hand gegen die Zellentür. Dann sah er sich suchend um. Er brauchte einen Schuldigen. Irgendjemand. Aber letztlich würde jeder die Schuld auf den anderen schieben.

Unterdessen hing Johannes Wailand leblos am Fensterknauf. Die Zunge ragte bläulich verfärbt aus seinem Mund. Seine weit aufgerissenen Augen starrten zu Boden. Er hatte sich mit seinem eigenen Gürtel erhängt.

Epilog

Vanessas Geburtstagsfeier ist vorbei. Nur die Blumen und die ausgepackten Geschenke stehen noch auf dem kleinen weißen Beistelltisch. Sie hat eine Raupe aus bunten Holzgliedern zum Auffädeln bekommen und natürlich ein Einhornkuscheltier. Das Einhorn ist Sonjas Idee gewesen. Ich war skeptisch, aber eigentlich hätte ich wissen müssen, wie Mädchen ticken. Sie hat das Einhorn mit ins Bett genommen und natürlich musste es ihr beim Zähneputzen zusehen. Sie ist zwei geworden. Sie kann laufen, klettern und sprechen. Täglich lernt sie neue Wörter. Ihr derzeitiges Lieblingswort ist Zahnfleisch. Ich habe es ihr definitiv nicht beigebracht. Sie kann schon einen Ball fangen. Vielleicht wird sie später einmal Handballerin wie eine ihrer Tanten. Ich kann nicht in die Zukunft sehen, aber ich bete dafür, dass unsere perfekte Welt nicht irgendwann wie eine Seifenblase zerplatzt.

Manchmal empfinde ich unser Glück geradezu als bedrohlich. Wir haben alles, was man sich wünschen kann: ein gesundes Kind, ein Haus mit einem beneidenswerten Vorgarten, feste Arbeitsverhältnisse, geregelte Einkommen, wir sagen uns häufig, dass wir uns lieben. Dabei nehme ich Sonja, sooft es geht, in den

Arm. Wir schauen uns tief in die Augen und wissen, dass wir uns auf den jeweils anderen verlassen können. Wir haben es uns bei der Hochzeit versprochen. Dieses Versprechen setzt man nicht leichtfertig aufs Spiel, wenn man schätzt, was man besitzt. Weder ich noch Sonja werden den anderen im Stich lassen. Ich weiß es aus tiefster Überzeugung. Nichts kann meine Familie entzweien. Ich werde es besser machen als meine Eltern.

»Gib deinem Papa noch einen Kuss«, sagt Sonja, kurz bevor ich an diesem Montagmorgen das Haus als Erster verlasse.

»Papa Arbeit«, sagt Vanessa.

»Und Vanessa geht in den Kindergarten«, erwidere ich, knie mich zu ihr hin und stelle meinen blauen Koffer neben mich.

Wir drücken uns ganz fest. Ihre kleinen Hände spielen mit meinen Ohren. Mit ihren zarten Lippen gibt sie mir einen flüchtigen Kuss auf die Wange.

»Papa muss böse Menschen jagen«, erklärt Sonja.

Ich weiß nicht, ob Vanessa schon versteht, was das bedeutet, aber sie erzählt im Kindergarten stolz, dass ihr Papa Polizist ist.

»Verbrecher jagen ist ziemlich gefährlich«, gebe ich vor, obwohl ich immer erst am Tatort erscheine, wenn schon alles vorbei ist. Dann erst fängt die Spurenarbeit an. »Aber ich passe gut auf mich auf, versprochen!«

»Nein, Elefant aufpasst.«

Verwundert sehe ich zu, wie sie zum Tisch mit den Geschenken läuft. Sie kommt mit einem Bogen voller bunter Aufkleber zurück. Ihr Finger löst einen rosafarbenen Elefanten ab. Bevor ich fragen kann, was sie damit vorhat, presst sie den Aufkleber auf meinen blauen Koffer.

»Wow, ein rosa Elefant! Jetzt kann mir nichts mehr passieren.«

Von da an begleitet mich der Elefant täglich auf der Arbeit. Niemand von meinen Kollegen kann so einen schicken Aufkleber vorweisen. Natürlich haben sie am Anfang gelacht und mir gesagt, ich sei einfältig. Aber das ist mir egal. Ich bin jemand mit einem rosafarbenen Elefanten als Begleiter. Und immer, wenn ich meinen Koffer öffne, denke ich an meine Familie. Meine Welt ist perfekt.

Nachwort und Danksagung

Liebe Leserin, lieber Leser,

von einer ersten Idee bis zum fertigen Buch vergehen mal mehr, mal weniger Monate. Es gibt eben Bücher, die schreiben sich quasi von selbst, bei anderen ringt man um jedes Komma. »Jemand« hat mir die Schriftstellerseele massakriert und stellt zweifellos mein bisher aufwendigstes Buch dar. Die ersten Notizen zur Geschichte stammen aus meinem Sommerurlaub 2019. Wie üblich folgte ein Plot, den ich nach Fertigstellung noch einmal radikal überarbeitet habe, weil ich die Handlung verbesserungswürdig fand. Endlich vollauf zufrieden mit dem Ergebnis, erstellte ich ein Exposé und eine Leseprobe für meinen Verlag, jedoch konnte das Konzept dort nicht überzeugen. »Jemand« landete in der Schublade, ich war restlos bedient und unendlich traurig. Knapp ein Jahr später habe ich die Aufzeichnungen wieder hervorgeholt und das Projekt noch einmal grundlegend überarbeitet. Nach erneuter Vorstellung beim Verlag und Umsetzung einiger Änderungswünsche gab es schließlich grünes Licht. »Jemand« durfte also hinaus in die

Welt, um zahlreiche Thrillerfreundeherzen für sich zu gewinnen. Was ich aus dem Stoff gemacht habe, halten Sie gerade in den Händen. Ich hoffe sehr, Ihnen hat das Buch gefallen. Falls ja, hinterlassen Sie eine positive Rezension. Natürlich bin ich lange genug dabei, um zu wissen, dass man als Autor mit dem eigenen Werk niemals alle Leser überzeugen kann. Manchmal ist es auch einfach das falsche Buch. Persönlich halte ich diesen Thriller für außergewöhnlich, aber natürlich bin ich befangen.

Ich schreibe gern über Serienmörder. Aber ein Killer allein macht für mich noch keine gute Geschichte aus, sondern es sind vor allem die skurrilen Figuren und abgedrehten Szenen, die ich so sehr liebe und mit denen ich meine Leser spannend unterhalten will. Daran wird sich auch in Zukunft nichts ändern, auch wenn man mir vorwirft, völlig den Verstand verloren zu haben. Mit der Realität beschäftige ich mich in meinem Beruf als Polizeibeamter, in meinen Romanen lasse ich meiner Fantasie freien Lauf.

Einige der im Buch genannten Orte gibt es übrigens tatsächlich. Dazu zählen exemplarisch die Kriminalpolizeiinspektion, die Psychiatrische Klinik, die Stadthalle, das Schaubergwerk, der Kulturpalast, die Gedenkstätte Sonnenstein und das Kunstmuseum.

Mein Dank geht auch diesmal an die Menschen, die mich beim Entstehen des Buches unterstützt haben: Jennifer Bruno, Kerstin Gilbert, Hannes Berger, Melisa Schwermer, Lektorin und Korrektor sowie das gesamte Team von Amazon Publishing.

Wie immer können Sie mir gern per E-Mail (autor@eliashaller.com) schreiben, falls Sie Lob, Kritik oder einfach einen Gruß für mich haben. Auf meiner Internetseite www.eliashaller.com kann man sich für meinen Newsletter anmelden, um über Neuerscheinungen informiert zu werden. Alternativ können Sie mir auch auf Facebook www.facebook.com/HallerKrimis oder Instagram www.instagram.com/eliashaller.autor folgen.

Elias Haller, September 2022

BISHER VON ELIAS HALLER BEI EDITION M ERSCHIENEN:

Greta Silber & Hardy Finkel:

Küstenstill

Möwentod

Meereskalt

Ostseeschmerz

Erik Donner:

Tod und tiefer Fall

Rache und roter Schnee

Blut und böser Mann

Asche und alter Zorn

Furcht und finsteres Herz

Leid und letzter Tag

Tod und kein Erbarmen

Schmerz und kein Trost

Klara Frost:

Der Augenmacher

Der Todesschöpfer

Der Seelenhirte

Klara Frost & Erik Donner:

Der Luzifer-Killer

Arne Stiller:

Der Kryptologe

Die Chiffre

Das Zeichen

Der Rätselmann

MIX
Papier | Fördert gute Waldnutzung
FSC® C083411

Zeitfracht Medien GmbH
Ferdinand-Jühlke-Straße 7
99095 Erfurt, Deutschland
produktsicherheit@kolibri360.de

Druck:
CPI Druckdienstleistungen GmbH
im Auftrag der
Zeitfracht Medien GmbH
Ein Unternehmen der Zeitfracht - Gruppe
Ferdinand-Jühlke-Str. 7
99095 Erfurt